Horst Bosetzky

Das Duell des Herrn Silberstein

Horst Bosetzky

Das Duell des Herrn Silberstein

Historischer Roman

Jaron Verlag

Originalausgabe
1. Auflage 2005

Umschlaggestaltung: Bauer + Möhring, Berlin, unter Verwendung eines Gemäldes von Emil de Cauwer (Die Synagoge in der Oranienburger Straße, 1865)
Satz und Layout: Pinkuin Satz und Datentechnik, Berlin
Druck und Bindung: GGP Media GmbH, Pößneck
ISBN 3-89773-526-1

Nehmen wir Gewesenes und Seiendes für das,
was es ist: für ein Spiel; traurig oder schön …
immer nur für ein Spiel, dessen Sinn wir nicht kennen.

Georg Hermann, Henriette Jacoby

KAPITEL 1

»IHR BERLINER braucht unbedingt eine neue große Synagoge!« sagte Tharah Seligsohn.

»Wieso? Die in der Heidereutergasse wird doch gerade ausgebaut.« Aaron Silberstein, sein um sechs Jahre jüngerer Schwager, war in dieser Sache nicht leicht zu begeistern.

»Auch nach dem Ausbau werden die Plätze nicht reichen. Ich werde noch einmal mit dem Gemeindevorstand reden, am besten mit Heymann selber.«

»Wie das?« Aaron Silberstein war mehr als erstaunt, denn Aron Hirsch Heymann zählte ebenso wie Tharah Seligsohn zu den Orthodoxen. »Ich denke, ihr seid gegen einen Neubau, weil ihr denkt, daß die Reformer da das Sagen haben werden?«

»Dein Vater könnte sie entwerfen.« Tharah Seligsohn hatte leuchtende Augen bekommen. »Mein Schwiegervater.«

Aaron Silberstein ließ sich nicht anstecken. »Der Name Friedrich Silberstein steht für Wasserwerke und für Amtsgebäude. Setz ihm da bloß keinen Floh ins Ohr!«

»Ich meine es gut mit ihm.«

»Ich auch.«

Ihren Dialog führten sie in der Notsynagoge Auguststraße, unweit des alten Jüdischen Krankenhauses und des Jüdischen Waisenhauses für Mädchen.

Ein Stückchen vor ihnen saß Meir Rosentreter und murmelte andauernd dasselbe: »Hütet euch, daß ihr nicht vergesset den Bund des Ewigen eures Gottes, den er mit euch geschlossen, und euch machet ein Bild, Abbild von irgend etwas, worüber dir der Ewige dein Gott geboten.«

So stand es im 5. Buch Mose, im 4. Kapitel, Vers 23, aber die anderen konnten sich keinen rechten Reim darauf machen, warum sich Rosentreter ausgerechnet an dieser Textstelle der Tora festgebissen hatte. »… und euch machet ein Bild …«

Tharah Seligsohn stieß seinen Schwager an. »Rosentreter ist einer meiner besten Freunde, aber … er muß Angst haben vor dem Zorn des Herrn. Manchmal ist er mir richtiggehend unheimlich. Er trägt irgendein Geheimnis in sich. Hoffentlich ist er in keine finsteren Machenschaften verwickelt.«

»Psst. Es ist abgesprochen, daß ich seine Tochter heirate.«

»Wir sehen uns ja alle zu Pessach.« Und Tharah Seligsohn fuhr fort im Morgengebet: »Dein Wille sei es, Ewiger, unser Gott und der Gott unserer Väter, gewöhne uns an deine Lehre, laß uns anhangen deinen Geboten, laß uns nicht zu Sünde, Vergehung und Schuld, nicht in Versuchung und nicht in Schande kommen, laß den bösen Trieb nicht über uns herrschen, halte uns fern von bösen Menschen, von bösen Gefährten …«

DIE SELIGSOHNS wohnten in Strausberg, am nordöstlichen Ufer des Straussees. Tharah Seligsohn handelte mit seidenen Stoffen und Westen und hatte es, obwohl erst 36 Jahre alt, schon zu einigem Wohlstand gebracht. Er war immer bemüht, ein vorbildliches jüdisches Leben zu führen, und hütete das Erbe seiner Väter wie einen Schatz. Das schuldete er schon seinem Vornamen: Denn Tharah war es, der Abram beziehungsweise Abraham gezeugt hatte. Seine Frau Rahel, die acht Jahre jünger war als er, hatte er im Hause des orthodoxen Rabbiners Esriel Hildesheimer kennen und lieben gelernt. Zwei Kinder waren ihnen bisher geschenkt worden: Rebekka, die gerade neun Jahre alt geworden war, und Haran, der zu Purim seinen siebenten Geburtstag gefeiert hatte. Beide wurden von einem Hauslehrer erzogen und gaben zu den besten Hoffnungen Anlaß.

Pessach sollte an die Befreiung der Kinder Israels aus der Knechtschaft in Ägypten vor mehr als dreitausend Jahren erinnern. Rahel Seligsohn, unterstützt von Rebekka und ihrem jüdischen Dienstmädchen, hatte mit den Pessach-Vorbereitungen alle Hände voll zu tun. Das Einkaufen war mühsam, denn es mußten alle Lebensmittel vermieden werden, die *Chamez* enthielten, also Gesäuertes. »Denn wer Gesäuertes ißt, die Seele wird aus Israel vernichtet, vom ersten Tage bis zum siebenten Tage.« Chamez war jede der fünf Getreidearten – Weizen, Roggen, Gerste, Hafer und Spelt –, wenn sie für mindestens achtzehn Minuten mit Wasser in Kontakt gekommen war, weil von solcherlei Korn oder Mehl angenommen wurde, daß der Säuerungsprozeß begonnen hatte. Nur *Mazza* durfte gegessen und im Hause aufbewahrt werden: ungesäuerte und auf spezielle Art gebackene dünne Brotscheiben.

Alle Öfen und Herde mußten für Pessach *gekaschert*, das heißt durch bestimmte Maßnahmen wieder koscher gemacht werden. Bei Gefäßen und Geräten geschah dies mit heißem Wasser, bei Bratpfannen und -spießen, Backblechen, Backöfen und Herden dadurch, daß man sie »glühte«, also der Hitze des Feuers aussetzte.

Als Tharah Seligsohn in der Nacht vor Pessach nach Hause gekommen war, begann die zeremonielle Suche nach Chamez. An ihr hatten die Kinder immer große Freude, denn sie durften vorher Brotstücke verstecken, damit sicher war, daß Chamez auch wirklich gefunden wurde. Tharah Seligsohn zündete eine Kerze an und ging mit ihr von Zimmer zu Zimmer, um Chamez zu suchen. Dann folgten Keller und Dachboden, denn auch hier war vielleicht gegessen worden. Alle Krümel wurden mit einer Feder zusammengefegt und kamen auf einen großen Holzlöffel, um am nächsten Morgen verbrannt zu werden.

»Wie viele Stücke hast du gefunden?« fragte Rebekka ihre Mutter.

»Vier.«

»Stimmt.« So viele Brotstücke hatten sie versteckt.

Tharah Seligsohn konnte nun *Bittul* sagen: »Aller Sauerteig und alles Chamez, das in meinem Besitz ist, welches ich nicht gesehen und nicht vernichtet habe, soll nichtig und besitzerlos sein wie der Staub der Erde.«

Die Vorbereitungen für den Sederabend traf Rahel Seligsohn ebenso mit Umsicht wie mit freudigem Herzen. Es war eine Menge zu beschaffen und zuzubereiten: Sellerie und Kartoffeln für den *Karpass*, ferner Bitterkraut, *Maror*, oder ersatzweise Meerrettich und schließlich eine bestimmte Mischung aus geriebenen Äpfeln, Nüssen und Wein, mit Zimt gewürzt, die *Charosset*. Hinzu kamen Wein, Mazza, ein Schälchen Salzwasser, ein auf offenem Feuer gerösteter Knochen und ein gekochtes Ei.

Alles hatte seine tiefere Bedeutung. Die Mazza sollte vor allem an die Eile erinnern, mit der die Israeliten Ägypten zu verlassen gehabt hatten – so schnell, daß der Teig keine Zeit hatte zu säuern. Wein stand für Freude und Frohsinn, für die Erlösung Israels. Das Bitterkraut symbolisierte das Leiden der Israeliten während der Knechtschaft, die Charosset den Mörtel, den sie in Ägypten benutzten, das Salzwasser die im Unglück vergossenen Tränen und der Karpass Fruchtbarkeit und immer neue Hoffnung für die Zukunft. Die *Beza,* Knochen und Ei, sollte an die Zerstörung des Tempels und die Sklavenarbeit gemahnen, wobei das Ei ein traditionelles Symbol der Trauer war.

Aber noch anderes war auf den Sedertisch zu stellen. So durfte ein Becher Wein für den Propheten Elija nicht fehlen, der das Kommen des Messias ankündigen sollte. Nicht vergessen werden durfte auch, dem Hausherrn, der den Seder gab, drei Scheiben ungesäuerten Brotes und jedem Gast eine *Haggada* auf den Tisch zu legen.

Das Anmieten der beiden Pferdefuhrwerke, die die Gäste von der Ostbahn abholten, hatte Rahel ihrem Mann überlassen. Es klappte auch alles bestens, und zur festgesetzten Stunde konnte sie ihre Lieben in die Arme schließen. Ihre Eltern waren gekommen, Friedrich und Sarah, ihr Bruder Aaron und ihr Onkel Jason, dazu Meir Rosentreter und dessen Tochter Katharina.

Für die sie argwöhnisch beobachtenden Strausberger waren sie eine verschworene Gemeinschaft, »die Juden« eben, einer gleich dem anderen. Aber das täuschte, denn zwischen ihnen gab es erhebliche Unterschiede. Zählte Tharah Seligsohn zur jüdischen Neo-Orthodoxie und suchte so gesetzestreu zu leben, wie es in der *Halacha*, dem jüdischen Religionsgesetz, vorgegeben war, so war Jason Silberstein das genaue Gegenteil. Er fühlte sich als freischwebender Intellektueller, ja fast als Atheist, der alles Jüdische nur mitmachte, weil er es so putzig fand. Friedrich, Sarah und Aaron Silberstein, aber auch Katharina Rosentreter wurden den Liberalen zugerechnet. Friedrichs liberales Judentum ging mit einer politisch konservativen und königstreuen Ausrichtung einher, während seine Frau Sarah und sein Sohn Aaron sozialdemokratischen und republikanischen Gedanken ganz und gar nicht abgeneigt waren. Meir Rosentreter schließlich konnte alles sein – es kam immer ganz auf die Haltung seiner jeweiligen Geschäftspartner an. Da die Juden im kleinen Strausberg über kein eigenes Gotteshaus verfügten, mußte der Pessach-Abendgottesdienst in der improvisierten Haussynagoge stattfinden. Gleich danach begann der Seder.

Tharah Seligsohn trug jetzt einen weißen Überwurf, ein Zeichen religiöser Reinheit. Er erhob sich aus seinem sofaartigen Sessel, und auch alle anderen standen auf. Die Ordnung des Abends wurde genau eingehalten, aber was richtig war und was nicht, wußte eigentlich nur noch der Hausherr ganz genau. Er zitierte *Kiddusch*. Danach sagten alle »Amen« und tranken – bis auf die Kinder – den ersten Becher Wein. Er symbolisierte die erste Wendung, mit der Gott die Herausführung seines Volkes aus Ägypten ankündigte.

Dann brachte Rahel einen Becher und eine Schüssel an den Tisch und goß Wasser über die Hände ihres Mannes.

Jeder Anwesende nahm sich nun etwas Gemüse, tunkte es in das Salzwasser und sprach: »Gelobt seist Du, Ewiger, unser Gott, König der Welt, der die Frucht der Erde geschaffen.«

Tharah Seligsohn griff sich danach die mittlere Mazza und brach sie in zwei Teile. Den einen legte er zurück, der andere wurde in einer Serviette für den *Afikoman* beiseite gelegt, mit dem das Festmahl beschlossen wurde.

Nun wurde reihum die Geschichte vom Auszug aus Ägypten erzählt, und die Kinder konnten ihre Fragen stellen. Danach trank man, nach einem Segensspruch, den zweiten Becher Wein. Alle standen auf und gingen zum Waschbecken, um sich die Hände zu säubern.

Tharah Seligsohn nahm anschließend die verbliebenen zweieinhalb Mazzot und sagte folgende Segenssprüche: »Gelobt seist Du, Ewiger, unser Gott, König der Welt, der Brot aus der Erde hervorbringt« und »Gelobt seist Du, Ewiger, unser Gott, König der Welt, der uns durch seine Gebote geheiligt und uns befohlen hat, Mazza zu essen«. Danach brach er von den Mazzot Stücke ab und gab sie den Tischgenossen zu essen.

Alle tunkten eine kleine Menge Bitterkraut in Charosset und aßen es mit einem weiteren Segensspruch. Als man damit fertig war, legte man Bitterkraut auf ein Stück Mazza, um an den großen Weisen Hillel zu erinnern, der es zur Zeit des Tempels in Jerusalem so gehalten hatte. »Endlich!« rief Jason Silberstein, denn nun wurde die reguläre Mahlzeit serviert: Gefillte Fisch natürlich.

Jeder bekam nun von der zuvor versteckten halben Mazza, dem Afikoman, ein Stück sozusagen zum Nachtisch.

Die Weinbecher wurden zum dritten Mal gefüllt und nach dem Segensspruch geleert.

Der Hausherr sprach nun einige Psalmen, und man sang Lieder zum Lobe Gottes. Dann wurde der vierte Becher Wein getrunken.

Tharah Seligsohn schloß den Seder mit der Erklärung, daß er hoffe, die Sederfeier habe Gottes Wohlgefallen gefunden. Dann sang man gemeinsam *Le-Schana ha-Ba'a bijruschalajim ha-Bnuja* – Nächstes Jahr im wiedererbauten Jerusalem!

Rahel Seligsohn war glücklich, die Gäste zufrieden zu sehen. Harmonie in Familie und engem Freundeskreis ging ihr über alles. Nun mußte sie die Kinder zu Bett bringen und ihnen noch die dem Tag angemessene Gutenachtgeschichte erzählen. Ihre Schwiegermutter und Katharina Rosentreter baten, sich anschließen zu dürfen. Die Männer nutzten die Gelegenheit, im Herrenzimmer ein wenig zu plaudern.

»Dieses Pessach ...« Jason Silberstein lehnte sich weit im Sessel zurück. »Hat das denn sein müssen damals? Wir hätten schön in Ägypten bleiben und da unseren eigenen Staat errichten sollen – Wüste gibt es ja genug dort. Dann hätte keiner in die Diaspora gemußt.«

»Ich bitte dich!« Tharah Seligsohn sah ihn tadelnd an. »Kennst du nicht Salomo 4, Vers 24: ›Schaffe von dir Falschheit des Mundes ...‹«

Jason Silberstein lachte. »Bei den Christen klingt das noch viel schöner, da heißt es nämlich: ›Tue von dir den verkehrten Mund und laß das Lästermaul ferne von dir sein.‹ Aber das Lästermaul ist doch das Beste an mir, und Aarons zukünftiger Schwiegervater würde mir auf dieses Kapital sicherlich eine Menge Geld leihen, oder?«

»Aber sicher.« Meir Rosentreter nickte. »›Wie von Fett und Mark ist gesättigt meine Seele, und mit Jubellippen lobsingt mein Mund.‹ Wir müßten nur sehen, daß es in einem der Romane zum Zuge kommt, die du ja schon immer schreiben wolltest.«

Jason Silberstein winkte ab. »Ihr kennt doch den Ausspruch: *A jid wet gicher a buch schrajbn ejder kojfn.*«

»Können wir bitte deutsch sprechen?« bat Friedrich Silberstein.

»Ja, Bruderherz. Also: Ein Jude wird ein Buch eher schreiben als kaufen.«

»Das möchte ich für mich nicht gelten lassen, lieber Onkel«, sagte Aaron Silberstein. »Sieh dir meine Bibliothek mal an!«

»Nu, das meiste wird Juristisches sein. Das zählt nicht.« Jason Silberstein ließ sich nicht beirren. »Und mein Bruder hat auch nichts Schöngeistiges im Schrank, sondern nur allerlei übers Bauen und die verschiedenen Baustile, während die Herren, die sich Kaufmann und Banquier nennen, ja unter Büchern etwas ganz Spezielles verstehen, sicherlich nicht den *Werther*.«

Sowohl Tharah Seligsohn als auch Meir Rosentreter wehrten sich gegen diese Unterstellung, nutzten aber die lästerliche Bemerkung sofort, um auf Geschäftliches zu sprechen zu kommen. Mit anderen Worten: Sie begannen alle drei, heftig zu klagen – der Hausherr über den märkischen Landadel, der für seine Begriffe viel zu knauserig war, Friedrich Silberstein über die mangelnde Baulust der Berliner Bürger und Meir Rosentreter über die viel zu niedrigen Zinsen.

»Uns allen könnte geholfen werden«, sagte Tharah Seligsohn.

»Man bräuchte nur das zu tun, was ich euch schon seit langem vorschlage: Baut eine neue Synagoge in Berlin! Der eine entwirft sie, der andere bringt das Geld dafür zusammen. Und ich liefere die Stoffe für die Vorhänge und die Kleidungsstücke für *Raw*, *Chasan* und *Schamasch*.« Für Rabbiner, Kantor und Synagogendiener also.

»Auf die neue große Synagoge in Berlin!« rief Jason Silberstein. »Es ist doch immer wieder schön zu sehen, wie nützlich der Glaube für die Menschen ist.«

Damit löste er bei den anderen erneut heftigen Widerspruch aus. Tharah Seligsohn warf ihm vor, einem »lästerlichen Rationalismus« anzuhängen.

So ging das noch ein Weilchen, dann zogen sich alle zurück. Für Friedrich Silberstein und seine Familie gab es genügend Zimmer im Hause Seligsohn, während Meir Rosentreter und seine Tochter, auch aus Gründen der Schicklichkeit, sich in ein nahe gelegenes Hotel begaben.

MEIR ROSENTRETER hatte seine Tochter in ihrem Zimmer abgeliefert und merkte, kaum saß er auf seiner eigenen Bettkante, daß er selber noch viel zu munter war, um ans Schlafen denken zu können, so anstrengend solch ein Sederabend auch war. Am liebsten hätte er sich, um sich von allem abzulenken, was ihn bedrückte, auf ein Glas Rotwein in ein gutes Restaurant gesetzt, doch das suchte man in Strausberg ganz gewiß vergeblich. Einen Nachtportier, den er hätte um Rat fragen können, gab es nicht, also nahm er seinen Schlüssel, griff sich eine Laterne, zündete sie an und machte sich einfach auf den Weg. Groß verlaufen konnte man sich in Strausberg kaum, zumal der Mond gerade durch die Wolken brach.

Die Tuchmacherstadt machte einen recht wohlhabenden Eindruck. Seligsohn hatte erzählt, daß ihr aber eigentlich die Garnison das Gepräge gab. Doch es war längst Zapfenstreich und nirgendwo ein Soldat zu sehen. Nach einigen Schritten war Meir Rosentreter am Ufer. Dunkel und drohend und scheinbar endlos wie das Meer lag der See vor ihm. Kalte Nässe zog nach oben, und Rosentreter schien es, als sei sie ein Netz, von den Wassergeistern über ihn geworfen, um ihn einzufangen und zu holen. Schnell wandte er sich ab und lief die Große Straße stadteinwärts. Das Haus mit der Nummer 20 gefiel ihm ausnehmend gut. Er mochte klassizistische Fassaden und konnte nicht verstehen, daß man sich, wie bei den Seligsohns erzählt wurde, beim Bau von Synagogen heutzutage eher an maurische Vorbilder hielt.

Im Mondschein wirkte die Marienkirche, obwohl eine Pfeilerbasilika und aus Feldsteinen errichtet, wuchtig wie der Kölner Dom. Wie gern hätte er sich hingesetzt und sie gemalt. Der Platz vor ihr war menschenleer. Kein Nachtbummler weit und breit, kein Nachtwächter, der seine Runden drehte. Gleich mußte es zwölf schlagen, Mitternacht.

Da hörte er plötzlich Schritte hinter sich. Er fuhr herum. Wer Geld verlieh und Jude war, hatte ständig auf der Hut zu sein. Doch den Mann, der nun in den Schein seiner Lampe trat, kannte er sehr wohl.

»Sie folgen mir bis Strausberg ...?« Rosentreter war fassungslos.

»Ich brauche dringend Geld!« So gedämpft die Stimme auch war – fordernder konnte der Ton nicht sein.

»Wer braucht kein Geld«, murmelte Meir Rosentreter. »Sie wissen, was auf dem Spiele steht ...«

Kapitel 2

»ES IST EIGENTLICH eine böse Zeit! Das Lachen ist teuer geworden in der Welt, Stirnrunzeln und Seufzen gar wohlfeil.« So hatte Wilhelm Raabe *Die Chronik der Sperlingsgasse* beginnen lassen. »Die Menschen haben lange Gesichter und schwere Herzen, und wenn sich zwei Bekannte begegnen, zucken sie die Achsel und eilen fast ohne Gruß aneinander vorbei; – es ist eine böse Zeit!«

Das fand auch Louis Krimnitz, als er am 4. März 1856, einem Dienstag, ruhelos durch die Berliner Innenstadt lief – den Mühlendamm entlang, durch die Spandauer, die König- und die Klosterstraße. Was ihn trieb, wußte er nicht genau. Es war wohl ebenso die Angst vor dem Alleinsein wie die Hoffnung, per Zufall einem Menschen zu begegnen, der einen Auftrag für ihn hatte. Hier war die Chance am größten, denn zwischen Alexanderplatz und Schloß, Friedrichsgracht und Garnisonkirche war die Stadt am lebendigsten, hier war das Viertel des gewerbetreibenden Volkes und der Juden. Die Geschäftigkeit erinnerte ihn an einen Ameisenhaufen. Im Parterre gab es kaum Wohnungen, alles war zu Läden und Warenlagern umgewandelt worden. Selbst die vielen Bierlokale dienten weniger der Entspannung als dem Abschluß von Geschäften, zumindest vereinten sie das Angenehme mit dem Nützlichen. Die hier angesiedelten Gasthöfe wie der »Kronprinz« und der »König von Portugal« wurden überwiegend von Geschäftsreisenden frequentiert.

Wer Louis Krimnitz zum ersten Mal sah, der hielt ihn für einen preußischen Landjunker, der nach Berlin gekommen war, um sich hier in den Weinstuben und den einschlägigen Etablissements kräftig zu amüsieren. Oder war er vielleicht doch einer jener neureichen Fabrikbesitzer oder Eisenbahnbauer, die dabei waren, die Welt zu erobern? Jedenfalls hatte er etwas an sich, das Ehrfurcht erheischte, und andere fühlten sich klein in seiner Gegenwart. Das hatte seine Ursache ebenso in seinem massigen Körper wie in seinem Blick, von dem die Freunde sagten, er sei der eines Dompteurs, vor dem im Zirkus die stärksten Löwen kuschten. Doch all das war Täuschung, war Maske und Fassade, denn in Wahrheit war Louis Krimnitz ein sehr unsicherer Mensch, immer auf der Flucht vor sich selber und getrieben von der Angst, wieder abzustürzen und dort zu landen, wo er hergekommen war: in der absoluten Armut.

Am 12. November 1822 war er im Armenhaus des Städtchens Dramburg geboren worden, und seine Mutter, eine Magd aus einem nahe gelegenen Dorf, hatte drei Tage später Pommern auf Nimmerwiedersehen verlassen. Louis hieß er nach seinem Vater, einem französischen Matrosen, den seine Mutter in einem Stettiner Lokal kennengelernt hatte. Nach einer stürmischen Liebesnacht hatte er sich in Richtung Guyana davongemacht, und da man seinen Nachnamen nicht kannte, waren alle Nachforschungen im Sande verlaufen. So war es Louis' Schicksal gewesen, ohne jede Nestwärme in diversen preußischen Waisenhäusern aufzuwachsen. Aber immerhin, verhungert und erfroren war er nicht, darüber hinaus hatte er lesen und schreiben gelernt, die grundlegenden Rechenkünste dazu. Selbst der Tatsache, daß er täglich mehrfach geschlagen worden war und man ihn zur Strafe immer wieder in dunkle Keller gesperrt hatte, vermochte er im späteren Leben einiges abzugewinnen: Gelobt sei, was hart macht. Er konnte sich quälen und schinden wie kein Zweiter und schaffte, nachdem er seinen Militärdienst abgeleistet hatte, den Aufstieg vom Tagelöhner zum Bauunternehmer. Angefangen hatte er als Gleisbauarbeiter bei der Berlin-Anhaltinischen Eisenbahn, und als fünf Jahre später, im Jahre 1846, die Frankfurter Bahn nach Breslau verlängert wurde, hatte er mit seinen Ersparnissen, vor allem aber mit geliehenem Geld schon eine kleine Firma gegründet und den Auftrag zum Bau mehrerer Schrankenwärterhäuschen bekommen. Schnell hatte er begriffen, daß man nur zu etwas kommen konnte, wenn man andere für sich schuften ließ.

Und billige Lohnsklaven gab es viele, gerade nach der gescheiterten Revolution von 1848.

Im Jahre 1851 hatte es Louis Krimnitz schon zu einem zweistöckigen Haus in der Cöpenicker Straße gebracht, das unten sein Bureau beherbergte, während sich oben die Wohnräume, das Schlafzimmer, die Küche und die Kammer für das Dienstmädchen befanden. Geheiratet hatte er auch, doch seine Frau war ihm schnell weggestorben. Schon das erste Wochenbett war für sie zuviel gewesen. Wenn Krimnitz nun eine Gesellschaft gab, mußte seine Schwägerin einspringen.

Und oft lud er zu kleinen Feiern ein, denn er wußte, daß er lukrative Aufträge nur dann bekam, wenn er einflußreiche Leute kannte. So hatte er die bewundernswerte Eigenschaft entwickelt, sich Männern von Rang zu nähern und ihr Gefallen zu finden. Er war ein Schmeichler und Ohrenbläser, wie ihn viele brauchten, um sich wichtig und bedeutsam zu finden. Bald war er für ihr Selbstbild unentbehrlich, und sie lohnten es ihm, indem sie ihn denen ans Herz legten, die Bauaufträge zu vergeben hatten.

Dennoch plagten Krimnitz zu Beginn des Jahres 1856 erhebliche finanzielle Sorgen. Eine solche Pechsträhne hatte er noch nie erlebt. Für eine Fabrikantenvilla in Cöpenick hatte er bereits erhebliche Vorleistungen erbracht, als der Bauherr insolvent geworden und ins Gefängnis gewandert war. Ein Händler aus Schlesien hatte ihn hereingelegt und Marmor von so minderer Qualität geliefert, daß der schon Risse bekam, wenn ein Kind auf die verlegten Platten trat. Dazu war ihm in Teltow ein Fabrikschornstein umgestürzt und hatte die Dächer mehrerer Häuser durchschlagen. Da sein Polier geschludert hatte, zahlte seine Versicherung nicht, und er mußte für den Schaden selber geradestehen. Seine Kassen waren nun leer, und Kredite bekam er keine mehr, denn sein Grundstück war schon über Gebühr mit Hypotheken belastet. Von den Schulden, die er bei privaten Banquiers hatte, gar nicht zu reden. Was ihm jetzt allein noch helfen konnte, war ein großer Auftrag, bei dem ihm der Bauherr einige Silbergroschen vorschoß.

Nur ein Wunder konnte ihn noch retten. In der Hoffnung darauf ging er in die alte Post, wo die Siechen-Brauerei ein Lokal eröffnet hatte. Kaum war er eingetreten, lobte er seinen untrüglichen Instinkt, denn wer dort in der Ecke saß und sich an seinem Seidel festhielt, war kein Geringerer als der Architekt Eduard Knoblauch. Man kannte sich gut. Knoblauch war Mitte der Fünfzig. Begonnen hatte er als Feldmesser, war dann Baumeister geworden und durch zahlreiche Wohnhäuser und Villen am Thiergarten und in der Friedrichstadt hervorgetreten. Bis in den Vorstand des Architekturvereins und in die Akademie der Künste hatte er es inzwischen gebracht, und in den Salons munkelte man, der Bau des Jüdischen Krankenhauses würde ihm übertragen werden. »Die denken, bei dem Namen muß er Jude sein – ist er aber nicht.«

Krimnitz begrüßte ihn ebenso freudig wie mit der gebührenden Hochachtung und fragte, ob er wohl an seiner Seite Platz nehmen dürfe.

»Warum nicht ...«

Krimnitz dankte und setzte sich. Er fand, daß Knoblauch schlecht aussah. Er schien an einer verdeckten Krankheit zu leiden. »Es geht Ihnen doch gut ...?«

Knoblauch seufzte. »Die Planungen für das neue Krankenhaus nehmen mich stark an Anspruch.«

»Wenn Sie Hilfe brauchen ...« Es war mehr ein eigener Hilferuf als ein Angebot.

Knoblauch wich ihm aus. »Ich muß erst einmal Silberstein und Rana ausstechen.«

Krimnitz lachte. »Stechen ist ein treffendes Wort. Die beiden scheinen doch immer nahe daran, aufeinander einzustechen, sobald sie sich begegnen.«

»Vielleicht bin ich deswegen der lachende Dritte«, sagte Eduard Knoblauch.

»Und wenn, dann ...« Krimnitz blieb nun nichts übrig, als den direkten Weg zu gehen. »... dann wäre ich Ihnen von Herzen verbunden, wenn Sie sich dabei meines bewährten Bauhofes bedienen würden. Wir setzen alles so um, wie Sie es entworfen haben.«

Knoblauch leerte seinen Seidel. »Verbindlichsten Dank. Wenn

der Fall wirklich eintreten sollte, werde ich mich gern an Ihr Angebot erinnern.«

Krimnitz spürte genau, daß es für ihn bei Eduard Knoblauch nichts zu gewinnen gab. Schnell stand er auf und verließ mit einem unfreundlich gemurmelten Abschiedsgruß die Stätte seiner Niederlage. Am besten, er machte sich auf den Heimweg und betrank sich zu Hause.

Als er die Inselbrücke überquerte und vor sich die tiefen und strömenden Wasser der Spree erblickte, kam ihm der Gedanke, sich selbst zu töten. Ein paar Sekunden Todeskampf, dann wäre er von allem Elend erlöst. Aber wahrscheinlich war er ein zu guter Schwimmer, um unterzugehen, trotz seiner schweren Kleidung. Was gab es noch für Möglichkeiten? Den Strick. Die Balken in seinem Dachstuhl trugen ihn allemal. Nein, er war schließlich kein Verbrecher, und er wollte nicht wie am Galgen enden. Die ehrenhafteste Methode war immer noch die, sich eine Kugel in den Kopf zu jagen. Schnell und schmerzlos war man im Jenseits. Aber er hatte keine Pistole. *Dann beschaff dir eine!* Dazu reichte sein Geld noch allemal. In einer ganz bestimmten Conditorei in der Kommandantenstraße bekam er sicher eine.

Und so war es dann auch. Nachdem er ein Glas Champagner getrunken hatte – nobel ging die Welt zugrunde –, ließ er sich eine Droschke kommen und an den Rand des Thiergartens fahren. Am Kemperplatz stieg er aus und wandte sich zur Luiseninsel. Entseelt auf den Gedenkstein der Königin niederzusinken, das hatte etwas, zumal wenn man Louis hieß.

Alles schien ihm reizvolles Spiel zu sein, bis er dann am Ziel angekommen war und die Waffe unter dem Mantel hervorzog, um sie zu entsichern. War es wirklich das bessere Los, seinem Leben ein Ende zu setzen? Gab es einen Gott, dann hatte er schlechte Karten – gab es keinen, dann … Der Gedanke an das absolute Nichts, an ein Verlöschen für immer und ewig ließ ihn erzittern. Und für jeden Aufschub dankbar, wandte er sich um, weil er hinter sich Schritte zu hören glaubte. Richtig, da kamen zwei Damen den Weg entlang. Beide teuer gekleidet, die eine aber offenbar die Herrin. Gott, die kannte er! Das war Marie Therese aus Zeitz, die heimliche Geliebte eines der vielen Fürsten aus Thüringen und Sachsen. Er kannte sie, weil er für ihren Besitzer ein Jagdschloß gebaut hatte. Der war nun vor kurzem verstorben und hatte ihr wahrscheinlich nicht wenig hinterlassen.

Ohne sich weiter zu besinnen, eilte er der Schönen hinterher.

DIE EINWOHNERZAHL Berlins näherte sich immer mehr der magischen Grenze von 500 000 Seelen, das Militär mit seinen Angehörigen eingerechnet, und um die halbe Million möglichst schnell zu erreichen, verleibte sich die Stadt fortwährend ein, was an ihrem Rande gedieh, und dachte dabei zur Zeit namentlich an die Kämmerei-Ortschaften Wedding und Neu-Moabit, aber auch an Deutsch-Rixdorf.

Als Louis Krimnitz davon in der Zeitung las, fragte er sich unwillkürlich sogleich nach den Chancen, die sich ihm dadurch bieten könnten. Man würde, wenn alles wuchs, größere Rathäuser brauchen, neue Schulen, Wasserwerke und dergleichen. Und wenn er sich ranhielt, würde auch er ein paar Stücke vom großen Kuchen abbekommen. Die Redakteure gaben ihrer Hoffnung Ausdruck, daß die allgemeine Flaute bald vorüber sein und in den sechziger Jahren ganz sicher der Aufbruch zu neuen Ufern erfolgen würde. Bis dahin galt es durchzuhalten. Wie aber? Krimnitz ging in sein Bureau hinüber, um die wichtigsten Bücher aus den Schubladen zu nehmen und noch einmal durchzusehen. Aber nicht hier unten, wo es kalt und ungemütlich war, sondern oben in der Küche, wo es dank Linas Kochmaschine auch jetzt noch mollig warm war. Außerdem gab es dort etwas zu essen und zu trinken.

Einsam war es am frühen Abend im großen Haus in der Cöpenicker Straße. Seine Schreiber und Buchhalter hatten Feierabend gemacht, und seine Zugehfrau war bei ihrer Mutter in Treptow. Mit der Petroleumlampe in der Hand stieg er die Treppe zum ersten Stockwerk hinauf. Als er den langen Flur entlangging, kam er am Bild seiner Frau vorbei. Ein begnadeter Künstler hatte es gemalt, und es war so lebensecht geraten, daß Krimnitz immer zusammenzuckte, wenn Elisabeths Blick ihn traf: »Warst du also wieder bei einem Flittchen?!« Nur um dich zu vergessen! Seit anderthalb Jahren war sie nun tot, im Wochenbett gestorben, das Kind mit ihr. Wie jeden Tag murmelte Krimnitz auch heute: »Ach, Elisabeth, mit dir hat mich das Glück verlassen.«

Aber noch war ja nicht aller Tage Abend. Mit seinen 33 Jahren war er ein Mann im besten Alter, und kam er erst wieder zu Geld, so kam er auch zu einer respektablen Frau. Marie Therese wäre eine gewesen, und ihr Vorleben störte ihn wenig, ganz im Gegenteil, doch als er sie im Thiergarten angesprochen hatte, war er auf die nächste Woche vertröstet worden. Dabei flüsterte sie ihm etwas ins Ohr, das sogar ihn noch erröten ließ.

Er entkorkte eine Flasche französischen Rotwein, füllte sein Glas bis zum Rand, nahm einen Schluck und setzte sich an den Küchentisch, um als erstes die Schuldscheine durchzusehen und nach ihrer Fälligkeit zu ordnen. Die achthundert Thaler, die er Meir Rosentreter zurückzuzahlen hatte, wären schon gestern fällig gewesen, doch er hatte keine Möglichkeit gefunden, so viel Geld aufzutreiben. Nicht zuletzt aus diesem Grund hatte er daran gedacht, sich eine Kugel in den Kopf zu jagen. Und wäre Marie Therese nicht zufällig des Weges gekommen, läge er in diesem Moment schon in der Leichenhalle.

Er schrak zusammen. Unten hatte jemand am Klingelzug gerissen ... Er brauchte gar nicht ans Fenster zu treten und nach unten zu schauen, er wußte auch so, wer da Einlaß begehrte: Meir Rosentreter natürlich. So zu tun, als sei er nicht zu Hause, wäre vergeblich gewesen, dazu war der Schein seiner Lampe zu hell. Außerdem konnte er sich nur noch dadurch retten, daß er mit Rosentreter redete und ihn dazu brachte, ihm ein weiteres Moratorium zu gewähren. Machte er nicht auf, lief der Geldverleiher morgen früh zum Gericht, um ihn anzuzeigen. Also ging er nach unten, schloß auf und bat Rosentreter einzutreten, um mit ihm in Ruhe über alles zu reden. »Oben bei mir in der Küche, da liegen alle Bücher ...«

»Wo auch immer«, sagte Rosentreter, als er unten ablegte. »*Doss gelt fargnigt und pajnigt ale.*«

»Wie?«

»Das Geld vergnügt und quält alle«, übersetzte Meir Rosentreter.

»Geld genug liegt oben bei mir im Geheimfach«, sagte Krimnitz. »Sie werden's gleich sehen.«

»Das wäre meines Herzens Freude und Wonne«, erwiderte Rosentreter. Es war seine Lieblingswendung. Diesmal gebrauchte er sie in der Version der Luther-Bibel, denn christliche Freunde hatten ihm gesagt, daß der 6. Vers des 63. Psalm so besser klänge und zu verstehen sei als in der Fassung von Leopold Zunz, wo es ja hieß: »Wie von Fett und Mark ist gesättigt meine Seele, und mit Jubellippen lobsingt mein Mund.« Das mit den Jubellippen mochte noch angehen – aber Fett in der Seele? Krimnitz waren solche sophistischen Fragen egal, er nickte nur und ging voran. Er hatte das Gefühl, zum Richtplatz geführt zu werden. Der Henker war dicht hinter ihm. Wie herrlich wäre es gewesen, wenn ihn statt des kleinen Rosentreter eine Frau wie Marie Therese aufgesucht hätte oder wenn er den Banquier wegen der Anlage eines Vermögens empfangen würde und nicht wegen seiner Schulden.

Als ihm Meir Rosentreter dann gegenübersaß, fiel Krimnitz auf, wie ähnlich sie sich sahen. Beide hatten den gleichen kräftigen Körperbau, was bei einem Juden doch erstaunte, und Haare so schwarz, wie es sehr selten vorkam in Berlin. Bei Krimnitz mochte das daran liegen, daß sein Vater ja Franzose war. Als er daran dachte, fiel ihm sogleich eine Geschichte ein, mit der sich Rosentreter vielleicht erweichen ließe.

»Ich habe Nachricht aus Le Havre, daß mein leiblicher Vater endlich gefunden worden ist. Es soll ein gewisser Louis Virenque sein, zur Zeit Kapitän auf einem Handelsschiff, ein wohlhabender Mann. Ich habe ihm schon geschrieben. Wenn er erfährt, daß er einen Sohn hat, der unverschuldet in Not geraten ist, wird er mich sicher auslösen.«

Rosentreter strich sich über die Haare und lachte. »Eine schöne Geschichte, Herr Krimnitz, aber wie sagte mein Vater immer: *Hob ich nit kejn kowed, wil ich lechol hapochess hobn doss gelt.* Habe ich keine Ehre, will ich wenigstens Geld haben.«

»Fassen Sie mal einem nackten Mann in die Tasche!«

»Soll das heißen, Herr Krimnitz, daß Sie auch heut nicht zahlen können?«

»Ja ... leider ...«

Meir Rosentreter stand auf. »Dann werde ich nicht anders können, als ...«

Krimnitz preßte die Handflächen gegeneinander und hob beschwörend die Arme. »Ich bitte Sie, haben Sie doch Mitleid mit mir!«

Rosentreter wandte sich zum Gehen. »Ich brauche das Geld so dringend wie Sie, und es ist *mein* Geld. Wenn Gutherzigkeit mein Tod ist, dann ...«

»Wenn ich hier alles verkaufen muß, bin ich hinterher ein Bettler!«

»Ich warte jetzt ein halbes Jahr, und länger kann ich nicht mehr warten!« Damit war Rosentreter an der Treppe angekommen, die zwar ziemlich breit war, aber doch sehr steil nach unten führte.

»Raus hier!« schrie Krimnitz. Haß flackerte in ihm auf, und ehe er sich's versah, hatte er dem Geldverleiher mit der rechten Faust einen kräftigen Stoß versetzt.

Rosentreter stürzte die Treppe hinunter, schlug hart auf die Stufen auf, überschlug sich mehrmals und blieb schließlich unten liegen, ohne sich noch einmal zu rühren. Krimnitz war sofort gewahr, daß Rosentreter tot sein konnte. Er erschrak nur mäßig darüber. Sein erster Gedanke war: Der hartherzige Geldverleiher hatte es nicht anders verdient. Aber ihm war auch auf der Stelle klar: Lief er jetzt zur Polizei und führte sie zur Leiche von Rosentreter, dann bestraften sie ihn – und zwar wegen Mordes. Das hieß, daß er am Galgen endete, zumindest aber in der Hausvogtei einzusitzen hatte, bis er ins Greisenalter kam.

»Nein!« schrie er da. »Nein! Nicht dieses Lumpen wegen.« Und dann überlegte er lange, wie er sich noch retten konnte. Schließlich hatte er einen Plan: Am besten, er zog sich die Kleider seines Opfers an, sofern sie nicht voller Blut waren oder jedenfalls schnell gereinigt werden konnten, und trat dann als Meir Rosentreter eine Reise an.

Nach einer knappen Stunde war er soweit. Er lief zur Oberbaumbrücke, überquerte die Spree und pfiff sich am Stralauer Thor eine Droschke herbei. »Zum Bahnhof der Frankfurter Eisenbahn.« Immer bemüht, so wie ein Jude zu sprechen, also »nu« zu sagen, »du megst« oder »e« statt »ein«, klagte er dem Kutscher sein Leid: daß er noch nach Frankfurt an der Oder müsse, um dort Geldgeschäfte abzuwickeln. Auch am Fahrkartenschalter im Bahnhof redete er mehr als nötig und ließ zweimal seinen angeblichen Namen fallen: »So wahr ich Meir Rosentreter heiße …« Der Beamte sah zwar ein wenig einfältig aus, das aber merkte er sich vielleicht.

Im Coupé war Krimnitz allein, was ihm zupaß kam, denn so gab es keinen Zeugen dafür, daß er den Zug schon in Erkner verlassen würde. Schnell suchte er mit seinem kleinen Koffer in der Hand die Toilette auf und schloß sich ein.

Hineingegangen war er als Meir Rosentreter, heraus kam er als Louis Krimnitz. Im Koffer steckten jetzt die Sachen des Geldverleihers. Ganz unauffällig löste Krimnitz nun ein Billett nach Berlin. Beim Warten auf den Zug gab er sich alle Mühe, niemandem aufzufallen. Daß die Laternen auf dem Perron nur matt leuchteten, kam ihm dabei zu Hilfe. Im Abteil setzte er sich in die dunkelste Ecke, und er hatte offenbar Glück, denn keiner der übrigen Fahrgäste schien ihn zu kennen. Zwar wäre es noch keine Katastrophe gewesen, einen Bekannten zu treffen, aber besser war es schon, wenn ihn niemand auf der Strecke sah. Am Bahnhof verzichtete er auf eine Droschke und lief zu Fuß nach Hause, so schnell es eben ging, ohne daß er auffiel. Denn Rosentreters Leiche mußte fortgeschafft werden – und die Nacht war kurz.

Kapitel 3

DER 6. MÄRZ 1856 fiel auf einen Donnerstag – jenen Wochentag, den Friedrich Silberstein am wenigsten mochte, klang das Wort doch so martialisch. Überhaupt waren ihm die germanischen Götter samt und sonders unsympathisch, hießen sie nun Donar oder wie auch immer.

Gemessenen Schrittes ging er über die Schloßbrücke und schwelgte in Erinnerungen. Hier hatte er als Geselle gearbeitet und mehr gelernt als je zuvor. Kein Wunder, war doch sein Lehrmeister kein Geringerer als der große Karl Friedrich Schinkel gewesen. Und seine Präzision wie seine Tatkraft hatten dem Meister so gut gefallen, daß er ihn auch geholt hatte, als jenes Museum am Lustgarten, das später das Alte Museum genannt wurde, und die Friedrichswerdersche Kirche hochzuziehen waren.

Über einen Schleusenarm der Spree führte die Brücke, war 156 Fuß lang und hatte eine Breite von genau 104 Fuß. Die Maße hatte Friedrich Silberstein noch nach einem Vierteljahrhundert im Kopf. Die Fahrbahn war so angelegt, daß neun Pferdefuhrwerke nebeneinander über sie fahren konnten. Das Geländer war eine durchbrochene Eisengußarbeit, Tritonen, Seepferde und Delphine darstellend. Dazwischen waren acht große Blöcke aus poliertem rotem Sandstein verteilt, und auf diesen standen hohe Untersätze aus schlesischem Marmor, die acht Figurengruppen aus Carraramarmor trugen. Es waren herrliche Arbeiten von Drake und anderen begnadeten Künstlern. Friedrich Silberstein konnte sich nie satt sehen an ihnen. Die überlebensgroßen Gestalten zeigten das Leben eines griechischen Kriegers in idealisierender Weise. So lehrte Victoria, die geflügelte Siegesgöttin, den Knaben Heldengeschichte und krönte den Sieger, so unterrichtete Minerva den Jüngling im Gebrauch der Waffen und führte ihn zum Kampf, so brachte Iris, die Botin der Götter, den siegreich Gefallenen zum Olymp empor.

»Ja, so muß man bauen«, murmelte Friedrich Silberstein, und als er weiterging und am Zeughaus, an der Neuen Wache und am Palais des Prinzen Heinrich von Preußen vorüberkam, das jetzt der Universität als Unterkunft diente, wurde ihm so recht bewußt, welch kleines Licht er selbst doch bis jetzt geblieben war.

Um seiner Depression Herr zu werden, brauchte er jetzt einen Schluck Maraschino di Zara oder Danziger Goldwasser, und so bog er rechts in die Charlottenstraße ein, wo nach ein paar Metern ein kleines Café zu finden war. Dort suchte er zuerst die Toiletten auf.

Als er in den Spiegel sah, erschrak er. Elend wie Ahasver sah er aus, wie der Ewige Jude, dem der Tod vorenthalten wurde und der zu immerwährender Einsamkeit verurteilt war. Ohne Unterlaß hatte er von Land zu Land zu wandern. Nicht anders wie er selber, der schon in Polen, Rußland, Österreich und Preußen gelebt hatte. Geboren worden war er am 3. März 1802, also im Monat Nissan, in Medschibosch, einem Schtetl im südostpolnischen Podolien, am Flusse Bug gelegen und erstes Zentrum der *Chassidim*, der »Frommen«. Israel ben Eli'eser, genannt Baal Schem Tow, der Schöpfer des Chassidismus, hatte sich um 1730 hier niedergelassen und scharenweise Rabbiner und Gelehrte angelockt und als Schüler gewonnen. Nach seinem Tod im Jahre 1760 trat Dow Baer aus Medsiretsch sein Erbe an, und in dessen Zeit als *Zaddik* geriet Silbersteins Vater in den Bannkreis der chassidischen Enthusiasten, denen es vornehmlich darum ging, alle sündhaften Gedanken zu vermeiden. Georg Wilhelm Silberstein hatte lange Zeit als Händler – Kurzwaren, Stoffe, Bekleidung – im preußischen Königsberg gelebt. Er verehrte Friedrich II. von Preußen, »den Großen«, so sehr, daß er, als sein Sohn auf die Welt gekommen war, keinen Augenblick gezögert hatte, ihn Friedrich zu nennen. Und nur der Geschäfte wegen hatte der alte Silberstein Preußen verlassen und war über Wilna und Minsk nach Medschibosch gezogen. 1823 aber hatten die Behörden in Kongreßpolen die Chassidim verdächtigt, Staat und Gesellschaft untergraben zu wollen, und er hatte aus Angst vor einem Pogrom seine neue Heimat fluchtartig verlassen und war mit seiner Familie nach Berlin gezogen.

Friedrich Silberstein war also mit 21 Jahren in die preußische Hauptstadt gekommen, und deren Trubel und Dynamik hatten ihn zutiefst verwirrt. Da rumpelten die Kremser durch die Straßen, da wurde die *Haude und Spenersche Zeitung* auf teuflisch schnell rotierenden Maschinen gedruckt, da gab es die ersten Mietskasernen mit Hunderten von Menschen in winzig kleinen Räumen, und da blühten die Künste. In Lesecafés und literarischen Salons versammelte sich die geistige Elite der Stadt, dort konnte man illustren Gästen wie Heinrich Heine begegnen. Hatte man sich bis zu seinem Tode 1811 beim Buchhändler und Verleger Friedrich Nicolai getroffen, so pflegte man sich später, um seine Gedanken auszutauschen, politische Dinge zu diskutieren und berühmten Dichtern zu lauschen, bei Henriette Herz, bei Bettina von Arnim und vor allem bei Rahel Varnhagen von Ense einzufinden. Dort war es auch, wo Friedrich Silberstein auf einen Mann aus dem Umkreis Schinkels traf und die Chance erhielt, in dessen Werkstatt zu arbeiten und seine Ausbildung zum Baumeister zu beenden. Ach, welche Träume hatte er damals noch gehabt! Bahnhöfe, großartig wie Kathedralen, wollte er errichten, prächtige Villen und Schlößchen für Fürsten, Generäle, Minister und Kommerzienräte – und Synagogen, die so prächtig waren, daß sie alle Juden zwischen London und Lemberg anlockten. Doch was war daraus geworden? Gasanstalten hatte er entworfen und gebaut, Dorfschulen, Getreidespeicher, das eine oder andere Geschäftshaus und einen Teil des Diakonissenkrankenhauses Bethanien. Zwar war das allemal besser, als in Galizien erschlagen zu werden, aber … Er riß sich zusammen und ballte die Fäuste. »Es ist ja noch nicht aller Tage Abend …«

Friedrich Silberstein war das, was die Leute ein Süßmaul nannten, und als er seinen Kaffee, seinen Likör und seinen Käsekuchen vor sich stehen hatte, ging es ihm schon wieder besser. Doch das änderte sich rasch, als er Karl-Hermann Rana in der Tür auftauchen sah. Kaum hatte der ihn entdeckt, machte er auf der Stelle kehrt und lief wieder auf die Straße hinaus. Wenn Blikke töten könnten … Friedrich seufzte hörbar. Als der Österreicher, Baumeister wie er, aber fünfzehn Jahre jünger, nach Berlin gekommen war, hatte er ihn wie einen Sohn in seinem Hause aufgenommen und lange im Gästezimmer wohnen lassen. Aber worin hatte Ranas Dank bestanden? Darin, daß er heimlich in seinen Unterlagen geblättert und ihm den Auftrag für den Bau einer Fabrikantenvilla in Cöpenick weggeschnappt hatte. Und nicht nur das. Leichtlebig wie er war, hatte Rana Silbersteins Sohn Aaron in stadtbekannte Bordelle mitnehmen wollen und sich sogar – der Gipfel! – seiner Frau Sarah unsittlich genähert. Da hatte er Rana aus dem Haus geworfen. Der nun war durch Berlin gezogen und hatte alles ganz anders dargestellt. Von der Fabrikantenvilla habe er nicht durch die Einsicht in Silbersteins Papiere Kenntnisse erhalten, sondern dadurch, daß der Bauherr ihn persönlich angesprochen habe. Und Aaron Silberstein habe er nicht in ein gewisses Freudenhaus geführt, sondern ihn im Gegenteil an dessen Betreten gehindert, weil ihm bekannt war, daß einige der dort tätigen Damen nicht bei bester Gesundheit waren. Sarah Silberstein schließlich sei nicht von ihm bedrängt worden, sondern habe alles darangesetzt, ihn zu ihrem Liebhaber zu machen.

»Das sind doch alles infame Lügen!« hatte Friedrich Silberstein geschrien.

»Daß er so schreit, ist doch Beweis genug, daß er die Unwahrheit sagt«, hatte Rana lachend entgegnet.

Das Schlimme war, daß die Leute durchweg meinten, die Wahrheit müsse irgendwo in der Mitte liegen und was für Rana Bagatellen seien, das würde sich für Friedrich Silberstein zu einem Drama auswachsen. Kurzum, er sah sich in seiner Ehre verletzt und seine Familie in den Schmutz gezogen, während Rana das Ganze als Triumph genoß und sich in seinem Ruf als Don Juan und Lebemann bestätigt sah. Das nun wurmte Friedrich Silberstein so sehr, daß er in der Fachwelt nichts unversucht ließ, Ranas Fähigkeiten als Baumeister in Frage zu stellen. Und so war denn in einer Monatsschrift, die in der Bauwelt ein großes Renommee genoß, zu lesen, daß bei Ranas letztem Kirchenneubau ein Pissoir Pate gestanden haben müsse und man nur hoffen könne, daß das Dach nicht einstürze, wenn die Leute einmal etwas lauter singen würden. Da viele sagten, die Feindschaft zwischen ihm und Rana würde unweigerlich auf ein Duell hinauslaufen, hatte sich Friedrich Silberstein schon eine Pistole beschafft und übte damit ab und an heimlich in der Wuhlheide.

Immer noch in Rage, zahlte er, verließ das Café und machte sich auf den Heimweg. An der sozusagen runden Ecke, wo die Große Präsidentenstraße in den Hackeschen Markt mündete, besaß er ein ansehnliches Haus, das von seiner Frau aufs beste gehütet wurde.

Sarah Silberstein entstammte der Familie des ehemaligen Spandauer Schutzjuden Levin Joseph. Der hatte 1777 zusammen mit seinem Bruder Abraham eine Konzession für den Tuchhandel erwerben können, kam aber auf keinen grünen Zweig, weil ihm die christlichen Kaufleute und Gewandschneider das Leben schwer machten. Zudem war er für einen guten Händler viel zu vertrauensselig und gutmütig. Nicht zuletzt aber waren es die hohen Abgaben an die Obrigkeit, die ihn in den Ruin trieben. Schließlich wurde er wegen betrügerischen Bankrotts verurteilt und mußte das Land verlassen. Seine Kinder und Enkelkinder wurden in alle Winde verstreut, und Sarah erblickte am 12. Juni 1812 in Dresden das Licht der Welt. Ihr Vater war Rabbiner, und bei einem Besuch in Berlin lernte sie in der Synagoge Heidereutergasse ihren späteren Ehemann kennen. An Friedrich gefiel ihr vom ersten Augenblick an die kraftvolle Art. Er konnte zupakken und etwas Handfestes schaffen. Bauwerke, für die Ewigkeit gedacht. Ganz anders die Männer in ihrer Familie, die alle schlaff und vergeistigt durchs Leben gingen und deren höchstes Glück darin bestand, stundenlang über dem Talmud zu sitzen und zu »klären«, das heißt ein kompliziertes Problem, eine *Kasche*, scharf zu durchdenken. »Bin ich ein Esel, weil ich dein Freund bin, oder bin ich dein Freund, weil ich ein Esel bin?« Friedrich verbrachte seine Zeit nicht mit der Auslegung von Talmud- und Toratexten, Friedrich baute Häuser, Bahnhöfe und Manufakturen.

Sie brauchte einen solchen Fels, denn sie hatte durchaus etwas Flatterhaftes an sich, und nicht zu unrecht hatte sie einer ihrer frühen Verehrer »mein schwarzer Schmetterling« genannt. Ihr Traum war es gewesen, Schauspielerin zu werden, doch das hatte man ihr gründlich ausgetrieben, obwohl darin wohl ihr wahres Talent gelegen hätte. So verlegte sie sich auf die Schriftstellerei, die ihr von den Eltern erlaubt wurde, jedoch glückten ihr nur holprige Texte.

Zwei Kinder hatte sie zur Welt gebracht, 1826 ihren Sohn Aaron und zwei Jahre später ihre Tochter Rahel. Die zweite Geburt hatte sie sehr erschöpft, und seitdem sah sie blaß und zerbrechlich aus. Sie ging auch nicht mehr so gern aus dem Haus wie früher, sondern ließ die Menschen lieber zu sich kommen. Da sie viel las und immer wußte, was in Politik, Dichtkunst und Philosophie gerade *en vogue* war, galt sie als anregende Gesprächspartnerin. Zwar konnte ihr Salon mit dem einer Rahel Varnhagen nicht ernsthaft konkurrieren, dennoch war er bei Männern von Rang und Namen so beliebt, daß gar nicht alle eingeladen werden konnten, die gern gekommen wären. Bei allem hatte sie aber auch die Interessen ihres Mannes im Kopf, denn der war kein guter Verkäufer seiner Baukunst, wie ihr schien, und neigte immer dazu, sein Licht unter den Scheffel zu stellen, auch war er kein Meister der gepflegten Konversation und schon gar nicht jemand, der andere auszuhorchen wußte und ihnen schmeichelte, wenn es darum ging, Konkurrenten aus dem Felde zu schlagen, um einen lukrativen Auftrag zu erhalten.

Friedrich Silberstein traf seine Frau bei der Lektüre eines Romans. Es war Gottfried Kellers *Der grüne Heinrich*, wie er sah, als sie das Buch beiseite legte. Er fand es furchtbar langweilig und hatte schon nach den ersten fünf Seiten aufgegeben. Etwas anderes interessierte ihn weitaus mehr.

»War Meir Rosentreter hier?«

Sarah schüttelte den Kopf. »Nein.«

»Er wollte mir ein Empfehlungsschreiben bringen, für meine Reise nach Mainz, wo sie eine neue Synagoge bauen wollen.«

»Ich kann nur sagen, daß er nicht da war.«

Friedrich Silberstein machte eine Handbewegung, die abwiegeln sollte, denn seine Frau schien ein wenig eingeschnappt zu sein. »Komisch, wo er sonst immer so gefällig und so zuverlässig ist ...«

Sarah Silberstein zeigte zur Zimmerdecke hinauf. »Vielleicht weiß Aaron mehr.« Ihr Sohn hatte direkt über ihnen ihr Zimmer.

»Wieso soll der was wissen?«

»Weil er sich gestern mit Katharina getroffen hat. Soll ich ihn mal holen?«

»Ja, tu das.«

AARON SILBERSTEIN hörte seine Eltern unten in der guten Stube diskutieren und verspürte wohl unwillkürlich den Wunsch, nach unten zu eilen und seinen Vater zu begrüßen, andererseits war ihm die ungestörte Mittagsruhe ein liebgewordenes Ritual, und zu gern hätte er noch ein paar Seiten Eichendorff gelesen, ehe er wieder in die Brüderstraße eilte und in seiner Kanzlei auf Klienten wartete.

Der Einsiedler hieß das Gedicht, und leise sprach er den Anfang der zweiten Strophe vor sich hin: »Die Jahre wie die Wolken gehen / Und lassen mich hier einsam stehn, / Die Welt hat mich vergessen ...« So weit war er mit Eichendorff völlig *d'accord*, und den subtilen Schmerz, der den Dichter erfüllte, genoß er wie einen köstlichen Likör. Doch was folgte, ließ ihn zusammenzukken, als hätte ihn ein Messerstich mitten in die Brust getroffen: »Da tratst du wunderbar zu mir ...« Eichendorff meinte die tröstende Nacht. Aaron aber bezog diese Zeile auf ein wunderschönes Mädchen. Ein solches jedoch trat nicht in sein Leben, obwohl er kaum an etwas anderes denken konnte als daran, endlich eine Frau zu finden, die er wirklich liebte. Aber wie hatte sein Großvater immer gesagt? *Men sol nit betn, di zoress soln sich ojsslosn. Worem as di zoress losn sich ojss, lost sich doss leben ojch ojss* – Man soll nicht beten, daß das Leid ein Ende nehme. Denn wenn das Leid aufhört, hört auch das Leben auf.

Aaron Silberstein legte Wert darauf, als das genaue Gegenteil seines Vaters zu gelten, und oft hörte man von ihm die Wendung: »Ich bin ganz anders als er.« Vordergründig schien sich das nur auf den Körperbau der beiden zu beziehen, denn der Senior war untersetzt bis füllig, der Junior aber lang und schlank. In Wahrheit aber wollte er sagen: Ich bin nicht so verknöchert, nicht so preußisch und königstreu wie mein Vater, kein Ewiggestriger, noch immer dem Berliner Biedermeier des Vormärz verbunden. In seinen Jünglingsjahren hatte sich Aaron der *Haskala* verpflichtet gefühlt, der jüdischen Aufklärung, und Moses Mendelssohn, der »jüdische Luther«, wie sie ihn mitunter nannten, war sein Prophet gewesen. Als Student hatte er sich dann unter dem Einfluß seines Freundes Wilhelm Blumenow immer stärker pantheistischen und schließlich sogar atheistischen Positionen angenähert, und öfter hörte man ihn Ludwig Feuerbach zitieren: daß nicht Gott die Menschen gemacht habe, sondern sich die Menschen ihre Götter – jeder Stamm, jedes Volk nach seinen Bedürfnissen und Lebensbedingungen. Zugleich aber hatte er noch immer das im Blut, was sie ihm in der *Jeschiwa*, der Talmud-Schule, beigebracht hatten, und so hielt er sich nach außen noch immer mehr oder minder streng an die jüdischen Gesetze.

Bei aller Kritik an seinem Vater, es gab Phasen, in denen er voller Bewunderung für ihn war und auch ein wenig neidisch. Während er seinen Vater in solchen Stunden als Fels in der Brandung sah, kam er sich selbst wie ein Schiff vor, das von Wind und Wellen hin und her geworfen wurde und kein Ziel hatte. »Ich weiß nur, daß ich nicht weiß, was ich recht eigentlich will«, hatte er in sein Tagebuch geschrieben. Sein Vater hatte es durch Zufall entdeckt und ihn daraufhin verdonnert, Jura zu studieren: Das gäbe Menschen den nötigen Halt, und man könne damit alles werden.

Immerhin war er so zu einem halbwegs erfolgreichen Advokaten mit einer kleinen Kanzlei in der Brüderstraße geworden, doch viel lieber wäre er höherer Beamter im Innen- oder Justizministerium gewesen, wo er ohne jeden Zweifel ebenfalls eine glänzende Karriere vor sich gehabt hätte – wenn er denn Christ gewesen wäre ... Seit dem 31. Januar 1850 waren zwar laut Artikel 4 der Verfassung alle Preußen gleichgestellt, auch die Juden. Doch noch immer wurde diesen der Zugang zu öffentlichen Ämtern, höheren militärischen Dienstgraden und universitären Lehrstühlen verweigert.

Zur Welt gekommen war Aaron Silberstein am 9. Mai 1826, dem Tag, an dem sich die Sängerin Henriette Sonntag, die »göttliche Jette«, nach ihrer letzten Vorstellung im Königstädtischen Theater auf dem Alexanderplatz von ihren Berlinern verabschiedet hatte. Unter den vielen Tausenden, die ihr zujubelten, fehlte aus diesem Grunde Sarah Silberstein, und sie verzieh ihrem Sohn nie so recht, daß er sie mit seiner Ankunft um diesen Genuß gebracht hatte. Damals hatten sie noch in der Spandauer Straße gewohnt, und man hatte es nicht weit zur Synagoge Heidereutergasse gehabt. Die war zwar schon am 14. September 1714, dem Sabbat vor dem jüdischen Neujahrstag, eingeweiht worden, doch daß man den Bau einem christlichen Architekten übertragen hatte, dem Michael Kemmeter, wurmte Tharah Seligsohn noch heute. Sein Schwiegervater konnte nicht anders, als ihm in gewisser Weise zuzustimmen, obwohl es ja zu dieser Zeit in Preußen praktisch keine jüdischen Baumeister gegeben hatte. Juden war auch dieser Beruf verwehrt gewesen.

»Und wer darf sie jetzt renovieren und umbauen im klassizistischen Stil? Wieder ein Goi.« Gemeint war der christliche Baumeister und Schinkel-Schüler Eduard Knoblauch.

»Du hättest den Vorsteher aufklären sollen, Vater, denn bei diesem Namen wird er gedacht haben: Nu, das ist einer von uns.«

Diesen Dialog führten sie in regelmäßigen Abständen. Heute aber ging es, kaum war er nach unten gekommen, um Meir Rosentreter. Ob ihm dessen Tochter vielleicht etwas von einer plötzlich anzutretenden Reise gesagt habe, schließlich führe sie ihm den Haushalt?

»Nein. Als wir vom Konzert gekommen sind, habe ich sie mit der Droschke nach Hause gebracht und unten geschellt. Die alte Selma ist nach unten gekommen und hat sie in Empfang genommen. Ihren Vater habe ich nicht bemerkt. Aber es kommt ja öfter vor, daß der auf Reisen ist.«

Friedrich Silberstein war bitter enttäuscht. »Schöne Freunde sind das! Er weiß doch genau, daß sie mich ohne seine Empfehlung die Synagoge in Mainz nicht bauen lassen werden.«

»Wartest du eben, bis es hier in Berlin soweit ist.«

»Da nehmen sie dann den Rana!«

»Sei nicht so verbittert, Friedrich!« ermahnte Sarah Silberstein ihren Mann.

»*Mit chitrekajt kon men doss leben ibergejn, mit farschtand – nit schtendik*.«

Das Jiddische war Aaron schon ein wenig fremd geworden, und so brauchte er einen Augenblick, um zu verstehen, was sein Vater eben gemeint hatte: Mit Durchtriebenheit kann man das Leben durchstehen, mit Verstand – nicht immer. »Nun, Mutter kann ja demnächst mal die Leute einladen, die das Sagen haben, wenn sie in Berlin wirklich eine neue Synagoge bauen wollen.«

»Aber am liebsten wäre mir eine große Hochzeit …« Sarah Silberstein sah verträumt aus dem Fenster. »Du und Katharina. Ich habe geträumt, daß ihr euch zu Pessach verloben werdet.«

Aaron hatte Mühe, die Contenance zu wahren. »Mutter, ich bin mit Katharina zusammen aufgewachsen wie mit einer Schwester, und wie soll ich da mit ihr …« Er lief rot an, weil die Worte, die ihm fast über die Lippen gekommen wären, unschicklich waren.

Sein Vater lachte. »Das kommt mit der Ehe.«

»Darauf will ich mich nicht verlassen.« Er wollte hell entflammt sein und nicht nur glimmen.

»Sie ist eine gute Partie«, sagte sein Vater vorsichtig. »Und mit ihrem Geld könnten wir ganz anders dastehen, wenn es um große Bauten geht.«

Die Diskussion wäre noch lange so weitergegangen und hätte sich wie immer im Kreise gedreht, wenn nicht plötzlich sehr heftig am Klingelzug gerissen worden wäre.

Friedrich Silberstein sprang auf. »Ah, doch noch Meir Rosentreter!« Und er gab seinem Sohn einen Wink, zur Tür zu eilen und zu öffnen.

Rosentreter war es aber nicht. Vor der Tür stand nicht der Geldverleiher, sondern der Kommissarius, der für die Gegend um den Hackeschen Markt zuständig war, ein untersetzter, bärbeißiger Mann mit Namen Buntrock, den die Berliner einen »vollgeschissenen Strumpf« nannten. Dies allein hätte Aaron Silberstein nicht in Verwunderung versetzt, doch neben dem Polizeibeamten stand kein Geringerer als Dr. Wilhelm Stieber, der Direktor der Kriminalpolizei und Atlatus des Polizeipräsidenten v. Hinckeldey, von Friedrich Engels als einer der »elendsten Polizeilumpen des Jahrhunderts« bezeichnet.

Aaron Silberstein war zu sehr Jurist, um nicht die Kunst der Selbstbeherrschung eigeübt zu haben. Wer sich von seinen Emotionen übermannen ließ, hatte von Anfang an die schlechteren Karten. Also bemühte er sich um eine subtile Ironie. »Ah, die Herren sind gekommen, um Ludwig Urban hier bei mir zu suchen und festzunehmen.«

Das war derart frech, daß Dr. Stieber erst einmal schlucken mußte, denn Ludwig Urban, ein Tierarzt, war einer der bürgerlichen Anführer der Märzrevolution von 1848 gewesen und hatte anfangs ausgerechnet ihn, der die Liberalen jetzt gnadenlos jagte, zum Verteidiger gehabt. Doch der Direktor der Kriminalpolizei faßte sich schnell und wurde inquisitorisch. »Das ist ja interessant, daß Sie Ludwig Urban so gut kennen ...«

»Ich weiß nur, was alle wissen: daß er in Friedersdorf wohnt.«

»Er will aber nach Berlin zurück, weil es seiner Frau auf dem Dorf nicht recht gefällt«, sagte Dr. Stieber. »Wir dürfen uns dann einmal bei Ihnen umsehen ...«

»Aber gern ... Auch mein Vater wird sich freuen.« So ausgeschlossen schien Aaron dies gar nicht einmal, erzkonservativ, wie der war. Jetzt erst wurde ihm klar, daß Dr. Stieber vielleicht etwas ganz anderes bei ihm suchte: Schriften seines Freundes Wilhelm Blumenow. Der hatte sich nämlich mit Daniel Benda und einigen anderen zusammengesetzt, um zu überlegen, ob man den »Volksverein«, der sich 1848 aufgelöst hatte, nicht wiederbeleben könne und vielleicht die Gründung einer Partei mit dem Namen »Deutscher Volksverein« wagen solle. Aaron selbst liebäugelte eher mit der linksliberalen Fortschrittspartei, die von Rudolf Virchow gegründet worden war, hatte sich aber noch nicht entschließen können, ihr beizutreten. All dies mußte bei Hinckeldeys Schnüfflern auf hohes Interesse stoßen, doch sie fanden nichts, sosehr sie sowohl bei Aaron als auch bei seinem Vater alles auf den Kopf stellten.

Als sie wieder abzogen, war der erboster als Aaron selber.

»Wenn sie bei dir alles durchsuchen, dann mag das ja noch angehen, schließlich ist dieser Blumenow dein Freund, und der hat nichts weiter im Sinn, als die Monarchie abzuschaffen. Aber ich bin schließlich ein absolut königstreuer Mann ... Ich kann mir das Ganze nur so erklären, daß der Rana den Dr. Stieber auf mich gehetzt hat. Dieser üble Verleumder, dieser Lump!«

AARON SILBERSTEIN machte sich auf den Weg in seine kleine Anwaltskanzlei in der Brüderstraße, die den Schloßplatz mit der Petrikirche verband. Das war vom Hackeschen Markt nicht gerade meilenweit entfernt, aber zu Fuß doch ein ganz schönes Stück, zumal es trotz des nahenden Frühlings naßkalt war. Märzenschnee lag in der Luft. Das Königsschloß, das er als glühender Anhänger der 48er Revolution am liebsten in die Luft gesprengt hätte, umging er weitläufig. Dies auch in der geheimen Angst, einmal so einer zu werden wie der ehemalige Storkower Bürgermeister Heinrich Ludwig Tschech: Der hatte am 26. Juli 1844 im Portal des Schlosses auf den König geschossen. Auf daß Aaron Silberstein gar nicht erst in Versuchung geriet, nahm er den Umweg über die Spandauer Brücke, die Neue Friedrichstraße und die Spandauer Straße in Kauf und erreichte die Brüderstraße, nachdem er die Spree am Mühlendamm überquert hatte und ein Stück die Gertraudenstraße entlanggegangen war, erst an ihrem südlichen Ende, das heißt an der Petrikirche.

»Sand, weeßer Sand!« schrie ihm jemand ins Ohr. Die Sandwagen kamen aus den Rehbergen im Norden oder vom Kreuzberg im Süden, denn die Hausfrauen brauchten ihn zum Bestreuen der weißgescheuerten Dielen. Als nächstes hemmte ein Bücklingswagen seinen Lauf, dann ein Kolporteur mit seinem Karren. Der brachte seine Schundromane, seine Geister- und Rittergeschichten in die Dienstbotenkammern, vielleicht auch die Neuruppiner Bilderbogen von Gustav Kühn.

Als Aaron Silberstein die Petrikirche vor sich sah, stieß er fast mit seinem Freund Wilhelm Blumenow zusammen. Der ernährte sich, seit er 1848 auf den Barrikaden gekämpft und dadurch seinen Posten als Assessor im Justizministerium verloren hatte, als kleiner Zeitungsschreiber mehr schlecht als recht und war gezwungen, ständig durch die Stadt zu streifen und auf ein Ereignis zu hoffen, das Stoff für ein paar Zeilen hergab.

»Ich hab' was für dich«, sagte Aaron Silberstein, kaum daß sie sich begrüßt hatten.

Blumenow lachte. »Du willst auch konvertieren?«

»Nein. Rosentreter ist ganz offenbar verschwunden.«

»Klar, bevor er dich zum Schwiegersohn bekommt, wandert er lieber nach Amerika aus.«

»Nein, ich bin ernsthaft besorgt: Er hat Katharina nichts von einer Reise oder ähnlichem erzählt, und es gab auch keinen Streit zwischen ihnen, jedenfalls ist er gestern abend nicht nach Hause gekommen.«

Blumenow nahm die Sache noch immer heiter. »Es soll ja Frauen geben, die es schaffen, einen Mann wenigstens eine Nacht lang zu fesseln.«

»Unsinn, so einer ist er nicht. Vor Katharinas Mutter hat er keine andere Frau besessen – und nach ihr auch nicht.«

»Hm ...« Blumenow sah den Turm von St. Petri hinauf. »Nur der Himmel mag wissen, was da geschehen ist. Aber was interessiert sich der Himmel schon für uns.«

»Gehst du der Sache mal nach?«

»Ja, mache ich.« Wilhelm Blumenow zog seinen Block hervor und machte sich Notizen. Dabei fiel sein Blick auf eine kleine Eintragung, die da lautete: »Tharah Seligsohn hat mir wieder tüchtig die Leviten gelesen.« Er zeigte sie dem Freund. »Hat dir dein Schwager gesagt, daß er mich gestern bei Stehely getroffen hat ...?«

»Nein, das hat er nicht. Aber kein Wunder, da du in seiner Gunst sowieso ganz unten stehst.«

Der Grund dafür war ganz einfach: Kaum majorenn geworden, war Wilhelm Blumenow konvertiert. »Da es sowieso keinen Gott gibt, sondern der Kosmos ein sinnloser Ablauf chemischer und physikalischer Prozesse ist«, hatte er kühn erklärt, »erscheint es mir völlig egal zu sein, welcher Religion man angehört.« Stark beeinflußt hatte ihn bei dieser Sicht der Dinge ein gewisser Kaspar Schmidt, ein ehemaliger Lehrer aus Bamberg, der 1845 unter dem Pseudonym Max Stirner eine Schrift mit dem Titel *Der Einzige und sein Eigentum* verfaßt hatte. Darin hatte Wilhelm Blumenow zwei Sätze gefunden, die sozusagen sein Leitstern geworden waren: »Meine Sache ist – einzig, wie Ich einzig bin. Mir geht nichts über Mich.« Auf die Religion bezogen hieß das für ihn, daß man reinen Zweckmäßigkeitserwägungen folgen sollte. Und in Preußen war es, wollte man im Staat Karriere machen, zweifellos zweckmäßig, kein Jude zu sein.

Sonderlich glücklich darüber, ein *Converso* zu sein, war er allerdings nicht, zumal viele seiner jüdischen Freunde und Bekannten, wenn sie auch nicht gleich mit ihm brachen, zornig auf ihn waren, Tharah Seligsohn allen voran. Immer wieder brachte er es zur Sprache.

»Nu, erinnerst du dich nicht mehr an das, was in Spanien mit den Conversos passiert ist?!« Tharah Seligsohn meinte die Zeit um 1400, als infolge sozialer Unruhen und Übergriffe auf die jüdische Bevölkerung viele tausend Juden zwangsgetauft wurden. Angeregt vom Gegenpapst Benedikt III., hetzten die Prediger die Spanier auf, die Juden zum Christentum zu zwingen. Viele der Conversos stiegen dann auch wirklich auf und bekleideten hohe Ämter in Kirche und Staat. Bekannt war der Dialog, den es zwischen Pedro de la Cavalleria, dem Finanzminister von Aragón und Berater von Alfonso V., und einem Juden gegeben hatte: »Warum warst du so erpicht darauf, ein Christ zu werden, obwohl du in unserem jüdischen Gesetz so bewandert bist?« – »Sei still, Dummkopf! Konnte ich als Jude hoffen, zu einer höheren Position als ein Rabbi aufzusteigen? Wegen eines Gekreuzigten erhalte ich jetzt solche Ehren, und ich befehle in der Stadt Saragossa. Wenn ich am Versöhnungsfest fasten will, wer kann mich daran hindern?« Und Tharah Seligsohn ließ es sich nicht nehmen, dem Freund seines Schwagers zu erzählen, wie übel die Sache ausgegangen war: »Unter den Altchristen gab es Neid und Mißgunst, als die Conversos sich hoher Stellungen und großen Reichtums erfreuten – und was machten sie? Sie brachten viele um.« Insbesondere jene getauften Juden, die sie für *Marranos* hielten. Mit diesem Schimpfwort – abgeleitet von »Schwein« – belegten die Spanier während der Inquisition von 1481 die Neuchristen, die weiterhin heimlich ihrer alten Religion anhingen.

Aaron Silberstein kannte das und fühlte sich eher gelangweilt davon. »Und weißt du, was mein Schwager immer sagt, wenn wir auf dich zu sprechen kommen?«

»Klar.« Blumenow lachte. Dann musterte er Aaron mit einem spöttischen Blick. »Ich weiß genau, warum du nicht gerne hinhörst, wenn ich davon erzähle, überhaupt darauf zu sprechen komme, daß ich konvertiert bin ... Na?«

»Keine Ahnung«, sagte Aaron, obwohl er genau wußte, worauf der Freund hinauswollte.

»Du möchtest es auch, wagst es aber nicht und freust dich klammheimlich, wenn dein Vater auf mich einschlägt. Warum? Weil du mir meinen Mut neidest und erbost über dich bist, denn immer nur zu zögern und zu zaudern ist wenig heldenhaft. Und du mußt mein Verhalten gräßlich finden, um ein Argument dagegen zu haben, es auch zu tun.«

Aaron wollte auffahren, besann sich aber, weil er sich eingestehen mußte, daß der Freund nicht ganz im Unrecht war. Schnell wechselte er das Thema. »Ehe ich's vergesse, abgelenkt von der Sache mit Rosentreter: Der Dr. Stieber war bei uns zu Hause.«

»Als Gast?« Blumenow sah ihn verständnislos an. »Dein Vater ist doch Baumeister und kein Lumpenhändler.«

»Nicht als Gast war Dr. Stieber bei uns, sondern zur Hausdurchsuchung – und ich bin mir sicher, daß er deinetwegen da war.«

Blumenow schmunzelte. »Ist doch schön, wenn man in einem solchen Maße ernst genommen wird. Je brutaler die Reaktion zuschlägt, desto größere Chancen haben wir. Die preußische Regierung riecht den Atem der Revolution inmitten der scheinbaren Apathie und greift an. Aber damit bewirkt sie nur, daß sich der passive Widerstand in einen aktiven wandelt.«

Aaron Silberstein war hellhörig geworden. »Das klingt mir aber sehr nach diesem … Marx – wie hieß er noch mit Vornamen?«

»Heißt! Noch lebt er ja. Wenn auch in England. Karl, Karl Marx.« Er erinnerte sich gern an die Marxsche Polemik, die preußische Führung betreffend. Friedrich Wilhelm IV. hatte er von London aus einen »imbizillen König« genannt und Ferdinand von Westphalen, den Innenminister, einen »schwachköpfigen und fanatischen Reaktionär« und hinzugefügt, er habe genügend Gelegenheit gehabt, die Geisteskraft dieses Mannes richtig einzuschätzen, da er sein Schwager sei. »Und weißt du auch, wer beim Kölner Kommunistenprozeß, über den Marx sich so aufgeregt hat, einen Meineid nach dem anderen abgelegt hat, um damit Karriere zu machen?«

Aaron Silberstein wußte es. »Ja, unser lieber Dr. Stieber. Und gleich nachdem er in Berlin Polizeidirektor geworden ist, Hinkeldeys rechte Hand, hat er alle verhaften lassen, die Kalabreserhüte aufhatten, weil er geträumt hatte, daran würde man die Revolutionäre erkennen.«

»Die nächste Revolution wird etwas auf sich warten lassen«, sagte Blumenow. »Erst wird es ein paar Kriege geben. Preußen als Großmacht – wie soll das gutgehen?«

Aaron Silberstein winkte ab. »Du, es gibt schlimmere Länder.«

Blumenow lachte. »Wenn du Glück allein als die Summe des Unglücks verstehst, dem man entgangen ist, dann schon. Aber wenn man unser Dasein an den Utopien mißt, an Bacon, Morus, Campanella … Ich kämpfe jedenfalls dafür!«

»Und ich bin der Advokat, der dich dann wieder aus dem Gefängnis holt.«

Damit verabschiedeten sich die beiden Freunde, und Aaron Silberstein machte sich daran, die letzten Meter bis zum Eingang seiner kleinen Kanzlei zurückzulegen. Das Fenster war etwas geöffnet, und er sah Menuchim Halbleib, seinen Schreiber und Gehilfen, weit nach vorn gebeugt am Pult stehen und eifrig die Feder ins Tintenfaß tunken, um lange Sätze zu Papier bringen. Er liebte den alten Kauz, der alleinstehend war und eine kleine Wohnung in der nahen Sperlingsgasse gemietet hatte. Sie begrüßten sich und besprachen einen Rechtsstreit, bei dem es um das Zugangsrecht zu einer Wiese am Stralauer Thor ging. Gerade wollte er sich in sein kleines Bureau zurückziehen, da stand Katharina Rosentreter in der Tür. Er eilte auf sie zu.

»Ist dein Vater wieder ... hat er sich wieder ...?« Er stockte, weil er das rechte Wort so schnell nicht fand. »Angefunden« hätte merkwürdig geklungen.

»Nein.« Katharina Rosentreter setzte sich auf den Besucherstuhl.

»Dürfen wir Ihnen etwas reichen, mein Fräulein?« fragte Halbleib mit einer so tiefen Verbeugung, daß es in seiner Wirbelsäule hörbar knackte.

»Danke, mir ist jeglicher Appetit vergangen.«

»Vielleicht ein Glas Wasser?«

»Nein, erst wenn ich in Ohnmacht falle.«

Aaron Silberstein setzte sich neben sie, dabei aber um so viel Abstand bemüht, daß kein Außenstehender auf die Idee kommen konnte, hier würden Brautleute miteinander plaudern. Nichts drängte ihn auch, ihr nahe zu sein und ihren Körper zu umfangen. Zu hager und knochig war sie ihm und roch irgendwie nach Mottenpulver statt nach Pariser Parfum. »Wenn ich dir irgendwie helfen kann ...«

»Bei der Polizei haben sie mich sehr herablassend behandelt.«

»Ich muß nachher sowieso zur Polizeidirektion, da werde ich sehen, was ich für dich tun kann. Wann hast du ihn denn zum letzten Mal gesehen?«

Katharina Rosentreter überlegte einen Augenblick. »Am Dienstag nachmittag gegen drei. Da ist er aus dem Haus gegangen. In dringenden Geschäften. Mehr hat er mir nicht gesagt.«

»Und du kannst dir auch nicht denken, zu wem er wollte?«

»Nein, darüber hat er nie mit mir gesprochen. Und an wen er

Geld verliehen hat, das steht in einer dicken Kladde, die er immer in seinem Rock stecken hat.«

Halbleib drehte sich zu ihnen herum. »Eine Reise hat er nicht antreten wollen?«

»Nein, nicht daß ich wüßte.«

Die Sache war mysteriös, und Aaron Silberstein konnte sich keinen Reim auf Rosentreters Verschwinden machen. Er wußte nur: Geldverleiher wie er leben stets gefährlich.

DIE FÜNFZIGER JAHRE des 19. Jahrhunderts waren geprägt vom Scheitern der deutschen Revolution von 1848. Die Blütenträume vom liberalen Verfassungsstaat waren ausgeträumt, die Reaktion hatte auf ganzer Front gesiegt. König Friedrich Wilhelm IV. indes war, bedingt durch seine Geisteskrankheit, immer weniger in der Lage, das Land zu regieren. Es verfiel in eine Art Winterschlaf.

In Berlin hatte sich die demokratische Linke, organisiert in der »Volkspartei« und den »Demokratischen Volksvereinen« und mit Benedikt Waldeck als Galionsfigur, nach Aufhebung des Belagerungszustandes zunächst noch halten können, doch dann sorgten insbesondere ein Knebelgesetz vom 11. März 1850 und die »Revidierte Städteordnung« vom 30. Mai 1853 für den Kahlschlag. Die Polizei erhielt ein erheblich erweitertes Kontrollrecht über die politischen Vereine und ihre Versammlungstätigkeit, und der Innenminister Ferdinand von Westphalen erklärte 1851, es sei die Pflicht der Behörden, allen bekannten Führern der Demokratie »eine besondere Aufmerksamkeit zuzuwenden und nach Befinden der Umstände mit Haussuchungen, Beschlagnahme der Papiere und nötigenfalls Verhaftungen vorzugehen«. Besonders starken Repressionen waren die Oppositionellen in Berlin ausgesetzt, wo der Polizeipräsident Karl Ludwig v. Hinkeldey herrschte.

Die Berliner Polizei hatte 1848 anfangs die Revolutionäre unterstützt, war aber dann zur königlichen Armee übergelaufen, nachdem diese die Oberhand gewonnen hatte. In den Folgejahren hatte sich die Königliche Schutzmannschaft zwar redlich bemüht, die öffentliche Ordnung zu hüten, ihr dringlichstes Ziel aber war es gewesen, sich dem Heer anzugleichen. So trug man seit 1850 Pickelhauben, die den Helmen der Soldaten ähnlich waren. Auch die Polizei stand ja einem gefährlichen Feind gegenüber: der Verbrecherwelt.

Das Königliche Polizeipräsidium befand sich am Molkenmarkt 1, also im Gebäude der Stadtvogtei, und dorthin lenkte Aaron Silberstein seine Schritte. Wie immer betrat er das Gebäude mit unguten Gefühlen, so als würde er sich selber dem Henker ausliefern. Aber ab und an ließ sich ein Besuch in diesem Haus nicht vermeiden, wollte er herausbekommen, wie sich die Dinge für seine Klienten entwickelten. Weit kam er diesmal nicht, denn der Wachhabende drängte ihn in eine Nische. Es war Platz zu schaffen für den Polizeipräsidenten, der gerade mit großem Gefolge die Treppe herunterkam. Nicht mehr als drei Meter mochten Aaron Silberstein von Hinckeldey trennen. Hätte er jetzt eine Pistole bei sich gehabt ... Er klammerte sich an eine Säule, um nicht unwillkürlich nach vorn zu stürzen und sich auf den so sehr Gehaßten zu werfen. Der Anfall ging vorüber, und er besann sich des Grundes seines Besuchs. Aus seiner Studienzeit kannte er noch den einen oder anderen Beamten, und er ließ sich melden, um ein wenig mit ihnen zu plaudern. So bekam er schnell heraus, wen man mit den Nachforschungen im Fall Rosentreter betraut hatte: »den Schlötel«. Aaron Silberstein verzog das Gesicht, dankte für die Information und machte sich auf den Weg zum Kommissarius.

Ernst Theodor Schlötel stammte aus Fürstenberg an der Havel und war als königlicher Feldwebel zur Polizei gekommen. Er war großgewachsen und dabei eher hager. Kantig wie sein Schädel war auch seine Art. Sein weizenblondes Haar trug er kurzgeschoren, so daß manche es mit einem Stoppelfeld verglichen. Als wortkarg und vierschrötig galt er, und eine lockere Konversation hielt er für eine »welsche Sache«, eines preußischen Beamten unwürdig. In einem ordentlich geführten Staate hatte man mit allem sparsam umzugehen, auch mit seinen Worten. Nur bei der Ausschüttung seines Samens war er verschwenderisch umgegangen: Er hatte nicht weniger als acht Kinder gezeugt. Die hatten bald begonnen, jeden Tag eine kleine Untat zu begehen, und bei deren Aufklärung hatte er seine ersten Erfahrungen als Kriminaler sammeln können. Wer etwa hatte die Haselrute des Lehrers heimlich angesägt, so daß sie, als er losprügeln wollte, schon in der Luft zerbrach? Und wer hatte der Hökerin auf dem Markt einen Apfel geklaut?

»Ich komme«, begann Aaron Silberstein die Unterredung, »um darauf zu dringen, daß man die Suche nach meinem Mandanten Meir Rosentreter etwas intensiver betreibt.«

Schlötel ließ sich nicht davon abhalten, an einer Speckschwarte zu kauen. »Da ist nichts zu suchen.«

Aaron Silberstein fuhr auf. »Sie meinen, weil er Jude ist, müsse man nicht ...«

»Da ist nichts zu suchen«, wiederholte Schlötel ohne jede Regung.

»Wieso?«

»Weil nur noch etwas zu finden ist.«

Aaron Silberstein rang die Hände. »Ja, er.«

»Nein, seine sterblichen Überreste.«

»Das ist ja entsetzlich! Was wissen Sie?«

»Ich habe seinen Mörder schon dingfest machen können.«

»Und wer ist es?«

»Das können Sie morgen in der Zeitung lesen.«

KAPITEL 4

»DU STEHST immer noch am Brandenburger Thor, willst noch nicht zu Bett gehen, aber auch nicht mehr viel unternehmen. Gut. Da biete ich Dir Zweierlei. Rechts von Dir winkt der gastliche ›Pariser Keller‹, das fashionabelste dieser unzähligen, nach Hamburger Art entstandenen Delicatessenlocale, wo Dünnwald ... seine guten Weine der Vernichtung Preis giebt, wenn Du selbst den Preis giebst. Oder willst Du noch eine Stunde die Sinne erregen, so folge mir zu Kroll, gehe aber dennoch vorher eine halbe Stunde in den Pariser Keller.«

So wie es Ludwig Löffler in seinem Reiseführer *Berlin und die Berliner* von 1856 empfahl, wollte es auch Karl-Hermann Rana halten, als er am Sonnabend kurz vor Mitternacht die Friedrichstraße entlangkam und auf die Linden zuhielt.

Eigentlich hätte er Karl-Hermann Frosch heißen müssen, doch sein Großvater väterlicherseits, hoher Beamter in der k. u. k.-Monarchie, hatte keine Kosten und Mühen gescheut, von diesem Nachnamen loszukommen. Zu sehr hatte er ihn der Lächerlichkeit preisgegeben. Bei Frosch, da assoziierte doch ein jeder: feige, glubschäugig und glibbrig. Bestenfalls wurde er als »unser Froschkönig« verspottet. Die Kaiserin hatte schließlich ein Einsehen gehabt und der Latinisierung seines Namens zugestimmt: *rana, ae* hieß »der Frosch«. Das Dumme war nur, daß das Gesicht des Karl-Hermann Rana in der Tat etwas Froschhaftes hatte und viele Menschen genügend Latein verstanden, um seinen Namen ins Deutsche rückübersetzen zu können. Und das taten sie bei seinem Anblick mit einem ununterdrückbaren Reflex, denn Ranas braune Augen traten so stark hervor, daß sie auf Stielen zu sitzen schienen. Hinzu kamen sein breiter Mund und eine Haut, deren Farbe so fahl wie Roggenmehl war und bei entsprechender

Bekleidung fast grünlich schimmerte, aber auch die Eigenart, bei der geringsten Erregung im Raume hin und her zu springen, mit riesigen und extrem nach außen weisenden Füßen. Ein Faun war er, ein immer fröhlicher Zecher und einer, der nichts so liebte wie das Spiel. Ja, sein ganzes Leben verstand er als Spiel.

Zur Welt gekommen war er am 17. April 1817 in Salzburg als Sohn eines Diplomaten und einer Frau aus dem Volke, der Tochter eines Zuckerbäckers. Dieser, sein heißgeliebter Großvater, hatte ihn als Kind angeregt, aus Marzipan, Nougat und anderen süßen Materialien Türme, Burgen und Schlösser zu formen. »Das wird einmal ein großer Baumeister!« hatten da die Erwachsenen ausgerufen, und er hatte das später immer als Prophezeiung verstanden. Dieser Berufswunsch hatte sich dann verfestigt, als sein Vater einige Jahre in Griechenland und Italien verbrachte und Karl-Hermann die großen Bauwerke der Antike aus nächster Nähe bestaunen konnte.

Nach dem Studium in Wien und München hatte er an der Isar sein Examen gemacht und sich im süddeutschen Raum mit dem Bau mehrerer Kirchen, Landhäuser und städtischer Verwaltungsgebäude schnell einen Namen gemacht. Wegen hoher Spielschulden war er dann im Jahre 1851 nach Preußen ausgewichen und hatte sich in Berlin mit kleineren Aufträgen über Wasser gehalten. Zumeist hatte er Villen entworfen und hochgezogen für Bauern, die durch den Verkauf ihrer Wiesen und Felder zu Geld gekommen waren – immer mit viel Schinkel an der Fassade. Aber auch am Bau des ersten Berliner Wasserwerks, das gerade am Stralauer Thor in Betrieb gegangen war, war er beteiligt.

Rana war ein ausgesprochener Nachtmensch. Jeden Abend trieb es ihn in die Stadt hinaus. In seiner Wohnung in der Behrenstraße glaubte er zu ersticken. Eine Ehefrau, die ihn im trauten Heim gehalten hätte, gab es nicht. Ein lupenreiner Hagestolz war er mitnichten, aber die Schönen und die Reichen mochten ihn nicht, und auf ein biederes Hausmütterchen konnte er gern verzichten. Überkam ihn die Fleischeslust, zog er los, sich eine Frau zu suchen, die bezahlbar war und wieder verschwand, wenn sie ihm lästig zu werden begann.

Als er Unter den Linden angekommen war und nach links zum Pariser Platz abbiegen wollte, kam ihm ein Mann entgegen, der ihm in diesem Moment höchst lästig war, weil er ihn an seine Arbeit erinnerte. In der Tat fragte ihn Louis Krimnitz sofort, ob er nicht eine tüchtige Maurerkolonne benötige oder einen Lastkahn voller Kies. Vielleicht auch Ziegel aus Zehdenick?

»Nichts von alledem, mein Lieber, das einzige, was ich derzeit brauche, ist ein üppiges Weib.«

»Das geht mir nicht anders, ich bin gerade auf dem Wege ins Gesellschaftshaus.«

»Nicht zu Kroll?«

»Da geh' ich erst wieder hin, wenn eine italienische Nacht angekündigt ist.«

Rana überlegte nicht lange. »Schön, dann begleite ich Sie. Ist ja auch näher.« Während Kroll's Etablissement noch hinter dem Brandenburger Thor gelegen war, brauchten sie zum Gesellschaftshaus nur ein kurzes Stück die Friedrichstraße hinaufgehen und dann rechts in die Dorotheenstraße einzubiegen, schon waren sie am Bauhaus 7.

Auf dem Weg dorthin begegnete Rana einem Kunsthändler, den er schon lange kannte und der ihm immer wieder Pikantes anzubieten hatte. Er trug ein Gemälde unter dem Arm, dessen Rahmen so groß war, daß er ihn, sosehr er ihn unter die Achsel preßte, mit den Fingerspitzen kaum noch greifen konnte. Das Kunstwerk war nicht nur von einem weißen Laken verhüllt, sondern auch noch, gleich einem Paket, mit Bindfäden gesichert.

Rana lachte. »Na, Rotzis, was haben Sie denn da wieder Schönes zu verbergen?«

Der Kunsthändler trat nahe an ihn heran, um ihm ins Ohr zu flüstern, daß es ein einmaliger Genuß sei, dieses Bild zu betrachten. »Wieder etwas aus der Bibel, 1. Buch Mose, 19. Kapitel: Wie Lots Töchter ihren Vater betrunken machen, damit sie seinen Samen bekommen. Wollen Sie mal einen Blick drauf werfen?« Er zog das Laken ein Stück zurück.

Rana war begeistert. »Sofort gekauft! Das fehlt mir noch in

meiner Sammlung. Schaffen Sie's zu mir nach Hause, das Geld bringe ich Ihnen morgen vorbei.«

Im Gesellschaftshaus ging es so zu, wie es bei Löffler zu lesen war: »Allmählich finden sich die Tänzerinnen ein; die durch Toilette zu einer gewissen Geltung gebrachten Reize werden zur Schau gestellt, der Liebe-Markt beginnt. Gegen Mitternacht vergrößert sich die Gesellschaft und nimmt den ihr zukommenden gemischten Charakter an. Die Herren, bis dahin nur spärlich durch einige brotlose Ladendiener und duftende Friseurgehilfen vertreten, mehren sich durch edlere Ankömmlinge. Der Jurist kommt und sieht sich bald von seinen schönen, erst kürzlich entlassenen Sträflingen, der Arzt von der gesundeten Bevölkerung der Charité umgeben. Der Künstler findet seine Modelle, der Offizier in Civil läßt über das Ganze seine sieggewohnten Blikke schweifen, der Provinziale murmelt etwas von ›unterhaltenen Frauenzimmern‹. Die Logen füllen sich, die entlegenen Tische werden besetzt, und so mancher von der ängstlichen Frau erwartete Ehemann schwelgt, unbekümmert um die Entdeckung, an der Seite einer *Marchande d'amour.*«

Nach einer solchen suchten nun auch Karl-Hermann Rana und Louis Krimnitz: nach blonden Locken, nach dunklen Augen, nach einer in schottische Seide gezwängten schmiegsamen Taille. Doch auf wen stieß Rana? Auf seinen alten Freund Hans Wilhelm v. Rochow auf Plessow, Rittergutsbesitzer, Leutnant a.D. und Mitglied des Preußischen Herrenhauses. Sie setzten sich an einen Tisch, an dem sie weithin ungestört waren, und gaben Krimnitz ein Zeichen, sich doch bitte anderswo zu placieren.

»Was gibt es Neues?« fragte Rochow, nachdem er eine Flasche Wein geordert hatte.

Rana schmunzelte. »*Du* bist es doch, der Geschichtsträchtiges erlebt.«

»Ich hoffe jedenfalls.« Rochow wußte, worauf der Privatarchitekt da anspielte: auf die Ereignisse im Jockeyclub, der im »Hotel du Nord« Unter den Linden angesiedelt war. Junge Adlige trafen sich dort regelmäßig zum Glücksspiel, und Polizeipräsident v. Hinckeldey hatte dem Leutnant Damm befohlen, in die Räume einzudringen, die Runde aufzulösen und die Namen der Spieler festzuhalten. Zwei von ihnen waren daraufhin aus Preußen ausgewiesen worden. »Eine bodenlose Frechheit. Dieser Armleuchter v. Hinckeldey tut so, als sei er der König.«

Rana lächelte. »Man hört, seine Majestät haben geruht, die Razzia höchstpersönlich anzuordnen.«

Rochow zog die Augenbrauen hoch, um anzudeuten, was vom Geisteszustand Friedrich Wilhelms IV. zu halten war. »Wrangel und Prinz Wilhelm stehen fest zu uns, und das ist es, was zählt.« Rochow holte einen Artikel der *Vossichen Zeitung* aus der Brusttasche und faltete ihn auseinander. »Hör mal, was sie schreiben: daß sich der Adel von dieser Aktion brüskiert fühlt ... Und dann über mich: ›Hans v. Rochow war so wenig damit einverstanden, daß er den Weg der Beschwerde betrat und hierbei Ausführungen machte, welche der General-Polizei-Director als beleidigend für sich ansehen zu müssen glaubte.‹ Schön, nicht?«

»Aber dich gefordert hat er nicht?«

»Zum Duell? Nein, leider nicht. Dazu war die Dosis diesmal noch zu niedrig. Aber wir werden sie zu steigern wissen. Denn eines steht fest: Dieser Hinckeldey muß eliminiert werden!«

KARL LUDWIG FRIEDRICH V. HINCKELDEY entstammte dem niederen Beamtenadel und war am 1. September 1805 in Sachsen-Meiningen als Sohn eines Geheimen Regierungsrats geboren worden. Er hatte von 1823 bis 1826 Rechtswissenschaften an den Universitäten Berlin und Göttingen studiert und war dann in den preußischen Staatsdienst eingetreten, wo er, erzkonservativ wie er war, schnell Karriere machte. 1834 wurde er zum Regierungsrat ernannt, 1842 kam er als Oberregierungsrat nach Merseburg, und am 14. November 1848 holte man ihn nach Berlin, um ihn zum Polizeipräsidenten zu berufen. Für Ruhe und Ordnung sollte er sorgen und das liquidieren, was von der Revolution noch geblieben war.

Diese Aufgabe erfüllte er überaus einfallsreich. Rücksichtslos und ohne jeden Skrupel ließ er alle jagen, die im Geruch standen, demokratisch zu sein. Im April 1851 gründete er den Deutschen Polizeiverein, dessen Aufgabe es wurde, die Kräfte der Geheimpolizei in den Staaten des Deutschen Bundes zu koordinieren. Ziel war »die Ausspähung, Prävention und Bekämpfung jeglicher oppositionell erachteter Bestrebungen«. Durch verschiedene Machenschaften gelang es ihm zudem, 1853 zusätzlich Generalpolizeidirektor zu werden, das heißt Leiter der Polizei im Ministerium des Innern. Er sorgte dafür, daß die Theater- und Pressezensur verschärft wurde, ließ Zeitungen beschlagnahmen und schuf eine gigantische Überwachungsmaschinerie. So wurden alle Reisenden und die Menschen, die sich in Berlin niederlassen wollten, überwacht, selbst wenn sie von Adel waren. Haussuchungen und Razzien in Wirts- und Vereinshäusern waren an der Tagesordnung, und es wimmelte überall von Spitzeln. Und vermochte er »subversive Elemente«, auch in den eigenen Reihen, auf diese Art und Weise nicht unschädlich zu machen, so wurden falsche Zeugen ins Spiel gebracht. Joseph Fouché hätte seine helle Freude an diesem Mann gehabt.

Karl-Hermann Rana war ein durch und durch dionysischer Mensch, und er liebte nichts mehr als das Spektakel, ja den Skandal. Und da sollte er im März 1856 voll auf seine Kosten kommen. Beim sogenannten Karussellreiten der Hof- und Gardeoffiziere hatten sich auch acht Polizeibeamte Zugang verschafft. Als sie von den erzürnten Adeligen des Platzes verwiesen wurden, ließen sie den Polizeipräsidenten herbeirufen. Hinckeldey erschien auch prompt, wurde aber am Eingang von mehreren Offizieren zurückgewiesen. Rochow, der mit dem preußischen Innenminister Ferdinand von Westphalen in der Nähe stand, beleidigte Hinckeldey derart rüde, daß der nicht mehr an sich halten konnte und Rochow zum Duell forderte.

»Der ist dem lieben Rochow also voll ins Messer gelaufen«, sagte Rana später zu seinem Freund Benno Frühbeis.

»Hinckeldey hat sich darauf verlassen, daß der König das Duell verbieten würde.« Benno Frühbeis war Schauspieler am Friedrich-Wilhelmstädtischen Theater und hatte Freunde, die am Hofe ein und aus gingen und stets auf dem laufenden waren.

»Hat er aber nicht?«

»Nein.«

Rana schüttelte den Kopf. »Aber Hinckeldey hat doch bekanntermaßen ›ein schwaches Gesicht‹, wie die Berliner sagen.«

Frühbeis lachte. »Ja, kurzsichtig wie ein Maulwurf ist er, und meine Zugehfrau hat gesagt: ›Der sieht doch uff zwölf Schritte keen Möbelwagen.‹ Darum soll er sich ja auch mit dem König so gut verstehen: Der läuft ja auch öfter gegen die dicksten Bäume.«

Rana zog an seiner Zigarre. Den Rauch trinken, nannte er das. »Ja nun, wer weiß, wozu es gut ist ... Wo und wann wollen sie sich denn duellieren?«

»Nächsten Montag um zehn Uhr morgens in der Jungfernheide, gleich am Forsthaus Königsdamm. Willst du hingehen?«

»Natürlich. Rein zufällig werde ich zur Stelle sein.« Seine Neugierde war größer als seine Angst, vielleicht in irgendwelche polizeilichen Ermittlungen verwickelt zu werden und dadurch womöglich den einen oder anderen Auftrag zu verlieren. »Ein Duell, wunderbar! Ein Leben ist ja so kurz, und wann hat man schon einmal Gelegenheit, ein solches Schauspiel zu verfolgen.«

»Apropos Schauspiel.« Frühbeis griff zur Rotweinflasche, um sich nachzuschenken. »Ich komme mit, denn wer weiß, vielleicht kriege ich bald einmal eine Rolle, in der ich mich duellieren muß, und dann ist es sicher von Vorteil, so etwas schon einmal mit eigenen Augen gesehen zu haben.«

So saßen sie denn am 10. März schon frühmorgens in einer Droschke, um sich durch den Thiergarten nach Lietzow fahren zu lassen. Rechts hinter dem Charlottenburger Schloß ging es über die Spree hinweg. Auf der Holzablage hinter der Brücke entdeckten sie Louis Krimnitz, der gerade beim Löschen einer für ihn bestimmten Ladung Hand anlegte. Sie winkten ihm zu, sahen aber keinen Anlaß, anzuhalten und mit ihm zu plaudern. Die Gefahr, zu spät zu kommen, war zu groß, und Krimnitz mußte ja auch nicht unbedingt wissen, was sie zu dieser frühen Stunde in die Jungfernheide trieb.

»Ein komischer Kerl«, sagte Benno Frühbeis. »Ich traue ihm nicht so recht über den Weg.«

»Er hängt an mir wie eine Klette.«

»Eher wie ein Parasit«, korrigierte ihn Frühbeis.

»Wie auch immer – ohne mich kann er sich aufhängen, und ich möchte nicht schuld daran sein. Außerdem brauche ich ihn bei meinen Festen. Keiner singt so schön wie er die schauerlichsten Balladen, und keiner schleppt so schöne Frauen herbei.«

Knapp hinter dem Belvedere, wo die Spree einen scharfen Bogen nach Westen machte, ließen sie den Kutscher halten. Sie entlohnten ihn und wanderten dann einen staubigen Feldweg entlang, der zum Nonnendamm führte. Über die Nonnenwiesen, deren östlichen Zipfel sie gerade berührten, zogen feuchte Nebelschwaden.

»Welch eine Kulisse!« Benno Frühbeis geriet ins Schwärmen.

»Doch diese Morgenstunde hat nicht Gold, sie hat den Tod im Munde«, sagte Rana.

»Ist das nicht dasselbe? Nur der Tod nimmt uns die Angst vor ihm. Also ist er golden.«

»Verschon mich mit deiner verqueren Philosophie!« rief Rana. »Das einzige, was mir am Tod gefällt, sind die Todsünden, zwei vor allem: die Wollust und die Völlerei.«

So ging es noch eine Weile hin und her, bis sie auf ein breites Waldstück stießen, an dessen südlichem Rand sich der Königsdamm von Spandau Richtung Wedding zog. Bald entdeckten sie die beiden kleinen Gruppen um v. Rochow und um v. Hinckeldey und suchten Deckung hinter einem Wall aus aufgehäuften Feldsteinen, umgestürzten Bäumen und verfilzten Brombeerbüschen.

Die Lichtung wurde zur Bühne, und sie bekamen ein Drama zu sehen, wie es nicht mal das Königliche Schauspielhaus zu bieten hatte.

»Ein bißchen absurd ist es schon«, flüsterte Benno Frühbeis. »Da läßt der Junkerclub auf einen schießen, der selber von Adel ist und, indem er die Opposition niederhält, doch nur dessen ureigenste Interessen vertritt.«

»Egal, ich bin für Rochow, denn Hinckeldey hat mich um ein Haar in den Ruin getrieben.« Worauf Rana da anspielte, war die

Affäre um die »Einmann-Pissoirs«. Hinckeldey hatte sich schon lange über das wilde Plakatieren in der Stadt geärgert und den Unternehmer Ernst Litfaß über 150 Reklamesäulen aufstellen lassen. Die waren innen hohl und boten Platz für ein kleines Urinal. Zwang man die Männer dort hinein, war viel für die öffentliche Schicklichkeit wie die Hygiene getan. Die Berliner nannten ihren Polizeipräsidenten daraufhin »Pinkel-Bey« und reimten: »Ach, lieber Vater Hinckeldey, / mach uns für unsre Pinkelei / doch bitte einen Winkel frei.« Aber die Sache scheiterte schließlich, weil sie den einen zu albern und den anderen wegen des schwer zu installierenden Abflusses zu teuer erschien. Rana aber hatte schon einige Vorleistungen erbracht und war nun um einiges ärmer geworden.

Benno Frühbeis packte ihn am Arm. »Paß auf, Hinckeldey zielt schon.«

Als Beleidigter hatte der Polizeipräsident den ersten Schuß. Doch seine Pistole versagte. Als er mit seiner Waffe zum zweiten Mal anlegte, verhöhnte ihn Rochow auch noch, indem er ihm eine besonders breite Brust darbot. Die Kugel ging prompt um einiges daneben.

»Jetzt Rochow!« Benno Frühbeis duckte sich und schloß die Augen.

Rana dagegen reckte den Kopf in die Höhe. »Er wird so nobel sein und Pinkel-Bey am Leben lassen.«

»DIE BERLINER KIRCHHÖFE verdienen eine besondere Beachtung«, heißt es im 1861 erschienenen Berlin-Führer von Robert Springer, »nicht nur wegen ihrer freundlichen Anlagen und wegen der sorgfältigen Pflege der Gräber, sondern auch wegen der Denkmäler der merkwürdigen Männer, deren Überreste auf ihnen ruhen.« Auf dem Dreifaltigkeitsfriedhof waren es der »Philosoph und Kanzelredner« Schleiermacher und Ludwig Tieck, der »Reigenführer der Romantiker«. Auf dem Kirchhof der Invaliden fanden sich die Gräber der Generale Scharnhorst, Tauentzien und Winterfeld, und der Dorotheenstädtische Kirchhof hatte Fichte, Hegel, Hufeland, Schinkel, Beuth und Borsig zu bieten. Der Hallesche Kirchhof, die alte Begräbnisstätte der Jerusalemer Gemeinde, stand ihm aber mit E.T.A. Hoffmann, Chamisso, Iffland und Heim kaum nach. »Auf zehn verschiedenen Kirchhöfen«, schließt Springer, »sind jetzt Leichenhäuser für Todte, zur Errettung vom Scheintode, eingerichtet ...«

Nicht erwähnt ist der alte Friedhof der Nikolai- und Mariengemeinde an der Prenzlauer Allee, auf dem Carl Ludwig Friedrich v. Hinckeldey seine letzte Ruhestätte gefunden hat. Und scheintot war er auch nicht gewesen, denn zu präzise, nämlich links zwischen der vierten und der fünften Rippe, war ihm Rochows Kugel in die Brust gedrungen. Der Arzt, der dem Duell beigewohnt hatte, konnte nichts mehr ausrichten.

Eine große Zahl von Berlinerinnen und Berliner waren herbeigeströmt, um dem Polizeipräsidenten die letzte Ehre zu geben.

»Die Berliner sind schon ein komisches Völkchen«, fand Benno Frühbeis, der aus dem Fränkischen kam. »Erst hassen sie diesen Hinckeldey, dann machen sie ihn zum Märtyrer. Und sogar die Freunde seines Mörders kommen zu seiner Beerdigung.« Das war auf Rana gemünzt, der neben ihm stand.

»Ich bin ja kein Berliner, ich bin Österreicher.« Der Architekt lachte und wies nach vorn, wo seine Majestät Friedrich Wilhelm IV. zu sehen war, und mit ihm waren General von Wrangel, früherer Vorgesetzter Hinckeldeys, und fast alle Kabinettsmitglieder anwesend. »Wo so viele noble Menschen sind, darf ich nicht fehlen. Schließlich war ich in meinem frühen Leben auch mal König, wenn auch nur Froschkönig.«

»Fehlt nur noch, daß Rochow selber die Grabrede hält.«

Der war aber in seiner Wohnung Unter den Linden verhaftet worden, nachdem man ihn, als der Dulltod des Polizeipräsidenten bekanntgeworden war, im preußischen Herrenhaus kräftig gefeiert hatte.

Hunderttausend Menschen folgten dem Sarg vom Trauerhaus zum Beerdigungsplatz, denn die Berliner sahen das Ganze als politischen Mord, zumal das Gerücht ging, daß noch zwei »Ersatzleute« des Junkerclubs bereitgestanden hätten für den Fall, daß Hinckeldey der Gewinner des Duells gewesen wäre. Hinkkeldey wurde nun als einer gesehen, der gegen die verhaßten Junker Front gemacht hatte. Außerdem hatte er sich nie persönlich bereichert und der Stadt vieles Segensreiche beschert, so die erste Telegraphenanlage für Polizei und Feuerwehr, die längst nötige Kanalisation, ein Wasserwerk und eine nicht geringe Anzahl von Gesindeherbergen, Volksküchen, Bade- und Waschanstalten. Als der Sohn des Lokomotivkönigs August Borsig am Grab für die Familie Hinckeldeys sammelte – sieben Kinder waren zu versorgen –, kamen nahezu 11 000 Thaler zusammen.

»So viel würden es bei mir nicht werden«, sagte Rana.

Benno Frühbeis lächelte. »Du wirst ja auch nicht bei einem Duell enden, sondern im Bett einer Kurtisane.«

»Weiß man's?« Rana zeigte auf Friedrich Silberstein, der gerade an der Seite seines Sohnes vorüberkam. »Dieser Hundsfott übt bestimmt schon jeden Tag.«

»Nun mal's nicht an die Wand.«

»Warum nicht, es gäbe ein schönes Gemälde.«

KAPITEL 5

IM JAHRE 1857 zeigte der *Grundriß von Berlin mit nächster Umgebung – Entworfen und gezeichnet von Leopold Kraatz* einen farbenfrohen Flickenteppich, der allerdings nicht rechteckig war, sondern die Form einer Schildkröte hatte. Das Hinterteil bildete das orange schraffierte Stralauer Viertel, mit dem Stralauer Thor und der Oberbaumbrücke als Schwanz. Rücken und Oberteil setzten sich, von Ost nach West gesehen, aus der im Lavendelton schraffierten Königs- und dem mit schrägen hellblauen Linien durchzogenen Spandauer Viertel zusammen. Dahinter kam, sozusagen als Aufwölbung des Panzers, die weinrote Friedrich-Wilhelmstadt mit der Charité und dem erfolgreichen Friedrich-Wilhelmstädtischen Theater. Aus dem Panzer ragte, westwärts gerichtet, ein großer Kopf heraus: der Thiergarten. Der Leib des Tieres bestand aus der blaßgelben Dorotheenstadt mit dem Brandenburger Thor, dem Pariser Platz und der Straße Unter den Linden, aus Alt Cöln, in dunklem Lila gehalten und recht eigentlich die Spreeinsel mit dem Schloß im Herzen, dann dem grünlich schraffierten Berlin mit der Königstraße und dem Rathaus, einem in Nord-Süd-Richtung verlaufenden braunen Keil zwischen dem Werderschen und dem Spittelmarkt sowie dem Hausvogteiplatz, dem schmalen gelben Streifen mit dem Friedrichswerder links und rechts der Wallstraße, der dunkelblauen Friedrichstadt zwischen Behrenstraße und Belle-Alliance-Platz sowie der größten aller Flächen, der rot schraffierten Louisenstadt südlich der Spree. Die Beine des Tieres waren die Ausfallstraßen nach Schöneberg, zum Kreuzberg, in die Hasenheide und nach Rixdorf.

Der Hackesche Markt war am südlichen Ende des Spandauer Viertels gelegen und sozusagen der See, in den Rosenthaler, Oranienburger, Große Präsidenten und Spandauer Straße sowie die Neue Promenade mündeten. Es war keine schlechte Wohngegend, doch Sarah Silberstein hätte es gern noch ein wenig nobler gehabt. Auch war ihr Haus nicht eben zentral gelegen, mußten doch die meisten ihrer Gäste erst die Spree überqueren, ehe sie zu ihr gelangten. Ihre berühmte Vorgängerin Henriette Herz, die 1847 verstorben war, hatte es da mit ihrem schöngeistigen Salon in der Neuen Friedrichstraße 22, fast an der Ecke Königstraße gelegen, leichter gehabt. Auch mit der Qualität der dort verkehrenden Gäste, Berühmtheiten wie Wilhelm und Alexander von Humboldt, Johann Gottfried Schadow, Jean Paul und Friedrich Schleiermacher, konnte Sarah Silberstein nicht konkurrieren, und doch war es ihr auch heute wieder gelungen, durchaus illustre Persönlichkeiten zu sich zu locken.

Da war zuerst Samuel Holdheim, der Rabbiner des »Tempels der Jüdischen Reformgemeinde« in der Johannisstraße, auf dessen Einladung ihr Sohn großen Wert gelegt hatte.

Aus der jüdischen Gemeinde kam auch Gerson, der Sohn des Banquiers Samuel Bleichröder. Er war 1822 in Berlin geboren worden und mit siebzehn Jahren in das väterliche Bankhaus in der Behrenstraße 62/63 eingetreten. Man sagte ihm exzellente Kontakte zu Otto von Bismarck und Kronprinz Wilhelm nach.

Eine Einladung war auch an den berühmten Komponisten Giacomo Meyerbeer, eigentlich Jakob Liebmann Meyer Beer, gegangen, doch der weilte gerade wieder in Paris.

Seine Stelle nahm nun ein anderer Künstler ein, der zwar in einem ganz anderen Genre zu Ruhm gekommen war, aber ebenfalls als Berliner Berühmtheit anzusehen war: der Schau- und Puppenspieler Julius Linde.

Eine gewisse Prominenz konnte aber auch Wilhelm Raabe zugesprochen werden, der in der Spreestraße hinterm Schloß zu Hause war und mit seinem Roman *Die Chronik der Sperlingsgasse* gerade einiges Aufsehen erregt hatte.

Nahm man die Nähe zum König als Maßstab für die Bedeutung eines Mannes, so war der Leutnant Friedrich v. Treppeln als Flügeladjutant Friedrich Wilhelms IV. allen anderen voraus.

Er kam aus der Neumark und war dem Hause verbunden, seitdem Friedrich Silberstein ihm ein wunderschönes Herrenhaus errichtet hatte. Am meisten fiel er durch seine Körpergröße auf, denn mit der hätte er jeden der Langen Kerls des ersten Friedrich Wilhelm glatt in den Schatten gestellt.

Von ganz anderer Herkunft und Statur waren die nächsten Gäste, die Sarah Silberstein begrüßen durfte: Monsieur Chaumont und seine Charlotte. Die Chaumonts waren unter Friedrich I. zwar nicht von der Insel Korsika nach Berlin gekommen, sondern aus der Gegend von LaRochelle, und doch hatte Maurice Chaumont, was die Physiognomie betraf, eine erhebliche Ähnlichkeit mit Napoleon Bonaparte. Ihm war es recht, denn schließlich war auch er ein Herrscher, wenn auch nicht über das halbe Europa, sondern nur über ein Handelshaus, dessen Angebot von Rotwein, mediterranen Leckerbissen aller Art und indischen Gewürzen über Tuche und Tapeten bis hin zu antiken Kunstwerken und Marmor aus Carrara reichte. Durch letztere Spezialität hatte er dann auch die Bekanntschaft von Friedrich Silberstein machen dürfen. Aus reinen Zweckmäßigkeitsgründen erwog er immer wieder einmal, seinen Namen einzudeutschen, aber »Schauberg«, wie ihm vorgeschlagen worden war, gefiel ihm nicht, und so hatte er es dabei belassen, aus dem Maurice ein Moritz zu machen.

Die Frau an seiner Seite hielten viele, da er sie sichtlich anhimmelte, für eine neue Eroberung, wenn nicht gar – typisch Franzose! – für seine Maitresse, doch sie war seine Tochter Charlotte, eine *beauté*, wie sie im Buche stand. Sie trug ein Kleid aus taubenblauer Seide, das ihr langes schwarzes Haar besonders wirkungsvoll zur Geltung brachte. Sie war schlank und hielt sich stets kerzengerade, was sie ein wenig hochmütig erscheinen ließ. Zu diesem Eindruck trug auch bei, daß sie, wo sie auch war, gelangweilt wirkte – unter dem Leben, das sie führen mußte. Sie hatte sich den schönen Künsten verschrieben und wäre am liebsten Malerin oder Schauspielerin geworden, war aber am Widerstand ihres Vater wie dem Zeitgeist gescheitert.

Nach ihr war Isaak Hirsch in die Diele getreten, Friedrich

Silbersteins bester Freund und fast auf den Tag genauso alt wie er, Inhaber einer Nähmanufaktur in Moabit am Rande der Stadt und einer, von dem sich sagen ließ, daß er für seine Firma lebte. Die beiden verstanden sich auch deswegen so gut, weil sie eines gemeinsam hatten: Bei aller nach außen hin gezeigten Festigkeit waren doch beide von einer geheimen Angst zerfressen – der nämlich, keine Aufträge mehr zu bekommen und zu Bettlern zu werden. Und seit der Zeit der Schutzjuden glaubten sie zu wissen, daß sie sich um so sicherer fühlen konnten, je reicher sie waren: »Hast du Geld, kannst du ihnen immer noch entkommen, wenn sie Jagd auf dich machen, entweder durch ein besseres Pferd oder dadurch, daß du sie bestichst.«

In Begleitung von Hirsch war Katharina Rosentreter gekommen. Sie sah sich weiterhin als heimliche Verlobte von Aaron, obwohl die Dinge formal nicht vorangekommen war, seit sie ihren Vater zum letzten Mal gesehen hatte. Sarah Silberstein hatte ihr zugesagt, ihren Sohn davon zu überzeugen, daß die Ehe mit Katharina das Beste für ihn sei. »Jetzt, da wir sie als Vollwaise sehen müssen, gebieten es Mitgefühl und Anstand.«

Als nächster Gast wurde Sigismund Stern begrüßt, der zusammen mit Aaron Bernstein die »Genossenschaft für Reform im Judenthume« gegründet hatte, die spätere Jüdische Reform Gemeinde. Man orientierte sich im Gottesdienst stark an der protestantischen Liturgie und Praxis. Die meisten Gebete, die Lieder und die Predigt waren deutschsprachig, und aus der Liturgie waren alle Passagen entfernt worden, die eine Rückkehr nach Palästina zum Inhalt hatten. Da die Gebete nicht mehr gesungen wurden, brauchte man keinen Kantor. Kopfbedeckung und Gebetsriemen waren abgeschafft, und Männer und Frauen saßen und beteten gemeinsam. Begonnen hatte man in einem provisorischen Betsaal in der Georgenstraße, 1854 war man in den sogenannten Tempel in der Johannisstraße 16 gezogen.

Als letzter erschien Jason Silberstein, der Schwager der Gastgeberin. Er war so ziemlich das genaue Gegenteil seines Bruders. Konnte man Friedrich Silberstein Eigenschaften wie pragmatisch, zuverlässig und zielstrebig zuschreiben, so war Jason verträumt und chaotisch, konnte ganze Tage vertrödeln und wußte auch mit seinen fast fünfzig Jahren nicht so recht, was er einmal werden wollte. Hielt man ihm vor, Müßiggang sei aller Laster Anfang, dann lachte er nur und sagte, die ja gerade reizten ihn. Er trank, er trieb sich in Spielsalons herum, er ließ sich von reichen Witwen aushalten. Alle liebten ihn, bei allen galt er als äußerst unterhaltsam. Er konnte recht geistreich sein und war dabei ein Spötter sondergleichen, einer, der vor nichts zurückschreckte. Eine umfassende Bildung konnte ihm niemand absprechen. Einen Brotberuf hatte er nicht, er lebte von dem, was das Erbe seines Vaters abwarf. Das hatte er gut angelegt, und die Zinsen gab er Meir Rosentreter. »Da jungen die Silbergroschen dann wie die Karnickel.«

Nicht angetreten war der jüdische Musiker Louis Lewandowski, Leiter des Chores in der Synagoge Heidereutergasse und Komponist moderner Synagogalmusik. Er hatte kein Billett geschickt, um sein Fernbleiben bei Sarah Silberstein zu entschuldigen, so daß sich einige schon Sorgen um ihn machten. Seit Meir Rosentreter verschwunden war, mußte man mit allem rechnen.

Sogleich wurde dessen Tochter nach dem neuesten Stand der Dinge befragt.

»Ich weiß leider nichts Neues«, antwortete Katharina Rosentreter. »Von Kommissarius Schlötel habe ich schon lange nichts mehr gehört. Der Tischlermeister aus Cöpenick, den er verdächtigt hatte, meinen Vater ...« Sie brachte das Wort nicht über die Lippen, das sie eigentlich hatte sagen wollen. »... also, den hat er wieder laufenlassen müssen, weil sich dessen Frau und mehrere Nachbarn dafür verbürgten, ihn zur Tatzeit bei sich im Haus gesehen zu haben.«

»Ohne Leiche kein Mord«, sagte Leutnant v. Treppeln, der das Direkte liebte.

Rabbiner Holdheim war da einfühlsamer. »Ich gehe ja noch immer davon aus, daß Ihr Vater aus Gründen, die uns bisher verschlossen geblieben sind, das Land verlassen hat und irgendwo, vermutlich in den Staaten jenseits des Atlantiks, als ein anderer lebt und Ihnen, ist die Zeit dazu gekommen, Nachricht geben wird.«

»Das wäre meines Herzens Freude und Wonne«, kam prompt der Einwurf von Jason Silberstein. »Das ist ja seine Lieblingswendung. Beziehungsweise: Mit Jubellippen lobsingt mein Mund.«

Katharina nickte. »Ja, und wie gern würde ich sie wieder aus seinem Munde hören. Aber ich halte es für ausgeschlossen, daß er Berlin verlassen hat, ohne mir vorher etwas davon zu sagen.«

»Vielleicht war er auch geistig umnachtet«, sagte Jason Silberstein mit hintergründigem Lächeln. »Wie so manch anderer in diesen Zeiten ...« Das war ein Seitenhieb auf Friedrich Wilhelm IV.

Leutnant v. Treppeln guckte böse. »Ich darf doch bitten, Herr ...!«

Auch der Rabbiner übte Kritik an Jason Silberstein. »Sie wissen doch, mein Lieber: ›Der Spötter sucht nach Weisheit, sie ist nicht da ...‹ Er findet sie nicht.«

Jason Silberstein konterte mit einer jiddischen Weisheit: »*Ernsst redn nor lejzim*« – Ernst reden nur Spötter. »Also sind wir dankbar für jene unserer Adligen, die nicht geistig umnachtet sind, sondern sich eines klaren Verstandes erfreuen, auch wenn ihr Horizont im Augenblick etwas begrenzt ist.« Diese Spitze war gegen Hans v. Rochow gerichtet, den man nach dem Duell mit Hinckeldey zu vier Jahren Festungshaft verurteilt hatte.

»Aber Rochow wird seine Strafe nicht absitzen müssen«, merkte Aaron Silberstein an. »Denn man ist schon dabei, Druck auf Hinckeldeys Witwe auszuüben, sie solle den König bitten, ihn zu begnadigen.«

»Das wird er auch.« Moritz Chaumont setzte zu einer tiefschürfenden weltpolitischen Analyse an. »Weil er jeden Offizier braucht, wenn es zum Krieg mit Österreich kommt. Und zu dem muß es kommen, denn einer kann nur das Sagen haben: Wien oder Berlin. Die deutsche Frage!«

Jason Silberstein sah Gerson Bleichröder an. »Sicher kommt der Krieg, denn an dem läßt sich am besten verdienen, und wenn eine Bank einem Staat seinen Krieg finanziert, hat sie ihn später um so sicherer in der Hand.«

Der Banquier machte eine Geste der Hilflosigkeit. »Nebbich … Was können wir dafür, daß das Geld stärker ist als alles andere! Wir müssen sehen, daß sich das Geld vermehrt, denn eine Gesellschaft braucht das Geld, damit sie existiert, wie unser Körper nicht ohne Blut existieren kann. Geld ist Leben.«

»Und es zu verprassen ist eine der sieben Todsünden«, sagte Friedrich Silberstein in Richtung seines Bruders.

»Bin ich Katholik?« fragte der mit einer kleinen Spitze in Richtung von Moritz Chaumont. »Trägheit, Völlerei, Unkeuschheit – all das wäre einem untersagt. Schrecklich!«

Sarah Silberstein beeilte sich, das Niveau des Gespräches wieder etwas anzuheben, indem sie darauf verwies, welch wunderbare Hervorbringungen im Bereiche der Dichtung man doch dem letzten Jahre zu verdanken habe.

Ihr Schwager tat empört. »Bezeichnest du den Tod Heinrich Heines als wunderbare Hervorbringung?«

»Nein, aber Gottfried Kellers *Die Leute von Seldwyla*, Eduard Mörickes *Mozart auf der Reise nach Prag*, vor allem aber Jacob Corvinus' *Die Chronik der Sperlingsgasse*.«

»Corvus, der Rabe«, murmelte Charlotte Chaumont.

Wilhelm Raabe, der seinen ersten Roman unter einem leicht durchschaubaren Pseudonym veröffentlicht hatte, reagierte mit einer leichten Verbeugung in ihre Richtung. Ein bißchen schüchtern war er schon, kam er doch aus einem kleinen Nest im Weserbergland, aus Eschershausen, und war noch kein gemachter Mann wie die anderen im Salon, sondern ein gelernter Buchhändler, der jetzt an der Philosophischen Fakultät der Friedrich-Wilhelms-Universität seine Studien betrieb. Gerson Bleichröder fragte ihn, an wem er sich denn beim Schreiben orientiert habe.

»Ein wenig schon an Jean Paul.«

»Ein bißchen fühle ich mich auch an Charles Dickens erinnert«, sagte Sarah Silberstein mit Hinweis auf die gesellschafts- und bildungskritischen Aussagen Raabes.

Jason Silberstein lachte. »Sein Dr. Wimmer ist ja sogar ein schlimmer Revolutionär und muß vor der Polizei in die böhmischen Wälder fliehen. Da kann man einmal sehen, wo es hinführt, wenn einer Schopenhauers pessimistischer Philosophie anhängt.

Ich für mich kann da nur ausrufen: Es lebe der König! Mag er noch so schwachsinnig sein.«

Leutnant v. Treppeln verbat sich solche Bemerkungen, und Gerson Bleichröder gab seiner Zuversicht Ausdruck, daß, wenn Kronprinz Wilhelm erst die Regentschaft angetreten habe, in Preußen eine liberale Ära anbrechen werde. »So hat auch dies eine gute Seite.«

»Das klingt mir mehr nach Hegel als nach Schopenhauer«, sagte Jason Silberstein.

Charlotte Chaumont bekannte, daß ihr an der *Chronik der Sperlingsgasse* die stimmungsvollen und sentimentalen Passagen am besten gefielen, und sie zitierte eines der vielen abgedruckten Gedichte: »Nenn's Glück! Herz! Liebe! Gott! / Ich habe keinen Namen / Dafür! Gefühl ist alles ...«

Aaron Silberstein konnte nicht anders, als sie, von einem nie gekannten Zauber umfangen, anzustarren. »Ich muß das alles heute noch lesen.«

Sein Onkel Jason stieß ihm den Ellenbogen in die Rippen. »Das Lesen alleine macht es nicht, mein Lieber.«

Sarah Silberstein stellte sich so vor ihren Sohn, daß ihm der Blickkontakt zu Mademoiselle Chaumont verlorenging, und schob ihn unauffällig wieder in die Nähe der Tochter Meir Rosentreters.

»Vor allem die Stelle, wo die Tänzerin vor dem König auftreten muß, obwohl ihr Kind im Sterben liegt, hat es mir angetan«, sagte Charlotte Chaumont. »Wer da nicht weinen muß, der hat kein Herz.«

»Ach ...« Wilhelm Raabe seufzte. »Wie oft durchkreuzt die Furcht vor dem Lächerlichwerden unsere innigsten, zartesten Gefühle! Man schämt sich der Träne und spottet.«

»Recht haben Sie, junger Mann!« rief da Jason Silberstein mit einem vermeintlichen Ernst, der viele gar nicht merken ließ, daß er Spott in Vollendung war. »Gefühl ist alles. Wie sagte mein Großvater selig immer: *Wen der bojre schel ojlom wil emezn baschtrofn, git er im dem ssejchel.* Auf deutsch: Wenn Gott jemanden bestrafen will, gibt er ihm Verstand.«

Das löste eine kleine Gesprächspause aus, weil alle erst einmal überlegen mußten, wie das wohl gemeint gewesen sein könnte und in welchem Maße sich jeder einzelne persönlich betroffen fühlen mußte.

»Ist man also dumm, wenn man glücklich lächelt?« fragte schließlich Isaak Hirsch, der ständig strahlte, warf doch seine Manufaktur so viel ab, daß er leben konnte wie ein Fürst.

Man sah Jason Silberstein an, daß er die an ihn gerichtete Frage am liebsten mit einem deutlichen Ja beantwortete hätte, hielt er doch den Freund seines Bruders für recht einfältig. Doch er wollte ihn und die Gastgeber nicht kränken, und so beeilte er sich zu versichern, daß das eine das andere nicht a priori ausschließe. »Und was hat mein Großvater noch gesagt: *As got nemt ejnem zu doss gelt, nemt er im dem ssejchel ojch zu.*«

Sigismund Stern, der Reformer, war nicht eben beglückt, wenn jemand jiddisch sprach, und brummte: »In Preußen ist Deutsch die Landessprache.«

»Ich würde ja gern preußisch sprechen, wenn es so etwas nur gäbe!« rief Jason Silberstein, durch den Einwurf kaum irritiert. »Aber gut, denn übersetze ich es kurz: Wenn Gott einem das Geld nimmt, nimmt er ihm auch den Verstand. Daraus lernen wir im Umkehrschluß: Wenn Gott einem viel Geld gibt, gibt er ihm auch viel Verstand. Also, Onkel Isaak, du kannst ganz beruhigt sein.«

Das war Hirsch aber ganz und gar nicht, und Sarah Silberstein mußte eingreifen, um ihm weitere Pein zu ersparen. Sie lenkte vom Thema ab, indem sie den jungen Dichter bat, sich doch zu setzen und aus seinem vielgelobten Roman die berühmteste Stelle, die mit der Tänzerin und dem Kind, vorzulesen. Ein Exemplar seines Romans liege bereit.

Wilhelm Raabe leistete dieser Bitte auch Folge, wobei ihn seine Schüchternheit noch sympathischer machte. Unsicher und mit schwacher Stimme begann er und brauchte einige Zeit, sich zu fangen, ohne auch dann die Ausstrahlung eines gelernten Schauspielers zu erreichen:

»Arme, arme Mutter! Mit geschminkten Wangen und den Tod im Herzen zu tanzen! Du hörst nicht die tausend jubelnden Stimmen der Menge, du hörst nicht die rauschende Musik: das Ächzen des winzigen, sterbenden Wesens in der fernen Dachstube übertönt alles.«

Sarah Silberstein registrierte mit heimlicher Zufriedenheit, daß da kein Auge trocken blieb, auch so hartgesottene Männer wie der Leutnant, der Banquier und allen voran ihr Schwager kamen gegen ihre Rührung nicht an. Erst recht nicht an der Stelle, wo die Tänzerin nach Ende der Vorstellung mit der Droschke nach Hause fährt und die Treppe hinaufläuft. Totenbleich ist sie, wirft den nassen Mantel zu Boden und stürzt im phantastischen Kostüm einer Teufelin auf das Kinderbettchen zu.

»Mein Kind! Mein Kind!« flüstert sie, in gräßlicher Angst den Doktor ansehend. Sie beugt sich, sie hört den leisen Atem des Kindes: Es lebt noch! – Das schwarze Lockenhaupt mit dem Flitterputz von Glasdiamanten und feuerroten Bändern sinkt auf das ärmliche Kissen.

»Mama, liebe Mama!« stöhnt das sterbende Kind, mit den kleinen fieberheißen Händchen durch die schwarzen Haare der Mutter greifend, daß die Steine darin blitzen und funkeln. – – Jetzt läuft ein Schauer über den kleinen Körper – – –

»Vorüber!« – sagt der alte Doktor dumpf …

Als Wilhelm Raabe geendet hatte, folgten lange Sekunden ergriffenen Schweigens, bis Sarah Silberstein, die anderen gleichsam erlösend, zu klatschen begann und nacheinander alle mit einfielen. Nach Ende der Beifallskundgebung wurde zu Tisch gebeten.

»Alles fertig machen zur Abfütterung!« rief Jason Silberstein. »Wer bis jetzt gelitten hat, weil er nicht mitreden konnte, wenn es um Magen- und Gallenleiden ging, der freue sich auf den fetten Lachs und den holländischen Beiguß.«

»Wir haben Roulettes von Seezungen, lieber Schwager«, wurde er postwendend korrigiert. »Das Krebsragout, das eigentlich dazu gehört, habe ich aber weglassen müssen, da es nicht koscher ist.«

»Wer ausschließlich geistige Nahrung möchte, kann gern in die Bibliothek gehen«, sagte Friedrich Silberstein.

»Nein, lieber nicht, die hast du selber gebaut.«

»Onkel Jason!« warnte Aaron Silberstein den Spötter und beeilte sich, ihn zur Seite zu drängen und den Platz neben Charlotte Chaumont zu ergattern. Das gelang, und er war froh, daß Katharina Rosentreter zu sehr im Gespräch mit Leutnant v. Treppeln vertieft war, um diesen kleinen Affront zu registrieren.

Der Lohndiener tat sein Bestes, um alle zu versorgen. Richtig feierlich wurde es nun. Im hellen Kerzenschimmer kam alles wirkungsvoll zur Geltung, was auf der Tischwäsche aus weißem Damast zu sehen war: die grünen Römer, das helle Kristall, das feine Porzellan und die Blumenschalen, die Rheinweinflaschen mit ihren schlanken Hälsen und die bauchigen Rotweinkaraffen.

Die Gespräche kreisten um das Ende des Krimkrieges, um den Einfluß Moses Mendelssohns und die Frage, wie einem bedeutenden Dichter wie Joseph von Eichendorff die Rolle eines unbedeutenden preußischen Beamten gefallen haben mochte.

»Ab 1820 war er ja Regierungsrat in Danzig, anschließend Oberpräsidialrat in Königsberg, um dann ab 1831 hier in Berlin im Kultusministerium tätig zu sein.« Aaron Silberstein sagte dies in Richtung seiner charmanten Tischnachbarin. »Und wie lange sind Sie in Berlin?«

Jason Silberstein, der mitgehört hatte, lachte. »Seit dem Moment ihrer Zeugung.«

»Onkel!« Aaron Silberstein konnte nicht anders, als erheblich zu erröten.

Charlotte Chaumont tat so, als hätte sie den Zwischenruf gar nicht vernommen. »Wie lange ich in Berlin bin? Ich bin hier auf die Welt gekommen.«

»Oh, Pardon!« Aaron Silberstein beeilte sich, zu Eichendorff zurückzukehren, und wandte sich dabei an Wilhelm Raabe.

»Sie, der Sie selber Dichter sind, müßten das doch am ehesten einschätzen können, wie sehr er unter dem ungeliebten Beamtendasein gelitten hat, wie schmerzlich ihn der doppelte Verlust getroffen hat: einmal den der Heimat, Schloß Lubowitz in Oberschlesien, dann auch jenes unbeschwerten Lebens, wie es so nur der Landadel führen konnte. Unauslöschliche Unzufriedenheit soll ihn ausgefüllt haben, wurde mir von Menschen gesagt, die ihn länger kannten.«

»Ach!« rief seine Mutter. »Er war tief religiös, und er hat voll und ganz an die Macht der Poesie geglaubt, das hat ihn getragen.«

Und es war Charlotte Chaumont, die ein Gedicht Eichendorffs vortragen konnte: »Gleichheit. – Es ist kein Blümlein nicht so klein, / Die Sonne wird's erwarmen, / Scheint in das Fenster mild herein / Dem König wie dem Armen, / Hüllt alles ein in Sonnenschein / Mit göttlichem Erbarmen.«

»Gleichheit – ausgerechnet er!« Da konnte Jason Silberstein nicht mehr an sich halten und begann, heftig gegen Eichendorff zu polemisieren. »Ein Philister ist er gewesen, ein fürchterlicher Reaktionär. Die Pressezensur hat er gelobt, ein banales Leben hat er geführt, nichts getan, um den Mehltau hinwegzupusten, der über Deutschland liegt. Kein Mitleid mit den Entrechteten, kein Wort über Schweiß und Mühe, die Arbeit als solche.«

»Das muß gerade einer wie du sagen«, murmelte sein Bruder.

Jason Silberstein ließ sich nicht beirren. »Und seine Reime erst. Biedermeierliche Butzenscheibenpoesie, nichts weiter. Herz und Schmerz, Lust und Brust, Wald und schallt, Armen und erwarmen.«

»Hab Mitleid mit ihm«, sagte seine Schwägerin und kam nun selber mit einem Eichendorff-Gedicht: »Und keiner kennt den letzten Akt / Von allen, die da spielen, / Nur der da droben schlägt den Takt, / Weiß, wo das hin will zielen.«

»Wer ist das: der da droben?« fragte Jason Silberstein. »Der Gott der Juden, der Christen, der Mohammedaner, der Indianer oder der Menschen auf den Fidschi-Inseln?«

»Es gibt schon Unterschiede«, sagte Katharina Rosentreter, indem sie in Richtung des Mannes blickte, mit dem sie sich verlobt fühlte. »Auch wenn es nur den einen Gott geben sollte, so ist es doch etwas ganz anderes, ob man als Jude, Katholik, Protestant, Mohammedaner oder Buddhist durchs Leben geht. Und wer da querbeet heiratet, wird es immer bereuen.«

Weil ihm diese Bemerkung mehr als peinlich war, lenkte Aaron Silberstein das Gespräch schnell auf das Allgemeine, auf den Pantheismus, auf die Berliner *Haskala*, auf die Freundschaft zwischen Lessing und Moses Mendelssohn und das Modell »Nathan der Weise«.

Danach war das Souper beendet, und die Damen begaben sich in die Bibliothek, um über die neueste Mode wie die Skandale an den Berliner Bühnen zu diskutieren, während sich die Herren ins Rauchzimmer zurückzogen. Viele in Berlin, ob hoch oder niedrig, liebten es, den Duft der virginischen Blätter mit Wohlbehagen in die Lungen zu ziehen und wieder auszustoßen.

»Wo man raucht, da magst du ruhig harren, / Böse Menschen rauchen nie Zigarren«, sagte Friedrich Silberstein und hielt seinen Gästen eine Kiste hin, die er sich aus Kuba hatte kommen lassen.

Sie hatten kaum ihren Rauchgenuß beendet, da wurden sie von Sarah Silberstein in den Salon zurückgerufen. Dort hatte inzwischen Julius Linde, der Puppenspieler, seine kleine Bühne aufgebaut. Begonnen hatte er mit seinen Handpuppen und Marionetten in anrüchigen Kneipen, sich dann aber über bessere Lokale bis zu einem Engagement bei Kroll hochgearbeitet und war schließlich Direktor und Regisseur des Liebhabertheaters Amicitia im Restaurant Königsbank in der Großen Frankfurter Straße geworden. Seine größte Entdeckung war Carl Helmerding, einer der berühmtesten Schauspieler seiner Zeit. »Ick habe Helmerdingen uff de Bühne jebracht, ick hab'n anjelernt. Wat er kann und is, hat er von mich«, hatte er auch heute gesagt.

Sarah Silberstein stellte Linde nicht als Mimen, der er auch war, sondern als Puppenspieler vor. »Und er ist ein Meister darin, toten, hölzernen Figuren Bewegung und damit Leben zu geben. Mit rapider Schnelligkeit muß er sein Organ wechseln und selbst weibliche Stimmen nachahmen, um die oft drei Figuren, die er zu gleicher Zeit mit den Händen dirigiert, charakteristisch auseinanderzuhalten. Außerdem muß er den nötigen Humor mitbringen, um auf die Zurufe einzugehen, die aus dem Publikum kommen. Seine Figuren, Helden und Prinzessinen, Teufel, Bösewichte und galante Liebhaber, fertigt er mit eigener Hand. Seine Manuskripte füllen ganze Schränke. Sagen, Märchen, Dramen, Opern und Ballette sind es, ja sogar der Doktor Faust. Heute wird er uns mit einem volkstümlichen Stück erfreuen: *Aschendrödel von Dr. Grübelmeier.*« Sie nahm einen Theaterzettel zur Hand. »Personen: Flötenseufzer, Hullerdebuller, der chronologische Professor Hirnbostel, der Zeremonienmeister Kriechmeier und Aschendrödel, Tochter aus erster Ehe, sanguinische Weiblichkeit und pure hölzerne Unschuld.«

Doch kaum war der Vorhang von Julius Lindes kleiner Bühne aufgegangen und hatte der Künstler die ersten Worte gesprochen, da kam Unruhe auf, denn soeben war der letzte der geladenen Gäste erschienen, der Komponist und Musiker Louis Lewandowski, und das, was er als Grund seiner Verspätung angab, war geeignet, Friedrich Silberstein jede Höflichkeit Linde gegenüber vergessen zu lassen.

»Ich komme gerade von der Sitzung«, flüsterte Lewandowski. »Sie wollen eine neue Synagoge in der Oranienburger Straße bauen, und es soll eine Ausschreibung geben.«

»Das ist die Chance meines Lebens!« rief Friedrich Silberstein.

KAPITEL 6

DAS JAHR 1857 war angebrochen. Irgendwie lag der Beginn einer neuen Ära in der Luft, in der Berlin eine große Industriestadt, wenn nicht gar *die* europäische Metropole werden sollte. Doch man kam in allem nur langsam voran, ging es nun um die Eingemeindung der nördlichen Teile Schönebergs und Tempelhofs oder Moabits und des Weddings oder die Modernisierung der Kanalisation und des Verkehrswesens, die Errichtung von Krankenhäusern und Schulen und die Anlage großer Parks, so in Treptow und südlich des Gesundbrunnens.

Die jüdische Gemeinde in Berlin war, insbesondere wegen des Zuzugs aus Osteuropa, so stark angewachsen, daß man eine große Synagoge benötigte. Der König hatte sich nicht lumpen lassen und für den Bau ein ausreichend großes und repräsentatives Gelände vorgeschlagen, einen Platz zwischen Spree und Cöpenikker Straße, etwas östlich der Brückenstraße, in der Luisenstadt also. Die Sache hatte nur einen Haken: Hier wohnten keine Juden, und man hätte zum Gebet einen weiten Weg zurücklegen müssen. Die Gemeinde lehnte deshalb dankend ab und beschloß, lieber auf einem großen Grundstück zu bauen, das sie im Spandauer Viertel besaß. In dieser Gegend wohnten nicht nur viele Glaubensgenossen, sondern man unterhielt auf dem fünfeckigen Areal zwischen Oranienburger, Artillerie-, August-, Großer Hamburger Straße und der später nach dem Oberbürgermeister Heinrich Wilhelm Krausnick benannten Straße auch schon ein Krankenhaus.

Im April 1857 wurde ein Wettbewerb für den Bau der Neuen Synagoge ausgeschrieben. Der Vorsitz wurde keinem Geringeren als Eduard Knoblauch übertragen, der als einer der erfolgreichsten Privatarchitekten seiner Zeit galt und eine Menge Meriten vorzuweisen hatte. Vorstand des Architekturvereins war er, Mitglied der Akademie der Künste, Reorganisator der Bauakademie und stellvertretender Stadtverordneter.

Friedrich Silberstein war darauf erpicht, den Auftrag zum Bau der Neuen Synagoge zu erhalten, war doch damit viel Geld zu verdienen. Aber nicht nur das, sondern auch ein gewisses Maß an Unsterblichkeit konnte er erringen. Denn gelang ihm der große Wurf, würden noch Jahrhunderte später die Menschen bewundernd vor seinem Bau stehenbleiben. Viele Stunden des Tages verbrachte er jetzt in seinem Arbeitszimmer und arbeitete am Entwurf der Neuen Synagoge. Doch alles, was er bisher zu Papier gebracht hatte, gefiel ihm nicht. Sein Sohn, der von seinen Schwierigkeiten wußte, meinte, es würde daran liegen, daß ihm Visionen fehlten.

»Denk daran, es soll keine Hütte für ein paar verstreute Juden in der Diaspora werden, sondern ein vergleichsweise riesiges Gebäude für eine Gemeinde, die ungeheuer wachsen wird, wenn Berlin erst die Hauptstadt aller Deutschen ist. Und die wird es werden, wenn die Hohenzollern die Habsburger ausgestochen haben und ihren Wilhelm den Soundsovielten zum deutschen Kaiser gemacht haben.«

»Mir ist jede Gigantomanie zuwider!«

Dennoch machte sich Friedrich Silberstein daran, in einer größeren Dimension zu denken. Aber die Gebäude, die nun auf dem Skizzenblock entstanden, waren unstrukturiert und glichen großen Schuhkartons. Der entscheidende Geistesblitz wollte sich nicht einstellen. Ruhelos wanderte er vom Fenster zur Tür und zurück von der Tür zum Fenster. Hin und wieder blieb er vor dem Ölgemälde stehen, das er gerade gekauft hatte: *Lavater und Lessing besuchen Moses Mendelssohn*. Es stammte von Moritz Daniel Oppenheim, dem ersten jüdischen Maler in Deutschland. Links saß der berühmte jüdische Philosoph, der sich mit der linken Hand grüblerisch den Kinnbart zwirbelte und eine ziegelrote Jacke trug, ihm gegenüber war, ebenfalls sitzend, Johann Kaspar Lavater placiert, der lutheranische Theologe aus der Schweiz. Er war dunkel gekleidet und hatte die linke Hand auf einem aufgeschlagenen Buch liegen, der Bibel wohl. Zwischen beiden stand gravitätisch Gotthold Ephraim Lessing. Seine linke Hand hatte er auf die Hüfte gestützt, die rechte lag auf der Lehne eines Stuhles. Es schien so, als sei er der Schiedsrichter beim Streitgespräch der beiden. Nicht ganz sicher war, ob sein strenger Blick auf den Gesichtern der beiden Streitenden ruhte oder auf das Schachspiel gerichtet war, das auf dem Tisch zwischen beiden stand und einen leichten Vorteil für Weiß erkennen ließ, also für die Steine auf Moses Mendelssohns Seite. Aus einem Raum, den goldener Glanz erfüllte, kam eine Frau mit einem reich bestückten Tablett.

Friedrich Silberstein hätte sich am liebsten zu den drei großen Geistern gesetzt und sich von ihnen beraten lassen. »Nun ...« Er seufzte. In Ermangelung dieser Möglichkeit blieb ihm nichts anderes, als in seiner Bibliothek nach Anregungen aus anderen Zeiten und fremden Ländern zu suchen. In den Büchern, die er zur Hand nahm, stieß er immer wieder auf die Zerstörung des Tempels in Jerusalem durch die Legionäre des römischen Kaisers Titus. Im Jahre 70 nach christlicher Zeitrechnung hatten sie ihn niedergebrannt und damit das Leben der Juden entscheidend verändert. Man mußte sich erst vergewissern, daß mit dem Ende des Ersten Tempels nicht auch das Ende des jüdischen Volks gekommen war. Ohne ihren Tempel hatten die Priester ihre Macht verloren, die Tora genoß nun die größte Autorität – und mit ihr die Schriftgelehrten, die sie auslegen konnten. Gebete ersetzten den Opferdienst im Tempel, und die Gemeinde suchte sich einen Ort, um zu diesem Zweck zusammenzukommen: die Synagoge. Sie war kein kleiner Tempel, sondern hatte andere Funktionen zu erfüllen. Sie war Zentrum für das individuelle Studium der Tora und ihr öffentliches Lesen, Sitz der Verwaltung der Gemeinde und ihres Gerichtshofs, Ort für öffentliche Bekanntmachungen und Sammelstelle für die Armenhilfe. Noch im ersten Jahrhundert nach Christus war sie zum Wahrzeichen und zum Mittelpunkt der jüdischen Gemeinde geworden. Immer in der Hoffnung, Anregungen zu finden, suchte Friedrich Silberstein nach Bildnissen und Beschreibungen früher Synagogen.

Das erste, das er fand, zeigte die Ruinen der Synagoge von Sardis, gelegen in Lydien, unweit von Ephesos. Alles schien ihm sehr griechisch und für Berlin, wo man dem Klassischen nahestand, vielleicht nicht die schlechteste Idee.

Mehr orientalisch geprägt waren die Synagogen, die seine Vorfahren zwischen dem vierten und dem siebenten Jahrhundert christlicher Zeitrechnung in Palästina errichtet hatten. Prachtvolle Bauwerke waren da entstanden, zweistöckig, aus zugeschlagenen Steinen errichtet und mit einer imposanten Fassade, die schon von weither sichtbar war. Am liebsten hätte Friedrich Silberstein die Synagoge von Kefar Nachum, von Kapernaum, in der Oranienburger Straße nachgebaut, doch das hätte nur einen tieferen Sinn ergeben, wenn ihr Eingang nach Jerusalem gewiesen hätte, was sich aber unmöglich arrangieren ließ.

Orientalisch oder nicht – das war hier die Frage. Ob es ins Gewicht fiel, daß Friedrich Wilhelm IV. eine Vorliebe für diesen Stil nachgesagt wurde? Das Dampfmaschinenhaus in Potsdam, vom Kollegen Persius erbaut, liebte er ja. Besonders Albert Rosengarten in Kassek hat sich vehement gegen orientalische Formen ausgesprochen und für deutsche beziehungsweise europäische Formen plädiert. Einige Kollegen sagten es ganz deutlich: »Der deutsche Jude muß im deutschen Staate auch im deutschen Stile bauen.« Hm ... Die vor kurzem vollendeten Synagogen in Mainz und Leipzig waren zwar maurisch gehalten, aber in Köln war der Dombaumeister Ernst Zwirner am Werke, der gotisierende Formen favorisieren sollte.

Aus der Zeit der Synagoge von Kapernaum stammte auch ein anderer Typ der Synagoge, der die Struktur einer Basilika hatte und den Kirchen des Ostens ähnelte. Langgestreckte Gebäude waren es, mit Säulen auf beiden Seiten, die das Innere in ein rechteckiges Mittelschiff und zwei Flügel teilten. Auch hier schüttelte Friedrich Silberstein den Kopf: Wie eine griechischothodoxe Kirche sollte seine Berliner Synagoge nun wahrlich nicht aussehen.

Von der berühmten Ben Esra Synagoge in Fostat, nahe dem alten Kairo, wie auch den Synagogen in Córdoba und Worms fand er keine Abbildungen, und die in Regensburg erinnerte ihn zu sehr an einen Klosterbau. Die Ahrida-Synagoge in Istanbul gefiel ihm da schon besser, doch war sie zu klein, und übertrug man ihre Proportionen auf die Oranienburger Straße, verlor sie all ihren Charme.

Als Vorbild für Berlin schienen ihm am ehesten noch die Neue Synagoge in London und die Große Synagoge in Wilna zu taugen. Aber dort hinzufahren und sie selber in Augenschein zu nehmen hätte zuviel Zeit gekostet.

Am meisten Aufsehen hätte hier in Berlin sicherlich eine Kopie der Synagoge in Curaçao erregt. Das war schönster Kolonialstil, aber ein Eckhaus und hätte als bloße Fassade kaum gewirkt.

Besonders anheimelnd wirkte auf ihn die Alte Synagoge in Metz, aber Berlin sollte ja der Zukunft zugewandt sein.

So blieb ihm nur, mit Goethe zu murmeln: »Da steh ich nun, ich armer Tor,/Und bin so klug als wie zuvor.« Wenn er doch nur gewußt hätte, was sich die Konkurrenten hatten einfallen lassen, Rana zum Beispiel. Für einen Augenblick spielte er mit dem Gedanken, einen Spion anzuheuern und ihn zu Rana zu schicken. Aber wen? Und was hätte es gebracht, den Entwurf des verhaßten Konkurrenten einfach zu kopieren?

Er hoffte, daß ihm zwei Gläser Rotwein zum entscheidenden Einfall verhelfen konnten, doch auch nach Leeren der halben Flasche blieb der ersehnte Geistesblitz aus. So entschloß er sich, auf einem Skizzenblock festzuhalten, was für eine Synagoge unentbehrlich war. Vielleicht kam er über diesen Umweg zur Lösung seines Problems: vom Inhalt zur Form.

Alles in einer Synagoge hatte auf *Almemor* und Heilige Lade ausgerichtet zu sein. Der Almemor – oder die *Bima* – war ein Tisch, von dem aus die Tora verlesen wurde. Die Beleuchtung, sowohl das Licht, das durch die Fenster fiel, wie auch das der Lampen, mußte so beschaffen sein, daß der Almemor besonders hervorgehoben wurde. Der Tisch mußte so groß sein, daß man die Torarollen darauf ausbreiten konnte. Hinzu kam das Almemorgitter, dessen Form und Materialien beliebig waren.

Die Heilige Lade war ein Behälter, in dem die Torarollen aufbewahrt wurden. Sie befand sich, freistehend oder in einer Nische, an der Ostwand und war von einem Vorhang verhüllt.

Zudem war an Sitzgelegenheiten, an ein Waschbecken zur Reinigung der Hände vor dem Gebet und an Lesepulte zur Aufbewahrung der Gebetbücher, -schals und -riemen zu denken. Nicht zu vergessen war außerdem der Frauenbereich.

Sosehr er sich auch auf die Innenausstattung konzentrierte, es erschien vor seinem geistigen Auge keine äußere Hülle, die einzigartig jüdisch war. Immer war es mehr eine christliche Kirche oder eine Moschee, wenn nicht gar eine Bahnhofshalle.

Friedrich Silberstein fluchte leise vor sich hin und sah es als Erlösung, daß sein Sohn an die Tür klopfte und rief: »Vater, die Neue Jacobstraße, Schultheiss!« Das war nun nicht etwa eine Einladung zu einem kühlen Bier, sondern die Ermahnung, sich von seiner Arbeit loszureißen und zur Einweihung seines jüngsten Bauwerks zu eilen. Vor fünf Jahren hatte der Geschäftsmann Jobst Schultheiss einem Apotheker seine kleine Brauerei mitsamt angeschlossener Bierstube abgekauft. Seither hatte sich die Schultheiss-Brauerei in der Louisenstadt prächtig entwickelt, und der dynamische Unternehmer war darangegangen, die beiden Nebenhäuser zu erwerben und sie von Friedrich Silberstein zu einem Gartenlokal umbauen zu lassen.

»Statt eine Synagoge zu bauen, baut er nun einen Biertempel«, hatte sein Bruder Jason gelästert. »Aber vielleicht läßt du dich von einem Bierglas zu einem schönen Rundbau anregen.«

Diese Bemerkung hatte Friedrich Silberstein sehr getroffen, denn er hielt die leichte und luftige Dachkonstruktion seines Saales für genial. Auch Schultheiss selber war davon angetan: »Denn was nutzen einem die vielen Tische im Garten, wenn es zu regnen oder gar gewittern beginnt? Da muß man einen großen überdachten Raum haben, damit die Leute weiter ihr Bier trinken und einem nicht davonlaufen.«

LOUIS KRIMNITZ lag im Bett und versuchte alles, seine Influenza zu bekämpfen. Seine neue Wirtschafterin mußte ihm abwechselnd heißen Tee mit Rum und kalten Kirschsaft bringen. Dazu schluckte er die bittere Medizin, die ihm der Doktor verordnet hatte, und erduldete alle zwei Stunden diese fürchterlichen Wadenwickel, die gegen das ständig steigende Fieber helfen sollten. Gerade wieder kam Sophie herein, in der rechten Hand die Waschschüssel mit dem eiskalten Wasser, die Windeln, die sie sich von ihrer Nichte ausgeborgt hatte, über die Schulter geworfen.

»Erhebe dir, du schwacher Jeist, und stell dir uff die Beene!« Die Wirtschafterin war das, was die Berliner einen Dragoner nannten, also resolut und von erheblicher Körperfülle. »Los, hopp hopp, ick will Ihr Bette machen!«

Krimnitz war keineswegs bereit, so plötzlich aufzustehen, sondern schloß nur die Augen und stöhnte. »Ich komme mir vor wie'n Greis.«

»Wenn Se nich alt werden woll'n, müsse Se sich jung uffhängen.« Sie stellte die Waschschüssel auf einen Stuhl und machte Anstalten, ihm die Bettdecke wegzureißen.

»Na gut …« Mühsam schwang Krimnitz seine Beine über die Bettkante und stellte sie neben dem zur Seite gerutschten Vorleger auf die Diele. Sofort schrie er auf. Es sei so kalt und er bekäme Schüttelfrost. Auch schämte er sich seiner aus dem Nachthemd schauenden Säbelbeine.

»Beene wie'n Liebesroman«, murmelte Sophie dann auch. »Erst am Ende kriegen se sich.« Schnell strich sie das fast zu einem Strick gedrehte Laken zurecht und schüttelte Kopfkissen wie Bettdecke etwas auf. »Nu mal wieder zurück in't Bette, Sie zittern ja wie Espenlaub.« Sie gab Krimnitz einen kleinen Stoß, so daß er wieder in die Federn plumpste. »Sie sehn ja wirklich aus wie'n Totenjräber von de Schippe jehopst. Darum müssen die Wadenwickel ooch sin.« Sie verpaßte sie dem Kranken trotz seiner Schreie. »So, nun schlafen Se ma schön. In'ne Stunde bin ick wieda da und kieke nach Sie.« Damit rauschte sie aus dem Schlafzimmer.

Krimnitz richtete sich auf und hustete anhaltend, dann sank er erschöpft in die Kissen zurück. Trotz der Wadenwickel stieg das Fieber weiter an. Er wälzte sich auf den Rücken und starrte an die Decke. Der Stuck dort löste bei ihm die verschiedensten Assoziationen aus. Zuerst deutete er die Kreise in den Ecken als Bahnhöfe, und die langen Bänder, die zwischen ihnen angebracht waren, ließen ihn an Gleise denken. Dann kam es ihm vor, als sei alles eine Rennbahn, und er hörte den Hufschlag der Pferde. Er fiel in einen Dämmerzustand und hatte das Gefühl, wie eine Feder durch die Luft zu schweben. Dann träume er, daß er das große Palmenhaus im Königlichen Botanischen Garten in der Potsdamer Straße in Schöneberg baute. In seinem Innern herrschte tropische Schwüle, als es eingeweiht wurde. Der Kaiser stand mit einem Mal neben ihm und lobte ihn für sein großartiges Werk.

»Krimnitz, von heute heißen sie von Krimnitz und sind Königlicher Hofbaumeister.«

Da kam seine verstorbene Frau auf den Monarchen zu und schrie: »Halt, mein Mann ist ein Mörder! Er hat den Juden Meir Rosentreter, den Geldverleiher, erschlagen.«

»Das stimmt nicht, Eure Majestät!« schrie Krimnitz. »Ich schwöre es bei Gott dem Allmächtigen. Zwar habe ich Rosentreter die Treppe hinuntergestoßen und bin dann in seiner Kleidung nach Erkner gefahren, weil ich dachte, er ist tot, aber als ich in die Cöpenicker Straße zurückgekommen bin, da lag er nicht mehr da. Dafür fehlten mir Hose, Rock und Anzug aus dem Schrank. Er ist also nur bewußtlos gewesen und hat sich dann davongemacht, in meinen Sachen. Inzwischen wird er längst über den Großen Teich sein und in den Staaten sein Glück gemacht haben. Hier hatte er ja doch nur Schulden und wäre alsbald ins Gefängnis gewandert.«

»Ist das wirklich wahr, Krimnitz?«

»Sie können mich hängen lassen, Majestät, wenn es nicht wahr sein sollte.«

»Gut, ich glaube Ihnen.«

AARON SILBERSTEIN las an sich wenig, sah man einmal von Magazinen und Gazetten ab, und wenn er mal zu einem Buch griff, dann allenfalls zu einem historischen Roman. Daß er dem Schöngeistigen so abhold war, hatte seine Mutter schon öfter schier verzweifeln lassen. Ermahnte sie ihn zu intensiverer Lektüre, lachte er nur. »Du weißt doch, was Onkel Jason immer sagt: *A jid wet gicher a buch schrajbn ejder koifn* – Ein Jude wird ein Buch eher schreiben als kaufen.«

»Dann schreib doch mal eins!«

»Höchstens die Geschichte, wie Vater die Neue Synagoge baut.«

Er war also nicht zu bewegen, sich mit Euripides, Ovid, Shakespeare, Goethe, Schiller, Lessing oder – dies hätte sie vor allem anderen begrüßt – Moses Mendelssohn zu beschäftigen. Und kam sie ihm mit Lyrik, dann schrie er auf: »Mutter, Gedichte mag ich schon gar nicht!«

Um so erstaunter war sie, als sie ihn am Vormittag des 14. Mai mit einem Band Goethescher Gedichte im Alkoven sitzen saß. Kaum hatte er sie erblickt, suchte er das schmale Bändchen unter einer Zeitung zu verstecken. Sie tat so, als hätte sie es nicht bemerkt, und sprach mit ihm darüber, wie sehr die Nerven ihres Mannes, seines Vaters, doch zerrüttet seien, seit er über den Plänen zum Bau der Neuen Synagoge saß.

»Er wird sich noch übernehmen damit«, fürchtete sie.

»Alles kommt, wie es kommen muß«, sagte Aaron Silberstein.

Seine Mutter nahm den Faden auf. »Ja, manchmal scheint es mir, als hätte der Schöpfer allen Seins längst schon festgelegt, was wir im Leben unternehmen. Vielleicht nicht, ob ich jetzt gleich niese oder nicht, zumindest aber die großen Züge sind vorherbestimmt. Ob Vater den Auftrag bekommt und ihm der große Wurf gelingt, steht also fest, nur wissen wir es noch nicht, und er kann jetzt machen, was er will, es ändert nichts mehr an dem, was längst beschlossen ist.«

»Da habe ich so meine Zweifel«, widersprach er ihr. »Wenn er sich jetzt ins Bett legt und gar nichts tut, wird er ihn bestimmt nicht bekommen, auch wenn das vorherbestimmt ist. Reicht er keine Pläne ein, ist er aus dem Rennen.«

»Ich meine, wenn er welche einreicht.«

»Andere zögern nicht, dies auch zu tun. Von Rana weiß ich es ganz bestimmt. Er prahlt in jedem Etablissement damit, daß er ein Gebäude schaffen wird, das den Ersten Tempel in den Schatten stellt.«

»Nur ein Goi ist fähig zu einem solchen Vergleich!« rief Sarah Silberstein.

Ihr Sohn widersprach ihr. »Es ist seine überschießende Phantasie. Kann sein, daß er damit mehr Erfolg hat als Vater mit seinem radikalen Pragmatismus.« Damit stand er auf, um sich zu entschuldigen, denn unten im Flur erklang die Glocke. »Es ist jemand an der Tür.« Da Köchin und Hausdiener nicht zugegen waren und sein Vater sich jede Störung verbeten hatte, war es an ihm, nach unten zu eilen.

Kaum war er aus dem Zimmer, hatte seine Mutter den Gedichtband hervorgezogen. Geradezu fiebernd überflog sie das Gedicht, das er bei ihrem Eintreten ins Zimmer gelesen hatte. Sie flüsterte die Verse, die er unterstrichen hatte: »Ich bin bei dir, du seist auch noch so ferne, / Du bist mir nah! / Die Sonne sinkt, bald leuchten mir die Sterne. / O wärst du da!« Er war dabei gewesen, diese Zeilen abzuschreiben und damit einen Liebesbrief zu schmücken, den er gerade angefangen hatte. Sie war beruhigt. Nun schrieb er Katharina Rosentreter also doch, daß er sie … Als sie aber die Anrede bemerkte, gab es ihr einen Stich ins Herz, denn da stand in fein ziselierter Schrift: »Werthe Charlotte …«

Als er zurückkam und meldete, es sei nur ein Bote gewesen, entfuhr ihr die Frage, ob wohl die Chaumonts etwas geschickt hätten.

Er war um Contenance bemüht. »Wie kommst du denn darauf?«

Sie lächelte. »Weil du vielleicht gestern bei ihnen was vergessen haben könntest …«

»Bist du Hellseherin?« Das war mehr ein Vorwurf als eine Frage.

»Keine Hellseherin, aber hellsichtig …«

»Du hast in meinem Sekretär geschnüffelt?!«

»Das ist ein garstiges Wort, und ich wäre dir sehr dankbar,

wenn du es nicht benutzen würdest. Nein, ich habe nur gesehen, daß du Gedichte liest.«

»Also doch ge ...« Er suchte nach einem Synonym. »... nachgeschaut, was sich da unter meiner Zeitung wohl verbergen mag.«

»Wenn es um Liebe geht, ist Goethe immer gut.« Sarah Silberstein liebte diese Art von Dialogen, die verborgene Attacke, den Bluff, und da ihr Mann für diese Kunst zu bieder war, blieb ihr im eigenen Hause nur der Sohn. »Aber im Ernst: Ich finde es ganz vortrefflich, daß du im freundschaftlichen Verkehr mit Katharina nun endlich so romantisch wirst, wie es nötig ist, will man frohen Herzens in die Ehe gehen.«

Aaron Silberstein lachte daraufhin. »Mutter, ich bin Advokat, und wenn du meinst, ich würde deine Winkelzüge nicht durchschauen ...«

»Du hast es nötig, dich über meine Winkelzüge zu mokieren. Du bist es doch, der nicht mit offenen Karten spielt: Machst Vater das Angebot, ihm die Arbeit abzunehmen und zu Chaumont zu gehen, um für die Kalkulation der Neuen Synagoge die Preise bestimmter Materialien zu erfahren – und bist dabei nur darauf aus, deine Angebetete zu sehen.«

Was blieb ihm da, als eine galante Verbeugung zu machen. »Ich fühle mich durchschaut, Madame. Getrieben aber hat mich nichts anderes als die Ähnlichkeit der Mademoiselle Chaumont mit Ihnen.«

»Du Schmeichler. Aber es wird dir nichts helfen. Du bist Katharina sozusagen versprochen, und gerade jetzt, wo ihr Vater als verschollen gelten muß, braucht sie männlichen Beistand.«

»Ich habe meinen Halbleib gebeten, sich um sie zu kümmern.«

»Sie will nicht deinen halben, sie will deinen ganzen Leib!«

Aaron Silberstein reagierte trotz des hübschen Wortspiels verärgert. »Mutter, laß es bitte, Onkel Jason zu kopieren! Von dem hast du diese Wendung doch.«

»Wie stehen wir denn vor der Gemeinde da, wenn du eine Christin ... Unsere Leute werden es als Verrat werten, als doppelten Verrat: am Glauben unserer Mütter und Väter wie an den Rosentreters. Und sie werden sich hüten, Vater den Auftrag zum Bau der Neuen Synagoge zu erteilen.«

Jetzt wurde Aaron Silberstein geradezu heftig. »Soll ich mein Lebensglück opfern, nur damit Vater die Neue Synagoge bauen kann?!«

»Ja.«

Aaron Silberstein stürzte aus dem Haus, um sich zu seinem Freund Wilhelm Blumenow zu flüchten. Der wohnte in einem schmalen und ziemlich altersschwachen Haus in der Sperlingsgasse. Als Aaron Silberstein anklopfte und in das mit Büchern und allem möglichen Krimskrams vollgestopfte Zimmer trat, hatte sich Blumenow gerade über eine Karte der *United States of America* gebeugt.

»Willst du etwa auswandern, Wilhelm?!«

»Ja, wer einmal konvertiert ... Bin ich vom Glauben meiner Väter abgefallen, kann ich auch meinem Vaterland ade sagen. Drüben werden mich keine staatlichen Schnüffler verfolgen.«

Aaron Silberstein lachte bitter. »Dafür aber die Leute vom Rekrutierungsbureau, die dich zu den Soldaten holen wollen.«

»Wie kommst du denn darauf?«

»Mein Onkel Jason hat gute Beziehungen zu den jüdischen Gemeinden drüben, und er meint, es wird da bald einen Bürgerkrieg geben: der Norden gegen den Süden.«

»Wie bei uns: Preußen gegen Österreich.« Wilhelm Blumenow zeigte sich vom Argument des Freundes wenig beeindruckt, im Gegenteil, er ging in die Offensive. »Komm doch mit!«

»Ich?«

»Advokaten brauchen sie in New York wahrscheinlich dringender als in Berlin, und jetzt, da ihr Vater nach zwei Jahren noch immer nicht wiederaufgetaucht ist, wird Katharina sicher gern mit dir gehen.«

»Ihretwegen bin ich auch hier ...« Aaron Silberstein befreite einen Stuhl von Kleidungsstücken, Büchern und angebissenen Broten und setzte sich.

»Will sie dich nicht mehr?« fragte Wilhelm Blumenow.

»Im Gegenteil. Oder besser gesagt: andersherum. Das heißt ...« Er geriet ins Stocken. »Ich will es mal so sagen: Eine andere hat mein Herz entflammt.«

»Wer ist es denn?«

»Die Tochter eines hugenottischen Händlers ...« Und er erzählte Blumenow von Charlotte Chaumont. »Doch meine Mutter besteht darauf, daß ich Katharina heirate ... aus Angst, daß wir sonst die Gunst der Gemeinde verlieren und Vater den Auftrag für die Neue Synagoge nicht bekommt.«

»Soll ich dir Katharina abnehmen?« fragte Wilhelm Blumenow.

»Darüber spaßt man nicht!«

»Alles ist Spiel. Und wie sagt dein Onkel Jason immer: Ernst reden nur Spötter.«

»*Ernsst redn nor lejzim*«, wiederholte Aaron Silberstein auf jiddisch, und mit einem Mal erschien ihm das Ganze gar nicht mehr so menschenverachtend. In einer Zwangsehe mit ihm wurde Katharina ganz sicher unglücklich, und blieb sie hier in Preußen, dann lastete bei allem, was sie tat, das Schicksal ihres Vaters schwer auf ihr. In New York oder Milwaukee konnte sie ihn viel schneller vergessen. Sie würde wieder aufblühen. »Nur ... Gefällt dir denn Katharina wirklich?«

»Ja. Aber ich habe es mir immer verkniffen, in deinem Territorium zu wildern.«

»Danke.« Doch sogleich kamen Aaron Silberstein Bedenken. »Du bist konvertiert.«

»Liebt man sich, ist das egal.«

»Du nimmst alles zu leicht.«

»Und du zu schwer.« Wilhelm Blumenow zog einen Bogen Papier aus seinem Sekretär. »Ich will es schriftlich haben, daß du sie freigibst.«

»Gern.« Aaron Silberstein hatte den passenden Satz schnell formuliert: »Hiermit erkläre ich an Eides Statt, daß ich niemand anders liebe als Charlotte Chaumont und meinem Freund Wilhelm Blumenow gestatte, sich um Katharina Rosentreter zu bemühen.« Es folgte seine schwungvolle Unterschrift.

»Ich danke dir.« Wilhelm Blumenow steckte das Dokument in die unterste Schublade. »Ich werde dir regelmäßig darüber Bericht erstatten, wie weit ich mit meiner Minne schon gekommen bin. Ich erwarte dasselbe aber auch von dir, deine Charlotte betreffend.«

»Ich bin schon auf dem Weg zu ihr.« Aaron Silberstein umarmte den Freund. »Nun ist mir schon wesentlich wohler. Jetzt muß ich nur noch einen Dreh finden, daß mein Vater mit Moritz Chaumonts Hilfe den Auftrag zum Bau der Neuen Synagoge bekommt – auch wenn der die Bedingung stellen sollte, daß ich vorher seine Tochter heirate.«

»Du solltest wirklich in den diplomatischen Dienst eintreten und Botschafter in Österreich werden.«

»Du weißt doch, daß sie dafür keine Juden nehmen.«

»Laß dich taufen, dann kannst du Wein statt Wasser saufen.«

Aaron Silberstein wandte sich zur Tür. »Vom Kopf her spricht ja alles dafür, aber vom Gefühl … Es wäre wie eine Amputation. Nein, mehr noch: Es wäre so, als würden sie dir ein neues Herz und ein neues Hirn einsetzen.«

»Das dürfte bei vielen Menschen kein Nachteil sein«, lästerte Wilhelm Blumenow.

Aaron Silberstein zog seine Taschenuhr heraus. »Oh, ich muß los. Ich bin bei den Chaumonts eingeladen zum Tee.«

»Wie sagte mein Kollege im Justizministerium immer zu mir? Geh mit Gott, dann gehst du mit keinem Spitzbuben.«

Voller neuer Zuversicht lief Aaron Silberstein zum Schloßplatz, um sich dort eine Droschke zu nehmen. Zu Fuß war es ihm hinaus zum östlichen Ende der Louisenstadt doch ein wenig weit. Die Taxe für eine innerhalb der Stadt gelegene Destination betrug fünf Silbergroschen. Zur Kontrolle der Kutscher zwang die Stadtverwaltung sie, den Fahrgästen das Fahrgeld zu quittieren, und in jeder Droschke hing innen die diesbezügliche Anordnung: »Kein Fuhrgeld hat der Fahrgast zu bezahlen, wenn ihm nicht beim Besteigen der Droschke die gültigen Fahrmarken auf Höhe des für eine einfache Fahrt zu zahlenden Fuhrgeldes vom Kutscher verabreicht worden sind.«

Aaron Silberstein erledigte, was zu erledigen war, und ließ sich in die Polster fallen. »Zur Cöpenicker Straße, bitte.« Moritz Chaumont hatte dort nach Treptow hin gerade eine neugebaute Villa bezogen.

An der Kreuzung mit der Michaelkirchstraße sah Aaron Silberstein auf dem Trittoir einen Mann stehen, für den er schon einige Prozesse gewonnen hatte: Louis Krimnitz. »Hallo!« rief er durchs schnell geöffnete Fenster. »Wie geht's Ihnen denn?«

»Danke für die gütige Nachfrage, Herr Anwalt, nicht besonders gut. Ich hatte gerade eine heftige Influenza durchzumachen und bin immer noch ein wenig schwach. Und die Geschäfte ...«

»Na, vielleicht kriegen Sie'n Stück vom Kuchen ab, wenn's um die Neue Synagoge geht.«

Krimnitz hob vorab dankend die rechte Hand. »Ich bitte, mich Ihrem Herrn Vater wärmstens zu empfehlen.«

»Ja, mache ich.«

Aaron Silberstein hatte den Bauunternehmer schnell vergessen, denn daß er Charlotte in wenigen Minuten in ihren eigenen Räumen begegnen sollte, ließ ihn gehörig fiebern, und die Göttin Voluptas sorgte dafür, daß ihm verwegene Gedanken durch den Kopf schossen. Wenn sie nun allein zu Hause wäre ... Ihr Vater hatte viel zu tun, ihre Mutter befand sich in einem Sanatorium. Vielleicht hatten die Dienstboten ihren freien Tag. Er schellte, und sie öffnete ihm im Negligé. »Du, ich vergehe vor Sehnsucht nach dir!« Sie schmiegte sich an ihn, und ihre Lippen waren so weich und feucht ...

»Is Sie nich jut?« fragte der Droschkenkutscher. »Weil Se so stöhnen?«

»Doch, doch, das ist nur mein Asthma.«

Als sie dann vor der Chaumontschen Villa hielten, war aber seine Angst vor dem, was er sich eben noch so lebhaft ausgemalt hatte, derart groß, daß er geradezu darum betete, daß Charlotte nicht allein zu Hause sei.

Und das war sie dann auch nicht, Moritz Chaumont und zwei Freundinnen seiner Tochter saßen mit am Teetisch. Man begrüßte sich, und Aaron Silberstein war so befangen, daß er linkisch wirkte wie ein junger Ladenschwengel, der am liebsten vor Scham im Boden versunken wäre, als ihn die erste Kundin um ein Pfund Zucker bat.

»Wie es meinem Vater geht …?« Aaron Silberstein brauchte Sekunden, um die Frage, die Charlotte Chaumont an ihn gerichtet hatte, zu verstehen. Wer war sein Vater? Hatte er überhaupt einen? »Der … der hängt …« Er starrte Charlotte an und hatte völlig den Faden verloren.

Eine von Charlottes Freundinnen, die Blonde, kicherte los. »… am Dachbalken? Hat er sich erhängt?«

»Nein, nein … Was habe ich gesagt?«

»Der hängt …«

» … seinen Gedanken nach. Sie wissen ja, die … die Ausschreibung für die Neue Synagoge … Ich meine, wie er da herangehen soll … sachlich oder ausschweifend …«

Die andere Freundin, die Brünette, war nicht weniger albern als ihre Tischnachbarin. »Ausschweifend, so so … Sind Sie auch ausschweifend, Herr Silberstein?«

Langsam bekam er wieder Boden unter die Füße. »Das hängt ganz von den Umständen ab.«

»Von den anderen Umständen!« Moritz Chaumont brach in schallendes Gelächter aus. »Als Charlotte unterwegs war, hatte es mit meinem ausschweifenden Leben auch ein Ende.«

Aaron Silberstein hatte es schwer, sich mit dem Stil des Hauses Chaumont anzufreunden. Er schien ihm doch arg dionysisch zu sein, leicht und perlend. Bei ihm zu Hause war alles viel schwerer, Tradition lastete auf allem, und die Gäste waren viel verkrampfter, weil sie um alles auf der Welt geistreich sein wollten. Banal ist schal – so lautete ein Wahlspruch seines Onkels Jason. Hier bei den Chaumonts aber war das Banale nicht schal, sondern schmeckte wie Champagner.

Moritz Chaumont begann, von lustigen Begebenheiten zu berichten. »Mein Buchhalter ist gestern Vater geworden. Gratuliere ich ihm zum freudigen Ereignis und sage: ›Nun haben Sie ja endlich einen Erben.‹ Antwortet er: ›Danke, aba mit det Jehalt bei Ihnen hab ick keenen Erben, sondan nua een janz simplet Kind.‹«

Auch die blonde Freundin hatte von einem amüsanten Erlebnis zu berichten. »Gehe ich gestern die Königstraße entlang, stürzt da ein Droschkengaul und will nicht wieder aufstehen. Der Kutscher bemüht sich immer wieder vergeblich. Eine Menge Bürger, Gesellen, Handlanger und Straßenjungen haben sich im Nu versammelt und wollen dem Kutscher helfen. Doch das Pferd ist nicht wieder auf die Beine zu bekommen. Da drängt sich ein Schusterjunge durch die Menge und sagt: ›Lassen wa Majestät hochleben, dann muß allet uffstehen.‹ Alles ist begeistert, nur der Kutscher fühlt sich veräppelt. Sagt er zu dem Schusterjungen: ›Schade, det der Jaul dia nich uff'n Kopp jefallen is, da hätten wa Jrütze!‹«

An so viel Volkstümlichkeit mußte sich Aaron Silberstein erst gewöhnen, und er hatte so seine Zweifel daran, daß er je an Charlottes Welt Gefallen finden würde. Auch schien sie ihm selber auf ein Mal ziemlich fremd. Er hatte sie mehrere Male in die Oper und ins Konzert ausführen dürfen, und da hatte ihre Konversation durchaus gehobenes Niveau gehabt. Nun stellte sich heraus, daß eine ihrer Freundinnen Näherin, die andere Dienstmädchen war. Und ihr Vater war zwar wohlhabend, hielt aber, wie sich gerade herausstellte, Friedrich List für einen virtuosen Pianisten.

»Dieser List hat beredt und leidenschaftlich für den Eisenbahnbau in Deutschland gefochten«, korrigierte ihn Aaron Silberstein. »Der Musiker, den Sie meinen, heißt Franz – und Liszt mit sz.«

»Ich verstehe: sz wie bei ›pißt‹!« Chaumont lachte so dröhnend, daß sein Vorstehhund in wütendes Gebell ausbrach.

Aaron Silberstein litt ein wenig unter seinem möglichen Schwiegervater, und in der Manier seines Onkels Jason dachte er, daß er es da einfacher hätte, wenn Katharina Rosentreter seine Frau würde ... Aber er wollte ja nicht ihn heiraten, sondern seine Tochter. Und wenn er die betrachtete, dann regte sich sein Trieb so mächtig, daß er fürchten mußte, sich durch die Ausbeulung seiner Hose bloßzustellen. Wenn die kessen Freundinnen dies bemerkten und sich darüber lustig machten, wäre es um ihn geschehen gewesen. Aber es ließ sich nicht mehr unterdrücken.

»Kommen Sie, Herr Silberstein, ich möchte Ihnen mal mein Haus zeigen.« Chaumont erhob sich und wartete darauf, daß sein Gast auch aufstand.

Das ging aber nicht, sonst wäre ... Lieber stand er als Feigling da. »Schnappt der Hund auch nicht zu, wenn ich jetzt aufstehe?«

»Nein.« Chaumont wollte ihn beruhigen.

»Doch!« Die Blonde kicherte anzüglich. »Was meinen Sie, was der Charlottes Verehrern schon alles abgebissen hat.«

»Ja, darum braucht sie ja auch immer wieder'n neuen!« fügte die Brünette hinzu.

»Ruhe jetzt, ihr Spottdrosseln!« rief Charlotte.

Immerhin verschaffte das kleine Geplänkel Aaron Silberstein die Zeit, die sein Organismus benötigte, das in den unteren Regionen konzentrierte Blut wieder im gesamten Körper zu verteilen.

Es war eine prachtvolle Villa, die Moritz Chaumont da sein eigen nennen konnte, und Aaron Silberstein sagte, daß er da einen hervorragenden Architekten gehabt haben muß. »Wer war es denn?«

»Na, der Rana.«

Aaron Silberstein zuckte zusammen. Ausgerechnet der Todfeind seines Vaters. Aber was konnte Charlotte dafür. Doch Zündstoff war es allemal.

»Am besten, wir fangen mit meinem Weinkeller an, der schließlich mein ganzer Stolz ist.«

»Nicht Ihre Tochter?« fragte Aaron Silberstein.

Chaumont grinste. »Doch, doch. Aber deren ganz besondere Qualitäten kann ich ja nicht beurteilen.« Er stieß Aaron Silberstein den rechten Ellenbogen in die Seite. »Da muß ich mich auf Ihr Urteil verlassen.«

Aaron Silberstein zeigte auf die Weinflaschen. »Die Qualität der Lage wie des Erzeugers versprechen viel, aber solange die Flasche ungeöffnet daliegt, weiß man doch nie genau, wie der Inhalt wirklich schmeckt.«

Chaumont war begeistert über diese kleine Anmerkung. »Man merkt, da spricht der Kenner.«

Aaron Silberstein war das Thema peinlich, und er klopfte gegen die weiß gekalkte Wand des Gewölbes, das ihn irgendwie an ein Kloster erinnerte. Natürlich, Rana war ja Katholik und kannte sich mit Klöstern aus. »Aber die Wand klingt ein bißchen dünn ...«

»Das sagen Sie ja nur, weil Sie Rana nicht mögen.« Chaumont blieb heiter. »Das nahe Spreewasser wird schon nicht durchdringen. Aber kommen wir zu meiner Tochter zurück.«

»Ich liebe Charlotte!« brach es aus Aaron Silberstein heraus, ohne daß er es verhindern konnte.

Chaumont schmunzelte. »Und da sie mir versichert hat, daß es bei ihr nicht anders ist, könnten wir ins Geschäft kommen.«

Aaron Silberstein zuckte abermals zusammen. »Soll ich einen Brautpreis für Charlotte bezahlen?«

»Wäre schön, wir hätten diese Sitte auch bei uns in Preußen, obwohl ... Viel wirft ja Ihre Kanzlei nicht ab.«

»Mein Vater würde mir da schon ...«

»Unsinn, Geld hab' ich genug.« Plötzlich wurde Chaumont so ernst, daß man meinen konnte, einen anderen Menschen vor sich zu haben. »Meine Familie kommt aus Frankreich, und Sie wissen doch, was dieser ... dieser König da gesagt hat, als er zu den Katholiken übergelaufen ist, Heinrich IV.?«

Aaron Silberstein war von dunklen Vorahnungen erfüllt, als er es aussprach: »Paris ist eine Messe wert.«

Chaumont nickte. »So ist es. Und Sie, Herr Silberstein, Sie müßten schon zum Christentum übertreten, wenn ich Ihnen meine Tochter zur Frau geben soll.«

KATHARINA ROSENTRETER fragte sich immer wieder, ob sie eigentlich noch lebe. Was war eine Frau ohne Vater, ohne Mann? Nichts. Eigentlich gar nicht existent. Ihren Wert erhielt sie von den Männern. So war die Welt, und wenn es auch Frauen geben sollte, die meinten, daß sich dieses ändern ließe, Katharina glaubte es ebensowenig wie die alte Selma, mit der sie sich nun das kleine Haus in der Jägerstraße teilte.

Sie saßen am Frühstückstisch und besprachen, wie der Tag zu

gestalten war, obwohl es da eigentlich nichts zu besprechen gab, weil ja einer wie der andere ablief. Das bißchen, was sie einzukaufen hatten, bedurfte keiner großen Diskussion. Und was Selma auch kochte, Katharina schmeckte es ohnehin nicht.

»Ich habe wieder mal von ihm geträumt«, sagte Selma, während sie den Rest ihres Kaffees austrank. »Er ist über den Gendarmenmarkt gegangen.« Es verging kaum eine Nacht, in der sie Meir Rosentreter nicht begegnet wäre.

Katharina kaute lustlos an ihrem Butterbrot. »Wenn man weiß, daß einer tot ist und man ihn begraben hat, wie der Brauch es vorgibt, dann hat man endgültig von ihm Abschied genommen, dann ist das ein klarer Schnitt, und die Zeit kann die Wunde heilen. Ist er aber nur verschollen, bleibt die Wunde offen und schmerzt Tag für Tag.«

»Der Ewige gebe uns, daß wir seine Leiche finden!« sagte Selma. »Besser aber noch, daß er sich aus den Staaten meldet, daß er in New York eine neue Heimat gefunden hat und wir nachkommen sollen. Viele sind ja ausgewandert nach 1848 und haben's nicht bereut.« Sie seufzte. »Ach, Kind, was rede ich!«

»Ungewißheit ist das Schlimmste.« Katharina warf die angebissene Schnitte auf den Teller zurück. »Und mit Aaron geht's mir ja auch nicht anders.«

»Wie, ist der auch verschwunden?«

»Nein, aber ich sehe doch, wie er im Salon seiner Mutter dauernd um diese Charlotte Chaumont herumscharwenzelt, und im Theater ist er mit ihr auch schon gesehen worden.«

»Soll er sich doch Appetit holen bei ihr, gegessen wird zu Hause.«

»Wenn er mich wenigstens mal anrühren würde!«

»Kind!« rief Selma.

»Soll ich als Jungfer ins Grab sinken?!«

»Glaube bloß nicht, daß das alle Seligkeit der Welt wäre, sich von einem Kerl bespringen zu lassen.« Sie hatte da so ihre Erfahrungen gemacht mit durchreisenden Kaufleuten.

»Aaron ist doch ein feiner Mensch und keiner dieser Grobiane, wie du sie im Gedächtnis haben magst.«

»Ach, Kind, die Männer! Wenn er sich wirklich in diese französische Hexe verguckt hat, dann ... Aber er wird sie nicht nehmen, denn sie ist keine von uns.«

»Wenn er aber konvertiert wie sein Freund Wilhelm? Denn ihr Vater hat eine Menge Geld, meiner aber nichts als Schulden.«

»In Amerika wird er eine Menge Geld machen.«

»Schön wär's ja ...« Katharina fand immer mehr Gefallen an dem Gedanken, ihr Vater sei nicht tot, sondern lebte auf der anderen Seite des Atlantiks und häufte dort ein neues Vermögen an.

Selma war es, die aussprach, was sie sich zu denken verbot. »Du gehst rüber, wenn dich der Silberstein fallenläßt, heiratest da einen reichen Mann und kommst irgendwann nach Berlin zurück, um dich an ihm zu rächen. Kaufst dir den Rana, daß er den Vater vernichtet, kaufst dir die Justiz, daß sie Aaron irgend etwas vorwirft und daß er nicht mehr Anwalt sein kann, machst dem dicken Chaumont seinen Handel kaputt.«

Katharina lachte. »Und dinge mir einen Mörder, der Charlotte meuchelt. Ach, Selma, du liest zu viele Romane.«

»Nu, Kind, das Leben selber ist ein Roman.«

Unten wurde der Klingelzug betätigt, und Katharina fuhr zusammen, denn sie fürchtete, daß es jemand von der Behörde war, der das Haus in der Jägerstraße pfänden wollte. Doch als sie ans Fenster getreten war und hinuntergesehen hatte, konnte sie aufatmen. »Es ist nur der Menuchim Halbleib.«

»Schickt der Silberstein also seinen Stellvertreter. Gratuliere. Aber ist der nicht ein bißchen alt für dich?«

»Er wird sicher deinetwegen hier sein. Und keine Sorge, ich nehm' ihn dir nicht weg.« Damit eilte Katharina hinunter, um dem Faktotum aus der Anwaltskanzlei in der Brüderstraße die Tür zu öffnen und ihn gebührend zu begrüßen. »Was gibt es Neues?«

»Nichts über ihn.« Halbleib wußte, daß die Verbindung zwischen ihr und seinem Brötchengeber auf der Kippe stand. »Aber über Ihren Vater ...«

»Hat er aus Amerika ...?«

»Nein, aus Cöpenick.«

»Wie …? Ist er da gesehen worden?«

Halbleib verlor nun ein wenig den Faden. »Ja, von Schlötel.«

»Und? Was sagt er, warum ist er …?«

»Was soll er sagen, Ihr Vater …?« Halbleib schaffte es nicht, ihr ohne Umschweife die Wahrheit zu sagen. »Der Kommissarius meint ja auch nur, es könnte Ihr Vater sein – sicher ist da nichts, so wie er aussieht.«

»Wie sieht er denn aus?«

»Wie jemand eben aussieht, der lange in der Erde gelegen hat.«

Katharina brach nun in Tränen aus, und Selma, die neben sie getreten war, mußte sie stützen und in die Arme nehmen.

Halbleib stand hilflos und bedeppert in der Tür und wußte nicht, was er tun sollte. »Ich kann doch nichts dafür … Der Schlötel hat mich doch geschickt, wir sollen nach Cöpenick rauskommen, und das Fräulein soll sehen, ob sie ihn identifizieren kann.«

»Kind, es hilft nichts, sei tapfer.« Die wackere Selma versuchte, ihren Schützling wiederaufzurichten. Nachdem sie ihr Stirn und Schläfen mit selbst angesetztem Franzbranntwein eingerieben hatte, ging es auch wieder.

Halbleib hatte schon eine Droschke geordert, und über Spittelmarkt, Wall-, Ross- und Neue Jacobstraße ging es zur Cöpenicker Straße und dann auf der Schillingbrücke über die Spree hinweg zur Frankfurter Bahn. Der nächste Zug fuhr, wie Halbleib schon in Erfahrung gebracht hatte, mittags um Viertel vor eins. »Das schaffen wir gerade noch so.« Er wandte sich nach vorn: »Mein Gott, Kutscher, geht's denn wirklich nicht schneller?!«

»Det schon, aber ick kann doch mein Pferd nich alleene lassen.«

Halbleib war zu schlecht gelaunt, um über diesen kleinen Scherz lachen zu können, und wandte sich wieder Katharina Rosentreter zu. »Ich weiß ja nicht, wie lange unser Aufenthalt in Cöpenick dauern wird, aber hoffentlich können wir die Rückreise so antreten, daß wir nachmittags um vier Uhr fünfzig wieder hier sind. Der nächste und letzte Zug ist erst abends Punkt zehn in Berlin. Es wäre wohl besser gewesen, man hätte ...« Er wagte nicht, dies weiter zu präzisieren. »Aber der Herr Kommissarius Schlötel hat telegraphieren lassen, wir sollten uns alles gleich an Ort und Stelle ansehen, ehe ... Und mit den notwendigen photographischen Aufnahmen würde es erst morgen etwas werden. Das sei alles sehr umständlich.«

Katharina glaubte, alles nur zu träumen. Zu oft hatte sie im Traum Szenen wie diese durchlebt, in denen ihr Vater irgendwo tot aufgefunden worden war und sie ihn identifizieren sollte. Während sie Rummelsburg und Karlshorst passierten, schnürte ihr der Gedanke an ihr Elend fast die Kehle zu. Erst ihre Mutter an der Tuberkulose gestorben, dann ihr Bruder auf dem Weg nach Jerusalem tödlich verunglückt – und nun ihr Vater verschollen. Jetzt schien sie auch noch ihren Bräutigam zu verlieren. Es lag ein Fluch über den Rosentreters. Was hatte den Ewigen so erzürnt? Daß ihr Vater Wucherzinsen für verliehenes Geld genommen hatte? Das stimmte nicht, er hatte nur so viel verlangt, wie ein kleiner Banquier verlangen mußte, um selber leben zu können. Und er hatte mehr nehmen müssen als der Bleichröder, weil seine Kunden viel dubioser waren und er das viel größere Risiko eingehen mußte. Der Kommissarius Schlötel vermutete ja auch, daß ihr Vater von einem seiner Gläubiger ermordet worden sei, nur hatte sie keine Liste der Männer finden können, die ihm größere Summen schuldeten. Und mit ihr hatte er nie darüber gesprochen. »Hätte er doch nur«, murmelte sie.

»Wie bitte?« fragte Halbleib.

»Ach, nichts. Wann sind wir denn da?«

»In wenigen Minuten, die Wuhlheide haben wir fast schon durchquert.«

Am Bahnhof Cöpenick erwartete sie Schlötel schon mit einer offenen Kutsche. Sie begrüßten sich mit fast militärischer Knappheit. Dann ging es südwärts, erst über die Spree hinweg, dann durch die Altstadt, bis sie die Vorderheide erreichten, das Waldstück zwischen der Wendischen Spree und dem Großen Müggelsee. Katharina fühlte sich weiterhin wie in Trance.

»Was soll das eigentlich?« hörte sie Halbleib fragen. »Nach nahezu zwei Jahren ist doch ein Toter längst verwest.«

»Dieser nicht«, erwiderte Schlötel. »An dieser Stelle ist der Boden so lehmig, daß er nahezu mumifiziert worden ist.«

»Wer hat ihn denn gefunden?«

»Soldaten beim Manöver.«

Der Dialog der beiden Männer wirkte einschläfernd. Katharina erwachte erst wieder, als die Kutsche hielt. Der örtliche Wachtmeister, der die Fundstelle sicherte, legte die Hand an die Mütze und begrüßte die Angereisten. Katharina betete leise. Es möge schnell vorübergehen, ohne daß sie in Ohnmacht fiel. Einerseits hoffte sie, daß es ihr Vater war, damit sie endlich Gewißheit hatte und ihn dem Ritus entsprechend beerdigen konnte, andererseits fürchtete sie, daß er es wirklich war und sie jede Hoffnung fahren lassen konnte, ihn jemals lebend wiederzusehen.

Sie schloß die Augen, als Halbleib und Schlötel ihr beim Aussteigen aus der Kutsche behilflich waren. Zwischen beiden, von ihnen an den Armen gehalten, schritt sie auf die Grube zu. Die Pferde wieherten so laut, als witterten sie in der Nähe einen Wolf. Der Waldboden war weich wie ein Polster. Es roch nach modernden Blättern, feuchter Erde und Friedhof. Daran änderte auch das helle Gezwitscher der Vögel nichts. Die beiden Männer verlangsamten ihre Schritte, und wie eine Blinde fühlte Katharina, daß sich vor ihr eine Grube auftat. Sie zögerte, die Augen aufzumachen.

»Nun gucken Sie doch endlich mal!« rief Schlötel schließlich.

Da tat sie es. Und wäre zusammengebrochen, wenn die beiden Männer sie nicht gestützt hätten, denn der Tote war ihrem Vater wirklich zum Verwechseln ähnlich. Aber er war es nicht. Die Stirn war flacher, die Nase kleiner.

»Nein, er ist es nicht«, brachte sie schließlich hervor. »Aber es scheint mir, daß er Vaters Kleider trägt. Hat er sie ihm abgenommen? Hat er sie bei einem Trödler gekauft? Aber solche Kleidung wird's ja hundertfach geben, und es ist nur ein Zufall …«

»Ein Zufall ist am schwersten aufzuklären«, sagte Schlötel. »Man kann es von vornherein sein lassen.«

SARAH SILBERSTEIN hatte in letzter Zeit nicht viel von ihrem Mann gehabt. Seit er über den Plänen für die Neue Synagoge saß und etwas auszubrüten suchte, das ihn unsterblich machte, fanden sie kaum noch Zeit für ihre Plauderstündchen. Sie versuchte das dadurch auszugleichen, daß sie ihre Kontakte zu allerlei Gelehrten und Künstlern noch weiter ausbaute, insbesondere zu solchen, die weniger im Rampenlicht standen, weil sie außerhalb Berlins ansässig waren.

Zudem hatte sie eine neue Leidenschaft entdeckt: das Reisen mit der Eisenbahn. Berlin war ja längst zum großen Knoten des preußischen Schienennetzes geworden, und seit 1854 nach dreijähriger Bauzeit die sogenannte Semmeringbahn, die von Berlin über Wien nach Laibach führte, eröffnet worden war, gab es sechs Hauptstrecken ins übrige Deutschland und ins Ausland. Im Herbst 1838 war mit der Verbindung zwischen Berlin und Potsdam die erste preußische Eisenbahn in Betrieb genommen worden. 1841 hatte man mit der Berlin-Anhaltinischen Bahn nach Dessau die erste Fernbahnstrecke fertiggestellt. 1842/43 waren die Relationen Berlin–Frankfurt (Oder) und Berlin–Stettin gefolgt. 1846 war die Potsdamer Bahn nach Magdeburg und die Frankfurter Bahn nach Breslau verlängert worden. Mit der Aufnahme des durchgehenden Zugverkehrs nach Hamburg 1846 fand die Entwicklung der Eisenbahn in Preußen ihren ersten Höhepunkt. Zur Zeit befand sich die nach Küstrin führende Ostbahn im Bau, und über Linien nach Cottbus und Stralsund wurde debattiert.

Besonders glücklich war Sarah Silberstein, wenn sich beide Passionen miteinander verbinden ließen und sie mit der Eisenbahn zu einem der stillen, aber tiefen Wasser reisen konnte. Sie war froh, wenn der Gastgeber nahe einer Eisenbahnstation wohnte und sie nicht ganz so viele Meilen in unbequemen Kutschen zurückzulegen hatte. Da diese Ausflüge ins Berliner Umland ohne männliche Begleitung schwer denkbar waren, hatte sie ihren Schwager bewegen können, an die Stelle ihres Mannes zu treten.

Sie wollte später ihre Begegnungen in einem Buch zusammenfassen, für das der Titel *Was im Verborgenen blüht* vorgesehen war. Den Stoff für die ersten vier Kapitel hatte sie schon sammeln können.

Begonnen hatte sie mit Friedrich Wilhelm Kullrich, der in Dahme lebte und an sich Münzmedailleur war, also Prägestempel für neue Münzen schnitt. 1848 hatte er im lokalen Wochenblatt eine Ode auf die Märzgefallenen veröffentlicht, die Sarah Silberstein sehr zu Herzen gegangen war. Kullrich hatte ihr verraten, daß er oft in Gedanken an deren Grab im Friedrichshain saß, sie betrauerte und schwor, in ihrem Geiste weiterzukämpfen: »Ich gelobte, immerdar zu streiten / Für die Freiheit, so ich es nur kann // Für die Geistesfreiheit denn vor allem / Für die Bildung, welche uns befreit / Aus der Dummheit und des Wahnsinns Banden / Ihr sei stets mein Kopf und Herz geweiht // Der Tyrannenmacht und dem Eroberer / Droht mein Arm, ihm droht mein Schwert / Tod und Rache, jegliches Verderben / Sterne! Ihr habt meinen Schwur gehört.«

In Lehnin, auch im Süden, aber etwas weiter westlich, hatten sie im Hause seines Schwagers, wo er gerne seine Sommerfrische verbrachte, Willibald Alexis getroffen. *Die Hosen des Herrn Bredow* hatten ihn leidlich bekannt gemacht. Von Hause aus war er Journalist, doch seit Verschärfung der Pressezensur nach 1848 mochte er nichts Aktuelles mehr schreiben. Sarah Silberstein hatte ihm amüsiert zugehört, wie er sich darüber beklagt hatte, daß die Ämter aus seinem hugenottischen Namen Harenc das deutsche Häring gemacht habe. »Nun, da mußte ich mir ein Pseudonym suchen ... Und was lag da näher, als etwas zu nehmen, das auch mit Fisch zu tun hatte, aber nicht so roch, nämlich aus dem Lateinischen das Wort *alec*, »Fischsoße«, und daraus Alexis zu machen. Und so ist denn aus dem Wilhelm Häring der Willibald Alexis geworden.«

Aber auch im Norden Berlins hatten sie sich umgetan und in Oranienburg den Chemiker Friedlieb Ferdinand Runge aufgesucht, der im Königlichen Schloß Schwefelsäure herstellte. Dies und der Umstand, daß er das Anilin, das Coffein und das Atropin entdeckt hatte, war schon Sensation genug. Doch Sarah Silberstein schätzte ihn vor allem als Sprachpuristen, hatte er doch im letzten Jahre im Selbstverlag eine hübsche kleine Schrift veröffentlicht: *Das Gift in der deutschen Sprache, ausgetrieben von F. F. Runge.* Da wetterte er vehement gegen die Zeitungssprache mit ihrem Schwulst und ihrer Schluderei und die Flut der Fremdwörter in den Parlamentsdebatten, gegen die vielen aus dem Lateinischen und dem Griechischen abgeleiteten Begriffe: »Wäre ich Vorsitzender und die Herren Volksvertreter kämen mir mit Motiven anstatt Gründen, mit Amendments anstatt Verbesserungs- oder Abänderungsvorschlägen, mit Debatte anstatt Verhandlung, mit Diskussion anstatt Erörterung, mit Motion statt Antrag, mit Argumentation anstatt Beweisgrund, mit Modalität anstatt Art und Weise, da würde ich sie zur Ordnung rufen mit der ernsten Bemerkung: Ein Vertreter des Volkes soll auch ein Vertreter der Volkssprache sein.«

In Bad Freienwalde waren sie zum Volksdichter Karl Weise gepilgert, der sich hier am Rande des Oderbruchs als Drechsler niedergelassen hatte. »Drechselt Pfeifen in guter Ruh/Und macht auch wohl 'nen Vers dazu.« Er klagte heftig, daß ihm nicht nur die Fabriken mit ihren Maschinen das Geschäft verdürben, sondern mehr noch die neue Mode des Zigarrenrauchens und er schon bis hinauf auf die pommerschen Jahrmärkte ziehen müsse, um seine Pfeifen an den Mann zu bringen. Hinter seinem Rükken machte seine Ehefrau despektierliche Bemerkungen über seine Dichtkunst, und Sarah Silberstein konnte nun einen seiner Vierzeiler viel besser verstehen: »Als Bestes wardst du mir gegeben/Du, die nicht meine Lieder liest/Und dennoch Stoff aus deinem Leben/In jedes meiner Lieder gießt.«

Nun, im Mai des Jahres 1858, stand der Besuch beim Dichter Friedrich Brunold ins Haus, der in Joachimsthal oberhalb des Werbellinsees lebte.

»Da können wir gut mit der Stettiner Bahn hinreisen«, sagte Sarah Silberstein. »Ich habe mich schon kundig gemacht. Bis zur Station Serwest sollen wir fahren und uns dort nach einem Fuhrwerk umsehen.«

»Lese ich Serwest, denk' ich an verwest.« Jason Silberstein

war von diesem Ausflugsziel nicht eben begeistert. »Wenn mich meine geographischen Kenntnisse nicht täuschen, sind es von der Bahn bis Joachimsthal an die drei Meilen, also zwei Stunden Durchgerütteltwerden.«

»Gemessen an der Ewigkeit ist das wenig«, erwiderte ihm Sarah Silberstein in seiner eigenen Diktion. »Und außerdem soll dieser Brunold ein so seltenes Fossil sein, daß sich jede Strapaze seinetwegen lohnt.«

Jason Silberstein konnte ihre Liebe zu den »Genies aus der Provinz«, wie er sie nannte, nicht ganz teilen. »Wer Talent und Kraft hat, kommt nach Berlin, und wer nicht nach Berlin gekommen ist, hat sich als kraft- und talentlos zu erkennen gegeben und darf zu recht vergessen werden.«

Seine Schwägerin sah ihn ein wenig vorwurfsvoll an. »Du solltest etwas mehr Interesse an anderen Menschen zeigen.«

»Ich gebe der Menschheit zurück, was sie mir gibt: Gleichgültigkeit«, erwiderte Jason Silberstein. »Das soll Gustave Flaubert gesagt haben. Dessen *Madame Bovary* ist ein Meisterwerk. Man hat es mir letztes Jahr druckfrisch aus Paris geschickt, und ich sollte es übersetzen.«

»Hast du aber nicht?«

»Nein, ich bin für die Laster geboren – und zu denen gelangt man nur, wenn man mit dem Müßiggang beginnt.«

Sarah Silberstein verstand ihn nicht. »So wie du die Feder führen kannst und bei deinem Faible fürs Historische müßte es doch ein Leichtes für dich sein, durch Brandenburg zu ziehen und aufzuschreiben, was sich dort ereignet hat, seit die Askanier gekommen sind.«

»Ich käme wohl zu spät, denn da ist offensichtlich schon ein anderer am Schürfen, ein abgebrochener Apotheker und Korrespondent verschiedener Blätter, wie man hört – ein Fontane, Theodor. Aufgefallen ist er mir nur durch ein paar Gedichte und Balladen ...«

»Vielleicht begegnen wir ihm unterwegs einmal.«

Als sie am festgesetzten Morgen auf dem Stettiner Bahnhof standen, rümpfte Jason Silberstein die Nase. »Daß es dir, liebe

Schwägerin, nichts ausmacht, in dieser Gegend zu weilen, und sei es noch so kurzzeitig, ist höchst verwunderlich, riecht es doch noch immer nach der Abdeckerei, die es hier bis 1840 gegeben hat. Schlimmer ist freilich, was hinterher war: Da hat der Magistrat an diesem Ort eine Scharfrichterei einrichten lassen. Die Bahngesellschaft mußte später Geld dafür bezahlen, damit der Henker und seine Knechte die Richtstätte verlassen. Den Galgen haben sie allerdings stehenlassen – als Begrüßung für die ankommenden Reisenden.«

Sarah Silberstein war von den schaurigen Geschichten ihres Schwagers nicht sehr angetan, mußte allerdings zugeben, daß es in dieser Gegend weniger erfreulich duftete als im Boudoir einer vornehmen Dame.

»Kein Wunder, daß es hier unangenehm riecht, wir sind ja auch im ›Feuerland‹.« Das bezog sich auf die Maschinenbauanstalten, die sich vor dem Oranienburger Thor niedergelassen hatten, die Lokomotivfabriken von Borsig und Schwartzkopff allen voran.

Eine ferne Bekannte kam vorüber, begrüßte Sarah Silberstein und wandte sich zu deren Schwager. »Ah, Sie sind der Herr Gemahl?«

»Um Gottes willen, leider nein!« rief Jason Silberstein. »Wir verstehen uns prächtig – und kennen Sie nicht Arthur Schopenhauer, der einmal gesagt hat: ›Heiraten heißt das Mögliche tun, einander zum Ekel zu werden.‹ Nein, nein, ich bin zum Glück nur ihr Schwager. Und der Brudermord ist allein Sache der Bibel.«

Der Zug fuhr ein, und Sarah Silberstein berauschte sich am Duftgemisch von heißem Öl, Kohlenstaub und verglühtem Eisen. Sie zog es so kräftig in die Nase, daß dies ihren Schwager an Leute erinnerte, die wegen einer Stirnhöhlenvereiterung die heißen Dämpfe eines Kamillenaufgusses inhalierten. Sprach er mit Freunden über dieses Phänomen, so spottete er immer, daß seine Schwägerin der Erotik einer Lokomotive verfallen sei: »Wenn sich die Kolben so kräftig bewegen …«

Sie bezogen ihr Coupé, und Sarah Silberstein kuschelte sich in ihre Lieblingsecke. »Ich liebe es, wie am Fenster meines Wohnzimmers zu sitzen, aber nicht nur einen öden Nadelbaum im Blickfeld zu haben, sondern die Welt. Welche Vielfalt an immer neuen Bildern! Pferde und Kühe, Wiesen und Wälder, Flüsse und Bäche, Straßen und Wege, Dörfer und Städte ... Es ist, als träumte ich.«

Kurz vor Eberswalde nickte sie kurz ein. Nachdem sie hochgeschreckt war, plauderte sie mit ihrem Schwager über dies und jenes, Belangloses und Bedeutsames.

»Wie gefällt dir eigentlich die Innenausstattung des Neuen Museums?«

Jason Silberstein hatte schnell ein Urteil gefällt. »Außen pfui, innen hui – soll heißen, daß mir das Äußere zu schlicht und das Innere zu überladen vorkommt. Aber die Leute lieben das, und unser Friedrich sollte sich beim Entwurf seiner Synagoge schon an dem orientieren, was der andere Friedrich, der Friedrich August Stüler, vorgegeben hat.«

»Der Fries über den Untergang von Pompeji ist wirklich monumental.«

»Der stammt von Hermann Schievelbein ... Ist das nicht einer von uns? Du solltest ihn mal in deinen Salon einladen. Vielleicht malt er Friedrichs Synagoge innen aus. Mit einem so schönen Thema wie: Das Volk Israel sammelt sich am Ostufer des Jordans und bereitet sich vor, den Fluß zu überschreiten und das Land Kanaan zu erobern. Damit gewinnt Friedrich dann jede Ausschreibung.«

»Laß das! Aber sag mal, kennst du diesen Bechstein?«

Jason Silberstein lachte. »Solange einer nicht Kackstein heißt, muß ich ihn nicht kennen.«

»Wir brauchen ein neues Klavier, und die von Carl Bechstein aus der Behrenstraße sollen die besten sein.«

»Ich sehe dich schon als Konzertpianistin. Nach der Neuen Synagoge baut dir Friedrich ein eigenes Konzerthaus. Ach, wenn ich dir da die Noten umblättern dürfte! Brahms soll gerade an einem Klavierkonzert in d-moll sitzen, und wenn du damit reüssierst ...«

»Siehst du mal bitte nach, wieviel Verspätung wir schon haben«, bat Sarah Silberstein. »Ewig wird die Kutsche in Serwest nicht auf uns warten wollen.«

»Eine Jüdin steht auf dem Perron des Lubliner Bahnhofs und schreit gewaltig«, variierte ihr Schwager einen alten Witz. »›Weh mir, ich habe den Zug verpaßt!‹ – ›Um wieviel Minuten habt Ihr ihn denn verpaßt?‹ wird sie vom Stationsvorsteher gefragt. – ›Um zwei Minuten.‹ – ›Püh! So wie Ihr schreit, hätte man meinen können, Ihr habt den Zug um mindestens zwei Stunden verpaßt.‹ Also bitte, liebe Sarah, halte dich zurück, wenn wir die Kutsche nur um zwei Minuten verpassen sollten.«

»Das könnte uns höchstens bei der Rückfahrt passieren. Wann geht denn der letzte Zug von Serwest nach Berlin ab?«

»Der letzte Zug? Das wirst du nicht mehr erleben.«

Die Reise mit der Bahn verlief also wie immer recht kurzweilig, die Fahrt in der offenen Kutsche von Serwest nach Joachimsthal geriet dagegen zu einer gelinden Tortur, denn auf Höhe des Bugsinsees gerieten sie in ein Schlammloch und mußten erst auf Gespannhilfe aus Althüttendorf warten, ehe sie weiterkamen.

Dennoch hielten sie pünktlich zum Mittagessen vor der Gemeindeschule, einem alten Fachwerkbau. Nachdem seine Schüler wie ein aufgescheuchter Möwenschwarm lärmend davongestoben waren, ließ sich ein hagerer Schulmeister blicken, dessen scharfgeschnittenes Gesicht eher zu einem Eisenbahningenieur als zu einem Dichter gepaßt hätte.

»Meyer«, sagte er mit knapper Verbeugung, nachdem er erkannt hatte, daß die beiden Fremden wohl zu ihm wollten. Man hatte vorher ausgiebig korrespondiert.

»Äh, sind Sie nicht ...« Sarah Silberstein war ein wenig aus dem Konzept gekommen. »Wir wollten eigentlich zu Herrn Brunold.«

»Der steht leibhaftig vor Ihnen. August Ferdinand Meyer ... Friedrich Brunold ist lediglich mein Künstlername. Dann darf ich Sie in mein kleines Domizil in der Mühlenstraße bitten? Viel hat meine Frau nicht auftischen können, denn seit die Behörden erfahren haben, daß ich 1848 für die Freiheit eingetreten bin, werde ich von jeder Beförderung ausgeschlossen.«

Auch Frau und Kinder sahen ziemlich ärmlich aus, so daß sich Sarah Silberstein überlegte, wie sie es wohl in Berlin arrangieren konnte, daß Brunold seine Gedichte vortrug und möglichst viele Leute Geld dafür bezahlten. Magerquark mit Leinöl und Pellkartoffeln gab es, und während die Berliner mit der ungewohnt einfachen Speise ihre Mühe hatten, erzählte ihnen der Dichter, warum er die weiten Waldungen der Schorfheide so liebgewonnen hatte.

»Dort lausche ich der Sprache der Bäume und dem Wispern des Windes in den Wipfeln. Und in meine Gedanken versunken sitze ich am Ufer von Werbellin und Grimnitz.« Und unwillkürlich verfiel er von der Prosa in die Lyrik. »Will mir ein Lied nicht werden / So recht nach meinem Sinn / Dann zieh ich, wie ich träume / Durch Wald und Felder hin / Dann hat, kehr ich zurücke / Sich alles selbst gemacht / Als hätten Vögel und Blumen / Gedanken und Reim gebracht.«

Sarah Silberstein war überaus beeindruckt von Brunold, und selbst ihr Schwager vergaß, als sie wieder auf dem Rückweg waren, das Spotten. »Man muß ihm schon lassen, daß es ein Ganzes ist.«

Aber nicht der Joachimsthaler Dichter war auf der Rückfahrt ihr Thema, sondern ein ganz anderer Mensch. Als sie nämlich den sandigen Perron von Serwest betraten, setzte sich gerade der Gegenzug nach Stettin langsam in Bewegung, und Sarah Silberstein schrie plötzlich auf. »Der Mann dort im zweiten Abteil, das ist doch Meir Rosentreter!«

HERBST war es geworden, Herbst 1858, und die jüdische Gemeinde freute sich auf das Laubhüttenfest Sukkot, das im Monat Tischre gefeiert wurde. In der Stadt hatte es in den vergangenen zwölf Monaten nichts gegeben, was den normalen Bürger sonderlich aufgeregt hätte. Das Spannendste war noch die Frage, wann Kronprinz Wilhelm endlich die Regentschaft übernehmen würde, denn der König, im inneren Zirkel wegen seiner Körperfülle und seiner schwächlichen Politik wenig respektvoll »Onkel Dicki« genannt, kümmerte nach einem Schlaganfall immer mehr dahin und galt als geisteskrank.

Auch bei den Silbersteins war nichts geschehen, was Chancen gehabt hätte, als großes Ereignis in die Familienchronik einzugehen. Aaron schwankte immer noch zwischen Pflicht und Neigung. Einerseits liebte er Charlotte, doch Moritz Chaumont bestand weiterhin auf seinem Abfall vom Judentum. Andererseits wußte er, was sein Vater und die Gemeinde von ihm verlangten: daß er sich der armen Katharina Rosentreter annahm und sie ehelichte. Meir Rosentreter war und blieb verschwunden, obwohl Sarah Silberstein weiterhin schwor, ihn auf dem Serwester Bahnhof im Zug nach Stettin gesehen zu haben.

Die Gemeindemitglieder hofften, daß im Wettbewerb um den Bau der Synagoge nun endlich eine Entscheidung fallen würde. Alles zog sich endlos dahin, und die Debatten der Jury drehten sich im Kreis. Orthodoxe Gemeindemitglieder leisteten offensichtlich noch immer hinhaltenden Widerstand gegen den Neubau, weil sie mit ihm eine Reform des Kultus befürchteten.

Ganz besonders fieberte Friedrich Silberstein der Entscheidung entgegen. Er hatte sich zu einem sehr sachlichen Entwurf durchgerungen und sich deswegen von seinem Bruder Jason viel Spott anhören müssen.

»Nimm es mir nicht übel, aber das wird, wenn es fertig ist, wie ein Gebetsbahnhof aussehen.«

»Nu, damit wird die Neue Synagoge genau in die Zeit passen, die auf uns zukommt, die Zeit der großen Fabriken, die Zeit der Industrie. Außerdem sind wir hier im nüchternen Preußen und nicht im Orient.«

»So redet mein konservativer Bruder, ich kann es nicht fassen! Aber meine Hochachtung für deinen Mut! Doch auch wenn ich dir in allem recht geben muß, denke immer daran: Wer zu früh kommt, den bestraft das Leben. Alles hat seine Zeit, und für dein Formverständnis ist es noch zu früh.«

»Warten wir's ab.«

Zum Sabbat wollten diese Woche die Seligsohns nach Berlin kommen, und Sarah Silberstein und ihre Dienstboten hatten alle Hände voll zu tun, die beiden Gästezimmer herzurichten. Dazu waren die üblichen Sabbatvorbereitungen zu treffen: Das Haus war aufzuräumen und gründlich zu putzen, der Tisch im voraus mit dem besten Geschirr festlich zu decken. Sarah Silberstein hatte sich vom jüdischen Leben schon so weit entfremdet, daß es ihr schwerfiel, alles so zu arrangieren, daß es den hohen Ansprüchen ihres Schwiegersohns gerecht wurde. Sie fühlte sich bei allem mehr und mehr als Schauspielerin – aber warum sich nicht verstellen, wenn damit gesichert wurde, daß ihre Familie nicht noch weiter auseinanderfiel? Friedrich Silberstein gab sich alle Mühe, pünktlich zu Hause zu sein, und war auch gerade in dem Augenblick von einer kleinen Baustelle zurück, als seine Tochter, sein Schwiegersohn und die beiden Enkel in einer Pferdedroschke angefahren kamen. Als auch Jason und Aaron sich blicken ließen, gab es ein großes Hallo, nur Tharah Seligsohn hielt sich zurück, denn er haßte Lärm und Übermut. Die letzten Gäste, die erschienen, waren Isaak und Klara Hirsch.

Zwei weiße Sabbatkerzen standen auf dem Tisch, dazu fanden sich am Platz des Hausherren zwei ungeschnittene Laibe Weißbrot, *Challot* genannt, die von einem schön verzierten Deckchen verhüllt waren, und ein Kidduschbecher. Feierlich und gemäß ihrer Pflicht entzündete Sarah Silberstein genau zwanzig Minuten vor Sonnenuntergang die beiden Kerzen. Damit begann für die Frauen der Sabbat, während die Männer warten mußten, bis in der Synagoge der Sabbat-Psalm, *Mismor Schir le-Jom ha-Schabbat*, gesprochen wurde.

Um die Jury für sich einzunehmen, hatte sich Friedrich Silberstein viel öfter als sonst in der Synagoge Heidereutergasse sehen lassen. Die war vom Hackeschen Markt gut zu Fuß zu erreichen. Mit ein paar Schritten war man an der Spandauer Brücke, überquerte den mit Spreewasser gefüllten alten Festungsgraben, kam in die Neue Friedrichstraße, die Alt-Berlin nach Norden und Osten hin in weitem Bogen umspannte, mußte auf ihr ein paar Meter Richtung Innenstadt zurücklegen und dann links in die Rosenstraße abbiegen, bis man wenig später in der Heidereutergasse angelangt war. Fußläufigkeit war wichtig, denn einem frommen Juden war es am Sabbat nicht gestattet, Pferd und Wagen zu benutzen. Zwar definierte sich Friedrich Silberstein selber durchaus nicht als fromm, aber es wäre unklug gewesen, jene zu reizen, auf deren Stimme er womöglich angewiesen war.

Er mochte die Synagoge in der Heidereutergasse, und von daher hätte er es sich eigentlich verbieten müssen, ihr mit einer neuen Synagoge Konkurrenz zu machen. Ein architektonischer Geniestreich war das Gebäude in der Heidereutergasse sicherlich nicht, es sollte Barock sein, doch auf ihn wirkte es immer wie eine Mischung aus Fabrikgebäude, Wasserwerk und Ballsaal. Nicht zu Unrecht nannte man sie auch die Große Synagoge. Entworfen worden war sie vom christlichen Baumeister Michael Kemmeter, der auch für die nahe gelegene Garnisonkirche verantwortlich gewesen war. Damit man sie nicht mit einem christlichen Gotteshaus verwechseln konnte, hatte Kemmeter auf alle Kuppeln und Türme verzichtet und ihr nur ein schlichtes Walmdach aufgesetzt. Daß man das Gefühl hatte, in einen Kellerraum hinabzusteigen, war nicht seine Schuld, denn er hatte das Erdgeschoß unter das Straßenniveau legen müssen, da eine Synagoge bei Friedrich Wilhelm I. nicht höher sein durfte als ein Bürgerhaus. Am 14. September 1714, dem Sabbat vor dem jüdischen Neujahrstag, war sie eingeweiht worden. Vor zwei Jahren war sie dann von Eduard Knoblauch renoviert und im klassizistischen Stil umgebaut worden.

Als Friedrich Silberstein der Name Knoblauch in den Sinn kam, stöhnte er auf. Ausgerechnet der war der entscheidende Mann in der Jury …

Daß er am Sonnabend nicht arbeiten durfte, hatte Friedrich Silberstein in Preußen schon einigen Ärger bereitet, aber in der biblischen Schöpfungsgeschichte stand ja ganz eindeutig geschrieben: »Gedenke des Schabbats: Halte ihn heilig! Sechs Tage darfst du schaffen und jede Arbeit tun. Der siebte Tag ist ein Ruhetag, dem Herrn, deinem Gott, geweiht.«

Unterwegs trafen sie einige andere Gemeindemitglieder. Sie grüßten einander mit »Guten Schabbes« oder, wenn sie ganz besonders fromm waren, mit »Schabbat Schalom«. Die Frauen begaben sich in ihre Abteilung, die Männer setzten sich die *Kippa* auf.

Beim Eintreten in den Hauptraum richtete Friedrich Silberstein seinen Blick zuerst auf den schön geschnitzten barocken Toraschrein, dann suchte er Sarah auf der rechten Empore. Vor ihr saß Katharina Rosentreter. Schnell wandte er sich ab, denn er fühlte sich schuldig am langen Zögern seines Sohnes.

Der Kantor beendete gerade die *Amida*, das Stehgebet, als Friedrich Silberstein an seinem Platz angekommen war. Er klappte den Sitz hoch und entnahm dem darunterliegenden Hohlraum sein Gebetbuch, den *Siddur*. Erst nach einigem Suchen hatte er ihn an der rechten Stelle aufgeschlagen.

Zu wissen, daß der Blick Katharinas ununterbrochen auf ihm und Aaron ruhte, ließ ihn unruhig werden. Böse sah er zu seinem Sohn hinüber. Der blickte nur nach unten und tat so, als hätte er Schwierigkeiten mit seinen Schnürsenkeln.

Unwohl war ihm auch, als er hinauf zum Lesepult schaute, der Bima, denn direkt vor ihr hatte auf Sitzen, die ein wenig an Verschläge erinnerten, der Synagogenvorstand Platz genommen, darunter Männer, von deren Urteil abhing, wer die Neue Synagoge bauen durfte.

Die Gebete wurden anhand des Gebetbuches gesungen. Da unter den Texten keine Noten standen und Friedrich Silberstein ziemlich unmusikalisch war, lag er mit seinen Tönen andauernd daneben und beschränkte sich schließlich auf ein ungewisses Brummen. Beim *Schma*, dem Bekenntnis der göttlichen Einheit, aber war er wieder voll bei der Sache: »Höre Israel, der Ewige ist unser Gott, der Ewige ist einzig.« Beim Achtzehnbittengebet war aufzustehen, was ihm sehr recht war, da sein Rücken langsam zu schmerzen begann. Beim *Kaddisch*, das auf aramäisch gesprochen wurde, war er nahe daran einzuschlafen. Die letzten Tage hatten sehr viel Kraft gekostet.

Das Totengebet … Er mußte an Meir Rosentreter denken. War er tot? Oder hatte ihn Sarah wirklich gesehen?

Nach der Heimkehr aus der Synagoge versammelten sie sich wieder am Sabbattisch und sangen das traditionelle *Schalom Alechem*. Dann segneten Friedrich Silberstein und Tharah Seligsohn ihre Kinder. Zu den Söhnen sagten sie: »Gott lasse dich werden wie Ephraim und Menascheh«, und zu den Töchtern: »Gott lasse dich werden wie Sarah, Rwikah, Rachel und Leah.« Darauf folgte der Spruch: »Es segne dich der Ewige und behüte dich. Es lasse der Ewige sein Angesicht zu dir leuchten und begnadige dich. Es wende der Ewige dir sein Angesicht zu und gebe dir Frieden.«

Dann hob Friedrich Silberstein den rituellen Kidduschbecher, in dem sich koscherer Wein befand, und rezitierte, als alle aufgestanden waren, den Sabbat-Kiddusch. »Und es ward Abend und es ward Morgen: der sechste Tag. Der Himmel und die Erde waren vollendet und all ihr Heer. Gott vollendete mit dem siebenten Tag sein Werk, das er geschaffen, und er feierte am siebenten Tage von all seinem Werk, das er geschaffen. Gott segnete den siebenten Tag und heiligte ihn … Gelobt seist du, Ewiger, unser Gott, König der Welt, der du die Frucht des Weinstocks erschaffen …«

»Amen!« riefen alle Anwesenden. Friedrich Silberstein trank vom Wein und gab den anderen davon. Anschließend wuschen sich alle mit einem Segensspruch die Hände und gingen zum Tisch zurück, wo der Hausherr die beiden Brotlaibe aufdeckte und sagte: »Gelobt seist Du, Ewiger, unser Gott, König der Welt, der Brot aus der Erde hervorwachsen läßt.« Dann wurde das Brot aufgeschnitten und verteilt.

Nun wurde das Sabbatmahl aufgetragen. Man verschönerte es, indem man zwischen den einzelnen Gängen *Smirot* sang, das waren im Mittelalter geschriebene Gedichte.

Recht früh zog man sich dann zur Nachtruhe zurück, denn der Gottesdienst in der Synagoge war am Sabbatmorgen ganz besonders lang. Das lag daran, daß der Wochenabschnitt aus der Tora gelesen wurde, daß der Rabbiner eine ausführliche Predigt hielt und daß die Gemeinde mit Kantor und Chor viele Gebete sang.

Am Sonnabend holte ein jeder der Männer auch seinen Samtbeutel aus dem Hohlraum unter seinem Sitz, in dem der *Tallit* steckte, ein an den Enden blaugestreifter Seidenschal mit Fransen. Den legte er sich, während er die vorgeschriebene Formel sprach, um die Schultern.

Nervös zog Aaron Silberstein an seinen *Zizijjot*, den Schaufäden an seinem Gebetsmantel.

Sogar hier in der Synagoge konnte Jason Silberstein das Lästern nicht lassen. »Ob die Zitzen im Deutschen wohl von unserer Zizit herkommen? Und warum spielst du jetzt so hingegeben mit den Fäden, lieber Neffe?«

»Ruhe!« wies Friedrich Silberstein seinen jüngeren Bruder zurecht. »Laß Aaron in Frieden!«

Als der erste Teil des Morgengebets vorbei war, wurde eine Schriftrolle aus der Lade genommen. Zwei Gemeindemitglieder waren daran beteiligt. Der eine öffnete die Lade, der andere nahm die Rolle heraus und brachte sie dem *Chasan*, dem Kantor. Dieses Ritual war immer von besonderer Feierlichkeit. Die sich anschließende Wochenlesung war in mindestens sieben Abschnitte unterteilt. Zum ersten Abschnitt wurde ein Kohen auf die Bima gerufen, ein Nachfahre der männlichen Linie Aarons, des ersten Hohepriesters. Der zweite Aufgerufene war ein Levit, ein Nachfahre des dritten Sohnes von Jakob und Lea, dessen Stamm der Überlieferung zufolge seit Moses Zeiten untergeordnete Dienste im Heiligtum verrichtet. Als Dritter war Isaak Hirsch an der Reihe. Zur Lesung aufgerufen zu werden war immer eine besondere Auszeichnung. Der Freund sprach eine kurze Segensformel und las dann den Text auf der Rolle vor, wobei er einen silbernen Zeigestab, den Torafinger, über die Zeilen wandern ließ.

Erst nach dem Sabbatmorgen-Kiddusch konnte richtig gefrühstückt werden, vorher hatte man nur trinken dürfen. Danach tat ein jeder das, wonach ihm gelüstete. Tharah Seligsohn widmete sich dem Torastudium, Jason und Aaron Silberstein spielten Schach gegeneinander, Sarah Silberstein diskutierte mit ihrer Tochter über Erziehungsprobleme, Isaak Hirsch hielt ein Schläfchen, und Friedrich Silberstein spielte mit seinen beiden Enkelkindern Dame und anderes.

Da es als schicklich galt, am Sabbat drei Mahlzeiten einzunehmen, gab es aber so viel freie Zeit auch wieder nicht. Der Sabbat endete mit dem Einbruch der Nacht, das heißt wenn die ersten

Sterne am Himmel auftauchten. Die Zeremonie der *Hawdala*, der Trennung, beendete den Sabbat. Der Segen wurde über einem Becher Wein gesprochen, aber auch die Gewürze und das Licht wurden geheiligt.

»Gelobt seist Du, Ewiger, unser Gott, König der Welt, der unterscheidet zwischen Heiligem und Unheiligem, zwischen Licht und Finsternis, zwischen Israel und den Völkern, zwischen dem siebenten Tag und den sechs Tagen der Arbeit. Gelobt seist Du, Ewiger, der unterscheidet zwischen Heiligem und Unheiligem.«

Als alle gegangen waren, fiel Sarah Silberstein wieder in die düstere Stimmung zurück, die ihr schon vor dem Sabbat zu schaffen gemacht hatte. Sie hatten nur noch wenig Geld auf dem Konto und in der Kasse, und Abhilfe konnte eigentlich nur die Beteiligung Friedrichs am Bau der Neuen Synagoge schaffen. Aber ...

»Wie soll bloß alles weitergehen?« fragte sie.

Friedrich Silberstein gab sich philosophisch. »*Nit mit scheltn un nit mit lachn kon men di welt ibermachn.*«

»Weder mit Schelten noch mit Lachen kann man die Welt anders machen«, wiederholte sie. »Und wie sollen wir das ändern? Warum hast du so wenig Freunde in der Gemeinde, daß sie dir den Auftrag nicht ohne alle Ausschreibung geben?«

»Vielleicht ist es der Neid, vielleicht haben andere die besseren Einfälle, vielleicht fällt es auch auf uns zurück, daß unser Sohn mit den Liberalen paktiert und immer wieder davon redet, daß er auch mal konvertieren könnte wie sein Freund Wilhelm Blumenow.«

AARON SILBERSTEIN staunte ebenso über den sachlichen Entwurf seines Vaters wie sein Onkel Jason, gab ihm aber ganz gute Chancen, weil durchgesickert war, daß Rana wie auch einige andere ganz auf eine Synagoge mit morgenländischen Stilelementen setzten, was vielen eher aufklärerisch gestimmten und auf Preußen eingeschworenen Gemeindemitgliedern gar nicht paßte. Andere fanden alles Historistische langweilig, kam es nun klassizistisch, neoromantisch oder neugotisch daher.

Was ihm aber in diesen Tagen und Monaten viel mehr am Herzen lag als die Neue Synagoge, war die Überlegung, wie er Moritz Chaumont von dem Gedanken abbringen könnte, seine Tochter nie einem Juden zur Frau zu geben.

Sein Freund Wilhelm Blumenow hatte Mühe, ihn in diesem Punkte zu verstehen. »Vom Glauben her bist du doch schon lange ein Freidenker.«

»Aber nicht von meiner Herkunft her. Ob es einen Gott gibt, das wissen wir nicht, und niemand kann seine Existenz beweisen. Aber unbestreitbar ist die Geschichte meines Volkes, angefangen bei Abraham. Wie er mit seiner Sippe von Ur, Babylon, Mari und Haran nach Kanaan zieht. Dann Jakob, wie er mit seiner Familie nach Ägypten kommt. Und so weiter. Der Exodus. Wie heißt es in der Pessach-Haggada: ›In jedem Zeitalter ist der Mensch verpflichtet, sich vorzustellen, er sei selbst aus Ägypten gezogen.‹ Später das Königtum: Saul und David. Die Propheten: Amos, Jesaia, Jeremias, Ezechiel … Der Aufstand der Makkabäer, Bar-Kochba … Das alles soll ich von mir abwerfen? Die Feste alle, die meine Kindheit und Jugend ausmachen: Sukkot, Simchat Tora, Chanukka, Purim, Pessach …? Soll ich das alles aufgeben und mich dafür an Friedrich den Großen und den Weihnachtsengel klammern? Ich würde damit meine Existenz aufgeben, nicht mehr ich sein.«

»Ich existiere doch auch noch – oder?« Wilhelm Blumenow sah seinen Freund damit widerlegt. »Und bin ich unglücklicher, dümmer, hohler oder schlechter als einer, der sich Jude, Christ, Moslem, Buddhist oder was auch immer nennt? Nein. Na also!«

»Ich bin eben nicht wie du. Und du liebst Charlotte nicht.«

Wilhelm Blumenow war noch immer nicht bereit, das Thema so ernst zu nehmen, wie sein Freund es von ihm erwartete. »Es gibt ja auch noch eine andere Lösung: Du holst den alten Chaumont und seine Tochter in die jüdische Gemeinde.«

»Das ist doch absurd!«

»Wenigstens sie. Wenn sie dich liebt, dann wird es ihr bestimmt nicht schwerfallen.«

»Ich bitte dich! Die Chaumonts haben wegen ihrer Religion ihr Land verlassen.« Aaron Silberstein fühlte sich von Blumenow auf den Arm genommen.

»Ich kann nur immer wieder sagen ...«

Aaron Silberstein fiel ihm ins Wort. »Ich weiß: Paris ist eine Messe wert. Ich kann es schon nicht mehr hören!«

»Es gibt eben in jeder Gesellschaft fundamentale Wahrheiten.«

So unbefriedigend Aaron Silberstein dieses Gespräch im nachhinein auch fand, ganz ohne Spuren blieb es nicht, denn wenige Tage später, als er wieder einmal bei den Chaumonts eingeladen war, fragte er sie, ob sie sich nicht einmal eine Synagoge von innen ansehen und an einem Gottesdienst teilnehmen wollten. Nach einigen Bedenken stimmten sie auch zu, sich bei nächster Gelegenheit in der Synagoge Heidereutergasse einzufinden.

Auf dem Weg nach Hause traf Aaron Silberstein auf der Spandauer Brücke mit Isaak Hirsch zusammen.

»So eilig heute?«

»Ich muß schnell zu deinem Vater.«

»Was ist denn los?«

Isaak Hirsch senkte unwillkürlich seine Stimme. »Eine vertrauliche Information aus der Jury. Schrecklich! Dein Vater ist es nicht ...«

Aaron Silberstein starrte ihn an. »Wer dann?«

»Rana wohl.«

KARL-HERMANN RANA hatte lang geschwankt, woran er sich mit seinem Entwurf für die Neue Synagoge orientieren sollte. Einerseits hatten ihn die Jahre geprägt, in denen er mit seinem Vater durch Griechenland gezogen war, und die Bauten des Phidias waren für ihn noch immer das Nonplusultra. Andererseits aber gab es da ein Bauwerk in Berlin, das es ihm ganz besonders angetan hatte, nämlich die Alte Münze am Werderschen Markt. Deren klarer Kubus entzückte ihn derart, daß er immer wieder einmal für eine halbe Stunde stehenblieb, um sie zu bewundern. Der romantische Klassizismus war ganz nach seinem Geschmack.

1800 war das Gebäude fertiggestellt worden. Von Friedrich Gilly, den Zeitgenossen als das größte Genie der Baukunst bezeichnet hatten, stammten die Pläne, und Heinrich Gentz hatte den Bau geleitet. Doch was wäre Gillys strenger Stil ohne den herrlichen Sandsteinfries von Gottfried Schadow gewesen! Er war bronziert und zeigte Szenen aus der Erzgewinnung.

Als er sich zwischen beiden Möglichkeiten nicht entscheiden konnte, suchte er nach einem dritten Weg und hatte zunächst die prächtige alte Petrikirche vor Augen, wie sie, leider 1809 abgebrannt, auf alten Stichen hinter den Häusern der Brüderstraße aufragte.

Aber vielleicht war es doch am besten, er besann sich auf die alte Weisheit, daß das Gute doch so nahe läge, und kopierte einfach die Regensburger Synagoge? Aber nein, die Berliner wollten es sicherlich nicht ganz so karg.

Was tun? Er fand tagelang kaum Schlaf, er trank eine Flasche Rotwein nach der anderen, er berauschte sich bis zur Ekstase am Körper seiner Geliebten, er ließ sich in der Hoffnung, daß womöglich Kontemplation das bessere Mittel sei, für viel Geld durch den Thiergarten kutschieren, doch es half alles nichts, der zündende Funke wollte sich nicht einstellen.

Was Rana zu guter Letzt einreichte, war von der Fassade her recht byzantinisch. Schließlich war davon auszugehen, daß die meisten Gemeindemitglieder aus dem Osten kamen und die Formen der griechisch-orthodoxen Kirche gewohnt waren.

Danach war ihm nichts geblieben, als zu warten – bis heute. Vertraute in die Runde einzuschleusen, die über die Neue Synagoge zu entscheiden hatte, war ihm leider mißlungen, nur einen *Schamasch*, einen Synagogendiener, hatte er für einiges Kleingeld dazu bringen können, ihn mit Informationen zu versorgen.

Dieser Mann nun tauchte in der Behrenstraße auf und klopfte behutsam an die Tür. Rana eilte zum Fenster, um zu sehen, wer ihn zu sprechen wünsche. Als er den Schamasch erkannt hatte, zog er einen Fensterflügel auf und steckte den Kopf hinaus.

»Gute Nachrichten«, flüsterte der Mann. »Sie haben den Silberstein gerade aussortiert.«

»Gott sei Lob und Dank!« Für Karl-Hermann Rana war das der Sieg, denn schon lange war durchgesickert, daß es nur zwei Architekten gab, die eine Chance hatten: Silberstein und er.

Der Schamasch schlich sich davon, so unauffällig wie eben möglich. Es war nicht gut, wenn man ihn in der Nähe des Architekten sah. Rana selber zog sich schnell ins Innere seiner Wohnung zurück. Kaum war er unbeobachtet, riß er die Arme hoch. »Sieg, Sieg!« Der war auch bitter nötig, denn um seine Finanzen stand es schlecht. Erst gestern wieder hatte er eine beträchtliche Summe im Zirkel seines Freundes Hans Wilhelm v. Rochow verspielt. Der war zwar nach dem tödlichen Schuß auf Hinckeldey zu vier Jahren Festungshaft verurteilt worden, aber schon nach einem Jahr vom König begnadigt worden, weil die Witwe des Polizeipräsidenten sich für ihn verwendet hatte. Nicht ganz freiwillig, denn interessierte Kreise aus dem Adel hatten erheblichen Druck auf sie ausgeübt. Rana freute sich über solche Machenschaften, denn was waren die Preußen stolz auf ihre Ordnung und fühlten sich erhaben über das Muschemusche in der k. u. k.-Monarchie – und nun zeigte sich, daß sie auch nicht besser waren.

Rana hätte seinen Triumph über Silberstein am liebsten ganz groß bei Kroll gefeiert, doch das schien zu riskant zu sein, ehe der Vertrag wirklich unterschrieben war. Am besten, er feierte mit seinen Freunden in seinen eigenen vier Wänden. Aber sie so schnell zusammenzutrommeln war schwer. Der Rochow hatte Dienst, der Frühbeis war auf irgendeiner Theaterprobe. Die Damen, die er durchging, hatten an diesem Abend gerade einen Auftritt oder waren mit ihren Kavalieren unterwegs. Einzig die Miezi würde Zeit und Lust haben, sein Glück mit ihm zu teilen. Sie war Tänzerin, aber zur Zeit wegen eines angeknacksten Knöchels außer Gefecht. Das, was er mit ihr vorhatte, ließ sich allerdings auch mit einem lädierten Fuß arrangieren. Also schrieb er ihr ein kurzes Billett und trat vor die Tür, um einen Laufburschen herbeizurufen und ihn nach Miezi zu schicken. Eine Viertelstunde später kam sie in einer Droschke vorgefahren.

Die Tänzerin flatterte herein, und er konnte nicht anders, als »Mein süßer Schmetterling!« zu rufen und sie an sich zu ziehen und zu küssen. »Aber trinken wir erst einmal eine Schale Kaffee.« Miezi kam zwar aus dem brandenburgischen Müllrose, war aber dunkelhaarig und von solch heiterem Naturell, daß sie in einer Wiener Wäscherei oder einem Heurigenlokal in Grinzing als Einheimische durchgegangen wäre. Das mochte auch daran liegen, daß sie eine Liaison mit einem österreichischen Diplomaten gehabt hatte. Neben einigem Geschmeide hatte er ihr, bevor er nach Stockholm versetzt worden war, ein süßes Knäblein hinterlassen, das aber bei der Großmutter in Müllrose aufwuchs.

»Wenn ich bloß einmal kapieren würde, wie man das macht«, sagte Rana, als sie gerade wieder von ihrem kleinen Georg erzählte.

»Was?«

»Ein Kind zu zeugen.«

Sie lachte. »Wenn ich mich recht erinnere, hast du bis jetzt alles richtig gemacht, aber …«

»Mein Samen taugt nichts.«

»Oder die Frauen, die du beglückt hast, wollten kein Kind bekommen.«

»Keinen kleinen Frosch.« Ranas Stimmung war abrupt umgeschlagen. Eben noch himmelhoch jauchzend, hatte ihn nun die Schwermut gepackt.

»Was ist denn?« fragte Miezi und setzte sich auf seinen Schoß, um ihn zu liebkosen.

Er drückte ihre Hand weg. »Ich bekomme den Auftrag zum Bau der Neuen Synagoge … Das ist ein wunderbarer Sieg, und ich habe dich eingeladen, um meinen Rausch noch zu steigern, und nun fühle ich mich wie bei meiner eigenen Beerdigung.«

Sie strich ihm übers Haar und begann an seinem rechten Ohrläppchen zu knabbern. »Mein armer schwarzer Kater …«

» … kastrierter Kater …«

»Das steht doch noch gar nicht fest, daß du keine Kinder …«

Er sah ihr tief in die Augen. »Würdest du denn von mir eins wollen?«

»Nur wenn du mich heiratest.«

Reflexartig ging er erst einmal auf Distanz. »Du, ich bin nicht nur häßlich wie ein Frosch, ich bin auch von unstetem Charakter – und ich habe eine Menge Schulden.«

»Wenn du die Synagoge baust, wirst du keine mehr haben.«

»Aber reicht es für Weib und Kind?«

»Für zwei Kinder!« korrigierte sie ihn. »Natürlich holen wir Georg nach Berlin, und dann kann er immer schön mit seiner kleinen Schwester spielen. Oder seinem Brüderchen, das ganz nach dir kommen wird.«

»Nicht noch einen Froschkönig!« Rana war schwer aus seinem Gefühlstief herauszuholen.

»Komm, ich bin die Prinzessin, die dich erlöst, komm, mein Königssohn.« Sie zog ihn in Richtung Schlafzimmer.

Eine Stunde später wurde Karl-Hermann brutal aus dem süßen Schlummer danach geweckt, als jemand unten an der Klingel riß. Brummelnd erhob er sich, ging zum Fenster, riß einen Flügel auf und sah auf die Straße hinunter. Im matten Licht einer der wenigen Laternen erkannte er seinen Freund Benno Frühbeis.

»Was ist denn los, daß du mich mitten im ...«

Der Schauspieler zögerte. »Du wirst mich auch nicht umbringen?«

»Wieso soll ich dich umbringen?«

»Weil man den Überbringer einer schlechten Botschaft gern meuchelt.«

»Was für eine schlechte Botschaft denn?«

»Sie haben sich für Knoblauch entschieden.«

Rana, noch immer schlaftrunken, verstand nicht gleich, was damit gemeint war. »Wer hat sich entschieden? Und für welchen Knoblauch?«

»Gott, die Neue Synagoge. Auch du bist durch den Rost gefallen – Knoblauch selber soll es machen.«

DER SIEG von Karl Heinrich Eduard Knoblauch bei der Ausschreibung um den Bau der Neuen Synagoge war nicht weiter verwunderlich. Zum einen hatte er weit mehr ansehnliche Bauten beziehungsweise Umbauten vorzuweisen als die Konkurrenz, so trugen zum Beispiel das erste Kroll'sche Etablissement und die

Russische Botschaft Unter den Linden seine Handschrift, und zum anderen genoß er ein hohes gesellschaftliches Ansehen. 1824 hatte er zusammen mit Friedrich August Stüler den Architekten-Verein zu Berlin gegründet und auch gleich dessen Vorsitz übernommen, und seit 1845 war er ordentliches Mitglied der Akademie der Künste. Dazu kam der gute Ruf seiner Familie, die im Nicolaiviertel residierte. Im Jahre 1760 hatte der Nadler Johann Christian Knoblauch in der Poststraße 23 ein barockes Wohnhaus bezogen, das fast schon ein kleines Palais zu nennen war, einen dreigeschossigen Putzbau mit siebenachsiger, leicht vorgewölbter Hauptfassade und gebrochenem, ausgebautem Mansardendach. 1835 war das Stammhaus der Familie dann umgebaut worden und hatte eine frühklassizistische Fassade erhalten, deren markanter Schmuck in einem breiten Rankenfries bestand.

Mit Blick auf die nächtliche Poststraße stand Knoblauch an seinem Zeichentisch und studierte den Grundriß der Neuen Synagoge, wie er ihn zu Papier gebracht hatte. Stolz besah er sich sein Werk. Alle hatten ihn gelobt, wie er das Unmögliche möglich gemacht hatte: nämlich den »Schwenk« zu verschleiern, den das Gebäude machen mußte, weil die Oranienburger Straße in spitzem Winkel zur Grundstücksachse verlief. Alle anderen waren an diesem Problem gescheitert, auch Silberstein und Rana. Er hatte den Knick mit einer zwölfeckigen Vorhalle kaschiert, die mit seitlichen Türmen und Kuppeln die Straßenfront optimal ausfüllte. Über der Vorhalle sollte sich der Repräsentantensaal erstrecken und darüber schließlich die weithin sichtbare Hauptkuppel. Die Gottesdiensträume hatte er in die Tiefe des Grundstücks gelegt, also zur Auguststraße hin. Wollte man in den Hauptraum, hatte man immerhin eine Strecke von vierzig Metern zurückzulegen. An die Vorhalle schloß sich das Männervestibül an, dann folgte die Vorsynagoge, in der die Gottesdienste an Wochentagen stattfanden. Dann stand man in einer dreischiffigen Basilika mit umlaufender Empore, die 3200 Menschen Platz bot. Im Osten wurde der Raum durch die Apsis mit dem *Aron ha-Kodesch* und der Sängerempore abgeschlossen.

Sein Sohn kam herein, Heinrich Gustav, geboren 1833 und

auch vom Fach. »Vater, geh endlich zu Bett! Du übernimmst dich noch.«

»Das ist doch meine Sache!« Das klang unwirsch und war auch so gemeint. »Man hat nur ein Leben.«

»Eben!« Um den Vater daran zu erinnern, zählte Heinrich Gustav nun alle Projekte auf, die der Vater in den letzten Jahren an sich gezogen hatte. »Der Umbau der Alten Synagoge, das Jüdische Krankenhaus in der Auguststraße und nun die Neue Synagoge. Von allerlei kleineren Bauten mal ganz abgesehen.«

»Hör auf, ich bin ein Mann in den besten Jahren.«

»Du gehst auf die Sechzig zu, und dein Gesundheitszustand ...«

»Mein Gesundheitszustand interessiert mich nicht im mindesten.« Mit einigem Erfolg verdrängte Eduard Knoblauch, daß er oft erbärmlich hustete und sich wie ein tappriger Greis fühlte. Immer öfter versagte ihm auch das Gedächtnis, oder er hatte bunte Schlieren vor den Augen und litt unter wirren Assoziationen. »Ich muß mich noch um die Decken- und die Dachkonstruktionen kümmern. Die Vorrichtung, welche die Kuppel trägt, macht mir Sorgen. Die ist fürchterlich kompliziert.«

»Vater, morgen ist auch noch ein Tag.«

»Da magst du recht haben. So schnell wird das Weltall nicht in sich zusammenstürzen.«

»Ach, dir ist nicht zu helfen.« Der Sohn murmelte seine Wünsche für eine gute Nacht und schloß dann die Tür leise hinter sich.

Eduard Knoblauch beugte sich wieder über seine Pläne. War die Basilika zu breit geraten, gab es schon einen Stahl, der hart genug war, ein Dach von diesen Dimensionen zu tragen? Das war die große Frage. Er nahm die Prospekte der Walzwerke zur Hand und rechnete. Doch er schaffte es nicht mehr, richtig zu multiplizieren, so einfach die Zahlen auch waren. 395 mal 155 ergab bei ihm 6125 – und das konnte doch unmöglich stimmen. Er hatte das Gefühl, daß in seinem Kopf etwas entzwei war. Wie bei einer Maschine, die nicht laufen wollte, schlug er sich mit den Fäusten gegen die Schläfen.

Plötzlich begann sich vor seinen Augen alles zu drehen. Er hatte das Gefühl, an den Flügeln einer Windmühle festgebunden zu sein und durch die Luft gewirbelt zu werden. Hart schlug er mit dem Kopf auf dem Boden auf.

MÜLLROSE war ein gemütliches Ackerbürgerstädtchen, dessen Name nichts mit dem Müll zu tun hatte, sondern vom slawischen *mala race* herrühren sollte, was »kleine Furt« bedeutete. Festungsmauern brauchten die Einwohner nicht zu bauen, denn im Süden und Osten schützten ausgedehnte Sumpfgebiete die Stadt, und an den anderen Seiten umschlossen der Große und der Kleine Müllroser See und die Schlaube die Stadt. Nur die Straßen nach Frankfurt/Oder, Beeskow und Guben hatten durch Tore gesichert werden müssen. Das funktionierte auch über Jahrhunderte hinweg, bis die Preußen 1759 im Siebenjährigen Krieg dem vereinigten Heer der Österreicher und Russen bei Kunersdorf unterlagen und die Sieger dann Müllrose besetzten und ausplünderten. Zu holen war offenbar eine ganze Menge, denn das Städtchen lag an dem ökonomisch wichtigen Kanal, der seit 1668 die Spree – und damit die Havel und die Elbe – mit der Oder verband. Wichtig war auch die Wassermühle, die sich seit 1839 zu einem modernen Betrieb entwickelte.

In dieser Mühle arbeitete auch Martin Ziegenbalg, der Vater der Tänzerin Marie, die es, kaum war sie achtzehn Jahre alt geworden, nicht länger in Müllrose ausgehalten hatte. Ihre Mutter verdingte sich als Waschfrau.

»Vater, ich will nach Berlin gehen und Tänzerin werden.«

»Kein Wunder, wo du mir schon immer auf der Nase herumgetanzt bist.«

Ihre Mutter war entsetzt gewesen. »Man weiß ja, wo das endet!«

»Wo denn?«

»In der Gosse.«

»Im Königlichen Theater wird das enden!«

»Ja, und dann wird ein fescher Leutnant dich ansprechen ...«, brummte ihr Vater.

»Was soll daran schlimm sein?« fragte sie mit einer Naivität, von der niemand wußte, ob sie echt oder nur gespielt war.

»Das Schlimme ist das Balg, das du uns neun Monate später anschleppen wirst.«

Und so war es dann auch wirklich gekommen. Doch Bertha Ziegenbalg war gar nicht einmal so böse darüber, denn sie liebte Kinder, und der kleine Georg war wirklich zu süß.

Heute aber saß er mit einem Gast aus Berlin unten am See und baute aus nassem weißem Sand prächtige Ritterburgen. Es war ein feiner Herr, ein Architekt aus Österreich, den ihnen die Tochter als Karl-Hermann Rana vorgestellt hatte. Warum ihn der Kleine »Onkel Frosch« nennen durfte, verstand sie nicht.

Auch Rana selber wußte es nicht ganz genau. Auf alle Fälle war er in das Kind vernarrt, und Marie konnte ihn um den Finger wickeln. Wenn der Kleine »Onkel Frosch« zu ihm sagte, war ihr Lachen derart himmlisch, daß er sich glattweg anstecken ließ, herumhüpfte wie ein echter Laubfrosch und fürchterlich quakte. In solchen Momenten vergaß er sogar seinen Ärger wegen der Neuen Synagoge. Die Entscheidung gegen ihn schmerzte noch immer, zumal er glaubte, Marie nun nicht genug bieten zu können.

»Du sollst es bei mir besser haben als ein Dienstmädchen, aber wenn ich in den nächsten Jahren so wenig verdiene wie heuer ...«

Sie schmiegte sich an ihn und sah traumverloren auf den See hinaus, in dem sich die untergehende Sonne so märchenhaft spiegelte, als hätte ein genialer Bühnenbildner dies alles gemalt. »Es wird auch ohne Synagoge gehen. Wie man hört, wollen sie ja in den nächsten Jahren überall große Fabriken bauen.

»In den nächsten Jahren ... Aber die lange Durststrecke bis dahin ... Und unser Kind soll nicht in Lumpen herumlaufen.« Rana strich ihr über den Leib, der sich schon ganz schön gerundet hatte.

»Kommt Zeit, kommt Rat.«

»Was nützt mir der Rat, wenn er sich von mir kein Haus bauen läßt.«

»So wie sich die Orte um Berlin herum entwickeln, werden sie bald neue Rathäuser brauchen«, sagte Marie, die jeden Tag in der Zeitung verfolgte, wie alle den Aufschwung kommen sahen.

»Ja, aber ...« Rana war, was das Geschäftliche betraf, immer Realist gewesen. »Wenn ich doch nur die Neue Synagoge bekommen hätte ...«

Hier mußten sie ihre Unterhaltung abbrechen, denn Mutter Ziegenbalg rief sie zum Abendessen ins Haus. Rana vergaß all seine finanziellen Sorgen und genoß die Idylle. Er befand sich im 43. Lebensjahr, und da galt es, langsam erwachsen zu werden. Er hätte sich nie träumen lassen, daß er recht eigentlich ein Familienmensch war. Es mußte halt nur die Richtige kommen. Als er Stunden später in Maries Armen einschlief, war er zum ersten Mal in seinem Leben glücklich.

Am nächsten Morgen brachte sie Vater Ziegenbalg mit Pferd und Wagen nach Pillgram, von wo aus sie mit der Frankfurter Bahn nach Hause fuhren. In Berlin stand Benno Frühbeis auf dem Bahnsteig, um sie in Empfang zu nehmen. Sie sahen ihn schon durchs Coupéfenster, wie er einen großen Blumenstrauß schwenkte.

Rana staunte. »Na, haben sie ihn zum königlichen Hofschauspieler gemacht?«

Nein, der Strauß war für ihn selber. »Weil du nun wieder hoffen kannst. Ich gratuliere!«

»Marie ist doch guter Hoffnung, nicht ich.«

»Du auch, denn Knoblauch will und kann nicht mehr, aus gesundheitlichen Gründen, sie müssen sich nun für ihre Synagoge einen Neuen suchen, und da kommen ja nur zwei in Frage: du und Silberstein.«

Rana umarmte abwechselnd Marie und den Freund. »Welch wunderbare Nachricht!«

Und am nächsten Tag konnte er noch stärker jubeln, denn ihm wurde von einem seiner Nachbarn etwas zugetragen, das seine Chancen ungemein erhöhte: »Dem Silberstein ist die Decke auf'n Kopf gefallen!«

»Ist er tot?«

»Nein, keiner ist verletzt worden, es war ja genau um Mitternacht.«

Da hatte es einen Wolkenbruch gegeben, und durch eine Verstopfung der Regenrinnen und Abflußrohre hatte sich auf dem Dach des Anbaus der Schultheiss-Brauerei in der Neuen Jacobstraße so viel Wasser angesammelt, daß die filigrane Konstruktion nicht mehr ausgereicht hatte, ihm standzuhalten. Die Saaldecke war heruntergekommen, das ganze Interieur zerstört worden. Der Ingenieur, der dafür verantwortlich war, mußte sich in der Statik verrechnet haben, möglicherweise aber war auch der Stahl fehlerhaft gewesen, was ja nun gewiß nicht die Schuld des Architekten war, doch alles lachte jetzt über Friedrich Silberstein, am lautesten natürlich Karl-Hermann Rana.

»Durch Schaden wird man ja bekanntlich klug, da wird er also die Neue Synagoge ohne Dach bauen und den Leuten, die zum Gebet kommen, Regenschirme in die Hand drücken.« Über mehrere Tage hinweg ließ er keine Gelegenheit aus, über den Konkurrenten zu spotten, mal subtil, mal grob. »Klar, dessen Vorfahren sollen ja aus Landstrichen kommen, wo es nie regnet, der weiß nicht, wozu Dächer da sind.« Oder: »Woher soll einer, der nicht getauft ist, auch so genau wissen, was Wasser ist.«

Das ging so lange, bis ein Laufjunge vor seiner Tür stand und ihm einen verschlossenen und versiegelten Brief von Friedrich Silberstein in die Hand drückte. Rana riß ihn auf. Der Inhalt war mit einem schnellen Blick zu erfassen. Es war die Forderung zu einem Duell. Anders ließe sich seine Ehre nicht wiederherstellen, schrieb Friedrich Silberstein.

Kapitel 7

ALLES hängt mit allem zusammen, und hätte sich das Duell zwischen v. Hinckeldey und v. Rochow, ausgetragen genau drei Jahre zuvor, in Friedrich Silbersteins Gedächtnis nicht unauslöschlich festgesetzt, dann wäre er wohl nie auf die Idee gekommen, seine Ehre auf ebendiese Art und Weise wiederherstellen zu wollen. Aber diese Wirkung hätte das Hinckeldey-Duell auf ihn wohl niemals gehabt, wenn Sarahs frankophiler Vater ihm nicht vor Jahren eine Studienreise nach Paris und Reims ermöglicht hätte. Dabei war er dem Comte de Chateauvillard begegnet, und der hatte gerade ein umfassendes Werk über die Geschichte des Duells verfaßt. Zwar hatte Friedrich Silberstein den *Essai sur le duel* mit seinen rudimentären Französischkenntnissen kaum lesen können, aber der Adlige hatte viel erzählt und Sarah alles übersetzen lassen.

»*Mon cher*, das Duell geht zurück auf den gerichtlichen Zweikampf der Germanen und das Gottesurteil im Mittelalter. Herrlich, diese Spannung! Und hinterher ist das Problem gelöst. Bei uns in Frankreich sind, das habe ich genau erforscht, allein zwischen 1594 und 1610 achttausend Adlige und Offiziere in Duellen gestorben.«

»Welch eine grandiose Chance für die anderen, dadurch schneller aufzusteigen«, murmelte Sarah.

Der Comte hatte es überhört oder aber nicht verstanden, da er wiederum kaum Deutsch sprach. »Satisfaktionsfähig waren anfangs nur Adlige, Offiziere und Studenten, erst später auch Bürgerliche. Man muß stark genug sein, seine Ehre selber zu verteidigen. Man ist nicht nur berechtigt, sondern gesellschaftlich verpflichtet, Angriffe auf seine Ehre abzuwehren, und weigert sich jemand, eine ausgesprochene Beleidigung zurückzunehmen, oder ist die Beleidigung zu schwer, dann fordert man den, der einen beleidigt hat, zum Duell.«

Sarah konnte ihre spöttischen Anmerkungen nicht lassen, zu lächerlich fand sie das archaische Gehabe der Männer. »Aber ein Fehler scheint mir das Duell zu haben: Es ist nicht garantiert, daß wirklich zumindest immer einer tot auf der Wallstatt bleibt, denn bei Ihnen selber habe ich von Schätzungen gelesen, daß es nur in einem von sechs Duellen zu ernsthaften Verletzungen kommt und nur bei jedem vierzehnten Duell wirklich einer getötet wird.«

»Wichtig ist, daß man sich stellt und dem Tod ins Auge sieht.«

Lange war das her, über zwanzig Jahre, doch seither war Friedrich Silberstein von einer Leidenschaft erfüllt: der nach Duellen. Heimlich war sie, zu keinem sprach er von ihr. Sosehr er alles unter Kontrolle hatte, Gefühl wie Verstand, hier ließ er sich gehen, hier fand alles, was er ansonsten unterdrückte und verdrängte, ein Ventil, da schoß er in seiner Phantasie alle nieder, die ihn verletzt oder ihm die Beute abgejagt hatten, die Aufträge für spektakuläre Bauten. Was ihn am Duell faszinierte, war aber auch das festgelegte Ritual. Alles entschied sich in wenigen Momenten. So nüchtern er sich anderen präsentierte – er liebte alles Theatralische.

Daß ihn Karl-Hermann Rana so geschmäht hatte, war ihm also sehr zupaß gekommen, gab es doch endlich einen für alle nachvollziehbaren Grund, ihn zu fordern. Sich selber im Duell zu erleben und zu bewähren, erschien Friedrich Silberstein als Höhepunkt des Lebens. Ein Kitzel, der stärker war als der, mit der raffiniertesten Kurtisane das Lager zu teilen.

ISAAK HIRSCH hing einer philosophischen Richtung an, von deren Namen er nichts ahnte: dem Utilitarismus. Alles, was er tat, maß er daran, ob es jemandem nutzte: ihm, seiner Familie, seiner Manufaktur, dem Lande Preußen, der Stadt Berlin. Insofern stellte er sich, als er vom Duell seines Freundes Friedrich Silberstein erfuhr, sofort die Frage, was der denn davon habe.

»Nichts«, war die Antwort seiner Frau, »außer daß sie ihn einsperren. Wie den Rochow, als er Pinkel-Bey erschossen hat.«

Er widersprach ihr. »Einen Nutzen hat er sicher: Seiner Seele wird es bessergehen. Rana hat ihm die Ehre abgeschnitten, und das frißt und frißt, bis es ihn eines Tages aufgefressen hat. Auf Rana zu schießen ist also ein Stück Heilung für ihn.«

»Ihr Männer ...« Klara Hirsch hielt wenig von überkommenen Sitten. Wegen Menschen wie ihm und Silberstein würde Gott eine zweite Sintflut über alle bringen.

Isaak Hirsch lachte. »Wird er nicht, die erste hat ja auch nicht geholfen.«

Sie sah ihn vorwurfsvoll an. »Und du willst dich wirklich dafür hergeben, sein Sekundant zu sein?«

»Er ist mein bester Freund, und er hat mich darum gebeten.«

»Und was sagt Sarah dazu?«

»Es scheint, sie hat ihn dazu getrieben, Rana zu fordern, obwohl sie alles abstreitet. Ihr Salon! Sie wäre ruiniert, wenn ganz Berlin über sie und ihren Mann ungestraft spotten würde: ›Zu den Silbersteins gehen wir nicht mehr, die wohnen ja in einem Haus, das er selber gebaut hat – ein Regenguß, und schon ist es eingestürzt.‹«

Klara Hirsch rief nach dem Dienstmädchen, den Frühstückstisch wieder abzuräumen. »Und du gehst jetzt nicht ins Bureau, sondern zu Friedrich, um mit ihm zu reden?«

»Ja.« Isaak Hirsch erhob sich. »Apropos reden: Sprich du bitte mit niemandem über das Duell! Wir wollen nicht, daß da ein Polizist auftaucht und wir alle vor den Kadi geschleppt werden. Ich habe schon Kontakt zu Ranas Sekundanten aufgenommen. Es ist absolutes Stillschweigen vereinbart worden. Nicht einmal Aaron weiß davon. Auf unserer Seite nur Friedrich, Sarah, du und ich. Bei Rana nur er selber, sein bester Freund, ein Schauspieler namens Frühbeis, und seine Geliebte, eine Tänzerin aus Müllrose. Und im übrigen, das wollt' ich dir noch sagen, geht es bei dem Ganzen nicht nur um die Ehre, sondern auch um den Auftrag für die Neue Synagoge. Wer siegt, der hat ihn. Wenn das kein Grund ist ...«

»... ein Grund, sein Leben aufs Spiel zu setzen?«

Jetzt konterte er mit einem jiddischen Sprichwort: »*Bechinem krigt men kinem*« – Gratis bekommt man nur Ungeziefer. »Ich gehe jetzt.«

Einige meinten, Isaak Hirsch sei bloß zu geizig, sich eine Droschke zu nehmen, wenn sie ihn zu Fuß durch die Straßen eilen sahen, aber er tat es nur deshalb, weil er sich gern in frischer Luft bewegte. »Der Mensch ist ein Lauftier«, sagte er immer. »Und wozu hat der Herr uns Beine wachsen lassen? Damit wir sie gebrauchen!« Von seinem Haus am Neuen Thor bis zum Hackeschen Markt mochten es fünfhundert Ruten sein, anderthalb Meilen etwa. Und nicht nur die Bewegung genoß er, sondern auch das morgendliche Treiben auf den Straßen. Lärmend und zumeist in kleinen Gruppen liefen die Kinder zur Schule. Die Gemüsekrämer, die gerade ihre Auslagen aufbauten, mußten aufpassen, daß ihnen nicht sofort alles wieder umgerissen wurde oder eine Jungenhand, mehr aus Übermut denn aus einem wirklichen Notstand, nach einem Apfel griff. Die Laufburschen flitzten über die Bürgersteige und gaben sich so wichtig, als hätten sie dem Prinzregenten selber etwas zuzustellen. Aus den Backstuben drang ein Duft, der allein schon selig machte.

Ecke Oranienburger und Artilleriestraße stand ein Blumenhändler, und bei dem kaufte Isaak Hirsch einen kleinen Strauß für Sarah Silberstein. Artig dankte ihm der Mann, um aber beim nächsten Passanten seine Berliner Schnauze voll unter Beweis zu stellen. Der war, die Ehefrau an seiner Seite, stehengeblieben und hatte sich die Blumen alle angeschaut, war dann aber weitergegangen, ohne etwas zu kaufen. Da rief ihm der Händler in seiner Verärgerung etwas hinterher, das Isaak Hirsch als sehr »decontenancirend« empfand: »Ach, sieh mal eena an, wenn Se mit Ihre *andere* Frau Jemahlin jehn, koofen Se mir imma wat ab!«

Das erinnerte ihn an seinen Obsthändler in Moabit. Dessen Frau war vor kurzem gestorben, und man kolportierte, daß sich an ihrem Totenbett der folgende Dialog abgespielt habe: »Gräme dir nich darüber, Lene, det du sterben mußt: Det find sich allens, det wird allens schon jehn! Seh mal, eenmal müssen wir ja alle in unserm Leben sterben!« – »Schafskopp, det is et ja ebent! Wenn man zehnmal oder zwölfmal sterbn müßte, denn würd ick mir aus det eene Mal ooch jar nischt machen.«

Als Isaak Hirsch das Haus am Hackeschen Markt betrat, fand er Sarah Silberstein in ausgesprochen düsterer Stimmung. »Gott, was hab' ich ihm da eingebrockt! Erst war ich dagegen, dann aber habe ich ihm doch zugeredet.«

»Alles kommt, wie es kommen muß«, erwiderte Isaak Hirsch. »Und du kannst nichts gewinnen, wenn du nicht spielst und deinen Einsatz riskierst.«

»Der Einsatz ist sein Leben!« rief sie.

»Nu, was kann er aber gewinnen? Sozusagen die Unsterblichkeit, denn noch in hundert Jahren und mehr werden die Leute die Neue Synagoge bewundern.«

In diesem Augenblick kam Friedrich Silberstein, der ihre Stimmen gehört hatte, die Treppe herunter, um den Freund zu begrüßen. Auch ihm merkte man an, daß er wenig geschlafen und viel gegrübelt hatte. Sein Gesicht war voller Furchen, und er erschien Isaak Hirsch, wie er da tastete, um nicht die Stufen hinunterzustürzen, fast wie ein Greis.

»Du kommst zur letzten Beratung?« fragte er, als er unten angelangt war und dem Freund herzlich die Hand gedrückt hatte.

Isaak Hirsch lachte. »Das Wort ›letzte‹ will ich aus deinem Munde nicht mehr hören. Hör auf zu jammern, üb lieber schießen!«

»Ich war gestern schon in der Jungfernheide.«

»Ausgezeichnet. Schließlich war dein Vater in Großbeeren dabei, als es gegen Napoleon ging, und hat dir früh genug beigebracht, wie man eine Pistole zu bedienen hat.«

Friedrich Silberstein ließ das nicht gelten. »Es ist schon ein Unterschied, ob man auf einen Baumstamm zielt oder einen Menschen, zumal wenn der auch noch auf einen angelegt hat.«

»Du mußt Rana nur zurufen: ›Sei doch kein Frosch!‹ – und schon verliert er jede Contenance und schießt meterweit daneben.«

Friedrich Silberstein mochte darüber nicht lachen. »Laß bitte den Versuch, mich aufzuheitern, für mich ist das alles Ernst, tödlicher Ernst.«

Sarah Silberstein ging mit der Köchin auf den Markt, während sich die beiden Freunde ins Herrenzimmer zurückzogen, um weiter über das Duell zu reden und Einzelheiten zu besprechen. Doch lange saßen sie nur schweigend da.

»Je mehr ich darüber nachdenke, desto weniger finde ich Gefallen an dem Gedanken«, sagte Isaak Hirsch schließlich.

Sofort fuhr Friedrich Silberstein auf. »Sollen wir Juden uns immer alles gefallen lassen?! Nein, zurückschlagen müssen wir!«

»Vielleicht hat es gar nichts damit zu tun, welchen Glauben du hast. Rana hätte auch über dich gespottet, wenn du Moslem wärst oder Sonnenanbeter.«

»Ich kann nicht anders!«

»Laß den Martin Luther ruhen, der ist für uns nicht zuständig.«

Friedrich Silberstein verfiel nun, völlig ungewohnt bei ihm, in eine gewisse Larmoyanz. »Wenn nicht einmal mein bester Freund auf meiner Seite steht ...«

»Stehe ich ja, aber ... Keiner weiß, wie die Kugeln fliegen.« Ob es denn wirklich ein Duell auf Leben und Tod sein müsse? »Man kann auf Beleidigungen auch anders reagieren: Itzik und Nuchim haben sich gestritten. Itzik geht auf der Straße spazieren und sieht Nuchim am Fenster stehen: ›Ach, Nuchim, wenn ich so scheen wär' wie du, steckte ich lieber meinen Toches, meinen Allerwertesten, zum Fenster hinaus!‹ Antwortet Nuchim: ›Hab' ich getan – haben alle Lait gesagt: ›Habe die Ehre, Herr Itzik!‹«

»Hör auf, mir Anekdoten zu erzählen.«

»Gut, dann treffe ich mich mit Ranas Sekundanten und bespreche mit ihm, wie die Sache morgen im einzelnen ablaufen soll.«

KARL-HERMANN RANA saß im leeren Zuschauerraum des Friedrich-Wilhelmstädtischen Theaters in der Schumannstraße und wartete auf seinen Freund Benno Frühbeis, der nach der Probe noch kurz zur Garderobiere mußte. Der Bau gefiel ihm nicht schlecht, obwohl er ihm noch besser gefallen hätte, wenn nicht der Kollege Titz, sondern er selber der Architekt gewesen wäre. Er legte den Kopf in den Nacken, um die Dekkengemälde von Woyke besser studieren zu können. Amor und Psyche, von den Musen umgeben. Daneben der Triumphzug des Bacchus und eine Venusgruppe. Die eine der Frauen schien ihm eine gewisse Ähnlichkeit mit seiner Miezi zu haben. Gehörte in die Reihe seiner Vorgänger vielleicht auch ein Maler? Es störte ihn nicht, es machte die Sache mit Miezi eher noch reizvoller. Nichts regte ihn mehr an als die Vorstellung, daß Miezi es mit einem anderen trieb. Er schloß die Augen, um die Szene vor sich zu haben: »Nimm deinen Pinsel und bemale meine Schenkel und meine Scham.« Rana stöhnte.

»Ist was?« fragte Benno Frühbeis, der leise eingetreten war. »Siehst du dich schon im Duell?«

»So würde ich's nicht nennen, denn löst sich da der Schuß, wo ich eben war, geht es nicht um Tod, sondern um höchste Lust.«

Benno Frühbeis kannte den Freund zu gut, als das er lange hätte rätseln müssen, was der wohl meinte. »Ein Genußmensch par excellence bist du – und ein Atheist dazu ... Was dich wohl treibt, im Duell dein Leben zu riskieren?«

»Ich würde am liebsten bis an den Mississippi flüchten, um der anstehenden Schießerei zu entgehen, doch Miezi kommt nicht mit, und sie will einen ganzen Kerl als Mann und keinen Feigling. Gott, die Frauen!«

»Laß die aus dem Spiel, du selber willst es doch: Silberstein eliminieren und die Synagoge bauen.«

»Lieber wäre es mir schon, er würde sich selber umbringen.«

»Das tut er mit Sicherheit nicht.«

»Eben.« Rana schwieg, schreckte aber zusammen, als in der Orchesterloge rechts von ihm etwas zu Boden fiel.

Benno Frühbeis machte ein paar Schritte zum Rand des Raumes hin und sah in die Loge hinein. »Da bessern sie die Wand aus. Aber es ist niemand zu sehen. Ein Brett ist umgefallen.«

Rana stand auf. »Wenn es doch noch ein Zurück geben würde ...«

»Das sagst du als Spielernatur.«

»Ich habe Miezi, ich werde Vater.« Rana sank in seinen Sitz zurück.

»Schöne Helden, diese Österreicher«, brummte Benno Frühbeis. »Kein Wunder, daß die Preußen unbedingt gegen euch Krieg führen wollen.«

Rana war zerknirscht und bereute zutiefst, dem Duell so schnell zugestimmt zu haben. Welcher Teufel mochte ihn da geritten haben! »Wenn der Silberstein kein Jude wär, hätt' ich ja nicht so auf die Pauke gehauen. Daß ausgerechnet der nun auf einem Duell besteht ... Ich dachte, die Juden sind es gewohnt, daß man über sie herzieht.«

»Das macht ihn sympathisch, daß er sich wehrt.«

»Bist du mein Sekundant – oder seiner?«

»Deiner natürlich«, versicherte Benno Frühbeis.

»Und es gibt wirklich kein Zurück mehr?«

»Nein. Er würde dein Zurückweichen publik machen, und dann hast du ein für allemal dein Gesicht verloren. Von solch einem läßt sich keine Gemeinde ihr Gotteshaus bauen, und bei den Seinen ist er die erste Wahl.«

»Wenn einer von uns stirbt, muß der andere erst einmal ins Gefängnis, wie Rochow, und kann nicht einfach da weitermachen, wo Knoblauch aufgehört hat.«

»Ist einer tot, so entfernen wir uns alle und halten den Mund. Dann sieht es nach einem gewöhnlichen Mord aus, und so blöd wie dieser Schlötel ist, wird er nie dahinterkommen, was wirklich war. Die Sache wird dann ebenso im Sande verlaufen wie die mit Meir Rosentreter.«

Rana nickte anerkennend. »Man merkt, daß du vom Theater kommst und weißt, wie so etwas zu inszenieren ist.«

»Denk an Shakespeare: ›Die ganze Welt ist eine Bühne.‹« Benno Frühbeis freute sich, daß er beim Stück, das sie auf dem Baugelände an der Oranienburger Straße aufführen wollten, die bessere Rolle abbekommen hatte. »Hast du besondere Wünsche, was Waffen und Distanz angeht?«

»Nein, nur im Hinblick auf meine Beerdigung. Was ich besitze, sollen Miezi und die Kinder bekommen, und begraben werden will ich in Salzburg. Aber das habe ich schon alles aufgeschrieben. Mein Testament liegt oben im Sekretär.«

»Ein Architekt scheidet nicht aus dem Leben, bis er etwas gebaut hat, das ihn unsterblich werden läßt«, kommentierte Benno Frühbeis diese Mitteilung. »Und du wirst die Neue Synagoge bauen.«

DIE SEKUNDANTEN hatten vor einem Duell zusammenzukommen und alles genau festzulegen, was für die ordnungsgemäße Durchführung wichtig war. So trafen sich Isaak Hirsch und Benno Frühbeis im Bureau der Moabiter Nähmanufaktur.

»Schivelbein, Sie lassen uns bitte mal allein«, sagte der Unternehmer zu seinem Bureaudiener.

Der Schauspieler lachte. »Oh, hier spricht man nur in Versen, das will ich dann auch versuchen mit diversen. Also: Schnell zum Duell.«

Isaak Hirsch zeigte sich nicht ganz so heiter. »Ich halte das Ganze für keine Farce.«

Benno Frühbeis gab den Philosophen. »Jedes Leben ist eine Farce.«

»Gestatten Sie, daß ich das anders sehe. Jedes Leben ist eine ernsthafte Notwendigkeit, das menschliche Geschlecht einer fernen Blüte zuzuführen.«

Benno Frühbeis seufzte lüstern. »Mir würde schon das reichen, was heute blüht.« Er zeigte in Richtung des Saales, in dem an die hundert junge Frauen an ihren Maschinen saßen und Uniformen nähten. »Kann ich nicht bei Ihnen als Aufseher anfangen?«

»Sie haben doch Ihre eigene Bühne.« Isaak Hirsch ärgerte sich langsam über die Zeit, die er mit diesem Dialog verschwendete. »Lassen Sie uns zur Sache kommen. Über die Art der Waffen dürfte es ja kaum Diskussionen geben.«

»Nein.« Auch Benno Frühbeis hatte sich schon kundig gemacht. Man benutzte bei Duellen ausschließlich einschüssige Vorderladerwaffen, die mit Schwarzpulver und bleiernen Rundkugeln geladen wurden. »Welches Kaliber schlagen Sie vor?

Zwischen zwölf und siebzehn Millimetern soll ja alles zu haben sein ...«

»Nicht zu groß.« Isaak Hirsch wußte, daß großkalibrige Geschosse zu schweren Verletzungen führten, an denen die Duellanten noch Tage später sterben konnten.

»Gut.« Benno Frühbeis war damit einverstanden. »Und die Distanz? Zwischen fünfzehn und fünfzig Schritten soll ja alles möglich sein.«

»Weit auseinander wäre mir schon lieb«, bekannte Isaak Hirsch.

»So weit, daß jeder ein Fernglas braucht?« fragte Benno Frühbeis.

»Sie sind mir ein Spötter.«

»Die Spötter sind die einzig ernsten Leute im Lande«, erwiderte Benno Frühbeis. »Und darum lehne ich es für meinen Mandanten auch ab, sich über das Sacktuch zu schießen.« Damit meinte er den Modus, bei dem die Duellanten ein Taschentuch an den diagonal liegenden Enden festhielten und gleichzeitig schossen.

Isaak Hirsch überlegte einen Augenblick und stellte sich die Entfernung bildlich vor. »Wie wäre es mit dreißig Schritten?«

»Gut.« Benno Frühbeis nickte. «Ich weiß zwar nicht, wie weit Hinckeldey und Rochow voneinander entfernt waren, aber ...« Er war ein sprunghafter Mensch und hatte plötzlich einen anderen Zweikampf vor Augen. »Wissen Sie eigentlich, welcher berühmte Dichter bei einem Duell ums Leben gekommen ist?«

»Ja, Alexander Puschkin – und zwar im Jahre 1837.«

»Hut ab!« Benno Frühbeis zeigte sich begeistert vom Bildungsstand des Fabrikanten. »Und wissen Sie auch, was sich die Leute in zwanzig Jahren fragen werden?«

»Nein ...«

»Dann sag' ich es Ihnen: Welcher berühmte Architekt ist im Jahre 1859 bei einem Duell getötet worden?«

»Karl-Hermann Rana«, antwortete Isaak Hirsch.

»Nein, Friedrich Silberstein«, korrigierte ihn Benno Frühbeis.

»Vielleicht auch beide, wenn wir übereinkommen, daß gleichzeitig gefeuert werden soll.«

»Nein, Silberstein hat den ersten Schuß. Er ist schließlich beleidigt worden.«

Benno Frühbeis fixierte sein Gegenüber. »Um so schlimmer, wenn er nun auch noch erschossen wird. Stellen Sie sich vor: Der erste Schuß Ihres Mandanten geht daneben, und nun schießt Rana – und erschießt Silberstein. Was hat der dann von der ganzen Aufregung um das Duell? Nichts. Er muß nicht nur mit dem Spott fertig werden, den man kübelweise über ihn ausgeleert hat, sondern auch noch mit seinem Tod. Nennen Sie das Gerechtigkeit?«

»Nein. Darum war ich ja von Anfang an innerlich gegen dieses Duell.«

Benno Frühbeis zeigte ein listiges Lächeln. »Dann machen wir doch daraus das, was Sie mir anfangs vorgeworfen haben!«

»Was denn?«

»Eine Farce.«

»Wie ...?«

»Jeder bewegt seinen Mandanten, mit Absicht daneben zu schießen.«

Isaak Hirsch schüttelte den Kopf. »Eine solche Farce darf das Duell nicht werden, denn es muß sein Ernst erkennbar sein, schließlich geht es meinem Mandanten um die Ehre ...« Er brach plötzlich ab, denn soeben war ihm ein Gedanke gekommen, der ihm im ersten Augenblick gänzlich abwegig erschien, ihn dann aber doch mehr und mehr überzeugte.

»Was ist Ihnen?« fragte Benno Frühbeis, vom Zusammenzucken des anderen ein wenig irritiert.

»Nichts, aber ich habe da eine Idee.« Und Isaak Hirsch zögerte nicht, sie dem anderen mitzuteilen. »Wir müssen einen Weg finden, daß beide zwar glauben, es sei blutiger Ernst, in Wahrheit aber einer dem anderen nichts zuleide tun kann.«

»Wie das?«

»Ich habe hier in meiner Manufaktur die Maschinen dafür: Ich präpariere die beiden Waffen, das heißt, ich verbiege ihre Läufe derart, daß man unmöglich damit treffen kann.«

Benno Frühbeis sprang auf und umarmte den Fabrikanten. »Genial!«

Isaak Hirsch meinte bescheiden, daß sein Großvater Rabbi gewesen sei und er von dem das »Klären« erlernt habe, das scharfe Durchdringen eines komplizierten Problems. »Und oft hat er mir eine talmudische *Kasche* gestellt, eine schwierige Frage.«

»Apropos Frage ...« Benno Frühbeis setzte sich wieder. »Ich frage mich, wer denn nun den Auftrag zum Bau der Neuen Synagoge bekommen wird, wenn beide überleben.«

Daran hatte Isaak Hirsch in der Tat nicht gedacht, fand aber schnell eine Lösung. »Ich plädiere für das Los.«

Benno Frühbeis nickte. »Besser ein Los im Topf als eine Kugel im Kopf. Losen wir also im Anschluß an das Duell. Wer verliert, erklärt feierlich, seine Bewerbung zurückzuziehen und der Jury den Sieger wärmstens zu empfehlen.«

»Einverstanden«, sagte Isaak Hirsch, hochzufrieden mit dem Ablauf des Gesprächs. »Und einen Arzt brauchen wir dann ja auch nicht zu bemühen.«

»Nein.« Auch Benno Frühbeis konnte tief durchatmen. »Schön, daß wir die Kuh vom Eis bekommen haben. Zeit und Ort aber bleiben: morgen früh um sechs Uhr auf dem Gelände an der Oranienburger Straße, auf dem die Neue Synagoge errichtet werden soll.«

»Ja, natürlich.« Isaak Hirsch klingelte nach dem Bureaudiener, daß der ihnen zwei Glas Champagner bringen solle. »Lassen Sie uns auf unseren schönen Pakt feierlich anstoßen und ihn damit besiegeln!«

»Ein Hoch auf die Löcher, die unsere beiden Duellanten in die Luft schießen werden!«

DIE SPREE war nicht weit, und vom Monbijoupark her zogen naßkalte Nebel durch das Spandauer Viertel. In der Oranienburger Straße waren die Schwaden ganz besonders dick, und wer an der Ecke Artilleriestraße stand, konnte den Posthof auf der gegenüberliegenden Seite nur noch schemenhaft erkennen.

Den vier Männern, die auf dem nahe gelegenen Areal der

Neuen Synagoge zusammenkamen, konnte das nur recht sein. Um das Duell auszutragen, reichte die Sicht, aber es war nicht möglich, sie von der Straße aus zu beobachten. Auch dem, der die Baustelle des Jüdischen Krankenhauses in der Auguststraße bewachte oder aus einem der Fenster der angrenzenden Gebäude blickte, blieb alles verborgen.

Von der Straße aus war das Gelände schlecht einzusehen, denn das alte Wohnhaus, das hier gestanden hatte, war zwar schon zerstört, aber noch nicht vollständig abgerissen worden. Dahinter dehnte sich eine Brache mit kahlen Bäumen und dichtem Buschwerk am Rande. Eine halb eingefallene Remise schirmte den Platz nach hinten ab, so daß man nicht fürchten mußte, vom Standort des künftigen Jüdischen Krankenhauses her gesehen zu werden, falls der Nebel plötzlich aufriß.

Ihrer Verabredung gemäß waren sowohl Friedrich Silberstein und Isaak Hirsch als auch Karl-Hermann Rana und Benno Frühbeis nicht mit Droschken vorgefahren, sondern zu Fuß gekommen. Es sollte keine Zeugen geben. Da sie alle schwarz gekleidet waren, hätten sie sich, wäre der Anlaß ihres Treffens ein weniger ernster gewesen, bestimmt als Nebelkrähen karikiert. Besonders steif bewegten sich Silberstein und Rana, mußten sie doch damit rechnen, innerhalb der nächsten halben Stunde entseelt im Staub zu liegen. Die beiden Sekundanten aber hatten ein noch ernsteres Gesicht aufgesetzt, mußten sie sich doch alle Mühe geben, ihr Schmunzeln zu verbergen. Ein verräterisches Zucken der Mundwinkel, ein verschwörerisches Grinsen in Richtung des anderen, und alles wäre verraten gewesen.

Friedrich Silberstein war außerhalb seiner selbst, glaubte, im Bett zu liegen und zu träumen, auf dem Platz der Neuen Synagoge zu stehen. Sosehr er sich auch zwingen wollte, an den Schußwechsel und eine ruhige Hand zu denken, es mißlang ihm. Sein Organismus weigerte sich schlicht und einfach, dies alles als real zu nehmen. Unmöglich, daß sich ein so vernunftbegabter und kühler Mensch wie er auf den Wahnsinn eines Duells einlassen würde. Alles war nur ein Traum, und wie ein Schlafwandler bewegte er sich auch.

Karl-Hermann Rana fühlte sich wie vor seiner Hinrichtung. Diese Preußen! Daß man einen Österreicher wegen Beleidigung eines Berufsgenossen zum Tode verurteilte, konnte auch nur hier passieren. Aber es war seine eigene Schuld. Er hätte ja den Mund halten können. Was hatte er auch überall verbreiten müssen, daß Friedrich Silberstein nur eines beherrsche: den Bau von Kartenhäusern. »Ein Windstoß, und alles stürzt in sich zusammen.« Es war ein schwerer Fehler gewesen, in dieses verdammte Berlin zu ziehen. Aber nun war es zu spät. Allerdings ... noch war nichts entschieden. Friedrich Silberstein konnte ja daneben schießen. Und jeder hatte nur einen Schuß, so war es ausgemacht.

»Die Stunde ist gekommen!« rief Isaak Hirsch. »Bitte, die Herren mögen sich ihre Waffe nehmen.«

Die beiden gänzlich gleichen Pistolen lagen in einem mit grünem Samt ausgeschlagenen Mahagoni-Koffer, den die Sekundanten auf einem umgestürzten Baumstamm placiert hatten. Friedrich Silberstein hatte die Wahl und zögerte nicht lange, die links liegende Pistole aufzunehmen, weil er von dieser Seite her herangetreten war. Er vermied es, Rana anzusehen, wie auch der bemüht war, so zu stehen, daß sich ihre Blicke nicht trafen.

Isaak Hirsch und Benno Frühbeis standen indessen Rücken an Rücken. Bevor sie sich jeweils fünfzehn Schritte voneinander weg bewegten, flüsterten sie noch kurz miteinander.

»Hat das mit den Pistolen geklappt?« fragte Frühbeis.

»Ja. Ich habe es bei mir auf dem Fabrikgelände ausprobiert – man schießt um mindestens zwei Armlängen vorbei«, antwortete Isaak Hirsch.

»Sehr schön. Bis dahin werden unsere Kandidaten ja für alle ihre Sünden ausreichend gebüßt haben.«

Die Positionen der beiden Duellanten wurden mit kleinen Zweigen markiert, dann zogen sich Frühbeis und Hirsch weit genug zurück, um nicht versehentlich getroffen zu werden.

Friedrich Silberstein und Karl-Hermann Rana bewegten sich wie mechanische Figuren in einem Panoptikum. Ihre Bewegungen waren so langsam und abgehackt, als würde die Feder, mit der man sie aufgezogen hatte, jeden Augenblick ihrer letzte Spannkraft verlieren.

Friedrich Silberstein betete. Den 6. Psalm, Vers 3: »Sei mir gnädig, Ewiger, denn ich bin verschmachtet, heile mich, Ewiger, denn erschrocken sind meine Gebeine.«

Karl-Hermann Rana fluchte vor sich hin: »Scheiß was auf die Ehre und das Geld! Warum hab' ich Idiot mich nur auf diese Sache eingelassen?! Ich könnte jetzt im Bett liegen und hören, wie Miezi kleine Schreie ausstößt. Aber, Frosch, es schadet einem Schwachkopf wie dir gar nichts, daß du jetzt abgeknallt wirst wie eine Krähe.«

Friedrich Silberstein schritt in Richtung Artilleriestraße, Rana bewegte sich nach Nordosten hin, Richtung Große Hamburger Straße. Als sie ihre Positionen erreicht hatten, schwenkten sie wie auf Befehl und fast zur gleichen Zeit der eine rechts und der andere links um, so daß ihre Gesichter nun einander zugewandt waren. Benno Frühbeis hielt ein weißes Tuch in der hochgestreckten rechten Hand.

Um eine Pistole zu heben, bedurfte es im Normalfalle nur eines Wimpernschlags, ein Ruck, und sie war oben, bei Friedrich Silberstein aber vergingen gute fünfzehn Sekunden, ehe er seine mit dem Lauf zum Boden gesenkte Waffe in die Waagerechte gebracht hatte. »Du sollst nicht töten!« hallte es in seinem Kopf, gleichzeitig aber dachte er: »Du oder ich. Sein oder Nichtsein!« Aber es reichte allemal, wenn er Rana in die Beine schoß. Also senkte er die Waffe wieder um ein, zwei Zentimeter. Gleichzeitig sah er, wie Frühbeis das Tuch senkte. »Es gilt!«

Friedrich Silberstein schloß die Augen. Dann drückte er ab.

»Daneben!« hörte er seinen Freund Isaak schreien.

Karl-Hermann Rana registrierte es mit einem gewissen Erstaunen, noch am Leben zu sein. Fast war er ein wenig enttäuscht darüber, nicht zu wissen, wie es war, wenn man starb. Er hätte überall im Mittelpunkt gestanden, wenn er davon berichtete. Erst mit einer gehörigen Verzögerung schoß die Freude in ihm hoch, Miezi noch einmal zu sehen, Georg und vor allem das eigene Kind. Das war sein ganzes Glück, er brauchte diese Synagoge nicht mehr. Sollte Silberstein sie haben, schließlich war er Jude. So zielte Rana weit vorbei und konnte ein Auflachen nicht unterdrücken, als er den Finger um den Abzug krümmte.

Dann fiel der Schuß.

Kapitel 8

FRIEDRICH AUGUST STÜLER hatte gerade seinen 59. Geburtstag gefeiert, und dennoch war er so umtriebig wie ein junger Spund und Heißsporn. Er galt als Berliner, obwohl er in Thüringen, genauer gesagt, in Mühlhausen geboren worden und erst mit achtzehn Jahren zum Studium an der Bauakademie, der Akademie der Künste und der Friedrich-Wilhelms-Universität nach Berlin gekommen war. Vorher hatte er sich in Erfurt zum Feldmesser ausbilden lassen. Noch bevor er 1826/27 seine Baumeisterprüfung ablegte, gründete er mit Eduard Knoblauch zusammen den Architektenverein. Was ihn dann einen gewaltigen Schritt nach vorn tun ließ, war die Arbeit bei Karl Friedrich Schinkel, dem Gott des Bauens in Preußen. Zwei überaus fruchtbare Jahren waren es, und den letzten Schliff holte er sich bei seinen Reisen nach Frankreich, Italien, Rußland und in die Schweiz. 1831 machte man ihn zum Leiter der Schloßbaukommission, 1841 wurde er Mitglied der Akademie der Künste und 1842 in die Oberbau- und die Dombaudeputation berufen. Im selben Jahr wurde ihm auch der ehrenvolle Titel »Architekt des Königs« verliehen. Da lehrte er schon lange an der Bauakademie. Seit 1850 von den preußischen Ministerien für Bau und für Handel bezahlt, hatte er die Aufgabe, Friedrich Wilhelm IV., dem »Romantiker auf dem Thron«, immer neue Bauten zu entwerfen. Nebenbei war er von 1851 bis 1858 auch noch Hofbaumeister in Schwerin. Mehr als vierhundert Kirchenentwürfe stammten aus seinem Bureau, so trugen St. Peter und Paul auf Nikolskoje im Grunewald, die Nikolai- und die Friedenskirche in Potsdam, St. Matthäus im Thiergarten, die Stadtkirche in Fehrbellin und die Gotteshäuser in Caputh, Bornstedt und Werder seine Handschrift. Auch wenn es um Neu- oder Umbauten von Schlössern oder um Museen ging, rief man Friedrich August Stüler. So zeichnete er für den Wiederaufbau des Winterpalais in St. Petersburg und die Vollendung des Schweriner Schlosses verantwortlich, und die Schlösser in Boitzenburg, Basedow, Arendsee und Dahlwitz waren von ihm und seinen Mitarbeitern entworfen worden. Zu seinen bekanntesten Museumsbauten gehörten das Nationalmuseum Stockholm, das Wallraf-Richartz-Museum in Köln und das Neue Museum in Berlin. Auch die Universität zu Königsberg, die Akademie in Pest, die Burg Hohenzollern, die Neue Orangerie in Potsdam und die Kasernen des Regiments »Garde du Corps« in Charlottenburg stammten von ihm. Damit nicht genug, er verfaßte auch »Vorlegeblätter für Möbeltischler« und lieferte eine Unmenge dekorativer Zeichnungen für Gußwerke, Porzellangefäße und Silberarbeiten.

War von Friedrich August Stüler die Rede, wurde oft Goethes *Faust* zitiert: »Ich bin allhier erst kurze Zeit, / Und komme voll Ergebenheit, / Einen Mann zu hören und zu kennen, / Den alle mir mit Ehrfurcht nennen.«

Ein so großes Arbeitspensum bedeutete den Verzicht auf viel Schlaf. Hatte er einen Einfall, trieb es ihn schon in aller Herrgottsfrühe aus dem Bett. Dann aß er nur schnell ein Butterbrot, trank einen Schluck Kaffee und streifte durch die Stadt. Immer auf der Suche nach Anregungen, aber auch um zu sehen, was die sehr verehrten Kollegen und Konkurrenten so zustande brachten. Gern half er ihnen mit Rat und Tat und seinen Kontakten, war aber immer darauf bedacht, daß keiner zu groß wurde, denn es reichte ihm, daß er zeit seines Lebens unter dem Schatten eines Mannes stand: Schinkel. Aber der war seit achtzehn Jahren tot, und Stüler hörte es gern, wenn man von ihm als dem kongenialen Nachfolger sprach. Seine Neider behaupteten, er würde Schinkel nach der Devise »Die Masse macht's« zu übertrumpfen suchen, aber das stritt er energisch ab. Er mußte halt entwerfen und bauen, es war wie eine Sucht. Zwar wußte er, daß er Schinkels Schauspielhaus am Gendarmenmarkt, was die Bedeutung für Berlin anging, nie übertreffen konnte, aber er war überzeugt, daß sein Neues Museum nicht weit zurückstand. Aber das eine oder andere bedeutsame Bauwerk mußte sicherlich noch dazukommen, sollte das Denkmal, das ihm Preußen und Berlin einstmals setzen würden, so groß ausfallen wie das von Schinkel.

Dieser Gedanke lenkte seine Schritte in Richtung Oranienburger Straße. Die dort geplante Neue Synagoge hatte seine Begehrlichkeit schon lange geweckt, doch bei den Ausschreibungen hatte er, fair wie er war, nicht gegen seinen alten Weggefährten Eduard Knoblauch konkurrieren wollen. Aber nun, nach Knoblauchs Rückzug, hatte er gleichsam neuen Appetit bekommen, zumal er die Kollegen Silberstein und Rana trotz aller Wertschätzung und durchaus freundschaftlicher Beziehungen nicht unbedingt für das hielt, was man unter erster Wahl verstand. Für solch ein wichtiges Gebäude war der Beste gerade gut genug – und der war nun einmal er.

Als er vor dem Grundstück stand, auf dem sich die Neue Synagoge einmal erheben sollte, stellte er verärgert fest, daß sich hier noch immer nichts getan hatte, obwohl es schon März geworden war. Mitte Mai sollte die Grundsteinlegung erfolgen, und man hätte schon längst beginnen müssen, den Platz abzuräumen und den Baugrund vorzubereiten. Nun gut, noch letzte Woche hatte es Schnee gegeben. Der Nachfolger Knoblauchs mußte schnell bestimmt werden und die Sache in die Hand nehmen. Und wenn er schon nicht selber gefragt wurde, dann sollte wenigstens Silberstein den Auftrag bekommen, denn der kam immerhin aus Preußen. Aber in der Jury stand es wohl pari zwischen ihm und Rana, denn viele konnten dem Charme des Salzburgers nicht widerstehen. Stüler hoffte nur, daß man nicht versäumte, den neuen Baumeister auf den Entwurf Knoblauchs festzulegen, denn sowohl Silberstein wie auch Rana hatten das Problem des angewinkelten Bauwerks nicht optimal gelöst.

Die Kinder aus der Oranienburger und den angrenzenden Straßen hatten das Baugrundstück längst als Spielplatz entdeckt, und so wies der Zaun so große Löcher auf, daß Stüler ohne Mühe hindurchschlüpfen konnte. Er wollte sich selbst noch einmal ein Bild von allem machen. Bauzeichnungen und Skizzen waren sehr schön, doch was realisierbar war, begriff man immer erst, wenn man die Dimensionen einer Lokalität mit eigenen Augen erfassen und sozusagen vermessen konnte. Er selber war ein Anhänger freistehender Gotteshäuser und mochte keine, die zwischen anderen Bauten eingezwängt waren. Aber die Gemeinde hatte ihre Neue Synagoge ja unbedingt an dieser Stelle haben wollen.

Leise schimpfend arbeitete er sich durch Schutt und Unterholz, bis er schließlich einen Trampelpfad entdeckte. Ein paar Fuß weiter schien es eine Art Lichtung zu geben, von der aus man wohl den besten Überblick hatte. Der nun strebte er entgegen. Plötzlich aber schrie er auf. Denn dort lag ein Mann mit einer schrecklichen Wunde am Kopf.

»Silberstein!«

DR. LEO LILIENBLUM war Arzt am sogenannten Juden-Lazarett in der Oranienburger Straße. Schon 1756 eröffnet, war es hundert Jahre später zu klein und zu unmodern geworden, so wie vor ihm das Heqdesch, das erste jüdische Krankenhaus in Berlin, das sich in der Schmalen Gasse befunden hatte, der Verbindung zwischen Kloster- und Rosenstraße. Am 22. Juni 1858 hatte man den Grundstein zu einem Neubau in der Auguststraße gelegt. Der Entwurf stammte von Eduard Knoblauch. Für die medizinische Ausstattung zeichnete der Charité-Direktor C.H. Esse verantwortlich, was Lilienblum sehr begrüßte. Bis man die ersten Patienten im neuen Krankenhaus behandeln konnte, würde es aber mit Sicherheit 1861 werden. Lilienblum fürchtete, daß auch das neue Haus bald wieder zu klein sein würde, denn wenn der deutsche Nationalstaat in den nächsten zehn bis fünfzehn Jahren käme und Berlin zur expandierenden Hauptstadt des Reiches würde, gäbe es sicher eine neue Zuzugswelle von Juden aus dem Osten. Und jüdische Geister würden dann in der Wissenschaft wie in der Literatur und den schönen Künsten den Ton angeben. Er freute sich auf diese Zeit.

Alles war im Aufbruch, alles wurde besser. Allein die Fortschritte, die die Medizin in den letzten Jahren zu verzeichnen gehabt hatte, waren aufsehenerregend: 1847 hatte Semmelweis das Leichengift als eine Ursache des Kindbettfiebers entdeckt und durch Chlorwaschungen der Ärzte zu bekämpfen versucht. In England hatte Simpson als erster bei einer Operation Chloroform als Narkosemittel eingesetzt. 1848 hatte Duchenne de Boulogne elektrische Ströme zu Heilzwecken eingesetzt. Sebastian Kneipp heilte in Wörishofen Kranke mit Wassergüssen. 1849 hatte Pollender den Milzbranderreger entdeckt und 1950 Helmholtz den Augenspiegel eingeführt. 1853 hatte Pravaz die Injektionsspritze erfunden, 1855 war Garcia auf den Kehlkopfspiegel gekommen, und Addison hatte die nach ihm benannte Krankheit beschrieben, bei der sich die Haut der Menschen bronzegelb verfärbte. 1856 hatte Brown-Séquard die Wichtigkeit der Nebenniere nachgewiesen, 1857 Pasteur mit seinen Arbeiten über die Milchsäure- und Alkoholgärung den Grundstein der Bakteriologie gelegt und 1858 Virchow die Zellular-Pathologie begründet.

Lilienblum glaubte, daß sich die Geschwindigkeit, mit der Krankheitsursachen gefunden und Medikamente entwickelt wurden, in den nächsten fünfzig Jahren potenzieren würde, und konnte es gar nicht erwarten, im neuen Krankenhaus rasant steigende Chancen zu haben, den Menschen zu helfen. Er ließ es sich nicht nehmen, mindestens einmal die Woche selber nachzuschauen, ob sie mit dem Bau auch wirklich vorankamen. Maurern mußte man auf die Finger sehen, gerade morgens, wenn es pünktlich anzufangen galt. Wenn ihm der Weg über die Artillerie- zur Auguststraße zu lang war, nahm er auch schon mal die Abkürzung über die Brache, auf der die Neue Synagoge entstehen sollte. So auch heute, zumal sich der Nebel inzwischen gelichtet hatte. Er hatte den Nachtdienst hinter sich und nahm gern einige Kletterei in Kauf.

Ein paar Meter hatte er sich vorangearbeitet, da stutzte er. Ein Mann kniete am Boden. Wie das am frühen Morgen? Einer der Maurer war es nicht, dazu war er zu gut gekleidet. Er schien etwas zu suchen. Jetzt hatte er ihn, Lilienblum, bemerkt und fuhr herum.

»Hier ist einer angeschossen worden!« schrie er. »Schnell, holen Sie einen Arzt!«

»Ich bin Arzt.« Lilienblum lief auf die kleine Lichtung und

kniete sich neben den Mann, der am Boden lag. Kopfschuß. Die Kugel war ihm in die linke Schläfe gedrungen. Der Boden ringsum war blutgetränkt.

»Das ist Friedrich Silberstein, der Architekt.«

»Exitus. Da ist nichts mehr zu machen.«

DER KOMMISSARIUS Ernst Theodor Schlötel wohnte mit seiner Frau und den acht selbst gezeugten Kindern im Stralauer Viertel, und zwar in der Blumenstraße unweit von Wallner's Theater, das auf Lustspiele und Possen spezialisiert war. »Ich selber brauche da nicht reinzugehen«, pflegte er zu sagen, »ich habe zu Hause selber genügend Klamauk.« Das stimmte, denn acht Kinder im Alter zwischen zwei und zwölf Jahren ließen sich nie ganz bändigen, da mochte er sich wie ein Feldwebel auf dem Kasernenhof gebärden und ihnen alle möglichen Strafen androhen.

»Wilhelm, läßt du das mal!« Der Sohn hatte gerade eine Ladung getrockneten Nasenschleim aus seiner Nase gefördert, ihn zwischen Daumen und Zeigefinger zu einer Kugel gezwirbelt und in Richtung seines Bruders geschossen.

»Pfui Deibel, du Sau!« schrie August. »Genau in meine Mehlsuppe.«

»Du ißt doch so gerne Klieter.«

»Zur Strafe eine Stunde Holzhacken im Hof.« Schlötel war solche Auseinandersetzungen durchaus gewohnt – aber sollte er den Taten seiner Sprößlinge etwa noch Beifall klatschen? Sicherlich erwarteten sie genau das, schließlich schlichen sie sich immer zu den Proben ins Theater und wollten im Leben nichts anderes werden als Schauspieler. »Bertha, bitte das Salz.«

»Gern, Theo.« Als seine Frau aufstehen wollte, riß sie den Stuhl um, denn Fritz hatte ihre Schürzenbänder hinten an der Lehne festgebunden. Bis sie sich befreit hatte, dauerte es einige Zeit.

»Dann du, Anna.«

»Ja, Vater.«

Als die Tochter ihm den kleinen Gefallen getan hatte und sich wieder setzen wollte, zog Georg ihr den Stuhl weg, so daß sie sich mit einem Plumps auf den Allerwertesten setzte und ein gewaltiges Geschrei anstimmte.

»Das ist gemein!« rief Schlötel.

»Gemein ist, wenn man seine Großmutter die Treppe runterschubst und dann fragt: ›Großmutter, warum rennst du denn so schnell?‹«

»Eine Woche Stubenarrest!«

Aber die drohenden Strafen hinderten die Bande nicht, sich weiter wie in einem deftigen Lustspiel aufzuführen. Schuld daran war aber auch ihre Mutter, denn Bertha Schlötel, geborene Bachnik, war die Tochter einer Garderobenfrau aus dem Wallner-Theater und hatte früher öfter als Statistin mitgewirkt. Liebend gern wäre sie auch Schauspielerin geworden, statt dessen hatte sie im Viktualiengeschäft ihres Vaters den Kunden Milch, Butter und Käse verkaufen müssen.

»Viktor, du hast Hundekot am Schuh!« rief Schlötel. »Nimm einen Stock und entferne ihn.«

»Kacke am Stock is ooch 'n schönet Bukett«, murmelte Bertha Schlötel.

»Mutter, zwei Stunden in den Keller!« rief Emmi.

»Gut, ich muß sowieso 'ne Ratte erschlagen, wir haben kein Fleisch mehr im Haus.«

»Bei mir Kölnisch Wasser!« rief Schlötel da. »Ich verdufte.« Sprüche wie diesen hatte er von Kublank, seinem wohlbeleibten Adlatus, übernommen.

Zum Polizeipräsidium am Molkenmarkt war es nur ein kurzer Fußweg. Dennoch wäre Schlötel gern geritten, weil es ungemein hob und er sich hoch zu Roß wie ein Gardeleutnant gefühlt hätte, doch weder sein Stand noch sein Geldbeutel ließen dies zu. So durchmaß er zwar mit durchaus militärisch anzusehenden Schritten die Blumenstraße, pfiff aber nicht etwa einen Marsch vor sich hin, sondern schaute ziemlich griesgrämig drein. Immer noch war es ein wenig neblig, und aus der nahen Spree zogen Kloakengerüche durch die Straße. Was er da einatmete, schien ihm die Lungen zu verätzen. Anhaltend hustete er. Jetzt, da er in die Alexanderstraße einbog, wurde es noch ärger. Bis zur Waisenbrücke mußte er dann am Fluß entlang, und er haßte die Spree, denn er war ein so schlechter Schwimmer, daß er bei einem Sturz in die eiskalten Fluten sicherlich ertrunken wäre. Hinter dem Waisenhaus kam er in die Stralauer Straße und war dann bald am Molkenmarkt angelangt. Kublank stand schon an der Pförtnerloge, um ihn abzufangen.

»Es gibt einen Mord an der Synagoge zu vermelden.«

»An welcher?«

»An der, die es noch gar nicht gibt.«

»Haben Sie schon morgens getrunken, Kublank?«

»Nein, Herr Kommissarius. Ich meine das Gelände an der Oranienburger Straße, wo sich die Juden ihre Neue Synagoge bauen wollen. Ich bin ja der Ansicht, daß ...«

Schlötel schnitt ihm das Wort ab. »Das Opfer?«

»Der Architekt Friedrich Silberstein.«

»Und der Täter?«

»Wie ...?« Kublank konnte seinem Vorgesetzten nicht folgen. Die Bemerkung, daß Mörder ja selten einen Zettel mit Namen und Adresse am Ort ihrer Untat hinterließen, konnte er sich gerade noch verkneifen.

»Ist noch keiner seiner habhaft geworden?«

»Wie denn?«

Schlötel tippte sich an die Stirn. »Na, daß er wegläuft und einer kommt, die Verfolgung aufnimmt und ihn dingfest macht.«

»Nein, das ist nicht geschehen. Es wird ihn keiner gesehen haben.«

»Was Sie nicht sagen, Kublank. Wer hat den Silberstein denn gefunden?«

»Ein anderer Architekt.«

»Aha. Neid und Eifersucht.« Schlötel wußte, daß dies eines der stärksten Motive war, einen anderen Menschen umzubringen. »Wer ist denn der Betreffende?«

Kublank mußte einen Augenblick nachdenken. »Ein gewisser Friedrich August Stüler.«

»Ah, der ...« Schlötel hatte seine Schlüsse schnell gezogen. Stüler zog ja überall seine Bauten hoch und war einer, der den

Schlund nicht voll kriegen konnte. Und die Neue Synagoge, riesig wie sie werden sollte, hätte er bestimmt gern in seine Trophäensammlung eingereiht. »Haben Sie eine Droschke bereitstellen lassen?«

»Es muß gespart werden. Wir sollen laufen. Bei Toten bestehe keine Fluchtgefahr.«

Schlötel akzeptierte es ohne Murren. Das »Räsoniere Er nicht!« des Alten Fritz war ihm heilig. Er war in seinem Leben, insbesondere bei der Infanterie, schon so viel marschiert, daß es nun auf das Stückchen bis zum Tatort auch nicht mehr ankam. Unterwegs, als sie von der Spandauer in die Neue Friedrichstraße einbogen, fiel ihm ein, daß er ja Silberstein ganz gut kannte.

»Der war doch vor Jahren mal bei mir, um nach seinem Freund zu fragen, diesem ... Wie hieß er noch mal? Dieser Blumenhändler?«

Kublank hatte ein phänomenales Gedächtnis. »Darf ich Sie korrigieren, Herr Kommissarius?«

»Nein.«

»Wie wollen Sie dann erfahren, was ich denke?«

»Das weiß ich auch nicht. Es geht aber einfach nicht an, daß ein Untergeordneter mehr weiß als der ihm Übergeordnete.«

»Natürlich wissen Sie mehr als ich, Sie sagen es nur nicht, um mich zu prüfen. Ich will mir aber alle Mühe geben, die Prüfung zu bestehen. Also ... Der Mann war kein Blumenhändler, sondern ein Geldverleiher. Meir Rosentreter sein Name. Er ist plötzlich verschwunden gewesen, und der Verlobte seiner Tochter war bei uns, damit wir ein Signalement herausgeben. Dies nun war in der Tat ein Silberstein, aber nicht der Tote von der Synagoge, sondern sein Sohn, ein Advokat. Aaron und nicht Friedrich Silberstein.«

»Danke, Kublank, Sie haben mit Bravour bestanden.«

»Ich sage ja immer: Bei mir Schiefertafel – auf mir können Sie rechnen.«

Damit waren sie in der Oranienburger Straße angekommen. Sämtliche Gendarmen der näheren Umgebung waren zusammengetrommelt worden, um das Gelände abzusperren. Berlin war langsam erwacht, und Zeit, um stehenzubleiben und zu gaffen, hatte man immer, vor allem die Laufburschen und die Eckensteher. So hatten Schlötel und Kublank einige Mühe, sich Zutritt zum Bauplatz zu verschaffen. Die Leute vom Leichenschauhaus standen schon bereit, Silberstein auf ihren Wagen zu laden und abzutransportieren. Der amtliche Leichenbeschauer war schon lange vor Ort und unterhielt sich gerade mit einem anderen Arzt, der Schlötel von einem der Gendarmen als Dr. Lilienblum vorgestellt wurde.

Die Diagnose der beiden Mediziner war eindeutig. »Die Kugel ist ihm in den Kopf rein und aus einem Auge wieder raus. Er muß sofort tot gewesen sein.«

Schlötel wandte sich ab. Er kannte solche Schreckensbilder aus den Erzählungen seines Vaters, der in der Völkerschlacht bei Leipzig gegen Napoleon angetreten war, hatte aber, da er erst 1818 auf die Welt gekommen war, selber keinen Krieg erlebt. Und 1848 bei den Barrikadenkämpfen in Berlin war er nicht aus seiner Schreibstube herausgekommen.

»Hat jemand den Schuß gehört?«

»Ja, der Nachtwächter hinten vom neuen Jüdischen Krankenhaus.«

Der Mann wurde zu Schlötel gebracht und aufgefordert zu schildern, was er wahrgenommen hatte.

»Also, ick hab jeschlafen …«

»Schöner Nachtwächter!« merkte Kublank an.

»Wo't schon hell wird, kommt ja keena mehr, wat klauen. Ick war also kurz mal einjenickt, da knallt et.«

»Wie oft?« fragte Schlötel.

»Wie oft?« wiederholte der Nachtwächter, während er sich den Bart zwirbelte. »Einmal … nee, zweemal …«

»Sind Sie sich da sicher?«

»Sicha nich, aba …«

»Und warum sind Sie nicht raus aus Ihrer Bude, nachsehen, was da los ist?« fragte Kublank.

»Bin ick doch. Aba da war keena mehr zu sehen. Höchstens, det da eena zur Oranienburger raus is. Dat war mehr so'n Schatten, aber et kann schon eena jewesen sin.«

Schlötel wandte sich an Dr. Lilienblum. »Haben Sie, als Sie gekommen sind, jemanden flüchten sehen?«

»Nein, keinen Mann, der schneller als die anderen gelaufen wäre.« Dann schilderte er, wie er das Grundstück betreten hatte und von Friedrich August Stüler zum Opfer gerufen worden war.

Stüler hörte seinen Namen und kam herbei. »Ich habe auch niemanden weglaufen sehen.«

Schlötel sah den Architekten an. »Und Sie kommen ganz zufällig hierher, und ganz zufällig finden Sie Ihren Kollegen Friedrich Silberstein tot mit einem Loch im Kopf?«

»Ja. Obwohl ich nicht zufällig hier war, sondern um mir den Platz anzusehen, auf dem die Neue Synagoge errichtet werden soll. Und aus ebendiesem Grunde wird auch der arme Silberstein hiergewesen sein.«

»Verabredet waren sie aber nicht?« fragte Kublank.

Stüler verneinte die Frage und verfärbte sich plötzlich. »Sie denken doch nicht etwa, ich hätte ...«

Kublank hielt sich bedeckt. »Bei mir Lohengrin: Nie sollst du mich befragen.«

ISAAK HIRSCH irrte kopflos durch die Straßen. Jeder andere wäre er gern gewesen, nur nicht er selber. Wie andere Menschen aus ihrem Vaterland flüchteten, so wäre er am liebsten aus seinem Körper geflüchtet. Glücklich pries er den Kutscher, der eben den Torwagen durch den Thiergarten nach Charlottenburg lenkte, glücklich pries er die Händlerin, die da auf dem Markt ihre Eier verhökerte, denn beide hatten nicht mit ansehen müssen, wie die unselige Pistolenkugel den Kopf seines Freundes zerschmettert hatte.

Dies war das eine Bild, das er ständig vor Augen hatte. Doch die anderen waren kaum weniger intensiv. Wie sie alle drei – Rana, Frühbeis und er – in animalischer Panik die Wallstatt verlassen hatten, gleich Tieren nach den Schüssen des Jägers, ohne einen Gedanken daran, ob ihr Handeln feige war und eines Menschen unwürdig. Wie er die Pistole seines Freundes vom Boden aufgehoben und Rana die seine aus der Hand gerissen hatte, wie er beide Waffen im Koffer verstaut und den dann später nahe der Monbijoubrücke in die Spree geworfen hatte. Der Koffer war nach einer Weile aufgegangen, die beiden Pistolen waren herausgefallen und im Wasser versunken.

Wie hatte das nur geschehen können? Mal um Mal wiederholte er diese Frage, dachte sie, flüsterte sie, schrie sie in die Welt hinaus. Er hatte doch die Läufe beider Pistolen so verbogen, daß man auf dreißig Schritte Distanz unbedingt daneben schießen mußte. Und bei Friedrich Silberstein war es ja exakt so gekommen, wie er und Frühbeis es geplant hatten. Keine Sekunde war Rana in Gefahr gewesen. Doch Rana hatte getroffen, obwohl er nach menschlichem Ermessen nie hätte treffen dürfen. Und er hatte ja auch sofort geschrien: »Mein Gott, ich hab' doch ganz weit daneben gezielt!« Wohl deswegen war der Freund gestorben. Es war ein fürchterlicher Gott, der so etwas geschehen ließ!

Er wußte, daß er jetzt zu Sarah Silberstein gehen mußte, um ihr die Wahrheit zu sagen. Doch er hatte nicht die Kraft dazu. Lieber warf er sich vor die Eisenbahn. Auch den Heimweg anzutreten wagte er nicht. Klara würde in Ohnmacht fallen, wenn sie vom Tod des Freundes erfuhr.

Bis hinunter zum Anhalter Bahnhof war Isaak Hirsch gelaufen, ehe ihn die Kräfte verließen. Am westlichen Ende des Askanischen Platzes sank er auf eine Bank. Noch war es längst nicht Frühling, doch die Kälte schreckte ihn nicht. Sie tat ihm gut, war ihm doch inzwischen so heiß geworden, daß er glaubte, vierzig Grad Fieber zu haben.

Er wünschte sich nur eines: daß sein Gott die Zeit um einen Tag zurückdrehte. Gestern morgen hatte der Freund noch fröhlich seinen Kaffee getrunken, durch und durch das blühende Leben. Nun aber lag er mit zerschossenem Kopf in der Pathologie ...

Isaak Hirsch wußte: Er hätte sofort nach der Polizei rufen und alles erklären müssen. Er hatte versagt, er hatte sein Gesicht verloren. Er sprang wieder auf. Gerade verließ ein Personenzug den Bahnhof. Die Auspuffschläge der Lokomotive ließen den Boden leicht erzittern. Der Wind wehte den Rauch herüber. Fernweh stieg in ihm auf. In Leipzig lag die Rettung, in Dresden, in München. Nur weg von hier!

SARAH SILBERSTEIN stand im ersten Stock am Fenster und sah auf den Hackeschen Markt hinunter. Die Händler hatten ihre Stände aufgebaut, und langsam begann das muntere Treiben. Sie wußte, daß Sophie in der Küche saß und darauf wartete, daß sie den Speiseplan machten und einkaufen gingen, doch sie hatte keinen Sinn für eine solche Bagatelle. Friedrich hätte längst zurück sein müssen. Sie waren ja nicht wie Hinckeldey und Rochow in die Jungfernheide gefahren, um ihr Duell auszutragen, und bis zur Oranienburger Straße war es nur ein Katzensprung. Ein entsetzlicher Gedanke, daß ihr Mann ... Unmöglich! Friedrich war ein ausgezeichneter Schütze, und er hatte als Beleidigter den ersten Schuß. Und dennoch begann sie, sich Vorwürfe zu machen. Sie hätte ihren Mann vom Duell abbringen müssen, anstatt ihn auch noch zu ermutigen. Aber ... was war denn das für ein Leben, wenn er seine Ehre verloren hatte, wenn jemand ungestraft behaupten durfte, alles, was er baute, würde beim erstbesten Sturm in sich zusammenstürzen wie ein Kartenhaus?

Sophie klopfte an und fragte, ob sie lieber allein auf den Markt gehen solle, wenn der gnädigen Frau unwohl sei.

»Nein, warte. In einer Viertelstunde komme ich mit, ich muß bis dahin nur noch etwas sehr Wichtiges bedenken.«

Sie konnte ein Stückchen in die Oranienburger Straße hineinblicken. Noch immer keine Spur von Friedrich. Aber auch keine von Isaak Hirsch. Wenn es ihren Mann wirklich erwischt hätte, wäre der Freund und Sekundant doch auf dem schnellsten Weg herbeigeeilt, ihr Bescheid zu geben. »Männer«, murmelte sie, »unfähig, sich in die Gefühle einer Frau hineinzuversetzen.«

Sie ließ sich in einen Korbstuhl fallen, nahm einen Gedichtband vom Tisch und versuchte sich abzulenken. Sie schlug ihn auf und begann da zu lesen, wo sie zufällig hingeraten war. Goethe, *Trost in Tränen*. Kein gutes Omen, fand sie, überflog aber dennoch die Strophen. »Wie kommt's, daß du so traurig bist, / Da alles froh erscheint?/Man sieht dir's an den Augen an;/Gewiß! du hast geweint.« Nein, sie hatte noch nicht geweint, aber sie ahnte, daß sie es bald und lange tun würde. »Die frohen Freunde laden dich:/O komm an unsre Brust!/Und was du auch verloren hast,/Vertraure den Verlust.« Vertrauern ... Was für ein Wort? Sie hatte es vordem noch nie vernommen. Es mußte eine Eigenschöpfung Goethes sein. Was meinte es: daß man über den Verlust eines geliebten Menschen mit lang anhaltender Trauer hinwegkommen sollte? War das ein Fingerzeig, wie sie es einrichten sollte, mit Friedrichs Tod fertig zu werden? Nein, das durfte nicht sein! Sie sprang auf und lief zum Fenster zurück. Hinweg mit den düsteren Gedanken! Alles sprach dafür, daß ihr Mann und Isaak Hirsch schnell noch in ein Weinlokal gegangen waren, um den Sieg zu feiern. Dann hatten sie einen Schoppen nach dem anderen getrunken und sie vergessen. Männer!

Diese Erklärung war so plausibel für sie, daß sie Sophie zu sich rief und ihr erklärte, sie könnten nun einkaufen gehen. Doch kaum waren sie aus dem Haus getreten, da kam ihr von der Spandauer Brücke her Schlötel entgegen. Erst wollte sie ihn übersehen, doch er winkte so heftig, daß das schlecht möglich war. Sie brachte ihn nicht sogleich mit ihrem Mann in Verbindung, sondern glaubte, es sei wieder eine Intrige im Gange: daß vielleicht einer, der in ihrem Salon verkehrte, von einem Neider wegen irgendeiner despektierlichen Bemerkung dem König gegenüber denunziert worden war. Vielleicht suchten sie auch nach diesem Blumenow und meinten, er würde sich bei ihnen versteckt halten. Doch als Schlötel dann vor ihr stand, wußte sie, daß es etwas anderes war, das ihn hergetrieben hatte, denn wegen eines festzunehmenden Oppositionellen hätte er nicht eine solche Trauermiene aufsetzen müssen.

»Ist etwas mit meinem Mann?« stammelte sie. »Ist Friedrich ...?«

Schlötel stutzte. »Woher wissen Sie?«

Sie wußte, daß sie das Duell unbedingt verschweigen mußte, und suchte krampfhaft nach einer plausiblen Begründung für ihre an den Tag gelegte Sorge. »Er wollte sich den Bauplatz der

Synagoge ansehen ... Und da gibt es doch viele, die ... Jeder will bauen ...«

»Haben Sie da einen Verdacht?«

»Wieso Verdacht. Was ist denn passiert?« Sie fragte es, obwohl sie die Antwort schon kannte.

»Ihr Mann ist ermordet worden.«

Sarah Silberstein brauchte Sekunden, bis sie diese Worte übersetzt hatte: Friedrich ist von Rana beim Duell getötet worden. Als ihr klar wurde, was das bedeutete, schwanden ihr die Sinne. Sie wollte sich noch an Sophies Arm anklammern, doch zu spät. Der Länge nach stürzte sie auf das Pflaster des Hackeschen Marktes.

AARON SILBERSTEIN saß im Frühstücksraum des Hotels »Sächsischer Hof« in Leipzig und plauderte vergnügt mit seinem Begleiter. Menschliche Hirne und Herzen waren keine Seismographen, und so ahnte er nicht im geringsten, was sich zu dieser Stunde im gar nicht so fernen Berlin an Schrecklichem ereignet hatte. Gestern morgen waren sie nach Leipzig gekommen, wo einer ihrer Mandanten vor Gericht zu erscheinen hatte. Bis in den späten Nachmittag hinein hatte der Prozeß gedauert, und anschließend waren sie noch mit dem Anwalt der Gegenseite in einen Gasthof eingekehrt, um einen Kompromiß zu finden, mit dem beide Seiten leben konnten. Dabei war es so hoch hergegangen, daß es halb sechs geworden war und sie den letzten Zug nach Berlin um ein paar Minuten verpaßt hatten. Was war ihnen da übriggeblieben, als sich ein Hotel zu suchen und die Nacht in der Fremde zu verbringen? Nur drei Züge gingen täglich nach Berlin, und um den ersten am Morgen zu nehmen, der von Wien nach Krakau fuhr, hätten sie schon um drei Uhr auf dem Bahnsteig stehen müssen. »Da lohnt sich doch das teure Hotelbett gar nicht«, hatte Aaron Silberstein gesagt. »Wenn sich das amortisieren soll, können wir höchstens den nehmen, der kurz nach zehn abgeht.« Die Ankunft in Berlin war mit zwei Uhr nachmittags angegeben.

So verfuhren sie dann auch und hatten sogar das Glück, in

ihrem Coupé allein zu sein. Aaron Silberstein schätzte die intime Nähe zu wildfremden Menschen nur wenig, und bis jetzt war es ihm auch auf keiner seiner Bahnfahrten vergönnt gewesen, eine nützliche Bekanntschaft zu machen, von einem amourösen Abenteuer ganz zu schweigen. Am liebsten saß er am Fenster, gab sich unnahbar, schaute sich die Landschaft an und genoß das an Kontemplation, was unter diesen Umständen möglich war. Schlief er nicht ein, las er juristische Abhandlungen. Was er am wenigstens mochte, war die Konversation, die nur geführt wurde, damit die Zeit schneller verging.

Menuchim Halbleib wußte um diese Vorlieben und Empfindlichkeiten, konnte aber, nachdem er über eine Stunde lang geschwiegen hatte, nicht mehr an sich halten. »Immerhin sind wir schon in Bitterfeld«, sagte er und reckte sich.

»Was Sie nicht sagen«, brummte Aaron Silberstein. Als sie aber kurz vor Jüterbog waren, fing er gegen jede Gewohnheit an, geradezu redselig zu werden, war ihm doch eingefallen, daß hier in der Gegend südlich des Niederen Fläming jenes Wiepersdorf zu suchen war, das als Landsitz von Achim und Bettina von Arnim allen Preußen der höheren Stände wohlbekannt war. Der besondere Anlaß, an sie zu denken, war aber ein durchaus trauriger: Am 20. Januar 1859, also vor anderthalb Monaten erst, war Bettina von Arnim, geborene Brentano, in Berlin verstorben.

»Ihr Mann ist ja nun auch schon 28 Jahre tot«, merkte Aaron Silberstein an, nachdem er kurz gerechnet hatte. »Ja, er und sein Freund Clemens Brentano ... *Des Knaben Wunderhorn* ... Der Zersplitterung der deutschen Stämme ein Ende zu bereiten, war ihr Ziel.«

»Nach dem Krieg gegen Österreich ist es erreicht«, fügte Halbleib hinzu. »Aber ohne Österreich, ohne Habsburg. Was das für Folgen haben mag?«

»Das werden wir ja sehen.« Aaron Silberstein war mehr am Schicksal der Arnims interessiert als an der großen Politik. »Als sie nach Wiepersdorf gezogen sind, soll er ja keine große Begeisterung an den Tag gelegt haben. Die Mühe, alles aufzubauen – und das bei sehr geringen finanziellen Ressourcen. Aber ich erinnere mich, daß er mal an Wilhelm Grimm geschrieben hat: ›Was thut man nicht alles für seine Kinder, und denen solls fruchten.‹ Hab' ich mal im Salon meiner Mutter aufgeschnappt. Über Bettinas Liebe zu Wiepersdorf und ihr bescheidenes Landleben hört man ja Unterschiedliches. Den Gebrüdern Grimm zufolge soll sie es gehaßt haben. Ich erinnere mich noch genau an einen ihrer Briefe, weil meine Mutter daraus zitiert hat: ›Das Schreiben vergeht einem hier, wo den ganzen Tag, das ganze Jahr, das ganze liebe Leben lang nichts vorfällt, weswegen man ein Bein oder einen Arm aufheben möchte.‹ Gespottet hat man über sie, daß sie in Wiepersdorf mit eigener Hand einen Abtrittsdeckel gezimmert habe.«

»Ihr Freund Blumenow vergöttert sie«, erinnerte sich Halbleib.

»Ja, aber deshalb, weil sie den König offen angegriffen hat. Er solle sein Land endlich reformieren. Statt des Doms im Lustgarten müßten Häuser für die armen Weber in Schlesien gebaut werden. Für die Revolutionäre von '48, die man in den Kerker geworfen hat, ist sie eingetreten. ›Revolutionen sind keine Verbrechen‹, hat sie geschrieben, ›sondern die Folge von Verbrechen …‹ Darum verehrt Wilhelm Blumenow sie. Und er würde uns auch heftig widersprechen, wenn wir meinen, sie habe in Wiepersdorf unsäglich gelitten. Es gibt auch andere Töne. An ihre Freundin Gundula hat sie geschrieben: ›Hier spring ich morgens aus dem Bett, wenn der Morgen graut, bleib am Schreibtisch sitzen bis Abends 7 Uhr oder auch bis 4 Uhr … Diese treffliche Einsamkeit macht mich glücklich.‹«

Halbleib sah ihn prüfend an. »Sie schwärmen derart vom Leben auf dem Lande, daß man fast meinen möchte, Sie würden mit Ihrer Katharina auch gern außerhalb Berlins leben.«

Aaron Silberstein winkte ab. »Nein – erst recht nicht, wenn die Katharina Charlotte heißen sollte.«

»Daß Sie sich noch immer nicht entscheiden können …«

»Das Herz hat schon lange entschieden, aber darf ich Katharina denn im Stich lassen, bin ich nicht gezwungen, die zu nehmen, die aus meinem eigenen Volke kommt?«

Halbleib sah lange aus dem Fenster und suchte nach dem nächsten Kirchturm, wie er regelmäßig hinter den Hügeln und über den Wipfeln auftauchte. »Es ist Christenland hier, und wir haben unser eigenes Land verloren ... Aber wo wir unsere Synagogen bauen dürfen, da ...« Er wußte nicht, wie er das ausdrücken sollte, was er fühlte. »Ach, es ist alles so verworren!«

Aaron Silberstein lachte. »Ja, einerseits und andererseits – oder: sowohl als auch.«

»Soll doch Charlotte konvertieren. Warum denn Sie?«

»Jude ist nur, wer eine jüdische Mutter hat. Aber wem sag' ich das.« Aaron Silberstein wußte, daß es keine Formel gab, mit der sich alles lösen ließ. Er seufzte. »Warum nur gibt es auf dem Erdball so viele Völker und so viele Götter, warum nicht nur ein Volk und eine Gottheit?«

»Entschuldigung, aber wir sind das auserwählte Volk.«

Aaron Silberstein beendete ihren Diskurs mit einer schönen Anekdote: »Zwei Talmudstudenten diskutieren, ob es Gott gibt oder nicht gibt. Nach einer langen Diskussion kommen sie zu der Entscheidung, daß es keinen Gott gibt. Der eine von ihnen ist vom Reden heiser geworden, er nimmt ein Glas Wasser und spricht den Segen. Da sagt der zweite: ›Was ist? Wozu der Segen? Es gibt ja keinen Gott!‹ – ›Ob es Gott gibt oder nicht – wie soll ein Jude Wasser ohne einen Segen trinken?‹«

Schweigend verbrachten sie die nächsten Minuten. Aaron Silberstein dachte an seinen Vater. Bekam der wirklich den Auftrag, den Bau der Neuen Synagoge zu übernehmen, dann hatte er es als sein Sohn noch schwerer, dem Judentum ade zu sagen. Der üblen Nachrede waren dann Tür und Tor geöffnet. Aber mußte ihn das kümmern? Lebte nicht der wie im Gefängnis, der immer darauf aus war, von allen geliebt und geachtet zu werden? Wahrhaft frei war nur einer, der es zuließ, ja, für ganz natürlich hielt, daß andere ihn beschimpften. Viel Feind, viel Ehr'.

»Die Schrankenwärter sehen mürrischer aus, wir müssen gleich in Berlin sein«, sagte Halbleib.

Aaron Silberstein erinnerte sich an einen Spruch seines Großvaters: »Es gibt keinen schlechten Branntwein für einen Trinker, keine schlechte Münze für den Händler und kein häßliches Weib für den Schürzenjäger.«

»Und was hat das mit Berlin zu tun?«

»Es gibt keine schlechte Stadt für einen, der das Landleben à la Wiepersdorf nicht mag.«

Halbleib tat verzweifelt. »Aus Ihnen werde ich nicht klug.«

»Nehmen Sie es leicht – ich weiß es selber ja auch nicht.«

Damit überquerten sie das Schöneberger Ufer und den Landwehrkanal, und der Zug, der seine Geschwindigkeit ganz allmählich immer weiter gemindert hatte, rollte unter weiterem Bremsen in den Anhalter Bahnhof ein. Sie stiegen aus und begaben sich ohne jede Hast zum Ausgang. Daß sie jemand abholte, war nicht vorgesehen, und so viel Geld verdiente Aaron Silberstein trotz der nicht eben rosigen Zeiten, daß sie sich eine Droschke nehmen konnten. Sie strebten gerade dem Halteplatz entgegen, als ihnen ein lautes »Hallo, so wartet doch mal!« hinterhergerufen wurde. Als Aaron Silberstein sich umdrehte, erkannte er seinen Onkel Jason.

»Du hier? So ein Zufall!« Doch kaum hatte er dies ausgerufen, da stutzte er, denn der Bruder seines Vaters zeigte nicht das ebenso herzliche wie spöttische Lachen, für das er allseits bekannt war, sondern blieb unbewegt und schaute aus, als ginge er zu einer Trauerfeier. Sofort begriff Aaron Silberstein, daß in seiner Abwesenheit etwas Schreckliches passiert sein mußte. Er erstarrte. Die Sekunden, bis sein Onkel vor ihm stand, dehnten sich zu Ewigkeiten.

»Deine Mutter ist im Krankenhaus«, sagte Jason Silberstein.

»Ist ihr etwas zugestoßen?«

»Ja ... etwas mit ihrer Seele. Sie ist nicht mehr ganz bei sich ...«

»Wieso denn das?«

Jason Silberstein nahm seinen Neffen in den Arm, so wie er es oft getan hatte, wenn der als Kind hingefallen war oder ein liebgewordenes Spielzeug eingebüßt hatte. »Jetzt hast du nur noch mich ...«

Aaron verstand das nicht sogleich. »Und Vater?«

»Das ist es ja.«

»Was ist mit Vater?«

»Er ist erschossen worden.«

»Vom wem?« Ganz mechanisch kam die Frage, noch bevor Aaron begriffen hatte, was die Mitteilung des Onkels wirklich bedeutete. »Wer hat ihn ...«

»Das weiß man nicht.« Jason winkte eine Droschke herbei. »Fahren wir erst zu dir in die Kanzlei oder gleich zu euch zum Hackeschen Markt? Willst du deinen Vater noch einmal sehen?«

Das waren zuviel Fragen auf einmal. »Ich weiß nicht, wo mir der Kopf steht ...« Mehr als diese Floskel vermochte Aaron Silberstein nicht hervorzubringen. »Zu Mutter ins Krankenhaus will ich auch. Welcher Kommissarius ist denn ...?«

»Der Schlötel.«

»Der hat ja auch im Falle Meir Rosentreter kläglich versagt.«

»Mein herzliches Beileid«, murmelte Halbleib. »Den Vater so früh zu verlieren.«

»Sehr früh, ja.« Jason Silberstein blieb auch in Situationen wie dieser letztendlich der Spötter, als den man ihn kannte. »Das Kind wird im Mai auch erst 33 Jahre alt.«

Aaron Silberstein weigerte sich, die Fakten anzuerkennen. Unmöglich, daß sein Vater tot war! Insofern war er wirklich noch das Kind, das seine Eltern für unsterblich hielt. Und seine Mutter im Krankenhaus? Interpretierte er die Worte seines Onkels richtig, dann mußte es, nachdem sie die Nachricht vom Tod ihres Mannes erhalten hatte, einen Riß in ihrer Seele gegeben haben, drastisch formuliert: Sie hatte den Verstand verloren. Mit einem Schlag hatte sich sein Leben verändert, und er mußte unwillkürlich an Hiob denken. Der Vergleich erschreckte ihn, weil ja dann noch andere Schicksalsschläge folgen würden. Aber es tröstete ihn auch, denn wenn Gott jemanden auf die Probe stellte, dann hatte er später Großes mit ihm vor. War das schon eine Warnung seines Gottes: Siehe, wer von mir abfällt, der wird Schreckliches erfahren? Aber um das wirklich zu glauben, war sein Denken viel zu sehr der Aufklärung verbunden.

Sein Onkel nahm ihm die Entscheidung ab. »Gut, fahren wir erst in eure Kanzlei, damit ihr die Prozeßakten und dergleichen ablegen könnt, und dann ins Krankenhaus.«

Träumte er, wachte er? Während der Fahrt suchte sich Aaron Silberstein zu vergewissern, daß er wieder in Berlin war und seine Sinne durchaus noch funktionierten. Die Straßen und Häuser erkannte er wieder: Von der Anhaltischen ging es links in die Wilhelm-, dann in die Kochstraße. Die Jerusalemer Kirche versperrte ihnen sozusagen den Weg, und sie mußten links in die Jerusalemer Straße abbiegen. Jeder hing seinen Gedanken nach.

»Ihr Vater und Bruder war ein so guter Mensch«, sagte Halbleib dann, als sie schon in die Leipziger Straße abgebogen waren und den Spittelmarkt vor sich hatten. »Aber wenn das mal nicht der Rosentreter war …«

Jason Silberstein blickte ihn böse an. »Sie reden wirr, mein Lieber.«

»Wissen Sie denn nicht, daß Meir Rosentreter Ihren Bruder richtiggehend gehaßt hat? Wie gern hätte er die schöne Sarah als Braut nach Hause geführt, aber Ihr Bruder war der Glücklichere.«

»Meir Rosentreter ist verschwunden.«

»Meir Rosentreter kann jederzeit wiedergekommen sein – oder haben Sie seine Leiche gesehen?«

»Das ist doch absurd!« rief Aaron Silberstein. »Halbleib, hören Sie auf, Ihrer Phantasie freien Lauf zu lassen.«

Doch Halbleib war viel zu erregt, um auf diese Mahnung zu achten. »Und nun verschmähen Sie seine Tochter. Die nächste Kränkung.«

»Schluß jetzt, kein Wort mehr darüber!«

Über die Wall- und die Alte Grünstraße erreichten sie ihre Anwaltskanzlei. Zu ihrer Überraschung stand Ernst Theodor Schlötel vor der Tür und wartete auf sie. Der Kommissarius drückte Aaron die Hand, sah ihm mit ernstem Blick in die Augen und sprach ihm sein Beileid aus.

»Können wir hineingehen, damit ich Ihnen von dem berichten kann, was geschehen ist und was wir schon eruiert haben?«

»Ja, natürlich.« Aaron Silberstein hörte aufmerksam zu und suchte sich dadurch zu entlasten, daß er sich, sprach Schlötel vom Toten an der Neuen Synagoge, einen Mann vorstellte, den er nie im Leben gekannt hatte. Fiel der Name Silberstein, dann reagierte er so, als ginge der ihn überhaupt nichts an, als würde er selber Bleichröder oder Mendelssohn heißen. Friedrich Silberstein – war das nicht einer seiner Klienten?

»Und Sie haben keinen Verdacht?« Schlötel sah ihn, als er seinen Vortrag beendet hatte, erwartungsvoll an. »Ich meine, wer Ihrem Vater nach dem Leben getrachtet haben könnte?«

»Nein.« Aaron Silberstein war es im Augenblick auch völlig egal, wer der Mörder war. Das Wissen darum hätte seinen Vater auch nicht wieder lebendig gemacht. Mein ist die Rache, sprach der Herr. Das war also dessen Sache. Seine Mutter zu sehen und ihr Trost zuzusprechen erschien ihm viel wichtiger. Außerdem traute er Schlötel sowieso nichts zu.

Jason Silberstein war es, der dem Kommissarius einen Hinweis gab. »Daß mein Bruder ausgerechnet auf dem Bauplatz der Neuen Synagoge erschossen worden ist, dürfte kein Zufall gewesen sein. Wie kommt er um diese Zeit dorthin? Doch nur, um sich umzusehen, falls er den Auftrag bekommen sollte, das fortzusetzen, was Eduard Knoblauch begonnen hat. Und was liegt da nahe?«

Schlötel mußte sich wie ein Examenskandidat vorkommen, war aber zu perplex über die Art und Weise, wie da mit ihm umgesprungen wurde, um dagegen zu protestieren. »Sie meinen wirklich ...«

»Ja, ein anderer, der auch an diesem Auftrag interessiert ist. Es soll ja durchaus Krähen geben, die anderen die Augen aushakken. Ohne daß ich jemanden denunzieren will ...«

Der Kommissarius murmelte unhörbar den Namen Stüler.

»Gut, dann will ich mal ...« Schlötel nickte allen dreien zu und entfernte sich Richtung Petrikirche.

Halbleib blieb in der Kanzlei, während sich Onkel und Neffe auf den Weg zum sogenannten Juden-Lazarett machten. Fremd kamen Aaron Silberstein alle Straßen vor, als weilte er zum ersten Mal in dieser Stadt. Schloßfreiheit, Lustgarten, Kupfergraben, Artilleriestraße. Hinter dem Neuen Posthof bogen sie in die Oranienburger Straße ein.

»Daß es Sarah so umwerfen würde, hätte ich nicht gedacht«, sagte Jason Silberstein. »Sie erschien mir immer so beherrscht.«

»Ohne Vater und seine Einkünfte wird sich ihr Leben entscheidend verändern. Ihren Salon wird es nicht mehr geben.« Aaron Silberstein mußte unwillkürlich an Wiepersdorf denken. »Vielleicht zieht sie sich völlig aus Berlin zurück und geht aufs Land.« Sie waren nun der Stelle, an der sein Vater gestorben war, so nahe, daß er die Frage stellen mußte, die ihn am meisten bedrückte. »Wenn es einen Gott gibt, warum hat er Friedrich nicht die Synagoge bauen lassen?«

Jason Silberstein lachte bitter. »Für diesen Gott ist allein wichtig, *daß* die Synagoge gebaut wird, nicht aber, *wer* sie baut.«

Aaron Silberstein nickte. »Sie wird noch stehen, wenn wir beide Vater längst nachgefolgt sind. Es ist wohl das höhere Prinzip.«

»Der ganze Kosmos ist ein einziger Irrtum. Warum werden wir überhaupt geboren, wenn wir doch sterben müssen?«

»Wozu hast du deinen Glauben? Daß die Seele ewig ist.« Wenn es einen Trost gab, dann diesen.

»Solange wir uns an Friedrich erinnern, lebt er weiter – aber dann?«

Sie standen vor dem Juden-Lazarett, traten ein, fragten die erste Pflegerin, die ihnen begegnete, nach Sarah Silberstein und wurden in einen Warteraum geführt. »Dr. Lilienblum wird Ihnen gleich Auskunft erteilen.«

Der Arzt kam und versuchte, nicht zu niedergedrückt zu wirken. »Wir haben ihr Medikamente gegeben, daß sie erst einmal schläft. Körperlich ist Ihre Mutter und Schwägerin gesund, aber die Seele ... Die Nachricht vom Tod ihres Mannes hat sie in eine Art Winterschlaf fallen lassen. Sie verspürt Eiseskälte um sich herum, der Organismus will sich retten, will überleben. Es ist Nacht um sie herum, aber es wird auch wieder hell werden. In eine der Heilanstalten für Gemütskranke will ich sie noch nicht geben.«

Aaron Silberstein nickte. »Dürfen wir sie sehen?«

»Ja, natürlich.« Der Arzt ging voraus und führte sie durch ein Labyrinth von Fluren und Treppen. Dann öffnete er die Tür zu einem der vielen Säle. »Bitte sehr, da hinten am Fenster …«

Wie eine Tote lag sie da, und Aaron Silberstein konnte nicht verhindern, daß ihm die Tränen in die Augen schossen.

Kapitel 9

KATHARINA ROSENTRETER hatte bei einem Besuch im Juden-Lazarett ganz zufällig vom Mord an Friedrich Silberstein erfahren und Stunden gebraucht, um sich wieder zu beruhigen.

»Schließlich habe ich ihn lange Zeit als meinen künftigen Schwiegervater gesehen«, sagte sie zu der alten Selma, als die das Essen auftrug. »Laß, ich bringe sowieso keinen Bissen hinunter.«

»Du wirst mir noch krank werden.« Selma machte sich Sorgen um ihren Zögling. Seit Katharinas Geburt war sie bei den Rosentreters angestellt. Schon seit langem ersetzte sie dem Kind die Mutter und seit dem mysteriösen Verschwinden des Banquiers den Vater auch noch. »Essen und Trinken hält Leib und Seele zusammen. Ein bißchen Fisch wirst du doch runterkriegen.«

»Ach ...« Katharina Rosentreter stieß einen tiefen Seufzer aus. »Erst die Sache mit meinem Vater, und jetzt haben sie Friedrich Silberstein erschossen. Ich habe Angst, daß das wieder gegen alle Juden geht.«

»Kind, wir sind hier in Preußen und nicht in Russisch-Polen. Bei uns gibt es keine Pogrome.«

Katharina Rosentreter ließ ein bitteres Lachen erklingen. »Und was war 1510, als man in Brandenburg, in dem kleinen Dorf Knoblauch, entdeckt hatte, daß aus der Kirche etwas gestohlen worden war: die vergoldete Monstranz und ein paar geweihte Hostien? Der Täter war ein kleiner Ganove aus Bernau, aber in Berlin hat man über dreißig Juden bei lebendigem Leibe verbrannt. Und was war 1573, als sie hier in Berlin den Lippold, den Münzjuden, erst übel gefoltert und dann hingerichtet haben? Alle kurbrandenburgischen Juden wurden aus dem Land gejagt und ihr Vermögen konfisziert. Ja, es ist wirklich gemütlich hier.«

Selma blieb gelassen. »Hundert Jahre später hat Kurfürst Friedrich Wilhelm uns Juden wieder ins Land geholt.«

»Klar, damit sie einen Sündenbock haben, wenn immer etwas schiefgeht. Etwa wenn die Pest ausbricht. Wir sind an allem schuld: Wir haben Hostien geschändet, Christenkinder ermordet und Brunnen vergiftet.«

»Gott wird sich etwas dabei gedacht haben, daß wir in alle Winde zerstreut sind und so zu leiden haben.«

»Wenn wir doch nur unser eigenes Land hätten ...« Katharina Rosentreter träumte hin und wieder davon. »Jerusalem ...«

»New York reicht auch schon. Ein Cousin von mir, Jacob, ist vor zehn Jahren nach Amerika gegangen. Eine Bruderschaft haben sie schon gegründet, die *Bne brit*.«

»Jacob, das ist der, der mal nach meinem Vater Ausschau halten sollte?« fragte Katharina Rosentreter.

»So unendlich groß, wie das Land ist, kann das sehr lange dauern. Aber ich fühle, daß er noch lebt und drüben in den Staaten ist. Ich frage mich nur, warum dir dieser Schlötel weismachen will, daß er irgendwo in den Wäldern ringsum verscharrt sein soll. Wer weiß, was für ein Geheimnis dahintersteckt ...«

»Ach, Selma.«

»Warum haben sie denn dem Toten im Cöpenicker Wald, den du mit Halbleib gesehen hast, den Rock deines Vaters angezogen?«

Katharina Rosentreter verdrehte die Augen. »Du liest zu viele Kolportageromane.«

»Trug er den – oder trug er den nicht?«

»Ja, er hatte ihn an – aber nicht, weil Schlötel ihm den angezogen hätte. Er hatte ihn nachweislich bei dem Schneider gestohlen, wo ihn Vater hingegeben hatte, um ihn ändern zu lassen. Am Tage seines Verschwindens hat er einen anderen getragen. Da hatte ich mich anfangs geirrt.«

Selma ließ sich dadurch nicht beirren. »Aber du glaubst doch selber, daß dein Vater noch am Leben ist und aus irgendeinem Grund, den wir nicht kennen, Preußen Hals über Kopf verlassen mußte.«

»Ich kann nicht ausschließen, daß er in dubiose Geldgeschäfte verwickelt war, vielleicht mit hochgestellten Persönlichkeiten. In seinen Papieren gibt es entsprechende Andeutungen.« Katharina Rosentreter aß nun doch ein wenig. Zwar hatte sie noch immer keinen Appetit, aber ihr Verstand sagte ihr, daß sie etwas zu sich nehmen mußte, um nicht zu kollabieren. Was sie quälte, war die Tatsache, daß sie allem so hilflos ausgeliefert war, daß sie ihr Leben nicht selber in der Hand hatte. Sie war ein Anhängsel ihres Vaters, ein Anhängsel ihres Bräutigams, ein Anhängsel ihres Volkes.

Selma ahnte, was in ihrem Schützling vorging. »Willst du also wirklich künftig Kranke pflegen?«

»Ja, wenn sie das neue Krankenhaus fertig haben. Vaters kleines Vermögen ist bald aufgebraucht. Außerdem kann ich nicht den ganzen Tag zu Hause sitzen und nur an alles Elend denken.«

»Kann ich dich denn bis heute abend allein lassen? Ich müßte nämlich zu meiner Schwester nach Charlottenburg. Sie wird heute sechzig.«

»Natürlich.«

Als Selma gegangen war, machte sich Katharina Rosentreter daran, ihre Unterlagen durchzusehen. Im März 1848 hatte sie mehrere Wochen lang im Juden-Lazarett geholfen, die Opfer der Barrikadenkämpfe zu versorgen. Dabei hatte sie mehr gelernt, als sie in den üblichen Kursen für Krankenschwestern lernen konnte. Irgendwo mußte es doch ein Papier geben, auf dem ihr der damalige Einsatz bestätigt worden war. Fast auf den Tag elf Jahre war es her, daß sie ihren ersten Toten gesehen hatte. Kopfschuß. So ähnlich mußte Friedrich Silberstein ausgesehen haben ... Sie zuckte zusammen, als sie seinen Namen auf einem Couvert entdeckte. Ein Brief, der nie abgeschickt worden war, geschrieben von ihrem Vater und bestimmt für Friedrich Silberstein. Mit jagendem Puls überflog sie ihn. Es war wie in einem Roman ... Zwei Busenfreunde, Friedrich Silberstein und Meir Rosentreter, lieben dieselbe Frau: Sarah. Und beider Leidenschaft für sie, herrlich anzusehen und geistvoll dazu, wächst ins Unermeßliche. Als sie sich dann für den einen entscheidet, den

Architekten, beginnt der andere, der Geldverleiher, beide zu hassen – den ehemaligen Freund so sehr, daß er davon spricht, ihn umzubringen. Katharinas Vater machte dem einstigen Freund Vorwürfe über Vorwürfe, er habe unehrlich gehandelt und ihn hintergangen.

Ungläubig hielt Katharina Rosentreter den nie abgeschickten Brief in der Hand. Ihr Vater hatte sich damals offenbar beherrscht und den gespielt, der über alles erhaben war. Aber sein Haß auf den Nebenbuhler war zu einem wuchernden Geschwür geworden.

Unten wurde am Klingelzug gerissen, und sie trat ans Fenster, um zu sehen, wer sie da störte. Es war Wilhelm Blumenow. Sie erschrak. Wie oft hatte sie in den letzten Wochen im Bett gelegen, die Hand zwischen den Schenkeln, und sich vorgestellt, er würde neben ihr liegen. Aber es war höchst unschicklich, ihn einzulassen, wenn niemand sonst zugegen war.

Dennoch lief sie die Treppe hinunter. Was hatten ihr Frömmigkeit und Tugendhaftigkeit eingebracht? Nur Unglück! Vielleicht wurde sie ein glücklicher Mensch, wenn sie eine Sünde nach der anderen beging. Am besten, sie begann mit der Wollust. Wer sie nicht auskostete, der hatte nicht gelebt.

»Kommen Sie herein.« Sie begrüßte Wilhelm Blumenow mit einem einladenden Lächeln. »Wir sind allein, aber Sie sind ja Kavalier genug, dies nicht auszunutzen.«

»Da bin ich mir in Ihrem Falle nicht so sicher.«

Nun zögerte sie doch. »Jetzt müßte ich Sie eigentlich fortschicken.«

»Nehmen wir das Leben als Spiel, nur so ist es zu meistern, und wagen wir den höchsten Einsatz, den es gibt: uns selber. Verlieren wir, landen wir in der Hölle, gewinnen wir aber, steht uns der Himmel offen.«

»Ich habe aber Angst vor dem offenen Himmel. Wie ich vor so vielem Angst habe …«

»An meiner Seite wird aus Angst schnell Hoffnung«, sagte Wilhelm Blumenow und zog sie an sich.

ERNST THEODOR SCHLÖTEL sah sich selbst gern als Jäger, und sein größtes Glück bestand darin, einen Verbrecher zur Strecke zu bringen: aufspüren, verfolgen, stellen, niederstrekken – also dem Henker zuliefern. Er war ein Offizier des Königs, auch wenn er nicht gegen den äußeren Feind kämpfte, sondern gegen den inneren, der ebenso gefährlich war.

»Wir müssen strategisch vorgehen, Kublank.« Wie ein Feldherr stand er vor der Karte Berlins. »Hier an der Oranienburger Straße ist die Tat geschehen. Wie konnte der Täter wissen, daß sich Friedrich Silberstein heute früh gegen sechs Uhr auf dem Gelände der Neuen Synagoge aufhalten würde?«

Kublank liebte das einfache Denken. »Er wird ihm hinterhergelaufen sein.«

»Dazu war der Nebel zu dicht.« Schlötel war stolz auf seine Logik.

»Da mögen Sie recht haben.« Kublank nahm eine Prise Schnupftabak, um besser nachdenken zu können. »Ach ja, mit dem Mord auf der Jannowitzbrücke war's einfacher ...«

»Mit welchem Mord auf der Jannowitzbrücke?«

»Was, das kennen Sie wirklich nicht? Herr Krücke und Frau Krücke / jehn spazier'n uff de Jannowitzbrücke. / Da kam eene Mücke / und stach Herrn Krücke ins Jenicke. / Da nahm Herr Krücke seine Krücke / und haut die Mücke ins Jenicke – / Det war der Mord uff de Jannowitzbrücke.«

Schlötel war etwas ungehalten. »Lassen Sie doch Ihre Scherze, Kublank! Dazu ist die Sache zu ernst. Erst das mysteriöse Verschwinden dieses Rosentreter, jetzt der Mord an Friedrich Silberstein – in der jüdischen Gemeinde fängt es zu rumoren an.«

»Ob beide Fälle irgendwie zusammenhängen?« Kublank hatte sich schon umgehört. »Rosentreters Tochter soll ja mal die Braut des jungen Silberstein gewesen sein, aber von ihm sitzengelassen worden sein.«

Schlötel tippte sich mit dem Finger gegen die Stirn. »Und da erschießt sie aus Rache seinen Vater.«

»Sie nicht, sondern er!«

»Wer?«

»Na, ihr Vater. Der Meir Rosentreter ist nicht tot, sondern geistert unter falscher Immunität ...«

»Identität!«

»Meinetwegen ooch Identität. Geistert also unter falscher Identität durch die Welt und schafft alle die beiseite, die ihm und seiner Familie mal übel mitgespielt haben.«

»Sie sollten Romane schreiben, Kublank.«

»Das macht ja schon der Bruder.«

»Von Rosentreter?«

»Nee, von dem Silberstein. Jason heißt er.«

»Aber Romane zu schreiben ist doch noch kein Grund, seinen Bruder zu erschießen.« Wieder einmal konnte Schlötel seinem Adlatus nicht so recht folgen.

Kublank war langsam beleidigt. »Hab' ich das denn behauptet? Nein. Ich will ja nur aufzeigen, was alles womit zusammenhängt.«

»Wir müssen konkreter werden«, forderte Schlötel.

»Ja, ick verstehe: Ober, bring'n Se Jeld, ick will zahlen.« Kublank überflog seine Notizen. »Konkret is nur, daß es zwei Schüsse gegeben hat ...«

»... und man diesen anderen Architekten da, diesen Stüler, neben dem toten Silberstein gefunden hat.«

»Der hat doch gesagt, warum er dagewesen ist: um sich die Baustelle anzusehen.«

Schlötel wurde abermals drastisch. »Ja, morgens in aller Herrgottsfrühe – und noch dazu im Nebel. Nein, Kublank, ich will Ihnen sagen, wie es in Wahrheit gewesen ist: Stüler war mit Silberstein verabredet – und dabei ist es zum Streit gekommen.«

Kublank nickte. »Klingt logisch. Die Nachfolge von Knoblauch beim Bau der Synagoge: Sieben Mann in een Sarg, und jeder will 'n Fensterplatz – da muß et ja Mord und Totschlag geben.«

»Also, knöpfen wir uns diesen Stüler mal so richtig vor.« Schlötel war schon aufgestanden und hatte seinen Hut vom Haken genommen.

Sie fanden den »Architekten des Königs« nach längerer Suche draußen in Pankow, wo er mit dem Umbau der Dorfkirche befaßt war. Man stand kurz vor dem Abschluß der Bauarbeiten, und sie sahen Friedrich August Stüler, wie er etwas abseits vor einem Findling stand, auf dem er seine Pläne ausgebreitet hatte.

Schlötel und Kublank sprangen aus ihrer Droschke. Einer der Poliere kam auf sie zu, ganz offensichtlich mit dem Auftrag, sie zu verscheuchen.

Kublank guckte den Mann nur böse an. »Der Herr Polizeipräsident persönlich schickt uns, und wenn Sie die Amtshandlung stören, dann ...«

Der Mann lenkte ein und führte sie zu Stüler.

»Sie entschuldigen die Störung«, begann Schlötel. »Sie kennen uns ja ... Wir kommen noch einmal wegen des Todes Ihres Kollegen Friedrich Silberstein und hoffen, daß Sie Zeit zur Beantwortung einiger weiterer Fragen haben.«

»Nein.« Für Friedrich August Stüler war Zeit ein kostbares Gut. Es war schon ärgerlich genug, sie für solch eine Bagatelle wie den Umbau der Pankower Kirche verplempern zu müssen. Da fehlten ihm gerade noch diese beide tumben Kerle, die ihm schon am Morgen auf die Nerven gegangen waren und ihn bestimmt noch einmal eine halbe Stunde kosteten.

»Es geht immerhin um einen Mord!«

»Ja, ich war es«, brummte Stüler. »Und wenn Sie gestatten, besorge ich mir jetzt schnell noch die Waffe für die Tat.«

»Kitzel mir mal eena, det ick lachen kann«, sagte Kublank.

Schlötel reagierte ausgesprochen sauer. »Meine Herren, das hier ist eine ernste Sache!«

»Diese Kirche hier auch!« rief Stüler.

»Du sollst nicht töten!« Schlötel hatte sofort die richtige Assoziation.

Stüler war empört. »Wollen Sie damit behaupten, daß ich getötet hätte?!«

»Man hat Sie kniend neben der Leiche gefunden«, hielt Schlötel ihm vor.

»Ich bin als barmherziger Samariter auf ihn zugegangen ...«

»Ganz zufällig morgens um sechs?« fragte Kublank. »Sie denken wohl auch: Bei mir Calais – jejenüber 'n Doofer?«

»Wie?« Der Architekt brauchte einige Sekunden, bis er begriffen hatte. »Sie wohnen wohl dicht am Wallner-Theater?«

»In der Tat«, bekannte Schlötel. »Aber ich weiß nicht, was daran unehrenhaft sein soll.«

Stüler wurde immer ungeduldiger. »Meine Herren, kommen Sie bitte zur Sache – ich will bauen!«

»Hoffentlich nicht auf Sand«, sagte Kublank.

»Nun lassen Sie's mal gut sein.« Schlötel stieß seinem Begleiter den Ellenbogen in die Seite. »Ganz kurz, Herr Stüler. Sie betreten also die Baustelle und finden den toten Kollegen. Ist Ihnen vorher etwas aufgefallen?«

»Nein.« Während er dies sagte, war Stüler schon dabei, mit seinem weichen Bleistift seinen Plan zu korrigieren und den seitlichen Eingang ins Kirchenschiff noch ein wenig zu verkleinern. »Und hinterher auch nicht.«

»Haben Sie nirgends eine Pistole gesehen?«

»Wiederum: nein. Und wenn Sie meinen, ich habe Friedrich Silberstein erschossen, dann müssen Sie mir bitte erklären, wie es mir gelungen ist, meine Waffe verschwinden zu lassen, bevor Dr. Lilienblum gekommen ist.«

Stülers Arroganz ließ Kublank immer giftiger werden. »Geschwindigkeit ist keine Hexerei, und Sie können die Pistole durchaus in Ihren Ärmel gesteckt oder unter Ihrem Mantel verborgen haben, durchsucht worden sind Sie ja nicht.«

»Sie wissen wohl nicht, wen Sie vor sich haben!« rief Stüler.

»Doch, doch.« Schlötel suchte abzuwiegeln. »Wir tun ja nur unsere Pflicht.«

Der »Architekt des Königs« wurde immer erregter. »Langsam fühle ich mich nun doch in meiner Ehre verletzt, und wenn Sie auf ein Duell aus sind ...«

»Nein, bestimmt nicht!« Schlötel schüttelte sich.

Kublank machte eine kleine Verbeugung, die wie eine Demutsgeste wirken sollte. »Hinckeldey soll der letzte Polizeibeamte bleiben, der bei einem Duell zu Tode gekommen ist.«

Friedrich August Stüler hatte seine Contenance schnell zurückgewonnen und schlug nun seinerseits versöhnlichere Töne an. »Ich kann Ihre Sicht der Dinge durchaus verstehen, meine Herren. Für Sie ist es naheliegend, daß Friedrich Silberstein von einem Kollegen ermordet wurde – der Neid, der gnadenlose Kampf um die Fleischtöpfe. Wer die Neue Synagoge bauen darf, der hat für die nächsten Jahre ausgesorgt. Aber eben darum komme ich als Täter am wenigsten in Frage, denn ich habe mehr zu tun, als ich schaffen kann.«

Schlötel konnte sich dieser Argumentation nicht verschließen. »Sie meinen also, wir sollten uns auf jene Berliner Architekten und Baumeister stürzen, die am Hungertuch nagen? Aber sind das nicht zu viele?«

»Das sind viele, aber Sie brauchen doch nur die unter die Lupe zu nehmen, die beim Wettbewerb Knoblauch knapp unterlagen und sich Hoffnungen machen, Nachrücker zu werden.«

Schlötel nickte. »Aber Namen wollen Sie keine nennen?«

»Ich habe ohnehin schon mehr gesagt, als meine Loyalität zu meinen Zunftgenossen zuläßt. Der Rest, meine Herren …«

»… ist Schweigen«, vollendete Kublank. »Schließlich hackt eine Krähe der anderen kein Auge aus.«

»Das glaube ich nicht. Trotzdem möchte ich die Innung in Schutz nehmen, denn Motive, Friedrich Silberstein aus der Welt zu schaffen, könnten ja auch noch andere gehabt haben. Haben Sie einmal an einen ganz normalen Raubmord gedacht?«

Kublank nickte. »Ja, natürlich. Aber mit einer Pistole? Räuber begnügen sich gemeinhin mit Keulen oder Messern. Und dann mitten in der Stadt? Und zu einer Zeit, wo die Wohlhabenden noch nicht außer Haus sind? Sehr unwahrscheinlich …«

Schlötel hatte plötzlich einen Gedanken, der ihn ganz stolz machte. »Wir gehen zur Beerdigung von Silberstein, machen uns unsichtbar und gucken uns mal alle an, die da ans Grab treten.«

Stüler verdrehte die Augen. »Und wen dann die Krähen umkreisen, das ist der Mörder.«

«Wieso?«

»Na, denken Sie mal an Schiller: *Die Kraniche des Ibykus*.«

CHARLOTTE CHAUMONT liebte es, mit ihrem Vater in einer der zauberhaften Conditoreien zu sitzen, die im Berlin dieser Jahre eine gewisse Berühmtheit erlangt und zugleich die Funktion von Kaffeehäusern übernommen hatten, auch wenn nur in einigen – und dort nur in besonderen Kabinetten – geraucht werden durfte. Manche warben mit ihrer Terrasse, Perron genannt, andere mit ihrer weiblichen Bedienung, alle aber hielten die vorzüglichsten deutschen und dazu eine Auswahl ausländischer Zeitungen bereit. Den besten Ruf hatten Stehely & Comp. in der Charlottenstraße 53, das war am Gendarmenmarkt gegenüber der Französischen Kirche, dann Kranzler, gelegen Unter den Linden 25, an der Ecke Friedrichstraße, Spargnapani, Unter den Linden 50, Josty & Comp., Stechbahn 1, das war am Schloßplatz, und schließlich d'Heureuse & Comp., mit der Adresse Unter den Linden 18.

Diesem Café gab Moritz Chaumont im allgemeinen den Vorzug, denn »wat Französischet is nu mal det Beste«. Charlotte war es letztlich egal, wo sie ihre Schokolade trank – Hauptsache, sie hatte eine Bühne für ihre Auftritte. Ihre liebste Rolle war die der mondänen Maitresse, die sich gerade einen liebestollen Provinzler geangelt hatte und nun dabei war, ihn kräftig auszunehmen. Diesen Part übernahm ihr Vater gern hin und wieder.

An diesem Märztag war es draußen so diesig und dunkel, daß bei d'Heureuse auch tagsüber die hellen Gasflammen durch Tausende von facettierten Spiegeln ein Meer von Licht ausgossen, und als sie nun mit ihrem vermeintlichen Galan hereinrauschte, hoben die vornehmen Damen schockiert ihre Lorgnons, während den allein am Tisch sitzenden Männern der Bissen im Munde steckenblieb. Stellvertretend für sie tat Moritz Chaumont das, was sie sich versagen mußten, weil ihnen ihre Moral im Wege stand oder aber ihre finanziellen Ressourcen einen Seitensprung auf diesem Niveau nicht zuließen. Die Damen hingegen wünschten sich nichts weiter, als daß die Sittenpolizei Dirnen wie jene, die eben eingetreten war, schnellstens ins Arbeitshaus steckten oder ihnen wenigstens die Arbeit außerhalb ihrer Häuser verbot.

Wenn die gewußt hätten, daß Charlotte bis dato die keuscheste Jungfrau war, die man sich vorstellen konnte, und noch nie ein männliches Geschlechtsteil in erigiertem Zustand gesehen hatte ... Aber vielleicht lag gerade darin der Grund, daß sie diese Rolle so hervorragend spielen konnte.

»Die Leute könnten wenigstens klatschen«, sagte ihr Vater, als sie Platz genommen hatten.

»Ich werde wohl anfangen müssen, Romane zu schreiben, wenn ich schon nicht zum Theater darf. Jason Silberstein könnte mir ein guter Lehrmeister sein.«

»O Gott!« Moritz Chaumont suchte nach einer Weinkarte. »Jeder, der Silberstein heißt, will dich befruchten: der eine körperlich, der andere geistig.«

»Vater, du wirst nun doch ein wenig zu frivol.«

»Ich hab' ja nicht vom dritten Silberstein gesprochen. Meinst du, mich hat das nicht gehörig mitgenommen, daß sie deinen Schwiegervater in spe erschossen haben? Ich hab' ihn gemocht. Er war aufrichtig, geradlinig, wie in Stein gehauen, preußisch eben, im guten Sinne. Nicht so ein Filou wie ich. Er hätte dir ganz sicher gutgetan.«

Charlotte starrte auf die Marmorplatte ihres Tisches, als schaute sie in die Kristallkugel einer Wahrsagerin. »Kann man es wirklich wagen, einen Juden zum Mann zu nehmen?«

Ihr Vater grinste. »Zu dieser Frage will ich mich nicht weiter auslassen.«

Bei Herrenabenden wurde oft darüber diskutiert, und die Mehrheit der Anwesenden war der Meinung, daß die Eichel nach der Beschneidung nicht mehr so empfindlich war und deshalb ein längerer Vollzug des Geschlechtsaktes möglich war. Für die Männer war das auf alle Fälle ein Vorteil, sofern sie nicht an Asthma oder Herzinsuffizienz litten, während man sich beim Weibe nicht ganz so sicher war. Unmöglich, dies zu Hause mit der Gemahlin zu diskutieren, und die leichten Mädchen waren von Berufs wegen gezwungen zu flunkern.

Charlotte lief nun doch rot an und beeilte sich, genauer zu formulieren, was sie hatte ausdrücken wollen. »Meinst du, daß man an der Seite eines jüdischen Mannes einmal so weit nach oben kommen kann und so glücklich werden kann wie an der Seite eines Christen?«

»Nein. Du kannst froh sein, wenn du nicht erschlagen oder wenigstens außer Landes gejagt wirst. Warum, was meinst du, sage ich wohl noch immer nein zu einer Ehe mit Aaron Silberstein? Und was mir recht gibt: Sein Vater ist gestern erschossen worden ...«

Jetzt brach es aus ihr hervor. »Aber ich liebe Aaron doch!«

»Dann fahr eine Woche mit ihm nach Karlsbad und laß dich – entschuldige, daß ich drastisch werde – von ihm ... Dann ist es vorbei, und du bist geheilt.«

Sie begann zu weinen. »Ich glaube, das ist es nicht.«

»Ich will keine Jüdin zur Tochter.«

»Warum denn nicht?«

»Weil unsere Vorfahren für unseren Glauben gestorben sind. Soll *er* doch konvertieren!«

»Ich kann doch Christin bleiben und er Jude.«

Ihr Vater lachte. »Dann geht er Freitag in den Tempel und du am Sonntag in die Kirche. Schönes Familienleben!«

»Wahrscheinlicher ist, daß wir beide nicht gehen.«

»Und die Kinder?«

»Das erste mosaisch, das zweite christlich. Oder umgekehrt. Das losen wir aus.«

Jetzt war es an ihrem Vater, das Ganze nicht mehr als bloßes Gedankenspiel zu sehen. »Ich wiederhole: Friedrich Silberstein ist erschossen worden.«

»Aber nicht deswegen, weil er Jude war.«

»Weißt du das so genau?«

»Nein.«

»Eben.« Moritz Chaumont war nicht abzusprechen, daß er für seine Tochter nur das Beste wollte. Aber wie sah das aus? Er war kein Historiker, er war kein Philosoph, er war durch und durch Pragmatiker, und als solcher wußte er, daß es in aller Welt immer ein Risiko war, zu den Juden zu zählen. Mal stiegen sie auf, von den Fürsten gebauchpinselt, mal wurden sie verfolgt und zu Tode gepeinigt, vielleicht von denselben Leuten. Das konnte auch Christen, Mohammedanern, Hindus und Buddhisten passieren, aber nicht mit derselben Wahrscheinlichkeit. Andererseits ... Für sein Geschäft wäre es gar nicht schlecht, wenn Charlotte eine »von die Lait« würde.

Jason Silberstein kam herein. Das war alles andere als ein Zufall, denn er liebte es, im Kaffeehaus zu sitzen, um die ersten Kapitel seines Romans zu skizzieren. Sich als Schriftsteller zu versuchen, war eine Möglichkeit, den fortwährenden Déjà-vu-Erlebnissen zu entgehen, aus denen der Alltag eines Berliner Müßiggängers bestand.

Charlotte Chaumont sah ihn und winkte ihn heran. Wie ihr Vater erhob sie sich, als er heran war, um ihm ihr herzliches Beileid auszusprechen. »Daß Ihr Bruder ein so schreckliches Ende nehmen mußte!«

»An sich ist jedes Ende schrecklich«, sagte Jason Silberstein. »Süß soll es ja nur sein, wenn man fürs Vaterland stirbt.«

»Weiß man denn schon etwas über den Mörder?« fragte Moritz Chaumont, während sie sich setzten.

»Nein. Aber vermutlich wird er bei der Beisetzung dabeisein. Mörder haben das so an sich.«

»Wollen Sie denn alle Trauergäste ganz genau beobachten?«

»Das wird der Schlötel schon besorgen. Sie kommen doch auch?«

»Soll das eine Falle sein?« fragte Charlotte Chaumont. »Aber die Sache ist wohl zu ernst, als daß wir darüber scherzen können.«

»Es gibt Völker auf diesem Erdball, für die ist eine Beerdigung eine heitere Sache. Irgendwie muß man doch mit seinem Schmerz fertig werden. Warum also nicht auch scherzen? Auch wenn ich nur den einen Bruder hatte. Unsere Eltern, unsere Kindheit, unsere Jugend, alles ist dahin, unwiederbringlich, und nun auch er ...« Jason Silberstein fuhr sich mit den Fingern über die Augen. »Menschsein ist das Schrecklichste, was der Kosmos zu bieten hat, und darum ist er eine ganz elende und durch und durch mißlungene Erfindung Gottes.«

»Da haben Sie recht«, sagte Moritz Chaumont. »Aber was soll man machen, wenn einem eine bessere Welt nicht zur Verfügung steht, eine ohne Mord und Totschlag und ohne den eigenen Tod am Ende.«

»Wozu haben wir eigentlich alle drei einen Glauben, in dem einem das ewige Leben zugesichert wird?« fragte Charlotte Chaumont.

Jason Silberstein musterte sie nicht ohne Neugier. »Meinen Gnädigste das im Ernst, oder belieben Sie zu scherzen?«

»Es ist mein Ernst«, antwortete Charlotte Chaumont.

»Welche Antwort wollen Sie?« fragte Jason Silberstein.

»Die, die Ihr Neffe geben würde.«

»Aaron?« Jason Silberstein war überrascht von dieser Wendung und brauchte ein paar Sekunden, um eine Antwort zu finden. »Da fragen Sie ihn am besten selbst.«

»So billig lasse ich Sie nicht davonkommen, da hätte ich doch ein bißchen mehr von Ihnen erwartet.«

»Charlotte, bitte!« mahnte Moritz Chaumont.

»Lassen Sie nur, Monsieur, sie hat ja recht. Mein Neffe, nun … Er ist liberal und steht für das Reformjudentum. Aber ob er gottgläubig ist? Ist man gläubig, wenn man betet? Die meisten beten nur in höchster Not, nicht aber im Alltag. Er ist Jude, wie ein Chinese Chinese ist. Der kann auch nicht kommen und sagen, ich will plötzlich so aussehen wie der König von Preußen.«

»Daß er jemals konvertieren könnte wie sein Freund Wilhelm Blumenow, können Sie sich also schwer vorstellen?«

»Liebste Charlotte, wenn ich Sie so nennen darf, was hätten Sie davon? Für manch einen mag das der richtige Weg sein – doch einen wie ihn, den würde es zerreißen für sein ganzes Leben.« Er zog seine Taschenuhr hervor. »Pardon, ich will nicht unhöflich sein, aber da wir so intensiv über ihn geredet haben, fällt mir ein, daß ich ja mit meinem Neffen in einer Viertelstunde vor dem Lazarett in der Oranienburger Straße verabredet bin. Er möchte nicht allein ans Bett seiner Mutter treten.«

»Geht es ihr so schlecht?« fragte Charlotte Chaumont.

Jason Silberstein suchte lange nach einem passenden Bild.

»Sie ist mehr mechanische Puppe als Mensch. Körperlich ist sie durchaus gesund, aber ihr Geist … Sie erkennt keinen von uns, weiß nicht, wer sie ist und wo sie ist.«

»Was sagen denn die Ärzte?«

»Nicht viel. Auch sie stehen vor einem Rätsel.«

Charlotte Chaumont erklärte sich bereit, Jason Silberstein zu begleiten, während ihr Vater zum Anhalter Bahnhof eilen mußte, um dort einen wichtigen Kunden in Empfang zu nehmen. Sie ließen sich zwei Droschken rufen. Ihr Vater sprang in die erste und fuhr davon, während sie auf die zweite warteten. Über den Kupfergraben und die Artilleriestraße ging es nordwärts ins Spandauer Viertel. In der Oranienburger Straße sahen sie Aaron Silberstein auf dem Trittoir und ließen den Kutscher halten. Beim Aussteigen verlor Charlotte Chaumont ein wenig das Gleichgewicht, und Aaron konnte sie, schnell hinzu springend, gerade noch auffangen. Für Sekunden lag sie in seinen Armen.

»Eine schöne Inszenierung«, sagte Jason Silberstein. »Überschrift: Der Schmetterling fliegt taumelnd ins Licht.«

Charlotte Chaumont fühlte sich in der Tat, als sei sie eben in ein Feuerbad getaucht worden. Hastig machte sie sich los von Aaron Silberstein. Es war die Urangst zu verglühen. Sie sprachen kein Wort miteinander, als sie nebeneinander hergingen und das Juden-Lazarett betraten.

»Ein schrecklicher Name«, sagte Jason Silberstein. »Aber bald haben wir ja unser neues Krankenhaus.«

Aaron Silberstein stimmte ihm zu. »Ich hoffe nur, daß Mutter bis zu dessen Eröffnung schon vollkommen wiederhergestellt ist.«

»Laß es dauern, bis Friedrich unter der Erde ist und sie seinen Mörder der gerechten Strafe zugeführt haben. Vielleicht ist es eine Gnade, daß sie so lange sozusagen außer sich ist und das Ganze nicht miterleben muß.«

Damit erreichten sie das Zimmer von Dr. Lilienblum und klopften an. Er konnte ihnen die erfreuliche Mitteilung machen, daß seine Patientin am Mittag zum ersten Mal kurz auf seine Ansprache reagiert habe, und kommentierte das mit einigen medizinischen Fachausdrücken, die nur Jason Silberstein verstand, da er über solide Lateinkenntnisse verfügte.

»Ich darf das übersetzen«, sagte er dann auch in Richtung seines Neffen und dessen Begleiterin. »Der Doktor meint, sie habe mitunter schon wieder lichte Augenblicke.«

So vorbereitet, waren sie nicht sonderlich erstaunt, als sie am Bett der Kranken standen und Sarah Silberstein plötzlich die Hand ihres Sohnes nahm und Charlotte Chaumont zulächelte.

»Deine Braut ...«, flüsterte sie. »Neues Leben ... Eure Enkel ...«

AARON SILBERSTEIN ging mit seinem Onkel Jason über den Jüdischen Friedhof an der Großen Hamburger Straße, der gleichsam vor ihrer Haustür lag. Berühmte Mitglieder der Jüdischen Gemeinde waren hier begraben, und immer wieder blieben beide in Ehrfurcht stehen und legten große Kiesel auf die Grabsteine. Da waren der Rabbiner David Fränkel, der Seidenfabrikant Isaak Bernhard, der Hofjuwelier und Münzpächter Veitel Heine Ephraim, der Philosoph Moses Mendelssohn, der Banquier Daniel Itzig, der Arzt Marcus Herz, der Banker und Hofbaurat Isaak Daniel Itzig und der Zuckerfabrikant Jacob Herz Beer.

»In dieser Nachbarschaft wäre mein Vater gut aufgehoben gewesen«, sagte Aaron Silberstein. »Und wir könnten ihn besuchen, ohne erst eine Weltreise machen zu müssen.«

»Aber sie wollen ihn partout nicht nehmen?« fragte sein Onkel.

»Nein. Seit 1827 sei hier Schluß, und es gäbe nur noch Erb- und Familienbegräbnisse. Alle Mitglieder unserer Familie, die in Berlin gestorben sind, liegen schon auf dem neuen Guten Ort an der Schönhauser Allee.« Aaron umging weitestmöglich das deutsche Wort Friedhof und wählte eine wortwörtliche Übersetzung aus dem Hebräischen wie »Haus der Gräber«, »Haus des Lebens«, »Ewiges Haus« oder eben »Guter Ort«.

Jason Silberstein beklagte mit der ihm eigenen Ironie die jüdische Sitte, die Gräber längst vergessener Menschen nicht einfach aufzulösen und neu zu belegen. »Was das an Grund und Boden kostet! Wo ein Grab ist, kann man keine Fabrik und kein Wohnhaus hinstellen. Wie willst du da wohlhabend werden?«

Aaron Silberstein überhörte die Lästerei. »Hilf mir lieber, ein freies Fleckchen zu finden. Wenn ich das entdecke, sehe ich noch eine Chance für uns.«

»Ach, laß ihn doch bei seinen Eltern liegen.« Jason Silberstein blieb vor dem Grabstein Moses Mendelssohns stehen und verwies auf den letzten Satz der Inschrift: »›Es sei seine Seele eingebunden im Verbund des Lebens.‹ Und dazu gehört auch die eigene Familie. Also finden wir uns damit ab, daß wir dermaleinst nicht in unserem Schtetele Berlin auf die Ewigkeit warten dürfen, sondern draußen auf der Feldmark zwischen Sandgrube und Windmühlenberg, das Wasserreservoir vor Augen.«

»Vielleicht hast du recht.« Aaron Silberstein war nicht in der Stimmung für lange und womöglich noch juristische Auseinandersetzungen, und so fuhren sie mit einer Droschke zum neuen Friedhof hinaus. Es war doch ein recht weiter Weg. Erst ging es auf der Alten, dann auf der Neuen Schönhauser Straße zum Schönhauser Thor und von dort aus der Stadt hinaus Richtung Pankow, auf der Schönhauser Allee genannten Chaussee. 1824 hatte die Jüdische Gemeinde, als der alte Friedhof zu klein wurde und nach dem Preußischen Allgemeinen Landrecht ohnehin in bewohnten Gegenden keine Beerdigungen mehr stattfinden sollten, hier dem Meiereibesitzer Wilhelm Gotthold Büttner für 5800 Thaler ein etwa fünf Hektar großes Grundstück abgekauft, um drei Jahre später den neuen Friedhof einzuweihen.

»Schön, so ein Spaziergang«, sagte Jason Silberstein, als sie durch die Grabreihen gingen. »Dann weiß ich doch wenigstens, wie mein späteres Zuhause aussehen wird. Friedrich war ja so lieb, uns voranzugehen und die Gegend schon einmal zu erkunden und Kontakt zu den Nachbarn aufzunehmen. Aber viel Prominenz gibt es ja noch nicht.«

»Doch, da drüben sehe ich den Grabstein von Meno Burg.« Das war der sogenannte Judenmajor, der 1853 verstorbene einzige Jude in der preußischen Armee, der, von Prinz August gefördert, bis in einen Offiziersrang aufgestiegen war. Solcherlei Karriere war sonst nicht möglich in Preußen.

»In der menschlichen Natur scheint eine unüberwindbare Tendenz zu liegen, sich abzugrenzen«, sagte Jason Silberstein, als sie über die Stellung der Juden sprachen. »Ich bin nur, wenn ich anders bin als andere – vor allem besser, was die Güte meiner Kleidung, meiner Sitten und meines Gottes betrifft.«

»Eben das bringt die Menschheit voran …«

»… und ist zugleich ihr Elend. Was quälst du dich mit der Frage herum, ob es ein Verrat an deinem Volk oder ein Akt der Befreiung ist, diese Mademoiselle Chaumont zur Frau zu nehmen! Ist sie wegen ihrer hugenottischen Wurzeln ein anderer Mensch?« Jason Silberstein seufzte.

»Ja, irgendwie schon«, bekannte sein Neffe.

»Aber das ist doch das Schöne daran!« rief Jason Silberstein. »Wenn man an Befruchtung denkt, muß sich das ja nicht nur auf die unteren Regionen beziehen. Auch geistig kann man sich befruchten.« Und schnell war er bei seinem Lieblingsdenker, dem großen Toragelehrten, Arzt und Philosophen Moses Maimonides, dessen *Führer der Unschlüssigen* im Jahre 1190 erschienen war. »Religion und Rationalität – wie kann das zusammenkommen? Es kann, und nur wer zweifelt, kann Neues schaffen. Also, du Schwankender, wage es!« Damit kamen sie zum Gebäude der Friedhofsverwaltung und kauften nach einigen weiteren Überlegungen eine Erb- und Familiengrabstätte auf dem Feld K 2, das unweit des Eingangs lag.

Um alles andere kümmerte sich die *Chewra Kaddischa*, die Heilige Gemeinschaft, eine Gruppe von Männern und Frauen aus der Gemeinde, die dieses Ehrenamt gern als eine fromme Pflicht, eine *Mizwa* ausübten. Sie nahmen die rituelle Waschung des Toten vor und zogen ihm ein weißes Totenhemd, den *Tachrich*, an. Mit ins Grab bekam er auch seinen Gebetsmantel, den *Tallit*, dessen Schaufäden, die *Zizijjot*, aber unbrauchbar gemacht wurden, denn sie sollten die Lebenden an ihre religiösen Pflichten erinnern und waren bei einem Toten nicht mehr vonnöten.

Der so vorbereitete Leichnam wurde dann in eine ganz einfache, ungehobelte Holzkiste gelegt.

Schon am nächsten Tag fand die Beisetzung statt, eine Tradition, die auf das heiße Klima im Vorderen Orient zurückzuführen war. Weit über zweihundert Trauergäste kamen hinaus zur Schönhauser Allee, denn Friedrich Silberstein hatte nicht nur viele Freunde in der jüdischen Gemeinde, gleichviel, ob sie sich nun zu den Orthodoxen oder den Liberalen zählten, auch viele christliche Berlinerinnen und Berliner, denen er seine vortrefflichen Entwürfe geliefert hatte, gedachten dankbar seiner. Hinzu kamen all jene, die ihm im Salon seiner Frau begegnet waren. Daß sich Sarah Silberstein noch immer im »Zustand geistiger Umnachtung« befand, wie man es ausdrückte, und nicht zugegen sein konnte, löste allgemein Bestürzung aus.

Gefaßt und mit Gesichtern, die wie versteinert wirkten, standen Aaron und Jason Silberstein und die Seligsohns vor dem Friedhofsgebäude und warteten auf den Beginn der Zeremonie. Aaron Silberstein erlebte alles wie in Trance. Er fühlte sich als Marionette, an deren Strippen der Allmächtige zog. Es geschah nur noch mit ihm. Dennoch nahm er wahr, daß Isaak Hirsch auf eine merkwürdige Art und Weise verstört wirkte. Das war nicht nur der Schmerz um den Verlust des besten Freundes, der ihn niederdrückte – da war noch etwas anderes, doch Aaron konnte es nicht deuten. Zu schnell jedenfalls senkte Isaak Hirsch den Blick, wollte offenbar auch etwas sagen, unterdrückte aber diese Regung. Auch Klara, seine Frau, gab sich viel befangener, als er es erwartet hatte. Was sie sagten, blieb förmlich und unpersönlich.

Katharina Rosentreter dagegen, bei der er mit erheblicher Zurückhaltung gerechnet hatte, gab sich so frei und offen, wie er sie seit langem nicht mehr erlebt hatte.

»Die Zeit des Abschieds ist für dich gekommen, Aaron. Von deinem Vater, von mir, von unseren Kinderträumen. Aber alles kommt, wie es kommen muß, und nur der wird unglücklich werden, der es aufhalten will.«

Der Platz vor dem Friedhofsgebäude füllte sich langsam. Die

Mitglieder der Jüdischen Gemeinde bildeten sozusagen den inneren Ring um ihn, seinen Onkel, die Seligsohns, Katharina Rosentreter und Isaak und Klara Hirsch. Da waren zuerst Menuchim Halbleib, sein rechtskundiger Gehilfe, dann Dr. Lilienblum, der Arzt seiner Mutter, und Gerson Bleichröder, ohne dessen Kredite sein Vater manchen Bauauftrag nicht hätte abschließen können.

Eine ansehnliche Abteilung unter den Trauergästen bildeten auch die Männer vom Fach seines Vaters, die Architekten, Baumeister, Inhaber von Baugeschäften und schließlich auch Poliere, an ihrer Spitze die Herren Eduard Knoblauch, Friedrich August Stüler, Karl-Hermann Rana und Louis Krimnitz. So viel Menschenkenntnis besaß Aaron Silberstein trotz seines vergleichsweise geringen Lebensalters schon, daß er ahnte, wie ambivalent ihre Gefühle wohl waren. Einerseits war es ein Verlust, daß einer der ihren von ihnen ging, andererseits waren sie einen Konkurrenten losgeworden. So war er keineswegs erstaunt, daß ihre Gesichter wie Masken wirkten.

Nur mäßig vertreten war die Gruppe jener Berlinerinnen und Berliner, die den Verstorbenen in der Hauptsache vom Salon seiner Frau her kannten. Wilhelm Raabe war gekommen und Leutnant Friedrich v. Treppeln. Ihnen hatte sich auch Moritz Chaumont zugesellt, während seine Tochter wie auch Wilhelm Blumenow nicht so recht wußten, wem sie sich anschließen sollten.

Charlotte Chaumont hatte zwar nicht gehört, was Katharina Rosentreter zu Aaron Silberstein gesagt hatte, doch ihr war keineswegs entgangen, daß diese Begegnung am offenen Grab ein Abschied war. Sie entsagte also ihres designierten Bräutigams. Auch daß sie Wilhelm Blumenow liebte, war ihr nicht verborgen geblieben, zu stark war da die Sprache der Augen. Charlotte konnte sich damit zu Recht als die Frau an Aarons Seite fühlen, doch sie war viel zu feinfühlig, als daß sie das offen gezeigt hätte. Außerdem war ja zu befürchten, daß sie womöglich alles zerstörte, wenn sie sich jetzt in seine Arme warf, denn sie wußte sehr wohl, was viele Juden dachten: »Goi bleibt Goi!« Und vielleicht war ihm dann doch die Bindung an sein Volk wichtiger als die Liebe zu ihr. Also zögerte sie lange, weiter vorzutreten.

Wilhelm Blumenow ging es nicht anders. So leicht es ihm, dem Anarchisten, Rationalisten und bekennenden Anhänger von Max Stirner und Karl Marx, auch gefallen war, die jüdische Gemeinde zu verlassen, so schwer war es ihm in diesem Moment, den Blicken der anderen standzuhalten. »Verräter!« las er in ihnen. Und egal, ob sie nun so dachten oder er es nur in ihre Mienen hineindeutete, er litt darunter und hätte sich am liebsten unsichtbar gemacht.

Aaron Silberstein registrierte, sosehr ihn die Gedanken an den Vater auch vereinnahmten, sehr wohl, daß sich ihm die beiden Menschen, die ihm nach seiner Mutter und seinem Onkel Jason am meisten bedeuteten, nicht zu ihm wagten, und das war ein zusätzlicher Schmerz für ihn. Das Leben schien ihm unerträglich schwer und so voller Widersprüche zu sein, daß er dachte: »Herr, laß mich tot zur Erde sinken und gleich mit meinem Vater zusammen begraben werden.«

Sein Onkel war es schließlich, der die beiden heranwinkte, nicht ohne spöttisch anzumerken, daß man bei den Menschen nie wisse, wo bei ihnen der Engel aufhört und der Teufel anfängt. *»Baj bnej-odom wejss men kejnmol nit, wu der malech hert ojf un der tajwl hejbt on.«*

So umarmte Aaron Silberstein die Frau, die er liebte, und den besten Freund mit durchaus gemischten Gefühlen. War es wirklich so, daß sie ihn mehr gefährdeten als seine Feinde? Würde er nicht alles verlieren, wenn er sich Charlotte auslieferte, sie nicht nur heiratete, sondern auch noch ihren Glauben annahm, und sie ihn dann nach kurzen Ehejahren fallenließ? Und Wilhelm Blumenow hatte in letzter Zeit mehrfach durchblicken lassen, daß er am liebsten in die Vereinigten Staaten auswandern würde, um dort, fernab von Königshaus und Adelskaste, sein Glück zu finden. Da stand der Verrat schon dicht bevor. In dieser Sekunde fiel sein Blick zufällig auf Wilhelm Raabe, und sofort kam ihm ein Satz aus dessen *Chronik* in den Sinn: »Ich bin alt und müde; es ist die Zeit, wo die Erinnerung an die Stelle der Hoffnung tritt.« Unendlich müde und verloren fühlte er sich, und sein Onkel mußte ihn stützen.

»Ich will ja mal ein Buch über unsere Familie schreiben, und da sollst du eine tragende Rolle spielen ... Es wäre also sehr lieb von dir, wenn du dich jetzt ein wenig heldenhafter verhalten würdest.«

Das half, Aaron Silberstein fand zu sich zurück und konnte der Beerdigung seines Vaters bis zu Ende folgen, ohne daß ihm die Nerven versagt hätten.

Endlich wurden sie in den vorgesehenen Raum eingelassen, und die Bestattungszeremonie konnte beginnen. Es begann mit einem einleitenden Gesang des Kantors, dann kamen die Trauerreden. Erst sprach der Rabbi, dann Jason Silberstein. Sie lobten Friedrich Silberstein als überragende Persönlichkeit und hoben alle seine Verdienste hervor, um seine Familie, um die Baukunst, um die Stadt Berlin. Es folgte ein Gebet, *Zidduk ha-Din*, das die Anerkennung der göttlichen Gerechtigkeit zum Ausdruck bringen sollte. »Gott hat gegeben und Gott hat genommen; der Name Gottes sei gelobt.«

Die nächste rituelle Handlung erschien Charlotte und allen anderen anwesenden Christen exotisch: die *Kri'a.* Die unmittelbaren Angehörigen zerrissen sich zum Zeichen der Trauer ein Teil ihrer Kleidung, vom Hals an ein Stück senkrecht nach unten. Dreißig Tage waren die Kleider so zu tragen.

Danach wurde der Sarg zum ausgehobenen Grab getragen, und alle Trauergäste folgten ihm. Dieser Gang wurde mehrmals unterbrochen, um die Mühsal dieses Weges zu symbolisieren. Dabei wurden die Verse 1 und 2 des 91. Psalms rezitiert: »Wer in dem Schutze des Höchsten sitzet, der ruhet im Schatten des Allmächtigen« und »Ich spreche zum Ewigen: Meine Zuflucht und meine Burg, mein Gott, ich vertraue«.

Als die Grabstelle erreicht worden war, ließen die Bediensteten den Sarg hinab. Alle Anwesenden traten nun hinzu und warfen drei Hände Erde auf den Sarg, wobei sie jedes Mal sagten: »Von Staub bist du und zum Staube wirst du zurückkehren.« Bald war der Sarg vollkommen mit Erde bedeckt.

Nun trat Aaron Silberstein ans Grab und sprach das *Kaddisch*, die Lobpreisung Gottes.

»Erhöht und geheiligt werde sein großer Name in der Welt, die er erneuern wird, wenn er die Toten belebt und zum ewigen Leben führt, die Stadt Jerusalem erbaut und den Tempel wieder errichtet.«

Anschließend traten die Gäste, nicht anders als bei christlichen Beerdigungen, an die Trauernden heran und sprachen tröstende Worte. Bevor dann alle den Friedhof verließen, wuschen sie sich die Hände. Tharah Seligsohn riß vorher noch etwas Gras aus und warf es hinter sich, um damit anzudeuten, daß dereinst die Toten auferstehen werden wie das Gras auf dem Felde. Er war es auch, der die anderen geradezu zwang, die religiösen Gesetze und Vorschriften betreffs Tod und Trauer streng einzuhalten, obwohl Aaron und vor allem Jason das alles für sehr unmodern hielten. »Wie im Mittelalter. Und außerdem sind wir hier in Preußen.«

Nach Ende der Feier fuhren Aaron Silberstein und seine Familie also in vorbestellten Pferdedroschken zum Hackeschen Markt, um zu Hause eine Woche lang *Schiw'a* zu sitzen. Man hockte viele Stunden am Tag ohne Schuhe an den Füßen auf kleinen Schemeln oder am Boden. Die Männer durften sich nicht rasieren, die Frauen sich nicht schminken. Jedes Vergnügen hatte zu unterbleiben, neue oder frisch gewaschene Kleidungsstücke durften nicht angezogen werden. Freunde und Bekannte aus der Gemeinde kamen vorbei und brachten etwas zu essen. Zwei Dutzend Männer kamen dreimal am Tag ins Trauerhaus am Hakkeschen Markt, um gemeinschaftlich zu beten. Aaron oder Jason Silberstein sagten dabei das Kaddisch.

Beim Eintritt in das Trauerhaus grüßte man nicht, und sprach man über den Verstorbenen, so lobte man seine guten Taten und all das, was ihn liebenswert gemacht hatte. Wie ausgeglichen und gelassen er gewesen sei und was für ein fabelhafter Architekt. Ging man wieder, sprach man die traditionelle Formel: »Der Allgegenwärtige tröste euch inmitten aller, die um Zion und Jerusalem trauern.«

Nach sieben Tagen stand man von der Schiw'a auf, und in der zweiten Phase der Trauer, dem *Schloschim,* der einen Monat dauerte, normalisierte sich das Leben allmählich wieder. Aaron Silberstein ging seiner geregelten Arbeit als Anwalt nach, trug aber noch unter der normalen Kleidung das zerrissene Trauergewand, rasierte sich nicht und sagte nun das Kaddisch in der Synagoge Heidereutergasse.

»Nur Gesellschaften besuchen dürfen wir nicht«, sagte er zu Charlotte Chaumont.

»Und heiraten auch nicht«, fügte sein Onkel Jason grinsend hinzu.

Kapitel 10

ERNST THEODOR SCHLÖTEL hatte die Anregung Stülers aufgenommen und sich beim Lehrer einer seiner Töchter einen Gedichtband ausgeborgt, um zu sehen, ob sich aus Friedrich Schillers *Die Kraniche des Ibykus* wirklich Honig saugen ließ. Um nicht Zeile für Zeile rezitieren zu müssen, faßte er für sein Gegenüber immer einiges zusammen.

»Zum Kampf der Wagen und Gesänge ... – Das spielt alles unten in Griechenland, in Korinth.«

»Ah!« rief Ferdinand Kublank. »Da, wo die berühmten Korinthenkacker herkommen. Kenn ick, ham wir hier im Präsidium jede Menge davon.«

»Psst! Ibykus, das scheint ein Sänger zu sein, ein Poet ...«

»Haben wir doch im Mittelalter hier auch gehabt: die Minnesänger, die Meistersänger. Meine Frau will ja auch immer, daß ich im Chor singe ...«

Schlötel ließ sich nicht aus dem Tritt bringen. »Und in Poseidons Fichtenhain / Tritt er mit frommem Schauder ein. / Nichts regt sich um ihn her, nur Schwärme / Von Kranichen begleiten ihn, / Die fernhin nach des Südens Wärme / In graulichtem Geschwader ziehn.«

»Nachtigall, ick hör dir trapsen!« Kublank lachte und konnte sich plötzlich wieder an das erinnern, was er vor Urzeiten einmal gelernt hatte. »Und munter fördert er die Schritte / Und sieht sich in des Waldes Mitte; / Da sperren auf gedrangem Steg / Zwei Mörder plötzlich seinen Weg ...«

»So ist es.« Schlötel hatte mitgelesen. »Ibykus wird erschlagen, und nur die Kraniche oben am Himmel sind Zeugen der Tat. Ein Freund identifiziert ihn, und: Ganz Griechenland ergreift der Schmerz, / Verloren hat ihn jedes Herz.«

»Ganz so erhebend ist es ja mit Friedrich Silberstein nicht, aber daß er so hat sterben müssen ... Viele sind bestürzt.«

Schlötel blätterte weiter. »Jetzt beginnt das Fest: Wer zählt die Völker, nennt die Namen, / Die gastlich hier zusammenkamen? – Es wird gesungen und getanzt, und plötzlich ruft einer: Sieh da, sieh da, Timotheus, / Die Kraniche des Ibykus! – Hoch über dem Theater zieht ein Kranichheer. Die Leute erinnern sich an Ibykus und den Mord an ihm und fragen sich, wie der Mann, der das ausgerufen hat, dazu gekommen ist, da einen Zusammenhang zu sehen.«

»Das ist mir auch ein wenig schleierhaft«, bekannte Kublank.

Schlötel hielt sich an den Text. »Hier steht: Der fromme Dichter wird gerochen ...«

»Gerochen haben wird er nicht«, brummte Kublank. »Die haben die Leiche ja gleich gefunden.«

Schlötel überlegte. »Ja, was meint der Dichter mit ›gerochen‹? Vielleicht den Instinkt der Leute, ihre feine Witterung. Oder hat man früher gerochen statt gerächt gesagt? Jedenfalls schreien sie im Theater: Gebet acht, / Das ist der Eumeniden Macht! / Der fromme Dichter wird gerochen, / Der Mörder bietet selbst sich dar – / Ergreift ihn, der das Wort gesprochen, / Und ihn, an den's gerichtet war!«

Jetzt konnte Kublank fortfahren: »Doch dem war kaum das Wort entfahren, / Möcht er's im Busen gern bewahren. / Umsonst! Der schreckensbleiche Mund / Macht schnell die Schuldbewußten kund. / Man reißt und schleppt sie vor den Richter, / Die Szene wird zum Tribunal, / Und es gestehn die Bösewichter, / Getroffen von der Rache Strahl.«

Mit diesem Bild vor Augen waren beide mit der Droschke zur Schönhauser Allee gefahren, um die Beisetzung aus sicherer Dekkung heraus zu beobachten. Obwohl sie wußten, daß sich Stüler nur über sie lustig gemacht hatte, als bei ihm die märkischen Krähen an die Stelle der griechischen Kraniche getreten waren, hatten sie doch hin und wieder hinauf zum Himmel geschaut, auf einen kleinen Wink von ihm hoffend. Doch weder eine Krähe noch ein anderer größerer Vogel hatten sich blicken lassen.

Nun saßen sie über der Liste mit den Namen derjenigen, die Friedrich Silberstein das letzte Geleit gegeben hatten. Sie hatten aus ihrem Versteck alle im Blick gehabt. Die meisten Trauergäste waren ihnen bekannt, andere hatte Kublank, der einiges Talent als Zeichner besaß, skizziert, um später ihre Identität herauszufinden.

»Wie bei Schiller«, sagte Schlötel. »Wir gehen davon aus, daß der Mörder nicht auf Nimmerwiedersehen verschwindet, sondern sich weiterhin in der Nähe des Tatorts aufhält und irgendwie verrät.«

»Beim Ibykus sind es zwei Täter«, wurde er von Kublank korrigiert. »Am liebsten wäre mir ja gewesen, daß einer vor lauter Reue zu taumeln anfängt und ins Grab fällt. Aber keiner taumelte, geschweige denn zwei. Wie sagt der gebildete Mensch: Keen menschlicher Verstand ermißt, wat mancher für een Dussel is.«

»Auch Schiller?«

»Nee, Kublank.«

Schlötel dachte nun doch ganz pragmatisch. »Wenn die höheren Mächte sich weigern, uns zu helfen, müssen wir nun doch Namen für Namen durchgehen und prüfen, ob einer einen Grund gehabt haben könnte, Silberstein zu erschießen.«

»Fangen wir an, und zwar mit A.«

»Haben wir nicht.« Schlötel ging die Liste durch. »Erst mit B einen: Bleichröder, Gerson.«

»Quatsch, der doch nicht! Entschuldigung.« Kublank verneigte sich in Richtung seines Vorgesetzten. »Wenn der mal schießt, dann höchstens, wenn ihn seine Majestät mit auf die Jagd nimmt.«

»Blumenow, Wilhelm, Freund von Aaron Silberstein. Stadtbekannter Aufrührer. Ein gefährliches Subjekt.«

Kublank schüttelte abermals den Kopf. »Was sollte er für einen Grund gehabt haben, den Vater seines Freundes zu erschießen?«

»Wer weiß, in der Bibel kommt so was sicher vor.«

»Da hatten sie noch keine Schußwaffen.«

»Was Sie nicht sagen, Kublank. Also zum C ... Chaumont,

Moritz und Charlotte.« Schlötel war in dieser Hinsicht schon gut informiert. »Der junge Silberstein will Charlotte Chaumont heiraten, aber ihr Vater besteht darauf, daß der Bräutigam vorher konvertiert. Das nun soll Friedrich Silberstein gar nicht geschmeckt haben.«

»Aha!« rief Kublank. »Darum schaffen die Chaumonts den alten Silberstein aus der Welt – oder dingen sich einen Mörder.«

»Nun ...« Schlötel überlegte einen Augenblick. »Diese Charlotte Chaumont ist so schön, daß sie in Wallner's Theater glatt die Teufelin spielen könnte, das männermordende Weib. Und ihr Vater? Vielleicht hat er krumme Geschäfte gemacht und ihn der alte Silberstein deswegen unter Druck gesetzt.«

»Mit Verlaub: Wer zu dicht am Theater wohnt, dem kann schon mal die Phantasie durchgehen.«

»Geschenkt, Kublank, geschenkt. Weiter mit Halbleib, Menuchim, Kanzleigehilfe bei Silberstein junior. Wohl außerhalb jeden Verdachts. Ebenso Hirsch, Isaak, der beste Freund des Ermordeten.«

»Wieso? Je stärker die Liebe, desto größer der Haß, wenn einmal das Band zerrissen ist.«

»Gott, Kublank, der Mann geht auf die Sechzig zu.«

»Alter schützt vor Torheit nicht.«

»Sie mit Ihren Sprüchen.« Schlötel suchte nach den nächsten Namen und kam zum Buchstaben K. »Knoblauch, Eduard.«

»Nein, der doch nicht. Eine Krähe hackt doch der anderen kein Auge aus. Obwohl, in diesem Falle war es ja herausgeschossen ...«

»Kublank, es reicht!« mahnte Schlötel. »Weiter mit L. Dr. Lilienblum, der Arzt aus dem Juden-Lazarett, der Sarah Silberstein behandelt.«

»Da haben wir's: Er wird ihren Mann erschossen haben, um sie für sich zu haben.«

Schlötel stöhnte auf. »Wer hat denn wem vorgeworfen, er würde vom Theater verdorben sein? Nun kommen sie mit Schmierentheater. Lassen wir das. O gibt es nicht auf meiner Liste, erst wieder R wie Rosentreter.«

Da blitzte es in Kublanks Augen. »Meine Theorie: Der Meir Rosentreter ist gar nicht tot, sondern nur in eine andere Identität geschlüpft und lebt irgendwo in Europa. Unerkannt kommt er nach Berlin zurück und rechnet mit Friedrich Silberstein ab.«

»Wie würden Sie sagen: Bei mir Gebrüder Grimm – alles Märchenstunde.« Schlötel winkte ab. »Unter R haben wir noch Raabe. Als Poet ist der draußen vor, der würde eine Pistole sowieso falsch herum halten. Jetzt aber wird es spannend …«

»Ja, da kommt dieser Leutnant, Friedrich v. Treppeln, geübt im Umgang mit Hieb-, Stich- und Feuerwaffen. Auch einer aus dem Salon von Sarah Silberstein. Vielleicht ist er mal zum Gänsebraten eingeladen worden und hat nur den Bürzel abbekommen – allemal ein Grund, sich in seiner Ehre verletzt zu fühlen und Silberstein zu erschießen.«

Schlötel überging das. »Ich meine nicht v. Treppeln, sondern die Architekten, die jetzt kommen: Karl-Hermann Rana und Friedrich August Stüler. Dazu kommt noch der Bauunternehmer Louis Krimnitz, den wir fast übersehen hätten. Die haben doch alle einen Grund gehabt, Silberstein zu erschießen: ein Konkurrent weniger.«

»Das gilt sicher für Rana und Stüler, aber nicht für Krimnitz. Der hat doch mit der Neuen Synagoge gar nichts zu schaffen. Mit Stüler haben wir schon gesprochen, also müssen wir uns nur noch diesen Rana vorknöpfen.«

»Gut.« Schlötel kam zum Ende ihrer Liste. »Bleibt Jason Silberstein.«

»Den Brudermord gibt's doch nur in der Bibel.« Aber Kublank hatte nichts gehört, was darauf hinwies, daß Friedrich und Jason Silberstein wie Kain und Abel zueinander gestanden hatten. »Auch Sarah Silberstein scheidet aus.«

»Obwohl sie zusammengebrochen ist …« Es war ebenso eine Feststellung wie eine Frage. »Aber das ist mir auch wieder zuviel Dichtung. Eher denke ich da an einen fremden Raubmörder. Er schleicht morgens durch Berlin und sieht Friedrich Silberstein, wie der sich in den Grundriß der Neuen Synagoge vertieft. Die Gelegenheit ist günstig …«

»Aber dem Opfer hat nichts gefehlt.«

»Der Täter kann gestört worden sein, von Stüler.«

Kublank war von der These des großen Unbekannten wenig überzeugt. »Wie sagte mein Vater immer: Kacke im Trompetenrohr kommt zum Glück nur selten vor. Und so bin ich mir sicher, daß es auch in diesem Fall kein Zufallstäter war, sondern einer, dem viel daran gelegen sein mußte, ausgerechnet Friedrich Silberstein aus dem Spiel zu nehmen. Und da kommt für mich in erster Linie Rana in Frage. Ich hab's im Urin, daß er es war.«

KARL-HERMANN RANA hatte oft genug gespottet, er wüßte schon gar nicht mehr, wie es im Innern einer Kirche aussehen würde, zumindest einer katholischen, denn wenn er wirklich einmal eine betrat, dann nicht um zu beten, sondern um seine architektonischen Studien zu betreiben. Obwohl es da eigentlich nicht viel zu entdecken gab. Denn Berlin hatte unter seinen älteren Gotteshäusern keine gotischen Dome aufzuweisen, nichts was an Köln oder Magdeburg erinnerte, und es gab auch keine Münster wie in Straßburg und Ulm und keine so herrlichen Kathedralen wie etwa St. Stephan in Wien. Auch die neueren Kirchen waren wenig imposant. Am ehesten interessierte ihn noch die Hof- und Domkirche am Lustgarten, die 1750 von Boumann errichtet und von 1817 bis 1821 von Schinkel umgebaut und verschönert worden war. Das hatte der Meister auch mit St. Nicolai getan, dessen Ursprünge ins 12. Jahrhundert zurückgingen. Von den evangelischen Gotteshäusern waren hervorzuheben: die Kirche zum grauen Kloster in der Klosterstraße, St. Marien unweit des Neuen Marktes, St. Gertraud am Spittelmarkt, die Dorotheenstädtische Kirche, die Französische Kirche am Gendarmenmarkt, die Garnisonkirche an der Neuen Friedrichstraße, die Böhmische oder Bethlehemskirche in der Mauerstraße und die Friedrichswerdersche Kirche am Werderschen Markt. Doch zur christlichen Konkurrenz ging Rana nicht gerne, weil er nicht genau wußte, wie man sich da zu verhalten hatte, und einen Beichtstuhl suchte man vergeblich.

Unter den katholischen Kirchen war natürlich St. Hedwig hinter dem Opernhaus hervorzuheben, dann aber wurde es schon dünn. St. Michaelis auf dem Michaelkirchplatz im Bereich des Cöpenicker Feldes war noch zu nennen, aber die war noch gar nicht geweiht worden. Er verdrängte sie gern, denn sie war ein einziges Ärgernis für ihn: Der Kaiser von Österreich hatte durch reiche Geldgeschenke ihren Bau erst ermöglicht – aber ihm, dem Österreicher, waren nicht Entwurf und Ausführung übertragen worden. Der Geheime Oberbaurath Soller hatte sie bauen dürfen. Eine Schande war das! Soller waren Ehre und Honorare zugefallen, für Rana war der Spott geblieben: »Welch Einfallsreichtum! Romanischer Rundbogenstil mit naturfarbenen Backsteinen. Eine schöne Brauerei wäre das geworden.«

Viele Möglichkeiten zum Besuch eines Gottesdienstes hatten Katholiken im preußischen Berlin nicht, und wollte Rana nicht in der Kirche des Invalidenhauses, in der Kapelle des St.-Hedwigs-Krankenhauses in der Großen Hamburger Straße oder bei den Ursulinerinnen in der Lindenstraße beten, blieb ihm nur die St.-Hedwigs-Kirche. Aber da mußte er Angst haben, gesehen zu werden. Was denn der Rana hier machte, würden sich die Leute fragen, hielten sie ihn bislang doch eher für einen Atheisten. »Der wird etwas ausgefressen haben, und das treibt ihn jetzt zur Beichte. Wer weiß, ob das nicht der Mord an Silberstein ist ...«

Doch es trieb ihn unaufhaltsam vor den Altar und in den Beichtstuhl. Er kam von der Behrenstraße her, und da er noch zögerte einzutreten, studierte er erst einmal die Kuppel der Kirche, die dem Pantheon in Rom nachempfunden war, und mühte sich, die Inschrift zu verstehen, die unter dem von sechs Säulen getragenen Giebel zu lesen war: FEDERICI REGIS CLEMENTIAE MONUMENTUM HEDWIGI A. M. QUIRINUS S. R. E. CARD. SUO PERFECIT.

Zu Hause in Salzburg war er immer ein schlechter Lateinschüler gewesen, und so verstand er den Sinn zuerst nicht so recht, dann aber fiel ihm wieder ein, daß ja ein Kardinal namens Quirini den Berliner Katholiken das Portal gestiftet hatte. Also mußte es wohl in etwa heißen: »Der heiligen Hedwig zu Ehren ließ als ein Denkmal der Milde des Königs Friedrich der Kardinal Quirini dieses Portal auf eigene Kosten erbauen.«

Auf der Spitze des Giebelfeldes stand frei die Hedwig. Neben ihr knieten ein Engel, der ihr den Grundriß der Kirche darbrachte, und auf der anderen Seite eine gebrechliche Frau mit einer Krücke. Über den Eingängen und in den Nischen zwischen den Säulen waren Reliefs aus dem Leben Christi placiert. Für seinen Geschmack war alles recht mittelmäßig.

Als Rana endlich eingetreten war und sich bekreuzigt hatte, konnte er nicht anders, als erst einmal den ganzen Bau in sich aufzunehmen. Das kreisrunde Innere wurde von einer Kuppel überwölbt, die auf 24 korinthischen Säulen ruhte. Kolossale Bildsäulen der zwölf Apostel, von Ebenhecht in Sandstein ausgeführt, standen zwischen den Fenstern. Die Gruppe am Hochaltar, *Christus und Maria Magdalena am Auferstehungsmorgen*, hatte Melchiori aus carrarischem Marmor gefertigt. Die Seitenaltäre schmückten zwei Gemälde: *Die heilige Hedwig* von Cagliari und *Die Geburt Christi* von Pesne. Rana wußte, daß der Grundstein schon 1747 gelegt worden war, man St. Hedwig aber erst 1773 eingeweiht hatte. Büring und Le Geay hatten den Bau begonnen, von Boumann war er abgeschlossen worden. Der Vergleich mit der Neuen Synagoge drängte sich auf und erinnerte ihn daran, weswegen er eigentlich gekommen war. Er kniete nieder und begann zu beten.

»Allmächtiger Gott«, murmelte er, »barmherziger Vater. Ich armer, elender, sündiger Mensch bekenne dir alle meine Sünde und Missetat, die ich begangen mit Gedanken, Worten und Werken, damit ich dich jemals erzürnt und deine Strafe zeitlich und ewiglich verdient habe. Sie sind mir aber alle herzlich leid und reuen mich sehr, und ich bitte dich um deiner grundlosen Barmherzigkeit und um des unschuldigen bitteren Leidens und Sterbens deines lieben Sohnes Jesus Christi willen, du wolltest mir armen sündhaften Menschen gnädig und barmherzig sein, mir alle meine Sünden vergeben und zu meiner Besserung deines Geistes Kraft verleihen. Amen.«

Nach dieser allgemeinen Beichte hielt er erst einmal inne, so erschöpft war er. Er hatte nicht mehr die Kraft, zum Kern seiner Beichte zu kommen: daß er einen Menschen getötet hatte.

»Herr, ich schwöre dir: Ich bin kein Mörder!« begann er schließlich. »Ich habe Silberstein nicht treffen wollen, ich habe weit daneben gezielt. Herr, du weißt es! Herr, behüte mich davor, ins Gefängnis geworfen oder gar hingerichtet zu werden.« Und in seiner Not ging ihm all das durch den Kopf, was er als Kind in seiner Heimatkirche an biblischen Versen und Sentenzen gehört hatte: »Ein Mensch sieht, was vor Augen ist; der Herr aber sieht das Herz an.« Ja, mochten die Menschen ihn auch einen Mörder nennen, der Herr wußte, daß er reinen Herzens war. Gut, er hätte die Aufforderung zum Duell nicht annehmen dürfen, und er hätte Silberstein nicht wegen der eingestürzten Bierhalle so verspotten dürfen. Das war seine Schuld, seine schwere Schuld. Wie lautete doch der 34. Psalm, Vers 14: »Behüte deine Zunge vor Bösem und deine Lippen, daß sie nicht Trug reden.« Er schloß die feucht gewordenen Augen: »Herr, ich bereue es zutiefst.« Nein, er habe Silberstein nicht gehaßt. »Wohl dem, dem der Herr die Missetat nicht zurechnet, in des Geist kein Falsch ist.« Rana fühlte sich schon wesentlich erleichtert. »Danket dem Herrn, denn er ist freundlich, und seine Güte währet ewiglich.«

Damit erhob er sich und hielt es nun für unnötig, noch in einen Beichtstuhl zu treten und sich einem der Pater zu offenbaren. Wie hatte sein Vater immer gesagt: »Gott ja – Pfaffen nein!« Von denen brauchte keiner zu wissen, daß er Friedrich Silberstein erschossen hatte.

Mit etwas leichterem Schritt als vorher verließ er St. Hedwig wieder und machte sich auf den Weg nach Hause. Weit war es nicht, denn die Behrenstraße, wo er wohnte, lief genau auf die Kathedrale zu.

Als er seine Wohnung betrat, sah er schon von der Diele aus Miezi auf der Chaiselongue liegen. Sie schlief. Sie befand sich im letzten Drittel ihrer Schwangerschaft, und ihr Leib wölbte sich in einem Maße, daß er nur staunen konnte, wie die Natur so etwas einrichten konnte. Leise zog er sich den Mantel aus, hing ihn an den Haken, schlich auf Zehenspitzen zu ihr hin, kniete vor ihr nieder und legte seinen Kopf sanft auf die Rundung, die er so liebte. Dann hielt er den Atem an und wartete, ob sich sein Kind zu regen begann. Sie bemerkte es und strich ihm sanft über das schütter gewordene Haar.

»Wo warst du denn so lange?« fragte sie, während sie sich ein wenig aufrichtete.

»In der St.-Hedwigs-Kirche zur Beichte.« Er stellte sich, nachdem er sie geküßt hatte, wieder auf. »Aber ... der einzige Trost ist wohl, daß ich zwar ein Leben vernichtet, aber dafür auch ein anderes in die Welt gesetzt habe.«

»Es ist schon ein Elend.« Sie setzte sich auf und wischte sich den Schlaf aus den Augen.

»Aber so kann man nicht argumentieren«, führte Rana den Gedanken fort. »Dann hätte ja ein Mann mit zwölf Kindern das Recht, zwölf Morde zu begehen.«

»Du bist kein Mörder.« Miezi hatte in ihrer Liaison mit dem Diplomaten viel Juristisches gelernt. »Zum Mord gehört der Vorsatz, und du wolltest ja daneben schießen. Außerdem waren es keine niederen Beweggründe, sondern es war ein Duell, also etwas Ritterliches.«

»Ich danke Ihnen, Marie Ziegenbalg, für Ihr wunderbares Plädoyer.«

Sie warf mit einem Kissen nach ihm, denn sie mochte es nicht, bei ihrem bürgerlichen Namen genannt zu werden, ja, sie haßte den Namen geradezu und gab ihm auch die Schuld daran, daß sie nicht zur Primaballerina aufgestiegen war. Wer ging schon hin, um großes Ballett zu genießen, wenn auf den Plakaten groß Ziegenbalg stand, was an Stall, Käse und Gestank erinnerte. Und ein Balg hatte sie sich auch andrehen lassen.

»Du bist so süß ...« Er unterlief den Schlag mit dem zweiten Sofakissen, kam hinter sie zu stehen und umarmte sie, dabei ihre Röcke hochschiebend. »Ganz sanft a tergo?« fragte er.

Sie stimmte zu, und für eine halbe Stunde vergaß er, was ihn bedrückte. Dann aber kamen die dunklen Wolken wieder. »Was soll ich bloß machen? Ich muß zur Polizei.«

»Davon wird Silberstein auch nicht wieder lebendig. Nimm es

für einen Unfall. Der Benedotti, von dem ich das erste Kind hab', hat bei einer Jagd auch mal einen Treiber erschossen. Es war ein tragischer Unfall. Wer zur Jagd geht, kann vom Pferd fallen und sich das Genick brechen, und wer zum Duell antritt, muß damit rechnen, daß er zu Tode kommt. Bei jedem Spiel gibt es Gewinner und Verlierer. Mein Schicksal ist es nun mal, daß die Väter meiner Kinder einen anderen ins Jenseits geschickt haben.«

Rana lächelte. »Du hast so etwas Leichtes an dir, daß man denken könnte, du kommst aus Salzburg und nicht aus Müllrose.«

»Was Leichtes ... Schließlich bin ich Tänzerin.«

Draußen im Treppenhaus wurde am Klingelzug gerissen, und Rana machte, daß er aus dem Bett kam. »Wer ist denn da?« rief er.

»Der Benno.«

»Moment, ich komme.« Rana freute sich. Seit der Freund nach Rixdorf gezogen war, sahen sie sich nicht mehr allzuoft. Aber dort waren die Wohnungen billiger, und da Benno Frühbeis derzeit ohne festes Engagement war, mußte er sparen. »Tritt ein, bring Glück herein.«

»Das ist doch bei dir schon eingekehrt, seit du Miezi hast und das kleine ...« Fast hätte er »Fröschlein« gesagt, konnte das Wort aber gerade noch unterdrücken. »... und das kleine Wesen in ihr.«

»Wenn das Duell nicht gewesen wäre, hättest du ja recht – aber so ...« Rana stöhnte auf. »Das drückt mich derart nieder, daß ich ...«

Benno Frühbeis folgte einer spontanen Regung und umarmte den Freund. »Dabei haben wir alles getan, dir das zu ersparen, euch beiden das zu ersparen ...«

»Wer hat was getan?« Rana sah ihn irritiert an.

»Setzen wir uns erst einmal, alle drei.« Nachdem sie das getan hatten, erzählte er von seiner Vereinbarung mit Isaak Hirsch, die beiden Pistolen so zu manipulieren, daß man mit ihnen gar nicht anders konnte, als weit daneben zu schießen.

Karl-Hermann Rana lachte schrill auf und schlug sich klatschend gegen die Stirn. »Und ich Idiot ziele weit daneben, um ihn nicht zu treffen ... und korrigiere damit den verbogenen Lauf. Das ist doch unfaßbar!« Und in Erinnerung an seine Beichte in der St.-Hedwigs-Kirche stieß er den 139. Psalm hervor, aber höhnend und blasphemisch: »Wunderbar sind deine Werke, Herr, und das erkennet meine Seele wohl!« Und der 104. kam gleich hinterher: »Herr, wie sind deine Werke so groß und viel! Du hast sie alle weislich geordnet ...«

Benno Frühbeis, in aller gebotenen Heimlichkeit schon lange Atheist, brauchte lange, ehe er einen passenden Kommentar gefunden hatte. »Man muß nicht alles verstehen wollen, es ist nun einmal so, wie es ist: Wer Gutes will, bewirkt oft Böses, und umgekehrt. Denk an Mephisto: Ein Teil von jener Kraft, / Die stets das Böse will und stets das Gute schafft.«

Rana brauchte einige Sekunden, um zu erkennen, daß das alles zu hoch für ihn war. »Glaube, Philosophie, laß mich damit in Ruhe! Sag mir lieber, was ich jetzt machen soll. Zur Polizei gehen und alles zugeben, bevor es herauskommt?«

»Wie soll es publik werden, wo doch alle ein Interesse daran haben, die Sache im Dunkeln zu belassen?« Benno Frühbeis zählte alle auf, die vom Duell Kenntnis hatten. »Zuerst Friedrich Silberstein. Aber der wird sicher schweigen.«

»Manchmal sollen ja auch Tote sprechen«, sagte Miezi.

»Kind, du liest zuviel Schauerromane!« rief Rana.

Benno Frühbeis ließ sich nicht beirren. »Weiter. Von unserer Seite sind wir drei eingeweiht gewesen, sonst niemand. Da ist also nichts zu befürchten. Und bei Silberstein waren es seine Frau sowie Isaak Hirsch und dessen Frau. Sarah Silberstein, hört man, soll geistig verwirrt sein und überhaupt nicht mehr sprechen können. Die scheidet also als Gefahrenquelle aus. Bleiben Isaak Hirsch und seine Frau. Auch die werden ein hohes Interesse daran haben, die Sache unter den Teppich zu kehren, ihres guten Rufes wegen, privat wie geschäftlich.«

»Und was ist mit dem jungen Silberstein, mit Aaron?« fragte Miezi.

»Der weiß von nichts«, antwortete Benno Frühbeis. »Darauf haben sein Vater wie auch Isaak Hirsch großen Wert gelegt. Sie wollten ihn mit der Sache nicht belasten, hatten aber auch Angst, daß er versuchen würde, das Duell zu verhindern.«

»Um so besser für uns«, stellte Miezi fest.

»Dann müssen wir uns nur wegen meines Alibis absprechen«, sagte Karl-Hermann Rana. »Denn wegen der Synagoge werden sie ja zu mir kommen und mich befragen, schließlich waren Silberstein und ich die großen Konkurrenten um den gefüllten Fleischtopf, den uns Eduard Knoblauch hinterlassen hat. Ich muß also zur Tatzeit ganz woanders gewesen sein.«

Benno Frühbeis lachte. »Aber nicht gleichzeitig bei mir und bei Miezi.«

ERNST THEODOR SCHLÖTEL befand, daß es einem Polizeioffizier wie ihm nicht zuzumuten sei, zu Fuß vom Molkenmarkt zur Behrenstraße zu laufen, wo Karl-Hermann Rana zu verhören war, und so wies er Ferdinand Kublank an, eine Droschke zu holen und die Stadtkasse mit deren Kosten zu belasten.

»Imma die Neese hochhalten – ooch wenn et rinregnet«, brummte der Adlatus und tat, wie ihm geheißen. »Und recht ham Se ja: Schweißfüße lassen sich am besten vermeiden, wenn man seine Kackstelzen gar nicht benutzt.«

Es war wirklich nur ein kurzes Stück. Erst ging es die Poststraße hinauf, dann links in die Königstraße hinein, über Schloßplatz und Spree hinweg zum Werderschen Markt und schließlich über die Französische und die Charlotten- zur Behrenstraße.

»Soll ick jleich uff Ihnen warten?« fragte der Kutscher, der Schlötel erkannt und sofort messerscharf geschlossen hatte, daß der auf der Suche nach dem Mörder von Friedrich Silberstein war. »So wie Sie jebaut sind, ham Se doch det Jeständnis jleich.«

»Ja, warten Sie ruhig.« Schlötel hatte spontan den Entschluß gefaßt, Rana zum Gespräch ins Präsidium zu bitten, denn erfahrungsgemäß wurden die Kandidaten für Zuchthaus und Schafott dort eher weich, als wenn man sie in ihren eigenen vier Wänden vernahm. Doch als Kublank unten an der Klingel riß, tat sich zunächst in der Ranaschen Wohnung gar nichts, und erst als sie das altbewährte »Aufmachen! Polizei!« erklingen ließen, wurde oben ein Fenster aufgestoßen, und eine Zugehfrau streckte ihren Kopf heraus. »Wat is'n?« Ob der Herr Rana zu Hause sein. »Nee, der is uff de Baustelle. Ulanen-Kaserne inne Invalidenstraße hinten. Bei die Ställe da soll wat anjebaut werden.«

Die beiden Polizeibeamten sahen sich an. Sollten sie der Alten glauben oder doch lieber selber nachsehen? Bei Hinckeldey hätte Schlötel keine Sekunde gezögert, aber die neue Polizeiführung war darauf aus, die Bürger nicht unnütz zu erzürnen. Bloß keine neue Revolution! Dies im Kopf, entschloß sich Schlötel, lieber nach Moabit zu fahren und dort nach Rana zu suchen. »Also weiter!« rief er Kublank und dem Kutscher zu und schwang sich wieder in die Droschke. »Nach Moabit raus, in die …«

Der Kutscher winkte ab. »Lassen Se stecken, ick hab doch die Olle oben schrei'n jehört.« Schon knallte er mit der Peitsche, und sein Gaul schoß los.

Schlötel und Kublank waren wenig erfreut über die Weltreise, die sie nun anzutreten hatten. Da half auch Kublanks Trost nur wenig: »Bessa schlecht jefahr'n als jut jeloofen.«

Von der Behren- bogen sie rechts in die Wilhelmstraße ab und dann ging es in nahezu schnurgerader Linie in den Norden hoch. Fast den Pariser Platz berührend, kreuzten sie die Linden, fuhren auf der Marschallbrücke über die Spree hinweg, kamen in die Louisenstraße und über den Karls- und Louisenplatz hinweg zum Neuen Thor, das die Invalidenstraße tangierte. Hätte der Kutscher nicht stark am linken Zügel gerissen, wären sie direkt in der Königlichen Eisengießerei gelandet. So ging es Richtung Nordwest, wo sich die schier endlose Invalidenstraße irgendwo in den Spreewiesen zu verlieren schien.

Wenn Kublank den Namen Moabit hörte, schloß er die Augen und genoß noch einmal all die Vergnügungen seiner Kindheit und Jugend, die hier ihren Ausgang genommen hatten. Hier gab es Lokale über Lokale, und da diese vorwiegend von der dienenden Klasse frequentiert wurden, hieß Moabit in den Journalen auch »das Berliner Köchinnen-Vergnügen«. Schon seine Mutter hatte ihn im Kinderwagen mitgenommen, und die Karawane, die sich auf der staubigen Chaussee und am unheimlichen Zellengefängnis vorbei nach Moabit bewegt hatte, stand ihm noch lebhaft vor Augen. Mütter, Töchter, Kinder und Enkelkinder bildeten nachmittags das Gros, und die Kleinen wurden von Größeren in Wägelchen gezogen. An den meisten Lokalen hing ein blaues Schild mit der Aufschrift: »Hier können Familien Kaffee kochen.« Auch die »Fressalien« konnten im eigenen Kober mitgebracht werden. Hinterher durfte gespielt und herumgetobt werden, und es war ein jedes Mal ein Riesenspaß. Um halb sieben, also zwischen Nachmittag und Abend, kam dann auch nach Moabit hinaus, was vorher durch seine Geschäfte in Berlin festgehalten worden war: die Väter der versammelten Familien, die Brüder, die Cousins, also die Begleiterinnen der jungen Damen, die Soldaten der umliegenden Kasernen, die Putzmacherinnen und die Dienstmädchen, die gerade ihren freien Tag hatten. Die jungen Leute trafen sich auf dem Rasen bei »unschuldigen Spielen« wie Bäumchen verwechseln und Blindekuh. Anschließend begann der Tanz, und hinterher verlor sich so manches Paar in den üppigen Laubengängen. Lampions beleuchteten die Szene, die Musikstücke wurde immer wilder, die Bierseidel immer häufiger geleert. Bis dann die Polizei anrückte. Bei einer dieser Razzien hatte man auch den jungen Kublank betrunken im Gebüsch gefunden, und hätten die Kollegen nicht geschwiegen, wäre es mit seiner Polizeilaufbahn wohl aus gewesen. In Moabit hatte er auch seine Karoline erobert.

Während Kublank in sich versunken seinen Erinnerungen nachhing, studierte Schlötel die Gegend. Rechts hatten sie jetzt den Hamburger Bahnhof und links den Humboldthafen mit der Verbindungsbahn zum Potsdamer und Anhalter Bahnhof. Nach einem Stückchen Wiese folgte das Gefängnis, und er dachte an all die Galgenvögel, denen er einen längeren Aufenthalt in den Zellen hier verschafft hatte. Es war eine ganz stattliche Zahl, und er duckte sich unwillkürlich ein wenig, als sie das Gebäude passierten, denn wer ihn sah, der verfluchte ihn ganz sicher. Unmittelbar hinter dem Zuchthaus begann das riesige Areal des Exercirplatzes mit der dicht an der Straße gelegenen Kaserne.

»Unsere Ulanen!« schwärmte Schlötel, der nur bei den »Stoppelhopsern«, den Infanteristen also, gedient hatte.

»Kitzel mir mal eena, det ick lachen kann«, sagte Kublank. »Ick war nämlich bei den Ulanen. Imma diese Zossen, ick sare Ihnen! Aus Rache esse ick heute liebend jerne Pferdefleisch.«

Damit waren sie am Ziel, und Kublank zahlte dem Kutscher den Fahrpreis gegen Quittung. »Unsere Zahlstelle wird sich freuen.«

Schlötel sah sich nach Rana um. »Wir müssen aufpassen, daß der nicht gleich die Flucht ergreift, wenn er uns sieht.«

Die Ställe lagen weit hinten, dicht am Exercirplatz. Sie schlichen sich an den Kasernenbauten vorbei. Als sie Karl-Hermann Rana erblickten, verhandelte der gerade am Rande einer Wiese mit ein paar Offizieren und Bauleuten.

»Da, Kublank, sehen Sie mal!« Schlötel war ganz aufgeregt und packte den Assistenten so kräftig am Arm, daß der fast aufgeschrien hätte.

»Was ist denn?« Kublank hatte keine Ahnung, warum sein Vorgesetzter »so arsch erregt war«, wie er es später formulieren sollte.

»Sehen Sie nicht den Krähenschwarm da über Ranas Kopf?«

»Ja – und?«

»Der Krähenschwarm des Silberstein!« rief Schlötel. »Er zeigt uns an, wer der Mörder ist – so wie es die Kraniche im Falle des Ibykus getan haben.«

Kublank blieb skeptisch. »Nu weeß ick endlich, wat 'n Fingerzeig Gottes is. Aber mal sehen, ob der Herr da det ooch so sieht.«

Sie gingen zu Ranas Gruppe, stellten sich vor und baten den Architekten zu einem kleinen Gespräch ins Offizierskasino. Schlötel war sichtlich stolz darauf, dort ohne große Umstände eingelassen zu werden. Bei einer Tasse Kaffee machten sie sich daran, Rana ein Geständnis zu entlocken.

»Sie ahnen, warum wir Sie zu sprechen wünschen?« fragte Schlötel.

»Na, sicher doch in der Sache Silberstein.« Rana gab sich alle

Mühe, souverän, ja gelangweilt zu wirken. »Daß Sie sich den Kollegen Stüler schon vorgeknöpft haben, hat sich ja schnell herumgesprochen. Obwohl es ja sprichwörtlich ist, daß eine Krähe der anderen kein Auge aushackt. Und jene, die hier über uns kreisen, verifizieren dies in anschaulichster Art und Weise. Oder sehen Sie hier herausgehackte Augen zur Erde fallen?«

Schlötel winkte ab. »Solange alle gut zu fressen haben ... Anders sieht es natürlich bei Futtermangel aus – oder wenn Sein oder Nichtsein davon abhängen, ob man den Auftrag zum Bau der größten Synagoge Europas bekommt oder nicht bekommt ...«

»Es liegt ja auf der Hand, daß da ein Konkurrent von Silberstein am Werke war«, fügte Kublank hinzu. »Und nun klappern wir alle ab, die beim Bau der Neuen Synagoge leer ausgegangen sind.«

Rana nickte. »Das ist nur allzu logisch, und ich fühle mich auch überhaupt nicht in meiner Ehre verletzt, daß Sie mich für einen Mörder halten, gestatte mir aber den Hinweis, daß es noch kein Mensch fertig gebracht hat, zur selben Zeit an zwei verschiedenen Orten zu sein.«

Schlötel lächelte. »Damit wollen Sie andeuten, daß Sie zu der Stunde, da Friedrich Silberstein von einer Kugel tödlich getroffen niedersank, ganz woanders gewesen sind?«

»Ja, bei mir zu Hause in der Behrenstraße.«

»Allein?«

»Nein. Die Frau, die ich demnächst ehelichen werde und die sich gerade anschickt, mich zum Vater zu machen, hat mein Lager geteilt.« Rana sah dem Krähenschwarm hinterher, der gerade dabei war, Kurs auf die Juden-Wiese nehmen, die nördlich der Königlichen Porzellan-Fabrik den U-förmigen Spreebogen füllte. »Gegen sieben Uhr haben wir uns dann erhoben, und kurz danach ist mein Freund Benno Frühbeis erschienen, um mit uns zu frühstücken.«

Schlötel mußte sich eingestehen, daß es naiv gewesen war, von Rana schon in den ersten Minuten ihres Gesprächs ein umfassendes Geständnis zu erwarten. Als dieses nun ausblieb, verschlug es ihm die Sprache, und er sah etwas hilflos zu seinem Adlatus hinüber.

Auch Kublank erwies sich nicht so schlagfertig wie sonst, sagte ihm doch sein Instinkt, daß Karl-Hermann Rana log. Zu aufgesetzt war seine Munterkeit, zu vorbereitet klangen seine Worte. Strategisch war es sicher das beste, ihn unter Druck zu setzen und dadurch zu zwingen, Fehler zu begehen. »Selbstverständlich schenken wir Ihren Worten Glauben, Herr Rana, aber der Herr Polizeipräsident hat nun einmal Ordre gegeben, alle Alibis genau zu überprüfen, und so werden wir nicht umhinkönnen, uns mit den von Ihnen benannten Personen in Verbindung zu setzen.«

»Das bleibt Ihnen selbstverständlich unbenommen.«

Schlötel und Kublank reichten Rana daraufhin die Hand, verabschiedeten sich formvollendet und gingen zur Invalidenstraße zurück, wo der Kutscher mit seiner Droschke wartete.

ERNST THEODOR SCHLÖTEL hatte gelernt, daß ohne Gehorsam nichts ging. Sie war die Grundlage aller göttlichen, staatlichen und privaten Ordnung. »Räsoniere Er nicht!« hatte schon Friedrich der Große ausgerufen, und ein Vorgesetzter war allein dadurch im Recht, daß er Vorgesetzter war. Vor diesem Hintergrund hatte er auch zu akzeptieren, daß man ihm und Kublank aus Kostengründen das Benutzen von Droschken im Dienst ab sofort untersagt hatte. Die Kasse habe Weisung, ihnen nichts mehr zu ersetzen. Er möge zu Fuß laufen oder, sei die Distanz dann doch zu lang, einen der öffentlichen Pferde-Omnibusse benutzen. Ob er die Fahrten sämtlicher Linien im Kopfe habe? Nein. Dann möge er sich kundig machen. Jawoll! Und er zögerte nicht, Kublank mit dieser Aufgabe zu betrauen.

»Vierzehn sind es«, sagte der nach erfolgter Recherche. »Die meisten gehen vom Lustgarten, vom Alexanderplatz und hier bei uns vom Molkenmarkt ab. Hier ist die Liste, bitte.«

Schlötel überflog sie. Vom Lustgarten kam man zum Askanischen Platz, nach Charlottenburg, Moabit, Pankow und Tempelhof, vom Alexanderplatz nach Lichtenberg und vom Molkenmarkt zum Gesundbrunnen sowie nach Schöneberg und Stralau. Dazu kamen die Linien Kreuzberg–Wedding-Platz, Dönhofplatz–Hasenheide, Landsberger Thor–Hofjäger, Berlin–Cöpenick und Berlin–Spandau. In der Innenstadt fuhren die Omnibusse halbstündlich, wollte man aber in die umliegenden Dörfer und Städte, mußte man schon genauer auf den Fahrplan sehen, denn da hatte man nur alle Stunde oder sogar nur drei- bis viermal am Tag die Chance, einen Wagen zu besteigen. Der Fahrpreis betrug zweieinhalb bis drei Silbergroschen für die Fahrt über die ganze Strecke, für Teilstrecken meist anderthalb Silbergroschen, was Schlötel als recht teuer erschien und dem Polizeipräsidium nicht viel Ersparnis einbrachte. Schlötel konnte sich noch gut daran erinnern, wie sich vor zwölf Jahren, am 1. Januar 1847, die ersten Pferde-Omnibusse in Bewegung gesetzt hatten – fast zwanzig Jahre später als in London und Paris, was daran lag, daß sich zunächst kein Unternehmer um eine Konzession beworben hatte. Die es dann dennoch wagen, mußten hinnehmen, daß viele ihrer Fahrzeuge 1848 beim Barrikadenbau Verwendung fanden und anschließend verschrottet werden mußten.

Das alles hatte Kublank ebenso artig wie sachlich vorgetragen, doch er konnte nicht umhin, einen kleinen Scherz hinzuzufügen.

»Älteren Damen allerdings wird von der Benutzung der Pferde-Omnibusse dringend abgeraten.«

»Warum denn das?« fragte Schlötel.

»Na, wissen Sie nicht, was die Lausebengels immer rufen: Sieh da, sieh da, Timotheus, / die Olle fällt vom Omnibus.«

»Lassen Sie das, Kublank, wir sind im Dienst. Eruieren Sie lieber, wo dieser Frühbeis und diese Miezi ansässig sind.«

»Ihr Wunsch war mir schon lange Befehl, und ich kann es Ihnen auf der Stelle sagen: Die Tänzerin Marie Ziegenbalg wohnt in der Schustergasse und der Schauspieler Benno Frühbeis draußen in Rixdorf.«

Schlötel klatschte in die Hände. »Bravo, Kublank. Und mit wem beginnen wir?«

»Die Ziegenbalg kommt erst am Nachmittag aus Müllrose zurück, wo ihre Eltern wohnen und ihr erstes Kind großziehen, aber Frühbeis soll zu Hause sein, um in aller Ruhe neue Rollen zu lernen.«

»Also machen wir uns zuerst auf den Weg nach Rixdorf«, entschied Schlötel. »Wann fährt der Omnibus?«

»Nach Rixdorf? Voraussichtlich im Mai nächsten Jahres.«

»Was, es gibt noch gar keine Linie?«

»Sie sagen es.« Kublank war ein wenig amüsiert, weil sein Vorgesetzter von diesem Umstand keine Kenntnis hatte.

»Dann kommen wir also nur bis zu Hasenheide.«

»Auch das nicht. Der Omnibus dorthin verkehrt nur im Sommer. Sollen wir so lange warten – oder sollten wir uns doch um eine Droschkenfahrt bemühen?«

»Nein.« Da hatte Schlötel seinen Stolz. »Ich ziehe doch nicht als Bittsteller durchs Haus. Bis wohin fährt denn um diese Jahreszeit ein Omnibus?«

Kublank sah auf seinen Zetteln nach. »Nach Schöneberg. Von sieben Uhr morgens bis halb neun abends halbstündlich. Preis zweieinhalb Silbergroschen.«

»Gut, nehmen wir den Omnibus bis Schöneberg und laufen dann nach Rixdorf. Wir haben ja das Marschieren gelernt und werden diese Distanz in knapp anderthalb Stunden bewältigt haben. Gleich morgens geht es los.«

»Zu Befehl!« rief Kublank und schlug die Hacken zusammen. »Wo gespart werden muß, will ich nicht abseits stehen.«

Der Omnibus nach Schöneberg hielt am Molkenmarkt fast vor ihrer Tür. Über den Mühlendamm, die Gertraudenstraße, den Spittelmarkt und die Leipziger Straße ging es zum Potsdamer Thor und dann weiter die Potsdamer Straße hinunter. Am Schöneberger Ufer stiegen sie aus, um ihren Fußmarsch nach Rixdorf anzutreten. Es war ein trüber Tag, aber Regen wurde nicht erwartet und die Temperatur war so, daß man weder übermäßig schwitzte noch fror. Für ein Drittel des Wegs hatten sie links von sich den Landwehrkanal und konnten manchen Lastkahn bestaunen. Kublank ließ sich die Gelegenheit zu Wortduellen mit den Schiffern nicht entgehen.

»Dir ham se wohl mit de Banane aus'm Urwald jelockt?!« rief er, als einer der Schiffer seinen Hund noch anspornte, sie zu verbellen.

»Meckern Sie nich so, det Ziejenfutta is zu teua!« schrie er, als sich einer beschwerte, daß ihm Kublank zielsicher einen Kieselstein auf seine Kombüse geworfen hatte.

Solche Geplänkel ließen die Zeit schneller vergehen. Unter den Gleisen der Potsdamer und der Anhalter Bahn hindurch kamen sie zum Halleschen Thor, warfen einen Blick auf die Kavalleriekasernen und den Kreuzberg, schlugen aber nicht den Weg nach Süden ein, sondern wandten sich südostwärts, wo eine Pionierstraße an mehreren Friedhöfen und dem Königlichen Reitplatz vorbei zur Hasenheide führte. Die nun sorgte für einigen Gesprächsstoff.

»Seit sie die meisten Fichten abgeholzt haben, gibt es kaum noch Hasen in der Heide«, sagte Schlötel.

»Halte dir an die Natur, / Sie allein bejlückt dir nur«, reimte Kublank.

Natur gab es immer noch genug, obwohl die durch das Gehölz führende Straße gerade chaussiert worden war. Auf der einen Seite gab es verschiedene Sommerhäuser sowie Kaffee- und Bierlokale, die namentlich am Sonntag, Montag und Mittwoch von den mittleren und niederen Ständen besucht wurden. Auf der anderen, der südlichen Straßenseite befanden sich mehrere Militärschießstände und auf einer kleinen Anhöhe der Karlsgarten.

Kublank erzählte von den vielen Eroberungen, die er als junger Mann hier gemacht hatte. »Denn: Wat is det Leben ohne Liebesjlanz? / Een abjeknabberter Hammelschwanz.«

»Aber heiraten haben Sie von denen keine wollen?«

»Die einzigste, die ick damals jeliebt habe, hat immer nur gesagt: Bei mir Venus von Milo – Hände weg! Sie hat mich sitzenlassen und meinen besten Freund geheiratet. Da habe ich allen gesagt: Bei mir Ferdinand – ich gehe und verkehre nie wieder. Bis ick dann in Moabit meine Karoline jefunden habe.«

»Darauf trinken wir einen«, sagte Schlötel, denn der allseits bekannte Rollkrug war nicht mehr weit entfernt und lockte schon.

»Richtig. Dienst ist Dienst und Schnaps ist Schnaps, aber erstens ist ein Bier kein Schnaps und zweitens ist unser Dienstherr selber schuld, daß er uns so durch die Wüste jagt.«

Nachdem sie sich erfrischt hatten, nahmen sie das letzte Stück ihrer Wanderung in Angriff. Die Straße zwischen dem Rollkrug und den Dörfern Deutsch- und Böhmisch-Rixdorf lief am Fuße der Rollberge entlang und wies kaum Gehöfte auf. Erst als sie zum sogenannten Büdnerdreieck an der Bergstraße kamen, lohnte es sich, an einem der eingeschossigen ländlichen Wohnhäuser Halt zu machen und nach Benno Frühbeis zu fragen. Ja, den gebe es hier, der wohne beim Müller auf dem Mühlenberg. Und in der Tat, dort fanden sie den Schauspieler in einer Art Anbau.

Er sah, obwohl es auf den Mittag zuging, noch recht verschlafen aus, war aber immerhin schon bekleidet, wenn auch nur mit einer Hausjacke und einer Hose, die manch Landstreicher als eine Zumutung abgelehnt hätte. »Was verschafft mir die Ehre?«

Schlötel kannte ihn von der Bühne her und konnte auf eine längere Befragung zur Person verzichten. »Wir kommen vom Molkenmarkt, hier unsere Legitimation.«

»Danke.« Frühbeis verzichtete darauf, die Papiere genauer in Augenschein zu nehmen. »Planen Sie im Präsidium die Aufführung eines Stückes: *Hinckeldeys Aufstieg und Fall* oder so ähnlich – und ich soll den Herrn Polizeipräsidenten geben?«

Schlötel verneinte. »Es handelt sich lediglich um eine Nebenrolle, die eines Zeugen im Mordfall Silberstein.«

»Was soll ich da bezeugen?«

»Daß Sie den Architekten Karl-Hermann Rana kurz nach der Tat in seiner Wohnung in der Behrenstraße angetroffen haben.«

Benno Frühbeis blickte so ernst, als sei er bei einer Eidesleistung. »Ja, das habe ich.«

Kublank versuchte es mit einer Falle. »Er war ja allein zu Hause und …«

Frühbeis unterbrach ihn. »Wieso war er allein zu Hause? Seine … seine Geliebte war doch bei ihm, diese Tänzerin, die ein Kind von ihm bekommt.«

»Ach ja …?« Kublank mimte den Ahnungslosen. »Dann sollten wir die zuvörderst befragen.«

»Ja, tun Sie das.«

»Was gab's denn alles so zum Frühstück?« Kublank wollte das später mit den Angaben von Rana und der Ziegenbalg vergleichen.

»Ich hab' mir keine Zeichnung davon gemacht. Das Übliche …« Der Schauspieler begann es aufzuzählen.

Schlötel verfluchte sich und seine Idee, nach Rixdorf zu marschieren und Frühbeis zu vernehmen. Erst diese Anstrengung – und dann eine Ausbeute, die lächerlich war. Für einen Augenblick konnte er seinen Ärger nicht unterdrücken und schnauzte Frühbeis an: »Hören Sie auf mit dem Unsinn! Ich weiß nicht, was an dem Morgen geschah, als Silberstein erschossen wurde, aber ich weiß genau, daß Sie mir nicht die Wahrheit sagen und daß Ihr Freund Rana in den Fall verwickelt ist.«

»Halt!« Kublank, in der Furcht, sein Vorgesetzter würde sich auch noch hinreißen lassen, auf die Krähen zu verweisen, machte ihm ein Zeichen, hier abzubrechen.

»Ja, was ist denn?« schnauzte Schlötel.

»Mit Verlaub, wir sollten jetzt den Heimweg antreten. Wir beißen ja hier doch nur auf Granit.«

Schlötel sah das ein, maulte aber gehörig. »Ich laufe aber höchstens bis zum Rollkrug – von da will ich 'ne Droschke auf Staatskosten, sonst …« Er ließ durchblicken, daß er sonst wegen dieser Sache bis zum König gehen würde.

Sie traten also den Rückzug an und hatten das sichere Gefühl, daß sie Benno Frühbeis hinter ihrem Rücken tüchtig auslachen würde.

»Dasselbe wird uns heute nachmittag bei dieser Miezi passieren«, sagte Kublank. »Die können wir uns eigentlich sparen.«

»Nein, sie aufzusuchen ist unsere Pflicht.«

Marie Ziegenbalg bewohnte ein kleines Zimmer in der Schustergasse, die knapp hinter dem Spittelmarkt gelegen war.

Erst bei ihrem Anblick wurde Schlötel so richtig bewußt, daß sie schwanger war und Ranas Kind austrug – und was für ein Elend das war. Das Ungeborene würde später als Sohn oder Tochter eines Mörders durch die Welt laufen, aufgewachsen im Waisenhaus, weil die Mutter wegen Beihilfe im Zuchthaus gesessen hatte. Miezi tat ihm leid, und deshalb machte er die Sache kurz.

Er nannte ihr die Daten, auf die es ankam, Tag und Stunde, und formulierte seine Frage dann so, daß sie nur mit einem Ja antworten konnte. »Da haben Sie also das Lager mit Karl-Hermann Rana geteilt und können an Eides Statt versichern, daß er in dieser Zeitspanne seine Wohnung in der Behrenstraße nicht verlassen hat?«

»Ja.«

Das war es dann, und auch Kublanks Nachfragen brachte nichts, so daß Schlötel, als sie wieder unter auf der Gasse standen, nur noch den Herrn Goethe bemühen konnte: »Da steh' ich nun, ich armer Tor! / Und bin so klug als wie zuvor.«

»Ich stehe natürlich wie immer fest an Ihrer Seite«, sagte Kublank mit preußischer Schlichtheit. »Man kann oft jar nich so dumm denken, wie't kommt.«

KARL-HERMANN RANA hatte von Miezi noch am selben Tage und von Benno Frühbeis einen Tag später erfahren, daß sich der Kommissarius Schlötel und sein Begleiter vom Gedanken verabschiedet hatten, er könnte Friedrich Silberstein erschossen haben. Und je mehr Zeit verging, desto mehr übernahm er Miezis Sicht der Dinge und sah den Tod des Mitbewerbers als Unfall an. Dies um so mehr, als er wirklich weit daneben geschossen hätte, wäre dieser Isaak Hirsch nicht auf die Idee gekommen, die Waffen zu manipulieren. Es war also wirklich nur eine Verkettung unglücklicher Umstände, und allmählich wurde immer leichter, was ihn niederdrückte, und sein heiteres und oberflächliches Naturell brach sich wieder Bahn. Zugleich keimte die Hoffnung in ihm auf, daß man ihm, da ja Friedrich Silberstein nun final aus dem Rennen war, die Knoblauch-Nachfolge antragen würde. Selbst in der Jüdischen Gemeinde vorzusprechen wagte er nicht, weil das mit der Gefahr verbunden war, daß einige ihn doch wieder für den Mörder halten konnten. Es sah ja in der Tat aus wie Leichenfledderei.

So erwähnte er die Neue Synagoge auch mit keinem Wort, als er auf der schmalen Inselbrücke Dr. Sachs in die Arme lief. Man begrüßte sich sehr freundschaftlich. Dr. Michael Sachs war Rabbinats-Assessor der Gemeinde und immer bestens über das informiert, was in der Kommission zum Neubau des Gotteshauses so gesprochen wurde. Zuletzt hatte man sich bei der Beerdigung von Friedrich Silberstein getroffen, und so lag es auf der Hand, daß man zunächst auf den Mordfall zu sprechen kam.

»Wie man hört, soll dieser Schlötel schon eine Reihe ehrbarer Bürger belästigt haben«, begann Dr. Sachs die kurze Unterhaltung.

Rana verstand es als das, als was es gemeint war, als Frage, und bekannte sofort, daß Schlötel auch schon bei ihm gewesen war. »Und nicht nur das, auch meine künftige Ehefrau und mein Freund Frühbeis sind von ihm wie Verbrecher in die Mangel genommen worden.«

Dr. Sachs schmunzelte. »Aber man hat Sie wieder laufenlassen?«

Rana flüchtete sich in einen kleinen Hustenanfall. »Sie haben gut lachen.«

»Wenn alles nicht so ernst sein würde, könnte man sagen, daß auch Ihnen bald wieder zum Lachen zumute sein wird, denn vorhin habe ich mit Herrn Heymann gesprochen ...«

Rana horchte auf, denn Commerzienrath Carl Heymann war der Vorsitzende des Vorstandes der Jüdischen Gemeinde. »Und?«

»Die Abstimmung darüber wird zwar erst Ende der Woche stattfinden, aber Sie können ganz sicher sein, daß es in der zur Leitung des Baus eingesetzten Kommission eine klare Mehrheit für Sie geben wird, lieber Rana, und ich an Ihrer Stelle würde schon mit den Vorbereitungen beginnen, vor allem nach Firmen suchen, die das Handwerkliche übernehmen können.«

Sieg, Sieg! Er war am Ziel! Rana hätte am liebsten die Arme hochgerissen und »Freude, schöner Götterfunken« gesungen.

KAPITEL 11

JASON SILBERSTEIN saß bei Stehely in der Charlottenstraße und suchte seine Gedanken zu ordnen. Zwischen Kaffeetasse, Cognacglas und Kuchenteller lagen wild verstreut die Zettel mit seinen Notizen und Sentenzen. Während er den Rest seiner Herrentorte auf die Gabel spießte, überflog er sie:

Seit dem Tod meines großen Bruders komme ich mir vor wie ein Planet, dessen Zentralgestirn plötzlich erloschen ist.

Leicht durchs Leben schweben kann man nur als Jüngling. Ist man aber 46 Jahre alt wie ich, dann ist man eher ein plumper Vogel Strauß, der nicht abheben kann, so schnell er auch läuft.

Viererlei Menschen sind schon gestorben, obwohl sie noch auf Erden wandeln: der Arme, der Aussätzige, der Blinde und der Kinderlose. Und ich bin kinderlos …

Müßiggang ist aller Laster Anfang – und was ist ihr Ende? Im Worte Laster steckt die Antwort: Last. Alle meine Laster sind langsam nur noch Last. Finde ich eine neue Geliebte, dann denke ich nicht an die Lust, die sie mir bereiten wird, sondern an die Angst, mein Herz könnte versagen, wenn wir dem Höhepunkt entgegenstreben. Leere ich die neue Flasche Rotwein, fürchte ich beim Herantreten ans offene Fenster die Versuchung, die Arme auszubreiten und hinauszuspringen in den Tod. Flaniere ich am Vormittag durch die Königstraße, genieße ich das nicht, sondern erleide es wie ein Spießrutenlaufen, deute ich doch in die Blicke der anderen hinein, daß sie mich als Schmarotzer sehen.

Immer nur schöngeistig und ironisch sein zu wollen ruiniert den Charakter und macht letztendlich einsam.

Wo finde ich jetzt noch eine Frau, die mich nimmt, es sei denn, ich entdecke Sarah für mich und trete an die Stelle meines Bruders. Aber wird sie je zurückkehren aus ihrer geistigen Umnachtung?

Taugt ein Friedrich Silberstein als Protagonist eines Romans, oder sollte ich mich nicht doch lieber nach einem anderen Berliner Juden umsehen?

Da nun setzte er an und zermartete sich den Kopf, wer wohl von den Berliner Juden am ehesten dazu taugte, Mittelpunkt eines Gesellschaftsromans zu werden, der eine breite Resonanz beim Publikum fand wie etwa Raabes *Chronik*. Um Ordnung bemüht, eine ihm eigentlich wesensfremde Regung, begann er die Namen und Lebensdaten, sofern er sie schon beisammen hatte, von anderen Zetteln abzuschreiben, chronologisch zu ordnen und mit Kommentaren zu versehen:

Lippold († 1573), Münzmeister des Kurfürsten Joachim II., nach üblen Verleumdungen hingerichtet. – Ist mir eine zu düstere Geschichte.

Moses Mendelssohn (1729–1786), Philosoph und Geschäftsmann. – Für den Anfang eine Nummer zu groß für mich und zu sehr eine Sache des Kopfes, als Roman nicht prall genug.

Joseph Mendelssohn (1770–1848), Banquier. – Nein, Geld hat man, über Geld redet man nicht – und erst recht schreibt man keinen Roman darüber.

Henriette Herz (1764–1847), literarischer Salon mit Jean Paul, Wilhelm v. Humboldt, Schleiermacher, Schlegel, Schadow und Börne. – Ist mir zu sehr Lexikon.

Rahel Varnhagen von Ense (1771–1833), Salon in der Mauerstraße. – Nein, ich verstehe zuwenig von geistvollen Frauen.

David Friedländer (1750–1834), Pädagoge und Stadtrat. – Ist mir ein zu fremder Charakter.

Moritz Manheimer (um 1825), Kaufmann. – Verstehe nichts vom Kaufmännischen und kann mich schwer mit solchen Naturen identifizieren.

Meno Burg (1789–1853), Major in der preußischen Armee. – Habe zuwenig Ahnung vom Militär.

Felix Mendelssohn Bartholdy (1809–1847), Komponist. – Mich in die Welt eines begnadeten Komponisten hineinversetzen zu können erscheint mir illusorisch.

Giacomo Meyerbeer (1791), Opernkomponist, u.a. »Die Hugenotten«, an sich Jakob Liebmann Meyer Beer. – Entfällt als Held ebenso wie Mendelssohn Bartholdy, denn Musiker regen mich zu sehr zum Spotten an.*

Leopold Zunz (1794), Begründer der Wissenschaft des Judentums. – Zum einen zucke ich zurück, wenn etwas wissenschaftlich wird, und zum anderen lebt er noch, so daß ich zuviel Rücksicht nehmen müßte.*

Damit war er mit seiner Liste am Ende und konnte seiner Enttäuschung nur mit Hilfe eines weiteres Cognacs Herr werden. Mit niemandem konnte er sich derart identifizieren, daß es ihn unaufhaltsam getrieben hätte, den Roman als eine Art Autobiographie zu schreiben. Er schlug mit der flachen Hand auf den Tisch. »Wie bekomme ich nur Leben in das Ganze?« Wenn er ernsthaft mit sich ins Gericht ging, dann mußte er zugeben, daß es auch der Neid war, der ihn daran hinderte, ein Loblied auf andere zu singen. Seine einzige Begabung schien darin zu liegen, ein großer

Spötter vor dem Herrn zu sein. Und seitdem er beschlossen hatte, Schriftsteller zu werden, war ihm bewußt geworden, daß es zweierlei war, als Schöngeist zu reden oder zu schreiben. Sprach er frei, dann floß seine Rede ohne jedes Hindernis, wollte er aber niederschreiben, was ihm durch den Kopf ging, dann erstarrte es. Alles war blockiert. Was er sich erhoffen konnte, war die Erfindung einer Maschine, mit der man festhalten konnte, was man gerade gesprochen hatte.

Wahrscheinlich hatte er nur eine Chance, einen passablen Roman zu Papier zu bringen: den seiner eigenen Familie. Der Mord an seinem Bruder war immerhin ein brauchbarer Ausgangspunkt. Doch kaum hatte er es gedacht, da schämte er sich schon dafür. Und was würden Sarah und Aaron dazu sagen? Auch wenn er sie anders nannte, würden sie sich wiedererkennen. Andererseits war es ein reizvoller Gedanke, seinem Bruder ein Denkmal zu errichten. Er hatte nichts hinterlassen, was ihn unsterblich werden ließ. Das einzige Bauwerk, das ihm Ruhm hätte einbringen können, wäre die Neue Synagoge gewesen. Aber vielleicht gelang ihm, dem Bruder, ein Roman über ihn, der nie in Vergessenheit geraten würde, ein Werk wie der *Werther* etwa. Das schien vermessen, aber ...

Weiter kam er nicht, denn in diesem Augenblick trat ein Mann an seinen Tisch, mit dem er schon seit langem gut bekannt war, der Rabbiner Abraham Geiger, 1810 in Frankfurt am Main geboren und damit nur wenig älter als er. Geiger war ein bedeutender Vorkämpfer für die Reform des Judentums und hatte von 1835 bis 1847 die *Wissenschaftliche Zeitschrift für jüdische Theologie* herausgegeben.

»Sie wieder einmal in Berlin?« Jason Silberstein war aufgestanden, um dem anderen die Hand zu schütteln.

Abraham Geiger lächelte. »Ja, wenn ich noch Hoffnung habe, dann ist sie an Berlin geknüpft.« Das bezog sich darauf, daß er woanders zweimal gescheitert war: In Breslau hatten sie ihn nicht zum Direktor des Jüdisch-theologischen Seminars berufen und in seiner Geburtsstadt ihm die Gründung einer wissenschaftlichen jüdisch-theologischen Fakultät verwehrt. »Wenn die Neue

Synagoge erst fertig ist ... O nein!« Ihm war eingefallen, daß er bis jetzt vergessen hatte, Silberstein zum Tode seines Bruders zu kondolieren. Mit bewegten Worten holte er es nach. »Weiß man schon, wer der Täter war?«

Jason Silberstein verneinte das. »Die ersten Vermutungen gingen in Richtung eines seiner Konkurrenten, aber alles ist im Sande verlaufen.«

»Wenn es mal nicht der Haß auf uns Juden war«, sagte Abraham Geiger, während er sich setzte. »Weil wir nun langsam auch Felder besetzen, die uns bisher weitgehend verschlossen waren.«

Jason Silberstein glaubte das nicht. »In Preußen ist man tolerant, und wir werden mehr und mehr als ganz normale Bürger betrachtet.«

»Ganz normale Bürger, die ihr größtes Gotteshaus im maurischen Stil erbauen, um anzuzeigen, wo sie herkommen und womöglich auch mal wieder hinwollen: ins Morgenland, nach Palästina. Nein, mein lieber Silberstein, unsere Gotteshäuser sollten sich nach außen nicht von den christlichen Kirchen unterscheiden, das wäre viel klüger gewesen.«

»Gerade das hat mein Bruder gewollt, und ich selber war es, der ihm vorgeworfen hat, es würde wie ein Bahnhof aussehen.« Jason Silberstein war nachdenklich geworden. »Sie glauben doch nicht, daß einer unserer eigenen Leute ...? Ach, Vater war doch alles andere als ein Reformer.«

»Nach dem, was er da bauen wollte, wohl schon.«

Nachdenklich rührte Jason Silberstein seinen Kaffee um. »Ich hasse Verschwörungstheorien, aber ...« Er erzählte Abraham Geiger vom mysteriösen Verschwinden des etwas undurchsichtigen Geldwechslers Meir Rosentreter. »Das wäre wirklich ein Schauerroman.«

Dem konnte Geiger nur zustimmen. »Den sollten Sie schreiben, lieber Silberstein, denn Sie ahnen gar nicht, wie viele Menschen aus den gebildeten Ständen so etwas mögen.«

AARON SILBERSTEIN befand sich nach dem schrecklichen Ende seines Vaters noch immer in einer Art Trance. Jede Minute dehnte sich zu einer Stunde, und wie ein Traumwandler lief er im Haus umher. Er hatte sich von Freunden und Verwandten und selbst von Charlotte abgekapselt, und auch den Dienstboten ging er aus den Weg, denn er konnte all ihre gutgemeinten Sprüche nicht mehr hören: daß das Leben weiterginge, daß der Tod nun einmal zum Leben gehöre, daß er sein Leben noch vor sich habe. Zwei Worte hatten sich in seinem Kopf festgesetzt: *Unwiederbringlich dahin*. Nie wieder würde er mit seinem Vater sprechen können. Nie wieder würde seine Mutter die Alte sein, auch wenn sie aus ihrer düsteren Welt in die Wirklichkeit zurückkehrte. Nie wieder würde der Silbersteinsche Salon die Menschen anlocken. Ein Schuß aus einer Pistole hatte seine Welt vernichtet.

Viel Zeit und manchmal auch Überwindung kostete es, jeden Tag in die Notsynagoge oder in die Synagoge Heidereutergasse zu gehen und *Kaddisch* zu sagen. Manchmal mußte er warten, bis ein *Minjan* beisammen war, das notwendige Quorum von zehn männlichen Erwachsenen, um ihm auf die Erinnerungen an seinen Vater und die Bitte um Gnade für ihn zu antworten: »Sein großer Name sei gepriesen in Ewigkeit und Ewigkeit der Ewigkeiten.«

Die Kraft, in seine Kanzlei zu gehen, hatte er noch immer nicht. Halbleib hielt dort die Stellung und erledigte das Nötigste. Wichtiger schien Aaron Silberstein, die Papiere seines Vaters zu ordnen. Was ihm als erstes in die Hände fiel, war ein Schuldschein. Sein Vater hatte Meir Rosentreter Geld geliehen ... Und zwar so viel, daß ein Mord nicht mehr ganz abwegig schien ...

»Ach, Unsinn!« Aaron Silberstein warf den Schuldschein beiseite und konzentrierte sich auf die Unterlagen zum Bau der Neuen Synagoge. Obenauf lag eine Abschrift eines Ersuchens der Ältesten und der Vorsteher der Jüdischen Gemeinde aus dem Jahre 1846, in dem darauf hingewiesen wurde, daß der Platz in der Synagoge Heidereutergasse für die siebentausend Mitglieder bei weitem nicht mehr ausreiche. Seit Teile des Gottesdienstes in deutscher Sprache abgehalten wurden, kamen immer mehr

Gläubige in die Synagoge. Der Gemeindevorstand hatte extra ein Rundschreiben drucken und verteilen lassen. Aaron Silberstein überflog es: »... so ist es unzweifelhaft eine Pflicht der Lebenden ... zunächst für ihr eigenes, dann aber auch für das Bedürfniß künftiger Geschlechter ein zweites Gotteshaus zu erbauen, das durch seine edle Ausstattung ein Denkmal der Liebe werden möge, mit der wir an der Religion unserer Väter festhalten ... können die Unterzeichneten sich nicht versagen, den Wunsch auszusprechen, daß die Liturgie der zweiten Synagoge, ohne den eigenthümlichen Charakter des jüdischen Gottesdienstes zu verleugnen, diejenigen zeitgenössischen Verbesserungen in sich aufnehmen möge, die das religiöse Bedürfniß der Gemeinde gebieterisch erheischt.«

Weiter erfuhr er, daß man für den Neubau zunächst einen Holzlagerplatz in der Nähe der Garnisonkirche ins Auge gefaßt hatte, Friedrich Wilhelm IV. dies aber abgelehnt hatte. Er wollte die neue große Synagoge lieber in der Louisenstadt haben, um die Ansiedlung jüdischer Bürger an dieser Stelle zu fördern und das etwas abgelegene Stadtviertel voranzubringen. Im Frühsommer 1856 kam dann der inzwischen neu gewählte Vorstand auf das Grundstück Oranienburger Straße 30. Es war ein an sich naheliegender Gedanke, die neue Synagoge an dieser Stelle zu errichten, denn in der Oranienburger Straße lagen ja auch das Juden-Lazarett von 1756 und das 1843 gegründete Jüdische Waisenhaus für Mädchen. Zudem baute man auf demselben Areal, mit dem Eingang an der Auguststraße, das neue Jüdische Krankenhaus, und auch die sogenannte Notsynagoge Große Hamburger Straße Nr. 11 war hier gelegen.

Im April 1857 hatte man den Architekturwettbewerb ausgeschrieben, noch bevor der Neubau von der Regierung und den Behörden genehmigt worden war. Die Bewerbungen mußten bis zum 1. September 1857 eingereicht sein. Aaron Silberstein hatte das so gar nicht in Erinnerung. Offenbar war sein Vater bemüht gewesen, zu Hause nicht viel über diese Sache zu sprechen.

Das Dienstmädchen, das neu war, klopfte an und fragte, ob er zu sprechen sei, draußen stünde ein Herr Wilhelm.

»Ich kenne keinen Wilhelm, und der König wird's ja kaum sein. Ich will von keinem Herrn Wilhelm gestört werden.«

Wenig später hörte er einen etwas lauteren Wortwechsel auf der Diele, und dann stand Wilhelm Blumenow in der Tür.

»Ist das wirklich dein Ernst?« fragte er und schien durchaus erwartet zu haben, zurückgewiesen zu werden. »Soll das Ende unserer Freundschaft so aussehen? Daß ich hier rausgeworfen werde?«

Aaron Silberstein starrte ihn an. »Du? Wieso denn das? Nein. Das Mädchen hat einen Herrn Wilhelm gemeldet, und ich kenne keinen Herrn Wilhelm. Komm her, laß dich umarmen.«

Wilhelm Blumenow war beruhigt. »Ich wollte dich nicht stören, aber ...«

»Du störst mich nicht. Ich sehe gerade die Papiere meines Vaters durch. Und was treibt dich zum Hackeschen Markt?«

»Ich streife durch die Stadt, um einen Artikel über diese schrecklichen Mietskasernen zu schreiben, die uns der Bebauungsplan von 1858 gebracht hat. Schon das Wort Mietskaserne!« Wilhelm Blumenow konnte sich bei Themen wie diesem immer sehr echauffieren. »Weißt du, warum der Alte Fritz vor hundert Jahren die Familien zu den Soldaten in die Kasernen geholt hat?«

»Nein ...«

»Weil die Soldaten ihm immer desertiert sind, wenn sie am Wochenende zu ihren Familien konnten. Und heute? Heute kehren die Arbeitssoldaten aus den Fabriken abends in die Mietskasernen zurück. Bald wird Berlin eine Stadt der Mietskasernen sein. Ist das ein Elend!« Er sank auf einen Stuhl. »Aber zu dir ... Hast du in den Papieren deines Vaters etwas Interessantes gefunden? Ein uneheliches Kind vielleicht?«

»Bitte, Wilhelm, Onkel Jason ist glücklicherweise ein Ausnahmefall in der Familie. Für meinen Vater war die Treue in der Ehe eine heilige Sache. Ach, es ist ja so viel zu ordnen.« Er warf einen Teil der Papiere in die Luft und ließ sie auf den Schreibtisch regnen. »Wußtest du eigentlich, daß sie bei der Ausschreibung für die Neue Synagoge drei Preise vergeben haben?«

»Es gibt nur Gerüchte. Der Ausschuß hat es wohl bewußt im dunkeln gelassen. Aber inzwischen ist durchgesickert, daß Knoblauch den ersten Preis bekommen hat und dein Vater und Rana die Plätze zwei und drei belegt haben.«

»Nicht Stüler?«

»Nein. Über den hat man nur laut nachgedacht, um die Oberen gnädig zu stimmen.« Wilhelm Blumenow wies darauf hin, daß der »Hofarchitekt Sr. Majestät des Königs« immer das besondere Vertrauen Friedrich Wilhelms IV. genossen habe.

Aaron Silberstein bot dem Freund einen Stuhl an. »Aber sag einmal, hast du eine Erklärung dafür, warum sie meinen Vater nicht auf Platz eins gesetzt haben, einen jüdischen Architekten aus ihrer Gemeinde, ihn nicht Eduard Knoblauch vorgezogen haben, der ja nachgewiesenermaßen ein Goi ist?«

Wilhelm Blumenow seufzte. »Gott, Aaron, Knoblauch ist nun mal der bessere Architekt. Und für die meisten Leute kann ein Jude kein Architekt sein, das schließt einander aus. Dein Vater durfte es ja auch nur sein, weil er seine Prüfungen in Italien abgelegt hatte und dem großen Schinkel die Zeichnungen tragen half. Aber das allein dürfte es nicht gewesen sein. Dein Vater galt bei vielen Gemeindemitgliedern als Reformer, und man hatte Angst, daß es weitere Abspaltungen gegeben hätte, wenn er mit dem Bau beauftragt worden wäre.«

»Mein Vater ein Reformer?« Aaron Silberstein konnte es nicht fassen.

»Für dich mag er zwar orthodox gewesen sein, aber andere hielten und halten ihn für einen Reformer. Schließlich heißt sein bester Freund Isaak Hirsch – und der gilt als extremer Reformer, schließlich läuft er ständig in den Tempel der Reformgemeinde, und Sigismund Stern ist oft genug im Salon am Hackeschen Markt gesehen worden. Und zu guter Letzt: Dir wird ja schon seit einiger Zeit nachgesagt, daß du wegen deiner Charlotte konvertieren willst, ich sei dir da das große Vorbild. All das waren Gründe genug, Friedrich Silberstein den Wettbewerb nicht gewinnen zu lassen. Hinzu kommt, daß der Prophet im eigenen Lande nichts gilt. Aber wie gesagt, Knoblauch hatte die viel besseren Referenzen aufzuweisen. Ein weiterer Grund für die Zurücksetzung deines Vaters mag auch sein, daß er zu preußisch gebaut hätte, zu sehr an Schinkel und den Rundbogenstil angelehnt und nicht so orientalisch, wie es die meisten Juden derzeit präferieren.«

»Er fühlte sich eben durch und durch als Deutscher und nicht als jemand aus dem Orient.«

»Ja, und darum hatte er eben so schlechte Karten.«

Aaron Silberstein sah auf den Hackeschen Markt hinunter. »Aber das alles kann doch kein Grund sein, ihn umzubringen.«

»Wer weiß?« Wilhelm Blumenow blickte traurig. »Ich habe das sichere Gefühl, daß er noch am Leben wäre, wenn es die Idee zum Bau der Neuen Synagoge nicht gegeben hätte. Sie wurde ihm zum Schicksal.«

»Vielleicht war auch er selbst sein Schicksal.« Aaron Silberstein reichte dem Besucher den Schuldschein Rosentreters. »Der Geldverleiher, der sich selber etwas leihen muß ...«

Wilhelm Blumenow überflog das Papier, und sein Blick wurde noch qualvoller. »Ach ja, ich kenne das Gerücht, daß Meir Rosentreter wie Ahasver umgeht und deinen Vater erschossen haben soll. Für Katharina ist das eine schwere Last.«

»Katharina ...« Aaron Silberstein sprach den Namen aus, als handle es sich dabei um eine traumschöne Insel, auf der man lange Zeit gelebt, von der man dann aber für immer Abschied genommen hatte.

»Wir sind jetzt ein Paar«, sagte Wilhelm Blumenow, ohne dabei auch nur die geringste emotionale Aufwallung erkennen zu lassen. Es klang wie: Durch Berlin fließen Spree und Panke.

»Meine Gratulation.« Überschwengliche Freude hätte anders ausgesehen, das wußte Aaron Silberstein wohl, aber er hatte nicht die Kraft, sich zu verstellen. Dann fügte er, wie zum eigenen Trost, hinzu: »Ich habe ja zum Glück meine Charlotte.« Aber hatte er sie wirklich schon? Nein. Also blieb er weiter unterkühlt. »Und was habt ihr für Pläne?«

»Wir wollen ...« Weiter kam Wilhelm Blumenow nicht, denn in diesem Augenblick klingelte es unten, und als er ans Fenster getreten war, konnte er melden: »Der Herr Kommissarius Schlötel. Hoffentlich nicht meinetwegen.«

»Warte, ich gehe nach unten, er muß dich ja nicht sehen.« Aaron Silberstein eilte die Treppen hinunter und öffnete dem Polizeibeamten mit ziemlichem Widerwillen. Die Begrüßung entsprach nur den mindesten Normen des gesellschaftlichen Umgangs und endete mit der Floskel: »Was verschafft mir die Ehre Ihres Besuchs? Haben Sie den Täter?«

»Ja.«

Aaron Silberstein zuckte zusammen. »Und wer ist es?«

»Der, von dem Dr. Stieber annimmt, daß er es ist.« Schlötel war anzumerken, daß er die Meinung seines Vorgesetzten nicht unbedingt teilte. »Einige unserer ...« Er mußte einen Augenblick nach einen Synonym für Spitzel suchen. »... unserer Männer sind sich sicher, Meir Rosentreter in Potsdam gesehen zu haben, und es gibt Hinweise darauf, daß er dort auch eine Pistole käuflich erworben hat. Ich bin hier, um Sie zu warnen, weil wir es für möglich halten, daß ihn der Haß umtreibt und er alles vernichten will, was Silberstein heißt. Sie könnten dann der nächste sein, den er niederschießt.«

Aaron Silberstein fuhr unwillkürlich einen Schritt zurück. »Mich?«

»Ja, Sie. Sie haben seine Tochter zurückgestoßen, und das muß eine tödliche Beleidigung für ihn gewesen sein.« Schlötel legte wie ein Soldat die Hand an die Mütze. »Damit möchte ich mich empfehlen.«

Aaron Silberstein bedankte sich, verschloß die Tür hinter ihm und blickte die Treppe hinauf, wo Wilhelm Blumenow wohl lauschend stand. »Hast du das gehört?«

»Ja.« Der Freund kam zu ihm hinunter. »Das ist doch ein übler Winkelzug dieses Stieber. Jude tötet Juden, so will er das in den Journalen stehen haben, weil damit eine Belastung des Verhältnisses zwischen Christen und Juden ausgeschlossen wird.«

»Das darf doch nicht wahr sein!« rief Aaron Silberstein aus.

»Doch, mein Lieber, das ist hohe Politik, und ein kluger Schachzug: Fangen sie Rosentreter und gesteht er die Tat, kann

Dr. Stieber triumphieren. Bekommen sie ihn aber nicht zu fassen – und war er es wirklich nicht –, erscheint er aller Welt dennoch als Mörder deines Vater, und auch in diesem Falle heißt der große Sieger Dr. Stieber.«

Aaron Silberstein nickte. »Ja, da magst du recht haben. Es bleiben aber noch eine dritte und eine vierte Möglichkeit. Zum einen kann es sein, daß er auftaucht und unwiderlegbar seine Unschuld nachweisen kann. Und zum anderen kann passieren, daß sich ein anderer, in die Enge getrieben, zur Tat bekennt und ein Geständnis abgelegt.«

»Und wer soll das tun, den Täter in die Enge treiben, wenn nicht Schlötel und Kublank?«

»Ich zum Beispiel«, sagte Aaron Silberstein. »Ich bin Jurist und ich habe schon immer meine Freude an der Detektion gehabt.«

KARL-HERMANN RANA und Louis Krimnitz saßen bei Spargnapani Unter den Linden und feierten mit Champagner ihren Sieg.

Rana hob sein Glas. »Heute morgen ist mir signalisiert worden, daß ich den Auftrag bekommen werde, und am 17. Mai wird es den ersten Spatenstich in der Oranienburger Straße geben, ganz feierlich.«

Krimnitz erhob sich, um seinem Gönner mit einer tiefen Verbeugung zu danken. »Daß Sie mit mir zusammen bauen wollen, erfüllt mich mit unbeschreiblicher Freude und ist ein große Ehre für mich.«

Sie stießen an und tranken. »Mmh …« Rana liebte Champagner, wobei er ihn am liebsten aus dem Schoß seiner Geliebten trank. »Hoffen wir, daß uns der Anblick des fertigen Gebäudes dermaleinst den gleichen Genuß bereiten wird.«

Krimnitz setzte sich wieder. »Es ist schon denkwürdig, welche Wendung die Dinge genommen haben … Erst werde ich von der Polizei verhört, weil ich mehrmals mit diesem Rosentreter gesehen worden bin, und gerate in Verdacht, ihn umgebracht zu haben – und nun gilt derselbe Rosentreter als der Mörder Ihres Konkurrenten Silberstein … Und wäre der nicht tot, so könnten wir uns beide aufhängen, weil wir kaum mehr was zum Beißen haben. Nun aber sehen wir herrlichen Zeiten entgegen.«

Rana nahm das weiße Tuch, das man kunstvoll um den Hals der Champagnerflasche geschlungen hatte, legte es auf den Tisch und zeichnete mit dem weichen Bleistift, den er immer bei sich trug, die Synagogenkuppel. »Decken und Dachkonstruktion sollen nicht aus Holz oder Stein sein, sondern aus Gußeisen. Das ist die neue Zeit. Maurischer Stil schön und gut, den Juden sei dieses Symbol für ihre Herkunft aus dem Orient gegönnt, aber wir bauen für die Zukunft – und das bedeutet: in Eisen und Stahl. Mal ehrlich, Krimnitz: Haben Sie Erfahrung mit diesen Materialien?«

»Aber gewiß doch.« Krimnitz zählte allerlei Bauten auf, in denen er hölzerne Balken durch Eisenträger ersetzt hatte. »Doch ich habe auch schon für Sie Eisen verwandt. Denken Sie an die Chaumontsche Villa in der Cöpenicker Straße.«

»Ah ja, richtig.« Rana winkte der Bedienung. »Ich zahle den Champagner und diese Serviette hier.«

Louis Krimnitz neigte den Kopf zu einer leichten Verbeugung. »Darf ich mir den Vorschlag erlauben, daß ich uns jetzt eine Droschke miete und wir zur Oranienburger Straße fahren, um uns einmal die Baustelle genauer anzusehen?«

Rana zögerte einen Augenblick. Es war die archaische Angst, sich zu entlarven, wenn man als Mörder zurückkehrte an den Ort seiner Tat – daß man plötzlich ein Kainsmal auf der Stirn trug, daß man sich durch Schreie verriet, daß Vögel auf einen herabstießen. »Unsinn!« murmelte er.

»Warum?« Krimnitz konnte Ranas Reaktion nicht deuten.

»Nein, nicht Ihr Vorschlag, sondern ...« Rana merkte, daß er vorsichtiger sein mußte. »Ich habe nur an meine ... zukünftige Frau gedacht: daß jetzt gerade die Wehen einsetzen könnten. Aber Unsinn, soweit ist es noch nicht. Also, kommen Sie!«

WER in Ludwig Löfflers Berlin-Führer aus dem Jahre 1856 blätterte, fand auf den Seiten 9ff. einige treffliche Sätze: »Einer der glänzendsten Bauten der Neuzeit ist das ›Neue Museum‹

von Stüler, das mit dem früheren von Schinkel erbauten Museum durch Arkaden verbunden ist und das in wenigen Jahren Alles enthalten wird, was Berlin an Kunst und Alterthumsschätzen zerstreut besitzt ... Der großartigste Raum des ganzen Gebäudes ist das Treppenhaus. Eine wahre Verschwendung von Raum. In diesem, an den oberen Wänden entlang, sind die sechs Wandgemälde von Kaulbach, welche die culturgeschichtliche Entwicklung des Menschengeschlechtes darstellen.«

Und die Kunst Wilhelm von Kaulbachs war es auch, die Charlotte Chaumont immer wieder ins Museum lockte. Unter den zeitgenössischen Malern ging er ihr über Adolph von Menzel, Arnold Böcklin und Peter von Cornelius. Da sie als Dame schwerlich allein ins Museum gehen konnte und ihr Vater kein Hehl daraus machte, ein Kunstbanause zu sein, war sie immer auf der Suche nach einer standesgemäßen Begleitung und folglich froh, in Aaron Silberstein endlich jemanden gefunden zu haben, der nicht nein sagen konnte.

»Treffen wir uns also nachmittags um drei Uhr auf der Westseite unter der Inschrift«, hatte sie angeordnet.

»Warum gerade auf der Westseite?«

»Weil die Inschrift lautet: ARTEM NON ODET NISI IGNARUS.«

»Ah so ...« Aaron Silberstein hatte erst zu Hause nachschlagen müssen, was das bedeutete: »Die Kunst haßt nur derjenige, welcher sie nicht kennt.«

Auch er hatte, ähnlich wie ihr Vater, ein gebrochenes Verhältnis zu Malerei, Tanz, Schauspiel, Bau- und Dichtkunst. Das mochte daran liegen, daß er im Elternhaus damit überfüttert worden war und etwas brauchte, um sich von seinen Eltern und ihren Gästen abzusetzen. Nicht zuletzt deswegen hatte er seinen Spaß an den kühl-rationalen Konstruktionen der Juristerei gefunden. Und fast schon fand er es tragikomisch, daß ihn die Frau, die er liebte, nun wieder in den Käfig des Schöngeistigen zurückbringen wollte. Wie sagte sein Onkel Jason so treffend? »Seinem Schicksal kann keiner entgehen.« Nun, dem einen war Paris eine Messe, dem anderen Charlotte ein Museum wert.

Um zwei Uhr hatte er das Gespräch in der Borsigschen Maschinenbauanstalt beendet und war wieder auf die Chausseestraße hinausgetreten. Es ging um eine Patentsache, und er hatte einen für seinen Mandanten überaus günstigen Vergleich durchsetzen können. Dieser Erfolg stimmte ihn froh. Endlich kam nun wieder Geld auf sein Konto. Obwohl er sich immer öfter sagte: Was hast du es noch nötig zu arbeiten, du hast doch das Erbe deines Vaters! Schon ertönte sie wieder, diese Stimme aus dem bösen Dunkel seiner Seele, die ihn regelmäßig quälte. Etwas Archaisches im Menschen ließ dem Sohn den Tod des Vaters auch als etwas Befreiendes erscheinen. Zu lange hatte Friedrich Silberstein allmächtig über seine Familie geherrscht, sie zum Werkzeug seines Willens gemacht, ihr seine Weltsicht aufgezwungen und dafür gesorgt, daß die Mutter ausschließlich für ihn lebte.

Derart leidvollen Gedanken ausgeliefert, beschloß er, zum Neuen Museum zu laufen, denn viel Bewegung versprach noch am ehesten Linderung. Erst als er gedankenverloren das Oranienburger Thor passiert hatte, ein Stückchen Friedrichstraße hinter sich gebracht und dann nach links in die Oranienburger Straße abgebogen war, bemerkte er, daß er sich schnurstracks dem Bauplatz für die Neue Synagoge näherte. Abrupt blieb er stehen. Hatte er nicht eben einen Schuß gehört? Oder bildete er sich das nur ein, weil die Stelle, wo sein Vater erschossen worden war, dicht vor ihm lag? Der Wunsch, umzukehren und einen anderen Weg zu nehmen, schien übermächtig zuwerden, doch es gelang ihm standzuhalten. *Sei tapfer! Geh deinen Weg!* Langsam und fast schlurfend wie ein Greis ging er nun weiter. Unaufhaltsam näherte er sich dem Grundstück, auf dem sein Vater erschossen worden war.

Er erblickte dort zwei Männer, die mittels mehrerer in den Boden gerammter Pflöcke und einer Schnur den Grundriß ausmaßen. Bei näherem Hinsehen erkannte er Rana und Krimnitz.

»Aasgeier ihr!« rief er, und es war ihm egal, ob sie es verstehen würden oder nicht. Sofort aber reute ihn sein Ausruf, denn was konnten sie dafür, daß alles so gekommen war. »Entschuldigung«, murmelte er. Er sah sie winken. Sie mußten ihn erkannt haben.

Ihrem Verhalten nach zu urteilen, konnten sie seine Beschimpfung nicht verstanden haben. Er war froh darüber und entfernte sich mit schnellen Schritten. Über den Monbijouplatz und die Kleine Präsidentenstraße kam er zur Börse und war dann, als er die Spree auf der Friedrichbrücke überquert hatte, bald am Neuen Museum angelangt. Obwohl er sich um eine Minute verspätet hatte, konnte er Charlotte nirgendwo erblicken. Hatte er sich in Zeit und Ort geirrt? Nein, das war nicht seine Art. Ob sie das Rendezvous vergessen hatte? Möglich schon. Es gab ja im Freundeskreis seiner Eltern einige, die sie für flatterhaft hielten. Leutnant v. Treppeln war sogar noch deutlicher geworden: »Aus den Augen, aus dem Sinn.« Alle möglichen Sprüche gingen ihm durch den Kopf. »Was sich liebt, das neckt sich.« Hoffentlich! Überwog anfangs noch die Vorfreude auf sie, stieg nach zehn Minuten des Wartens Ärger in ihm auf. Wer war er denn, daß man ihn so zum Narren halten konnte! Schon drehte er sich um und machte Anstalten, nach Hause zu gehen. Aber wenn sie nun durch irgendeine höhere Gewalt aufgehalten worden war? Hoffentlich war ihr nichts zugestoßen. Tiefe Sorge erfüllte ihn. Sein Vater ermordet, Charlotte vielleicht ... Es nahm ihm den Atem.

Charlotte Chaumont kam mit Absicht knapp eine Viertelstunde zu spät. Wer seine Kavaliere nicht warten ließ, verspielte leichtfertig seine Chancen. Nichts heizte die Liebe mehr an als die Frage: Kommt sie, kommt sie nicht? Das hatte sie im Blut.

Als Aaron Silberstein sie sah, spürte er instinktiv, daß das zum Spiel der Liebe gehörte, und wußte, wie zu reagieren war: kühl und blasiert. Obwohl es ihn drängte, ihr entgegenzueilen und sie an sich zu ziehen, schaute er angestrengt in den bleigrauen Himmel und verfolgte die lumpigsten Möwen so hingegeben wie ein Ornithologe den Flug eines Paradiesvogels. Sie war Luft für ihn, und er mußte erst angetippt werden, bevor er sich herabließ, sie zur Kenntnis zu nehmen.

»O Pardon, Mademoiselle Chaumont, ich hatte gar nicht mehr mit Ihnen gerechnet und mir schon so schön ausgemalt ... Doch lassen wir das.«

»Daran tun Sie recht, denn die Berliner Etablissements sind ja nun wirklich nicht das, was Männer in Ekstase versetzen könnte.«

Aaron Silberstein zuckte unwillkürlich zusammen. Sie war wirklich in einem Maße frivol, daß er Angst bekam – Angst vor ihren erotischen Ansprüchen ebenso wie vor den Skandalen, die sie, war sie erst seine Frau, mit Bemerkungen wie diesen auslösen konnte. Seine innere Stimme warnte ihn mit aller Macht: *Laß sie, du bist ihr nicht gewachsen!* Doch ebenso stark war sein Drang, seiner Lust auf sie nachzugeben: *Zögere nicht lange, nimm sie!* Es fragte sich nur, wo und wie. Seine Gedanken waren so unanständig, daß er nicht wagte, sie auch nur anzusehen, geschweige denn ihr den Arm zu bieten.

»Ist Ihnen nicht wohl?« fragte sie schließlich.

»Sie sind so aufregend!« stieß er hervor.

»Das fällt Ihnen erst heute auf?«

Er nahm sich vor, so zu reden, wie er es als Anwalt vor Gericht getan hätte. »Ich sehe Sie heute mit anderen Augen ...«

»Oh, da muß ich aber erröten! Oder soll ich lieber erbleichen?«

»Kommen Sie, wir gehen ins Museum!« Er zog sie mit sich fort, hoffend, daß es in dem weitläufigen Gebäude irgendwo ein Plätzchen gab, an dem er sie endlich ungesehen küssen konnte.

Hand in Hand liefen sie zur nach Osten liegenden Vorderseite des Gebäudes, auf der es ebenfalls eine Inschrift zu erraten gab: MUSEUM A PATRE BEATISSIMO CONDITUM AMPLIAVIT FILIUS 1855.

»Wie gefällt Ihnen dieser sinnige Hinweis?« fragte Charlotte Chaumont.

Aaron Silberstein war es peinlich, die Sprache der alten Römer nur mangelhaft zu beherrschen, obwohl doch das Römische Recht Grundlage aller Jurisprudenz war. *Museum*, *patre* und *filius* waren kein Problem, *conditum* auch nicht, und *beatissimo* hing sicherlich mit *beatus, a, um* zusammen, also »reich, glücklich«. *Beati* waren also wohl die Seligen. Aber *ampliavit*? Das konnte sich doch nur von *ampliare* herleiten, »aufschieben, vertagen«. Also probierte er es: »Die Gründung des von seinem seligen Vater geplanten Museums hat der Sohn bis zum Jahr 1855 verschoben.«

Ihr helles Lachen ließ die Leute aufsehen. »Dicht daneben ist auch vorbei.«

»Wie heißt es denn wirklich?«

»Das von seinem hochseligen Vater gegründete Museum hat der Sohn 1855 erweitert.«

Er verbeugte sich artig. »Danke, Gnädigste, daß Sie mir die Wege zur Erkenntnis so liebenswürdig weisen.«

»Keine Ursache. Ich hoffe nur, daß Ihnen dasselbe eines nicht so fernen Tages auf anderen Gebieten auch bei mir gelingen wird.«

Da das Hauptportal noch nicht vollendet war, mußten sie das Gebäude durch einen Nebeneingang betreten. Nach ein paar Schritten kamen sie in die Vorhalle des Treppenhauses, die von vier kostbaren kannelierten Säulen aus schwarzem Carraramarmor gestützt wurde, und gelangten am Flußgott Nil vorbei ins Ägyptische Museum. Beim Anblick der Mumien drängte sich Charlotte eng an ihn.

»Möchten Sie in mehr als zweitausend Jahren auch einmal mit Ihren Knochen ein Museum schmücken?«

»Nur an Ihrer Seite.«

Dann standen sie endlich vor den Wandgemälden Kaulbachs, die Charlotte Chaumont so liebte. Sie zählte sie ihm alle auf. »Erstens: *Die Zerstörung des Turmes zu Babel und die Scheidung der Völker*. Zweitens: *Homer und die Griechen*. Drittens: *Die Zerstörung Jerusalems. Kaiser Titus an der Spitze seiner Legionen*.«

»Das sehe ich nicht so gern«, sagte Aaron Silberstein, »wie dieser römische Krieger da zu Pferd die israelische Jungfrau fortschleppt …«

»Verzeihung.« Schnell ging sie weiter. »Viertens: *Die Hunnenschlacht. Attila, König Theoderich.* Fünftens: *Die Kreuzfahrer vor Jerusalem. Gottfried von Boullion.* Und sechstens: *Das Zeitalter der Reformation.* Daran malt er noch.«

Aaron Silberstein interessierte das alles nur wenig. Er war auf nichts anderes aus, als eine Stelle zu finden, die von niemandem einzusehen war und an der er Charlotte endlich an sich ziehen konnte. Im zweiten Stock, wo die Gipsabgüsse der bedeutendsten antiken Skulpturen aufgestellt waren, fand er sie schließlich.

ISAAK HIRSCH ließ seine Baldriantropfen auf ein Stück Würfelzucker fallen und sah zu, wie sie sich in ihm ausbreiteten. Ohne ein Beruhigungsmittel kam er tagsüber nicht mehr aus, ebenso wie er spätabends nicht einschlafen konnte, wenn er nicht mindestens eine Flasche Rotwein getrunken hatte. Immer wieder hatte er vor Augen, wie der Freund gestorben war, wie ihm die Kugel links in die Schläfe eingedrungen war und das Auge aus dem Kopf gerissen hatte. Es war die reinste Folter. Auch eine andere Szene quälte ihn. Wie er auf dem Anhalter Bahnhof gestanden hatte und drauf und dran gewesen war, aus der Stadt zu fliehen.

Seine Frau trat ein, legte ihm von hinten die Hände auf die Schultern und küßte seine Wange. Sie war von tiefer Sorge erfüllt. »Daß du mir nur nicht dasselbe Schicksal erleidest wie die arme Sarah.«

»Dabei hat sie ihn nicht einmal sehen müssen nach der Tat.«

Klara Hirsch setzte sich auf seinen schweren Schreibtisch. »Es muß etwas geschehen.«

»Ja, wir fahren zur Kur nach Karlsbad.«

»Das auch. Aber vorher machst du reinen Tisch.«

Er winkte ab. »Ich gehe nicht zur Polizei. Niemals!«

»Dann sprich wenigstens mit Aaron. Er als Sohn hat ein Recht darauf, die Wahrheit zu erfahren.«

»Was hätte er davon?«

»Er braucht nicht sein Leben lang nach einem Mörder zu suchen, den es gar nicht gibt.« Klara Hirsch redete sich langsam in Rage. »Und vor allem muß er nicht glauben, daß Meir Rosentreter seinen Vater getötet habe – aus Rache, daß er ihm damals die Sarah weggeschnappt hat. Denk doch bitte einmal an die arme Katharina. Erst verliert sie ihren Bräutigam und ihren Vater, und dann soll sie auch noch mit dem Gedanken leben, daß ihr Vater ein Mörder ist. Das kannst du doch dem Kind nicht antun! Du hast doch Katharina immer gemocht, fast wie die eigene Tochter.«

Dieses Argument wirkte auf Isaak Hirsch mehr als alle anderen. »Das stimmt schon, aber ...«

»Kein Aber bitte! Aaron und Katharina – und sie sogar mehr noch als er – haben ein Recht darauf zu wissen, wie dein Freund Friedrich ums Leben gekommen ist: nicht durch einen Mord, sondern durch einen Unfall.«

»Ach, Klara, ich weiß nicht, ob ich die Kraft dazu noch habe ...«

»Du wirst sie haben!«

Isaak Hirsch sah aus dem Fenster. Der Frühling stand vor der Tür. Und vielleicht saß er schon im Gefängnis, wenn der Sommer kam. Beihilfe zu einer Straftat – oder was immer sie konstruieren würden, um einem Juden zu schaden, der zu erfolgreich war. »Wer weiß, was das aufrührt, wenn ich Aaron alles erkläre. Vielleicht geht er dann auf den armen Rana los. Es wird zu einem Prozeß kommen, und unser guter Name steht auf dem Spiel. Nein, Klara.« Und er schloß mit dem 37. Psalm, Vers 5: »Befiehl dem Ewigen deinen Weg, und vertraue ihm und er wird es vollbringen.«

AARON SILBERSTEIN litt beträchtlich unter dem Wechselbad der Gefühle, dem er in diesen Tagen ständig ausgesetzt war. Himmelhoch jauchzend kehrte er vom Rendezvous mit Charlotte Chaumont nach Hause zurück, um eine halbe Stunde später zu Tode betrübt am Krankenbett seiner Mutter zu sitzen. Obwohl es bei diesen Besuchen auch Momente gab, in denen sich Tragisches und Komisches mischten.

Sarah Silberstein schien ein anderer Mensch geworden zu sein. War sie vor dem Tod ihres Mannes umtriebig gewesen, immer in Aktion, so vermied sie nun jede Bewegung und konnte stundenlang in derselben Haltung am Fenster stehen, und zwar auf den Zehenspitzen ihres linken Fußes, das andere Bein und beide

Hände in die Höhe haltend. Sah sie ihre Besucher an, so hatte sie Ober- und Unterlippe vorgestreckt. Bei ihren Handlungen legte sie merkwürdige Rituale an den Tag, so schlug sie bei den Mahlzeiten dreimal mit der Gabel auf den Tellerrand, bevor sie den Bissen zum Mund führte, oder ging dreimal um den Stuhl herum, ehe sie sich setzte. Sprach sie wirklich einmal, so gebrauchte sie Diminutive oder hing an die Wörter sonstige Endungen an.

»Mein liebes Söhnchen, geht es denn mit dem Bau des Synagogchens gut voran? Und was für einen Stilismus hat es nun bekommen?«

Aaron Silberstein war so bestürzt, daß er kaum zu einer Antwort fähig war. »Maurisch, Mutter, orientalisch.«

»Ich muß auf die Toilette!«

Doch kaum hatte man sie hingebracht, schimpfte sie, daß sie gar kein Bedürfnis habe. Lag sie dann wieder im Bett, beschmutzte sie alles mit ihren Exkrementen. Aaron Silberstein wurde auf den Flur geschickt, während man sie säuberte.

Er ließ sich bei Dr. Lilienblum melden. Der hielt ihm einen Vortrag über katatone Symptome, über den Stupor und den Negativismus. »Der Schock über den Tod ihres Mannes war so groß, daß sich ihre Persönlichkeit gleichsam aufgelöst hat. Sie ist schwer krank.«

»Ist denn an eine Heilung zu denken?«

»Durchaus. Sie war ja vorher eine gesunde und sehr agile Frau. Und sie ist auch in ihrem jetzigen Zustand eine sehr attraktive Frau. Für Ihre Mutter gilt ganz zweifellos die alte Volksweisheit, daß die Zeit alle Wunden heilt. Wissen Sie, jeder Mensch ist einmalig, aber in sozialen Zusammenhängen ist auch jeder Mensch ersetzbar.«

Aaron Silberstein horchte auf. »Soll das heißen, daß eines Tages ein Mann kommen wird, der meinen Vater voll und ganz ersetzt?«

»Vielleicht noch mehr als das ...«

»Das müssen Sie mir bitte einmal etwas näher erklären!« stieß Aaron Silberstein hervor und merkte sehr wohl, wie aggressiv er plötzlich geworden war.

»Nun …« Dr. Lilienblum vermied es, seinem Besucher direkt ins Gesicht zu sehen. »Ihre Mutter hat des Nachts viel gesprochen … Dabei habe ich herausgehört, daß es durchaus keine romantische Liebe war, die sie an Ihren Vater band. Da ist eine tiefe Sehnsucht geblieben.«

Aaron Silberstein erhob sich abrupt. »Die nur Sie zu stillen in der Lage sind?«

»Ich bitte Sie!« Dr. Lilienblum ging zur Tür und öffnete sie. »Ich werde Ihre Mutter noch morgen in ein Sanatorium nach Thale bringen lassen, wenn es Ihnen recht ist.«

»Verzeihen Sie!« Aaron Silberstein zog sich mit einem schlechten Gewissen zurück. Als er wieder ins Zimmer seiner Mutter trat, saß dort schon Menuchim Halbleib und hielt ihr die Hand.

Wie die Aasgeier! Wieder ging ihm diese Wendung nicht mehr aus dem Kopf. Noch war sein Vater keine Woche unter der Erde, noch war seine Mutter schwer krank, da kamen schon die Freier, um die Witwe zu erobern. Neben dem eleganten Dr. Lilienblum nun auch sein eher unscheinbarer Gehilfe. Und der Dritte im Bunde klopfte gerade an, einen voluminösen Blumenstrauß in der Hand: ihr Schwager Jason.

»Ich gehe lieber«, sagte Aaron Silberstein zu seinem Onkel.

»Ja, tu das«, entgegnete Jason Silberstein, der durchaus wußte, daß sich auch andere um Sarah bewarben, und ahnte, was das für seinen Neffen bedeutete. »Ein Sohn solcher Mutter muß ja subtilen Qualen ausgesetzt sein, wenn er uns so buhlen sieht.«

Schnell verabschiedete sich Aaron Silberstein und trat auf die Oranienburger Straße hinaus. Hatte er das Recht, die Freier der Sarah Silberstein einfach zu verjagen? Nein, er war nicht Odysseus und sie nicht seine Frau, sondern eben seine Mutter. Dennoch war unerträglich, was er da mit ansehen mußte. Wenn sie aber dadurch wieder gesund wurde, daß sie sich an der Seite eines Dr. Lilienblum, eines Menuchim Halbleib oder eines Jason Silberstein ein neues Leben aufbauen konnte? Unwillkürlich kam ihm eine Sentenz aus dem wichtigsten Gebet der Christen, dem Vaterunser, in den Sinn: »Dein Wille geschehe.« Alles kam, wie es kommen mußte, ob er nun eingriff oder nicht.

Vor dem Haus seiner Eltern am Hackeschen Markt sah er Isaak Hirsch warten. Im ersten Augenblick dachte er, daß es da noch jemand auf seine Mutter abgesehen hätte, aber Isaak war ja glücklich verheiratet. Sonderlich erfreut war er nicht, daß der Freund seines Vaters ihn sprechen wollte, denn was sollte schon anders herauskommen, als daß sie gemeinsam Trübsal bliesen. Und die ersten Worte, die Isaak Hirsch nach der Begrüßung an ihn richtete, schienen dann auch ganz in diese Richtung zu gehen.

»Ich bin gekommen, offen mit dir zu reden, und was ich dir sagen werde, wird dich zutiefst erschüttern. Es geht um den Tod deines geliebten Vaters ...«

Kapitel 12

ERNST THEODOR SCHLÖTEL und Ferdinand Kublank hatten keinen Augenblick gezögert, der Anordnung nachzukommen, sich mit Feuereifer der Suche nach Meir Rosentreter zu widmen. Schließlich waren sie preußische Beamte und wußten, daß nur Gehorsam die Welt im Innersten zusammenhielt. Das einzige, was sie sich bei ihrer ersten Beratung erlaubten, war, ein klein wenig zu staunen.

»Vor drei Jahren haben wir ihn als Toten gesucht, jetzt als Lebenden«, sagte Schlötel. »Das kommt auch nicht alle Tage vor.«

»Daß einer wiederaufersteht, höchstens alle zweitausend Jahre mal«, fügte Kublank hinzu.

»Nun werden Sie mal nicht gotteslästerlich!« Schlötel wies darauf hin, daß es ja wirklich immer wieder Leute gab, die behaupteten, Meir Rosentreter gesehen zu haben. »Alles nur Halluzinationen? Ich weiß nicht. Es könnte ja durchaus sein, daß er von der Bildfläche verschwunden ist, um seinen Verfolgern zu entgehen. Möglicherweise lebt er unter einer anderen Identität.«

Kublank lachte. »Vielleicht als Karl Anton.« Damit war Fürst Karl Anton von Hohenzollern-Sigmaringen gemeint, Preußens neuer Ministerpräsident.

»Kublank, bitte! Als Ihr Vorgesetzter kann ich solche Respektlosigkeiten nicht dulden.«

»Ich bitte um Pardon. Aber mir ist noch kein rechtes Licht aufgegangen, wie wir Rosentreters habhaft werden können. Sollen wir jedem, der in Berlin unterwegs ist, mit einem Kienspan ins Gesicht leuchten?«

»Nein, aber …« Schlötel hatte sich schon einiges zurechtgelegt. »Wir werden uns auf den Bahnhöfen, an den Halteplätzen der Droschken, in den Hotels und in den Restaurationen umsehen.«

»Ich wüßte etwas anderes.« Kublanks Augen leuchteten. »Stellen Sie sich mal vor, Sie wären Meir Rosentreter.«

»Ich verbitte mir diese Beleidigung!«

Kublank ließ sich nicht beirren. »Es ist ja nur, um zu verstehen, was er machen wird, wenn er nach Berlin kommt. Was also wird er tun? Natürlich wird er alles daransetzen, seine Tochter zu sehen. Sonst hat er doch keinen Menschen mehr.«

Schlötel konnte nicht anders, als zu nicken. »Da mögen Sie recht haben. Wir bräuchten also nur diese – wie hieß sie? – diese Katharina zu beschatten.« Er stutzte. »Die soll ja jetzt mit diesem Wilhelm Blumenow verbandelt sein, diesem Staatsfeind.«

»Wenn der nun was mit Rosentreters Verschwinden zu tun hat? Vielleicht ist es eine Verschwörung gegen den König, und Rosentreter finanziert sie aus dem Untergrund.«

»Kublank, Sie lesen zu viele Kolportageromane.«

»Wie man's macht, isset falsch, und macht man's falsch, isset ooch nich richtig«, maulte Kublank.

»Nun lassen Sie mal, das mit der Katharina Rosentreter war ja eine gute Idee.« Er erhob sich. »Hopp, setzen wir uns in Bewegung.«

Vom Molkenmarkt bis zur Jägerstraße brauchte man zu Fuß keine Viertelstunde, und so stellte sich die Frage, ob die Benutzung einer Droschke dienstlich zu rechtfertigen sei, nicht, zumal sie sich ja der verdächtigen Person möglichst unauffällig nähern wollten. Gegen neun Uhr machten sie sich auf den Weg. Die Gefahr, beim Laufen ins Schwitzen zu geraten, war nicht eben groß, denn in Berlin konnte auch Mitte März von einem lauen Frühlingslüftchen kaum die Rede sein. Bei Temperaturen um fünf Grad gab es leichten Nieselregen. So liefen sie recht mißmutig den Mühlendamm und die Gertraudenstraße entlang, quetschten sich durch die Buden und Stände auf dem Spittelmarkt bis zur Einmündung der Niederwallstraße hindurch und kamen schließlich über den Hausvogteiplatz zur Jägerstraße. Und sie hatten Glück, denn gerade als sie das Rosentretersche Wohnhaus im Blickfeld hatten, erschien die Tochter in der Tür, um sich von ihrer alten Haushälterin zu verabschieden, die, ihr großer Korb ließ darauf schließen, gerade eine kleine Reise antrat. Und richtig, als Sekunden später eine Kutsche vorfuhr, hörten sie Katharina Rosentreter rufen: »Und viel Spaß in Werneuchen!« Sie winkte und blieb wartend vor der Haustür stehen.

»Jetzt ist ihre Aufpasserin weg, jetzt wird ihr Liebhaber kommen«, vermutete Schlötel.

»Lieb mir, oder ick zerhack' dir die Kommode«, sagte Kublank.

Im selben Augenblick fuhr eine zweite Droschke vor. Der Kutscher sprang herab, um Katharina Rosentreter den Schlag aufzureißen. Drinnen saß jemand, zweifellos ein Mann, doch sein Gesicht war so verdeckt, daß sie ihn, zumal aus größerer Entfernung, nicht erkennen konnten. Katharina Rosentreter stieg dazu.

»Das ist nicht Blumenow«, sagte Kublank. »Der da drinne ist älter.«

»Dann ist es ihr Vater!« Schlötel hatte fast zu laut gesprochen. »Los, Kublank, eine Droschke! Wir müssen hinterher.«

Als sie vor der Preußischen Seehandlung endlich eine gefunden hatten und die Verfolgung aufnehmen konnten, war die Droschke mit Katharina Rosentreter schon rechts in die Friedrichstraße eingebogen.

»Hinterher!« rief Schlötel und versprach dem Kutscher eine Belohnung, wenn er das Letzte aus seinem Gaul herausholte.

Doch als sie selber die Friedrichstraße erreichten und Richtung Norden fuhren, mußten sie einsehen, daß eine Verfolgung unmöglich war, denn der Verkehr war bis zur Ecke Unter den Linden viel zu dicht, um das Fahrzeug noch ausmachen, geschweige denn einholen zu können. Trotzdem ließ Schlötel nicht halten, denn er hoffte auf den Zufall. Vielleicht sahen sie Katharina Rosentreter und ihren geheimnisvollen Begleiter in ein Café treten oder über das Trottoir schlendern. Aber bis hinauf zur Weidendammer Brücke hatten sie kein Glück, und angesichts seines knappen Etats beendete Schlötel die Verfolgung per Droschke. Das Trinkgeld für den Kutscher fiel sehr bescheiden aus, denn Schlötel hatte Angst, die Fuhre aus eigener Tasche bezahlen zu müssen.

»Wat nu?« fragte Kublank. »Latschen wa zurück?«

»Ja, aber nicht ohne nach der Dame Ausschau zu halten, vielleicht ist sie ja doch irgendwo ausgestiegen.«

So klapperten sie alle Cafés und Restaurants der Dorotheen- und der Friedrichstadt ab, ohne aber Katharina Rosentreter zu entdecken. Davon gehörig erschöpft, gönnten sie sich in einer Kneipe an der Friedrichsgracht je eine Bulette und ein großes Bier.

»Und was weiter?« fragte Kublank. »Woll'n wa mal sehn, sagte der Blinde, ob der Lahme jehen kann.«

Schlötel ging auf diese philosophische Auslassung nicht weiter ein. »Keine Frage: Wir begeben uns zur Jägerstraße und warten, bis die Dame wieder zurückkommt – und mit wem.«

Das taten sie und postierten sich nach einigem Hin und Her in einer gegenüberliegenden Toreinfahrt. Und es vergingen keine zehn Minuten, bis sich im ersten Stockwerk etwas regte. Jemand hatte den Vorhang zur Seite gezogen und vorsichtig auf die Straße hinuntergeschaut.

»Das war auf keinen Fall die Katharina«, stellte Kublank fest.

»Das war ihr Vater, das war Rosentreter selber!« rief Schlötel. »Los, zum Haus rüber und rein!«

Sie rannten über die Straße, und Kublank zog derart heftig am Klingelzug, daß der riß und er mit dem Draht in der Hand dastand. »Aufmachen! Polizei!« Erst war im Innern des Hauses alles ruhig, dann hörten sie etwas poltern. Jemand sprang die Treppen hinab.

»Rosentreter kommt runter«, sagte Schlötel. »Gleich haben wir ihn!« Doch schon einen Atemzug später mußte er sich korrigieren. »Nein, er flieht über den Hof zur Französischen Straße hin. Los, Kublank, die Tür eintreten!«

Das gelang zwar im zweiten Anlauf, doch viel zu spät, um noch eine Chance zu haben, des Flüchtenden habhaft zu werden. Als sie über den Hof gelaufen waren, blieb ihnen nichts anderes, als auf der Französischen Straße Passanten anzuhalten und zu befragen. Ja, mehrere hatten einen Mann in Richtung des Werderschen Marktes davonlaufen sehen. Eine ältere Dame hatte ihn sogar erkannt.

»Das war doch der, der den Silberstein erschossen hat, der Rosentreter.«

Schlötel hörte das gern, standen sie nun doch nicht ganz mit leeren Hände da. »Rosentreter ist also kein Phantom, Rosentreter lebt. Und seine überstürzte Flucht ist als Geständnis zu werten. Daß wir ihn alsbald fassen werden, steht für mich außer Frage.«

Sie gingen zum Molkenmarkt zurück, um das Erlebte zu Papier zu bringen und ihrem Vorgesetzten Meldung zu machen. Als sie ihr Dienstzimmer betraten, saß dort Aaron Silberstein.

Schlötel war in höchstem Maße erstaunt. »Nanu, Sie hier?!«

»Ja. Ich möchte zu Protokoll geben, wie mein Vater wirklich gestorben ist.«

KARL-HERMANN RANA stand auf dem Grundstück Oranienburger Straße 30, hielt die Pläne Eduard Knoblauchs in der Hand und gab den Feldmessern letzte Anweisungen. Mitte Mai sollte die Grundsteinlegung der Neuen Synagoge stattfinden, und es wäre peinlich gewesen, wenn sich bei Baubeginn herausgestellt hätte, daß der Grundstein außerhalb des Gebäudes lag. Rana schimpfte leise vor sich hin, denn er hatte Mühe, die Zeichnungen seines Kollegen zu verstehen. Pläne waren sowieso nicht seine Sache, er war ein Mann der Intuition und im Grunde seines Herzens eher Maler und Zeichner denn Baumeister. Geometrie und mathematische Berechnungen haßte er, das Leichte, Luftige und bewußt Unpräzise war seine Sache. Wozu hatte er seine Rechenknechte! Sosehr er darum gekämpft hatte, die Synagoge in der Oranienburger Straße zu bauen, weil von diesem Auftrag seine materielle Existenz abhing, so sehr litt er jetzt darunter, als Erfüllungsgehilfe Knoblauchs dessen Ideen umsetzen zu müssen. Als Österreicher hatte er eine tiefverwurzelte Abneigung gegen alles Orientalische. Zu oft hatte er von Eltern und Großeltern Greuelgeschichten gehört, die mit dem Satz begannen: »Als die Türken anno 1683 vor Wien gestanden sind ...« Von daher wehrte er sich innerlich gegen Knoblauchs Hinwendung zum Maurischen, und er wußte, daß er mit diesem Bau nicht glücklich werden würde. Aber er mußte diesen Auftrag sauber abwickeln.

Er wartete, bis sich die beiden Feldmesser vor ihm aufgebaut hatten. »Ehe ihr anfangt, macht euch noch einmal klar, wo die Hauptschwierigkeit liegt: Das Grundstück ist äußerst ungünstig geschnitten, das heißt, es ist vorn an der Oranienburger Straße sehr eng und hinten sehr breit. Außerdem verläuft die Straßenflucht in einem spitzen Winkel zur Grundstücksachse. Man kann also nicht geradewegs nach hinten bauen, sondern muß die Achse mehrfach verschieben – aber möglichst so, daß der Besucher es nicht merkt. Wenn ihr nun eure Pflöcke einschlagt, dann ...«

Weiter kam er nicht, denn hinter ihm waren zwei Männer aufgetaucht, von denen er gehofft hatte, sie in seinem Leben nie mehr wiederzusehen: Schlötel und Kublank. Das konnte nichts Gutes bedeuten. Aber er mußte sich ja keine Sorgen mehr machen, seitdem man Meir Rosentreter sozusagen offiziell zum Mörder von Friedrich Silberstein erklärt hatte.

»Sie kommen bitte einmal mit ins Präsidium«, sagte Schlötel und packte ihn am Arm, als wolle er ihn abführen.

Rana bemühte sich um Contenance. »Ah, Sie haben Rosentreter und wollen nun sozusagen Abbitte bei denen leisten, die Sie damals zu Unrecht verdächtigt haben.«

Kublank machte eine einladende Geste. »Darüber später. Kommen Sie erst einmal, die Droschke zum Präsidium wartet vorn an der Straße.«

Rana folgte ihnen, nachdem er den Feldmessern ein paar Weisungen zugerufen hatte. »Ich bin gleich wieder zurück ...«

»Vielleicht auch nicht«, entfuhr es Kublank.

»Keine Diskussionen jetzt!« rief Schlötel.

Rana atmete auf, denn so hatte er Zeit, sich wieder zu sammeln. Bei Kublanks Bemerkung hatte es ihm vor Schreck die Sprache verschlagen. Er spürte instinktiv, daß er in einer Falle saß, konnte sich aber auf alles keinen Reim machen. Schlötel war kein Hellseher, und alles konzentrierte sich doch auf Rosentreter. Aber sie waren gekommen und hatten ihn abgeführt. Dafür konnte es nur einen Grund geben: Jemand hatte geplaudert. Miezi oder Benno Frühbeis waren es gewiß nicht gewesen. Ausgeschlossen! Aber Isaak Hirsch oder Sarah Silberstein? Vielleicht hatte die ihre geistige Umnachtung überwunden und hatte alles verraten. Aber was die Witwe von Friedrich Silberstein sagte, konnten er und sein Advokat sicherlich als Hirngespinst abtun: »Sie ist geistig verwirrt und reimt sich das alles nur zusammen.«

Am Molkenmarkt angekommen, wurde Rana in ein Vernehmungszimmer geführt.

Schlötel blätterte in den Akten und begann dann geradezu feierlich: »Herr Rana, Sie sind ein Freund des Hans Wilhelm v. Rochow auf Plessow und wissen somit, was ein Duell ist und was es für Folgen hat, wenn im Verlaufe eines Duells eine andere Person zu Tode kommt?«

»Ja«, hauchte Rana. Er hatte das Gefühl, soeben wirklich von einer Kugel getroffen worden zu sein und zu Boden zu sinken.

»Aber Sie bleiben auch heute bei dem, was Sie im März ausgesagt haben: daß Sie zu der Stunde, da Friedrich Silberstein gestorben ist, bei sich zu Hause waren und Frau Marie Ziegenbalg und Herr Benno Frühbeis dies bezeugen können?«

»Ja«, hörte Rana sich sagen.

»Das ist schon merkwürdig ...« Schlötel stand auf und ging hinter Ranas Stuhl auf und ab. »Wir haben da zwei Zeugen, die dabeigewesen sind, als Sie Friedrich Silberstein im Duell auf dem Gelände der Neuen Synagoge in der Oranienburger Straße erschossen haben, und zwei weitere, die unter Eid aussagen, daß sie davon gehört haben. Und Sie wollen davon nichts wissen?«

»Das ist doch alles Lüge!« rief Rana. Dabei wußte er genau, daß es keine war. Aber noch fehlte ihm die Kraft, sich zur vollen Wahrheit zu bekennen.

Schlötel gab Kublank einen Wink. Der öffnete die Tür, rief der Wache auf dem Flur etwas zu, das nach einem vereinbarten Zeichen klang, und wenig später standen Miezi, Benno Frühbeis und Isaak und Klara Hirsch in der Tür.

Miezi kam angelaufen und fiel ihm um den Hals. »Gib alles

zu, das ist am besten. Ich halte zu dir, was auch immer kommen mag.«

»Ja, es war ein Duell«, sagte Rana. »Und Silberstein ist durch meine Kugel gestorben, aber ich schwöre bei Gott, bei der Jungfrau Maria und bei allen Heiligen, daß ich ihn nicht treffen wollte, sondern weit neben seinen Kopf gezielt habe.«

FRIEDRICH AUGUST STÜLER konnte bei allem Mitgefühl mit Silberstein und Rana die stille Genugtuung nicht unterdrükken, daß ihm nach allem Hin und Her nun doch die Aufgabe zugefallen war, die Neue Synagoge zu bauen. Aber bei aller Freude stöhnte er bald unter der Last, die er sich da aufgeladen hatte. Kaum hatte sich seine Berufung herumgesprochen, gab es schon die ersten Briefe. Ein Edwin Oppler schrieb ihm, daß man sich bei einem Synagogenneubau in Berlin nicht die Ornamentik der Alhambra in Granada zum Vorbild nehmen dürfe, sondern sich an Spätromantik oder Frühgotik orientieren solle. »Der deutsche Jude muß im deutschen Staate auch im deutschen Stile bauen!« forderte Oppler.

»Das gibt mir doch zu denken«, sagte Stüler zu den drei Männern, die er bei sich im Bureau versammelt hatte: den Ingenieuren Johann Wilhelm Schwedler und August Nohl und dem Bauleiter Hermann Hähnel. »Wir sollten die Orientalismen doch ein wenig zurücknehmen, vor allem bei der Fassadengestaltung, und beim Dach und bei den Kuppeln Eisenkonstruktionen vorsehen, kein Holz, und auch bei der Beleuchtung an moderne Lösungen denken. Ich stelle mir vor, den Verwaltungstrakt, der nach den Plänen in der Tiefe des Grundstücks angesiedelt werden soll, an die Straße zu verlegen. Auch ist aus der Gemeinde der Wunsch an mich herangetragen worden, die Kuppel auf das Vorderhaus und nicht das hinten liegende Hauptgebäude zu setzen, damit jeder Vorbeigehende sieht, daß er ein Gotteshaus vor sich hat. Ich stelle mir das folgendermaßen vor ...« Er trat ans Zeichenbrett und skizzierte seine Idee. »Zum Glück hat sich ja Freund Knoblauch meine Kuppel am Westportal des Berliner Stadtschlosses zum Vorbild genommen.«

Hermann Hähnel wandte ein, daß bei Sakralbauten die Kuppel nicht auf ein Nebengebäude gehöre, aus liturgischen Gründen. In diesem Augenblick klopfte es an der Tür, und auf Stülers »Herein!« stand der Bureaudiener in der Tür und fragte, ob er einen Herrn Louis Krimnitz melden dürfe. Ja, er möge eintreten.

»Ich bitte die Störung zu entschuldigen.« Krimnitz deutete eine leichte Verbeugung an. »Vorzustellen brauche ich mich wohl nicht, wir kennen uns ja alle. Weshalb ich heute hier bin? Sie wissen ja alle, daß ich in den letzten Jahren bevorzugt mit Karl-Hermann Rana zusammengearbeitet habe. Doch seit dessen Verhaftung ...«

Stüler wollte die Sache schnell vom Tisch haben. »Brauchen Sie vielleicht Schützenhilfe, lieber Hähnel?«

»Nun, Rana war ja kein schlechter Mann, und ich könnte mir durchaus vorstellen, daß bei Louis Krimnitz alles gut aufgehoben ist, was die Ausführung betrifft.«

Stüler nickte. »Gut, so soll ihm die stellvertretende Bauleitung übertragen werden.« Er setzte seine Ausführungen fort. »Geben wir uns alle Mühe, das Beste aus der Sache zu machen und trotz aller Einschränkungen ein Bauwerk für die Ewigkeit zu schaffen. Alles wäre leichter, wenn wir ein freistehendes Bauwerk errichten könnten und keines, das zwischen Wohnhäusern eingezwängt ist. Oder wenn es wenigstens exponiert an einer Straßenecke liegen würde! Doch die Gegebenheiten sind andere. Also müssen wir uns, was die äußere Wirkung betrifft, voll auf die Kuppel konzentrieren, sie am besten auf einen hohen Tambour setzen, und auch die beiden Ecktürme an der Straßenfront mit kleineren Kuppeln versehen. Damit: Ans Werk, meine Herren!«

»EINE GROSSE ANNEHMLICHKEIT für die Berliner ist der Thiergarten mit seinen herrlichen schattenreichen Gängen, seinem hindurchfließenden Wasser, seinen Etablissements für das Publikum und seinen Landhäusern. Die Zelte, unweit des mit üppigen Gartenanlagen umgebenen Schlosses Bellevue, in dem eine weniger schöne als werthvolle Bildergallerie, sind mit dem sogenannten ›Hofjäger‹ die ältesten in diesem Park existirenden Vergnügungslocale ... Kaum steckt der erste Crocus sein Köpfchen aus der Erde, und kaum ermuntern sich die ersten voreiligen Schneeglöckchen, da denkt auch schon der Berliner jedes Standes an seine Sommerwohnung ...« An dieser Stelle angekommen, hörte Aaron Silberstein auf, seiner Begleiterin etwas aus Ludwig Löfflers *Berlin und die Berliner* vorzulesen, und blickte statt ins Buch in ihre schwarzbraunen französischen Augen. »Was würde dein Herr Vater von einer Sommerwohnung hier im Thiergarten halten?«

»Nichts.« Charlotte schlug ihm lachend auf die Finger seiner linken Hand, die gerade ihre Knie berührten und sich nach oben tasten wollten. »Ich kenne doch deine Hintergedanken. In der Cöpenicker Straße wohnen wir weit genug draußen.«

Sie saßen auf einer Bank gegenüber der Louiseninsel und sonnten sich. Lange hatten sie auf den Mai gewartet. Die letzten Monate waren schlimm gewesen, und mit dem neuen Grün keimte die Hoffnung auf bessere Zeiten.

Der *Schloschim* war vorüber, und die dritte Phase der Trauer, die *Awelut*, hatte für Aaron Silberstein begonnen. Er sollte, bis zwölf Monate nach dem Tod seines Vaters vergangen waren, noch immer Konzerten, Theateraufführungen und Festivitäten mit Musik fernbleiben und elf Monate lang täglich *Kaddisch* sagen. Ob er das auch tun würde, das stand auf einem anderen Blatt. Es war nur noch lästig. Und alles bekam ja sein gestrenger Schwager in Strausberg auch nicht mit.

»Trägst du leichter an seinem Tod, seitdem du weißt, daß dein Vater im Duell gestorben und nicht ermordet worden ist?« fragte Charlotte Chaumont.

Aaron Silberstein suchte lange nach einer Anwort, die seinen widerstreitenden Empfindungen angemessen war. »Ja, schon ... Aber welche Narretei von ihm, sich zu duellieren! Kein Mensch hat Rana, dieses Froschgesicht, ernst genommen, nur er. Und was mich am meisten schmerzt: Mit Isaak Hirsch hat er darüber gesprochen, aber nicht mit mir!«

»Du hättest ihm abgeraten, Rana zu fordern?«

»Ganz sicher. Ich hätte in der nächstbesten Tierhandlung ein

Dutzend Laubfrösche gekauft und sie vor Ranas Haustür auf die Straße gesetzt. Und wenn Wilhelm Blumenow darüber in seiner Zeitung geschrieben hätte, wäre das Rache genug gewesen.« Aaron Silberstein hatte sich so in Rage geredet, daß er das ruhige Sitzen nicht mehr ertrug, und sprang auf. »Komm, wir gehen hoch zur Spree.«

Charlotte Chaumont war einverstanden, erhob sich ebenfalls und nahm den Arm, den er ihr bot. »Was mich nicht schlafen läßt, ist der Gedanke, daß Rana weit daneben schießen will – und das glaube ich ihm auch – und erst dadurch deinen Vater trifft. Weil Isaak Hirsch, um ihn zu retten, den Pistolenlauf verbogen hat. Das ist unfaßbar!«

»In der Tat.« Aaron Silberstein konnte nicht anders, als sich in den bitteren Sarkasmus seines Onkel Jason zu flüchten: »Fürwahr aber, so wahr ich lebe und der Herrlichkeit des Ewigen voll ist die ganze Erde. Das 4. Buch Mose, 14, 21.« Er seufzte. »Schöne Herrlichkeit ...«

Schweigend gingen sie durch den Thiergarten. An der Rousseau-Insel vorbei kamen sie zum Kleinen Stern und waren wenig später an den Zelten angelangt, wo sich Charlotte Chaumont eine Tasse Kaffee und ein Stück Torte nicht entgehen lassen wollte. Doch als Aaron Silberstein auf Anhieb keinen freien Tisch entdeckte, winkte er ab und wollte den Saal wieder verlassen.

Charlotte Chaumont protestierte. »Es gibt doch so viele Tische, an denen nur eine Person sitzt!«

»Meinst du denn, ich setze mich dazu?« Aaron Silberstein war geradezu empört.

»Ihr Berliner seid komische Leute!«

»Ja, ich weiß, bei euch in Frankreich ist alles besser und vor allem viel kultivierter.«

»Und bei euch in Israel erst, schließlich seid ihr ja das auserwählte Volk.«

Erst erschraken sie, dann mußten sie lachen. Wer so verliebt war wie sie, der neckte sich auch.

»Beide sind wir Deutsche, Preußen, Berliner«, sagte Aaron Silberstein.

»Aber wirklich schon waschechte?« fragte Charlotte Chaumont.

»Unsere Kinder sind es dann ganz sicher.«

Sie küßte ihn auf die Nasenspitze. »Ich fürchte, dir geht es weniger um die Kinder als solche als um den Vorgang, der zu ihrer Entstehung führt.«

Eine ältere Dame, die diesen Dialog aufgeschnappt hatte, war sittlich so empört, daß sie lieber aufstand und ging. Damit war das Problem des freien Tisches gelöst, und sie konnten sich setzen und ihre Bestellung aufgeben.

»Und wer tritt denn nun zu wem über?« fragte Aaron Silberstein, während sie auf den Ober warteten.

»Na, du zum Christentum.«

»Nein, du zum Judentum.«

JASON SILBERSTEIN litt in diesem Mai ganz besonders darunter, daß sich sein Leben so im Leeren drehte. Was blieb von ihm zurück, wenn er das Zeitliche segnete? Nichts – kein Sohn, kein Baum, kein Buch. Beim Versuch seines Romans war er nicht über das erste Kapitel hinausgekommen. Und mehrmals murmelte er Senecas Satz: *Quid opus est partes deflere? Tota flebilis vita est* – Was hat es für einen Sinn, einzelnes zu beklagen? Das ganze Leben ist beklagenswert.

Und es erschien ihm noch beklagenswerter, als er erfuhr, daß Dr. Lilienblum seine Schwägerin Sarah in ein Sanatorium gebracht hatte, und zwar nach Thale im Harz.

»Niemand hindert dich daran, sie zu besuchen«, sagte sein Neffe Aaron. »Nimm dir viel Papier und Tinte mit, quartiere dich in einem Hotel in ihrer Nähe ein, schreibe an deinem Roman und wandere in den Pausen mit ihr durch Wald und Flur.«

»Willst du mich begleiten?«

»Warum nicht. Ich habe ohnehin in Magdeburg einen Prozeß zu führen, und von dort ist es mit der Post über Aschersleben und Quedlinburg sicherlich bis zum Sonnenuntergang nach Thale zu schaffen.«

Der erste Schnellzug ging um halb acht in der Früh vom Potsdamer Bahnhof, und sie hatten in der 1. Klasse fünf Thaler zu zahlen. Dafür saßen sie dann auch die meiste Zeit allein im Coupé und konnten ungestört über alles reden, was sie bewegte.

Jason Silberstein begann mit einem Geständnis. »Irgendwie fiebere ich dem Moment, da ich sie wiedersehe, ebenso entgegen wie unserer ersten Begegnung. Das muß ungefähr 1825 gewesen sein. Ich war in Sarah schon sehr heftig verliebt, als mein Bruder sie zum ersten Mal zu Hause vorgestellt hat. Und ich dachte bei mir: Warum hat er sie bekommen und nicht ich?«

Der Neffe lachte. »Weil er um einiges älter war als du.«

»Das könnte jetzt mein Vorteil sein.«

»Darf ich dich warnen, Onkel Jason? Nein, ich muß es sogar tun, so wie ich dich verehre. Für mich war meine Mutter immer in erster Linie eine grandiose Schauspielerin, die mein Vater eingestellt hatte, um auf der kleinen Bühne unseres Hauses die Mutter zu spielen. Wir hatten ja öfter mehr Gäste als manches Theater Zuschauer. Und um den vollen Beifall ihres Salons zu finden, brauchte sie ein Requisit namens Aaron. Alle mußten sie bewundern, wie liebevoll und einfühlsam sie mit diesem Kind verfuhr und wie klug es war. Was für eine herrliche Dressur!«

»Wie hättest du es denn gern gehabt?«

»Ich hätte sie mir mehr als Glucke gewünscht«, erwiderte Aaron Silberstein.

»Ach, wäre sie das gewesen, hättest du dich nach einer eleganten Mutter gesehnt. Der Mensch will immer das Gegenteil von dem, was er bekommt. Dabei ist nur der glücklich zu preisen, der will, was er bekommen hat.«

»Wenn ich du wäre, lieber Onkel Jason, würde ich jetzt ausrufen: Schreib das auf, was du da sagst, es klingt so schön!«

Jason Silberstein stöhnte auf. »Wenn das mit dem Aufschreiben so einfach wäre! Begonnen habe ich ja schon, aber ... Ich merke, daß ich nur schreiben kann, wenn ich meinen Figuren schon wirklich begegnet bin.«

»Das schränkt dich aber ganz erheblich ein«, antwortete sein Neffe. »Da wirst du nie über Julius Caesar, Friedrich den Großen oder Napoleon schreiben können. Aber du wirst – aus einem ganz anderen Grund – auch nicht über deinen Bruder, Tharah Seligsohn oder mich schreiben können. Denn wenn du versäumst, deine Nächsten so positiv zu zeichnen, wie sie es bei ihrer Grabrede gern hören würden, dann werden sie dir böse sein und dich womöglich hassen bis an ihr Lebensende. Es bleibt dir nichts, als sie übertrieben edel darzustellen – edel, hilfreich und gut, fern aller Laster und aller bösen Strebungen. Schöner Kitsch wird das werden, aber niemals große Kunst.«

Jason Silberstein mußte ihm in gewisser Weise recht geben. »Durchaus – aber es ist doch gut für das seelische Wohl der Leser, wenn ich mit meinen Figuren liebevoll umgehe. Haben wir denn in unserer Familie wirklich einen durch und durch schlechten Menschen?«

»Nein. Aber nimm meinen Vater, deinen Bruder. Ein großer Architekt war er nicht ...«

»Das ist wahr, aber ein Tod kann unsterblicher machen als ein ganzes Leben.« In dieser Sekunde war Jason Silberstein wieder ganz er selber. »Ich will sagen, daß die Umstände seines Todes durchaus rechtfertigen, einen Roman über ihn zu schreiben. Und vielleicht wäre er ein großer Architekt geworden, wenn sie ihn die Neue Synagoge nach seinen Vorstellungen hätten bauen lassen: eben nicht orientalisch, sondern europäisch, als Symbol, daß wir Juden Europäer sind.«

»Ach, Onkel Jason, und warum zieht es dann so viele von uns wieder heim nach Jerusalem?«

»Im Widerspruch liegt die Kraft, und Menschen können nur dann kreativ sein, wenn sie Brüche in sich tragen.«

»Aber auch glücklich?« Aaron Silberstein kam auf das zu sprechen, was ihn zu Charlotte hinzog und was ihn daran hinderte, mit ihr den Bund fürs Leben zu schließen. »Sie will keine Jüdin werden und ich kein Christ.«

»Jeder kann doch das bleiben, was er ist.«

»Wie soll denn das gehen? Ich eile am Sabbat in die Synagoge, allein – und sie am Sonntag in die christliche Kirche, ebenfalls allein. Wozu ist man dann ein Ehepaar?«

Jason Silberstein lachte. »Als ob du am Sabbat immer in die

Synagoge eilen würdest ... Außerdem: Hast du mal etwas von der Göttin Voluptas gehört? Und auch ins Theater kann man gemeinsam gehen, zusammen die Mahlzeiten einnehmen und dabei über das diskutieren und spotten, was der Onkel Jason zu Papier gebracht hat. Ganz zu schweigen von den Kindern, die man in die Welt setzt und aufzieht.«

»Und wie sollen die dann religiös erzogen werden?«

»Mal so, mal so. Oder auch gar nicht. Und wenn es drei sind, dann kann ja eines Moslem werden.«

»Onkel Jason, ich bitte dich, so leichthin kann man dieses Problem nicht abtun.«

»Ja, ich weiß schon, was du meinst.« Jason Silberstein kam wieder mit einer seiner Anekdoten. *»Reb Sajnwl bakumt a briw funm sun. – ›Woss schrajbt epess unser Izjale?‹ fregt doss wajb.* – ›Was er schreibt unser Sohn? Ach, ach, ach ... Seine Schwiegermutter, Friede ihrer Seele, ist nebbich gestorben. Sein Weib hat ein Bein gebrochen. Das Kind ist krank, und die Geschäfte liegen auch darnieder ... Dafür aber ist der Brief in lupenreinem Hebräisch geschrieben. Hörst du, Pessje? Ein Vergnügen zu lesen!‹«

»Gut argumentiert, aber ...« Aaron Silberstein begriff, daß es aus seinem Dilemma keinen Ausweg gab. Im Alltag reichte ein radikaler Pragmatismus, um das Leben zu meistern. Aber das war zuwenig, wenn es um das ging, was den Menschen heilig war: ihre Herkunft, ihr Glaube, ihre Geschichte. Sie waren der Kompaß, ohne den sich der Mensch rettungslos verirrte. Aber konnte nicht Charlotte ihren und er seinen Kompaß haben? Konnten sich die Menschen nicht darauf verständigen, daß niemand seinen eigenen Kompaß zum alleinseligmachenden erklärte? Da war er bei *Nathan der Weise*. »Soll ich denn wirklich den Glauben meiner Väter ablegen, wie mein Freund Wilhelm? Oder lavieren: öffentlich Christ sein und zu Hause Jude?«

»Es gibt so viele hübsche und kluge jüdische Mädchen, und mit Katharina hattest du ja schon eine durchaus annehmbare Braut – warum mußtest du da dieser glutäugigen Hugenottin auf den Leim gehen?«

Aaron Silberstein wußte keine einfache Antwort. »Es ist ganz einfach mit mir geschehen ... Die Natur ...«

»Die Natur ist Gott. Also muß es Gottes Wille sein, daß ihr zueinander findet.«

»Der Wille ihres oder meines Gottes?«

Jason Silberstein lachte. »Des Obergottes. Wo wir auf Erden so viele Götter haben, muß es einen Obergott geben. Und der hat dich und Charlotte zusammengeführt.«

»Die Frage ist nur, ob er das auch mit dir und deiner Schwägerin tut.«

»Möchtest du denn, daß ich dein Stiefvater werde?«

»Du oder Dr. Lilienblum, das ist doch egal, so oder so haben meine pantheistischen Kinder einen jüdischen Großvater.«

»Ich bin ja so gespannt, ob Sarah über den Berg ist ...«

Das sollten sie erst am Morgen des nächsten Tages erfahren, als sie ihr im Park des Sanatoriums begegneten. Jason Silberstein umarmte sie länger und inniger als je zuvor, und selbst ihr Sohn ließ sich zu einem Kuß auf die Wange verleiten.

»Du siehst blendend aus, Sarah!« rief Jason Silberstein. »Wieder ganz die Alte.«

Sarah Silberstein verzog das Gesicht. »Ich will nicht die Alte, ich will die Junge sein.«

»Für mich bist du so jung wie damals, als Friedrich ...« Erschrocken brach er ab.

Sie beruhigte ihn. »Du kannst den Namen ruhig nennen. Dr. Lilienblum und die Ärzte hier haben mich so weit geheilt, daß ich der Wirklichkeit ins Auge sehen kann – zumal ja jetzt feststeht, daß er nicht von einer ruchlosen Kreatur ermordet worden ist, sondern ein ehrenhaftes Ende gefunden hat.«

Ihr Sohn zeigte sich erstaunt. »Du wußtest doch aber im Gegensatz zu mir, daß Vater zum Duell mit Rana verabredet war ...«

»Jetzt weiß ich es wieder. In dem Augenblick aber, als ich von Friedrichs Tod erfuhr, war alles ausgelöscht in meinem Gedächtnis.«

»Und du hast ihn nicht vom Duell abgehalten?«

»Es war nicht damit zu rechnen, daß sie sich wirklich niederschießen wollten. Und Rana hat ja auch wirklich daneben gezielt, wie mir Dr. Lilienblum mitteilte. Auch Vater hat Rana sicherlich schonen wollen. Nein, ich hätte ihn nicht abhalten können, es hätte ihn zerfressen.«

»Außerdem sind Duelle verboten, und irgendwann wäre es herausgekommen«, sagte Aaron Silberstein nicht ohne einen anklagenden Unterton.

»Für deinen Vater wäre der Bau der Neuen Synagoge Ziel, Sinn und Höhepunkt seines Lebens gewesen«, sagte Sarah Silberstein. »Und so mußte er den höchsten Einsatz wagen, der ihm möglich war. Nun aber hat er alles verloren ...«

»*Oj wej, a ruech zu der Welt!*« rief Jason Silberstein. »*Wemen si bentscht un wemen si schelt!*« Weh, verflucht sei die Welt – wenn man sieht, wen sie segnet und wen sie schilt.

AARON SILBERSTEIN war am späten Abend des 16. Mai 1859 von seiner Reise nach Thale und Magdeburg zurückgekommen und hatte sich vorgenommen, bis Mittag zu schlafen. Doch daraus wurde nichts, denn eben hatte die Uhr der nahe gelegenen Garnisonkirche acht geschlagen, da wurde so kräftig am Klingelzug gezogen, daß er fast aus dem Bett gefallen wäre. Fluchend riß er das Fenster auf und erkannte unten an der Haustür seinen Freund Wilhelm Blumenow.

»Was ist denn?! Ich wollte heute mal ausschlafen.«

»Zum Ausschlafen haben wir die Ewigkeit«, rief Wilhelm Blumenow nach oben.

»Das hättest du mir auch drei Stunden später sagen können. Was gibt es denn?«

»Die Grundsteinlegung.«

»Welche Grundsteinlegung?«

Wilhelm Blumenow klatschte sich mit der rechten Hand gegen die Stirn. »Na, die der Neuen Synagoge!«

Aaron Silberstein winkte ab. »Ich will die Stelle nicht mehr sehen, an der mein Vater ...«

»Du mußt. Anders wirst du nie darüber hinwegkommen.«

Aaron Silberstein suchte nach einer anderen Begründung für seine Unlust mitzugehen. »Was willst du als Konvertit denn da?«

»Mein Freund Michael Sachs hält die Rede.«

Dr. Michael Sachs war allen ein Begriff, die der Revolution von 1848 nahestanden. Er war am 22. März an die Särge der Opfer getreten und hatte einen zu Herzen gehenden Segen gesprochen: »Es war nicht der *Tod*, der sie Alle gleich gemacht, die hier ruhen, sondern die Kraft des *Lebens*, die Macht einer Idee, die Gluth der Begeisterung, die alle Dämme und Scheidewände niederriß, welche sonst den Menschen von sich selbst, den Menschen vom Menschen scheiden. Es war die Macht einer Ueberzeugung, eine Erhebung der edelsten Gefühle und Gedanken ...« Aaron Silberstein konnte sich noch genau an diesen Augenblick vor elf Jahren erinnern, da Sachs dies gesagt hatte.

»Na, was ist?« fragte Wilhelm Blumenow.

»Warte einen Augenblick, ich komme mit.« Er eilte nach unten, um Wilhelm Blumenow zu öffnen, da Köchin und Hausdiener wieder einmal ausgeflogen waren. Dem strengen Regiment seiner Mutter entronnen, nutzten sie jede Gelegenheit, das zu tun, wozu sie gerade Lust hatten. Ihm war es egal. Den Kaffee kochen konnte auch der Freund.

Nachdem er sich angekleidet hatte, saßen sie dann auch für ein paar Minuten zusammen am Küchentisch.

»Ach Gott«, sagte Aaron Silberstein. »Heute wäre ein großer Tag im Leben meines Vaters gewesen. Oder auch in dem von Karl-Hermann Rana. Doch der eine liegt nun im Grab, der andere sitzt in seiner engen Zelle.«

Als sie das Grundstück Oranienburger Straße 30 erreichten, erblickten sie eine Schar von vielleicht hundert feierlich gekleideten Männern, unter ihnen auch, und zwar dicht nebeneinander, Jason Silberstein und Dr. Lilienblum.

»Hoffentlich reden sie nicht über das nächste Duell«, sagte Wilhelm Blumenow.

»Diese Bemerkung ist pietätlos.«

»Ich habe nur deinen Onkel Jason parodiert.«

Der Festakt war schlicht, und Sarah Silberstein sollte darüber Tage später in der *Allgemeinen Zeitung des Judentums* das Folgende lesen: »Der erste Spatenstich geschah im Beisein des Predigers der Gemeinde, Herrn Rabbinats-Assessor Dr. Sachs, der Vorsitzenden des Vorstands und der Repräsentantenversammlung, sowie der Mitglieder der zur Leitung des Baues eingesetzten Commission in ernster Feierlichkeit, bei welcher von Herrn Dr. Sachs Worte der Weihe gesprochen wurden. Nach Vollendung der Erdarbeiten, die wohl einen Zeitraum von sechs Wochen erfordern, werden die Mauerwerke unverweilt in Angriff genommen werden.«

KAPITEL 13

DAS JAHR 1859 konnte man nicht unbedingt als bewegt bezeichnen oder als eines, das die Welt sonderlich vorangebracht hätte. Dennoch geschah einiges, das Folgen haben sollte. So entdeckte Niemann das Kokain und entwickelte Planté den Bleiakkumulator. Karl Marx schrieb *Zur Kritik der politischen Ökonomie* und Darwin *Über die Entstehung der Arten durch natürliche Zuchtwahl.* Brahms schuf sein Klavierkonzert in d-moll, Gounod komponierte die Oper *Margarethe* und Richard Wagner *Tristan und Isolde.* Böcklin malte *Pan im Schilf* und Menzel den *Studenten-Fackelzug.* Es starben Fürst Metternich, Wilhelm Grimm, Alexander von Humboldt und Bettina von Arnim, die letzten beiden in Berlin. Und im Juni heirateten Wilhelm Blumenow, Jurist und Zeitungsschreiber, und Katharina Rosentreter, Banquierstochter.

Das Religiöse hatten sie ausgeklammert, die Heirat war ein trockener Verwaltungsakt, der im alten und schon dem Abriß geweihten Berlinischen Rathaus in der Königstraße vollzogen wurde. Als Trauzeugen fungierten Aaron Silberstein und Selma Landmann. Anschließend trafen sich alle Verwandten und Freunde des jungen Paares im Thiergarten, um am Landungssteg bei den Zelten den Personendampfer »Prinz Carl von Preußen« zu besteigen und auf dessen Planken gebührend zu feiern. Die Idee dazu hatte Wilhelm Blumenow gehabt: »Da Katharina und ich ja in Bälde mehrere Wochen auf einem Auswandererschiff zubringen werden, müssen wir uns schon einmal mit der Seefahrt vertraut machen.«

Fast alle Gäste hatten diese Einladung beifällig aufgenommen, denn das »Dampferfahren« hatte in Berlin eine lange Tradition. Am 2. Oktober 1816 hatte es die Probefahrt des ersten Dampfschiffes auf der Havel, der »Prinzessin Charlotte von Preußen«, gegeben, und am 27. Oktober waren 160 mutige Berliner von Spandau bis zur Pfaueninsel geschippert. Im Frühjahr 1817 hatte die »Prinzessin Charlotte«, durch und durch ein Holzschiff, den regelmäßigen Personenverkehr zwischen den Zelten und Charlottenburg aufgenommen. Wilhelm Blumenow hatte schon deshalb ein inniges Verhältnis zur Schiffahrt auf Spree und Oder, weil er sich das Geld für sein Studium als Schiffsjunge bei der »Königlich Preußischen Seehandlung« und der »Berliner Dampfschiffahrts-Gesellschaft« verdient hatte. Mit dem Aufkommen der Eisenbahn waren Fahrgast- und Frachtschiffahrt ein wenig aus der Mode gekommen, und die meisten Berliner Dampfer hatte es nach Frankfurt/Oder, Königsberg oder gar Prag verschlagen, doch Wilhelm Blumenow war es gelungen, den »Prinz Carl« für ein paar Tage von der Oder zurückzuholen. Das Geld dafür hatte Katherina Rosentreter aufgebracht, nicht ohne dafür die Hilfe Isaak Hirschs in Anspruch zu nehmen. Der hatte ihr in allem sehr geholfen. Und er war es im übrigen auch gewesen, der neben ihr in der Droschke gesessen hatte, deren Verfolgung Schlötel und Kublank so gründlich mißlungen war. Das Thema Meir Rosentreter beschäftigte die Hochzeitsgäste selbstverständlich in hohem Maße.

»Lebt er oder lebt er nicht, das ist hier die Frage«, sagte Jason Silberstein, als er mit einigen anderen an der Reling stand und das Buschwerk am südlichen Ufer der Spree im Blickfeld hatte. »Ich möchte wetten, daß dieser Schlötel da irgendwo im Gebüsch steckt und auf ihn lauert.«

Isaak Hirsch stimmte ihm zu. »Sicher, denn wenn es etwas gibt, was einen Vater aus seinem Versteck herauslocken kann, dann ist es doch die Hochzeit seiner einzigen Tochter.«

»Jetzt, da feststeht, daß er Friedrich Silberstein nicht erschossen haben kann, braucht er doch das Licht nicht mehr zu scheuen«, sagte Rudolf von Gneist, einer von Blumenows Freunden, der im Oktober 1858 als »freigesinnter« Mann in die Stadtverordnetenversammlung gewählt worden war. »Ich hätte ihn ja, sofern er wirklich noch am Leben ist, am ehesten in den Staaten drüben vermutet. Aber Dutzende von Leuten schwören ja, ihn hier in Berlin gesehen zu haben ...«

»Meine eigene Mutter ja auch!« rief Aaron Silberstein. »Und zwar gleich damals nach seinem Verschwinden.«

»Was sagt denn Katharina dazu?« fragte Charlotte Chaumont.

»Woher soll ich das wissen?« Aaron Silberstein reagierte etwas unwirsch auf diese Frage. Denn so ungerührt er sich auch nach außen gab, so sehr hatte er doch daran zu knabbern, daß »seine« Katharina nun einem anderen gehörte – und noch dazu dem besten Freund. Der aber war ein Konvertit. Damit brach für Aaron Silberstein die alte Ordnung zusammen. Sie waren sich schon als Kinder versprochen worden, Katharina und er. Dann aber war Charlotte gekommen, die Christin, die Schlange, und er war der Versuchung erlegen. Liebe und Leidenschaft waren stärker gewesen als jede Tradition. Er fühlte sich schuldig, er fühlte sich als Verräter an seinem Volk. Er hatte das Gesetz gebrochen, es war eine Missetat, die er da begangen hatte. Und die Frau neben ihm, Charlotte Chaumont, kam ihm nun als Hure vor: »Denn von Honigseim träufeln die Lippen der Fremden, und glatter als Öl ist ihr Gaumen; aber hinterher sind sie bitter wie Wermut, scharf wie ein doppelschneidiges Schwert. Ihre Füße steigen nieder zum Tode ...« Unwillkürlich begann er zu beten: »Wasserbäche strömen meine Augen herab, weil sie nicht beobachtet deine Lehre. Ewiger, züchtige deinen Sohn!«

Einzig sein Onkel Jason schien zu ahnen, wie es um ihn stand, und nahm ihn kurz zur Seite. »Was ist mit dir? Ach ja, ich weiß: *Der gresste wejtok is der, woss men ken im far andere nit arojssogn.*« Der größte Schmerz ist der, den man andern nicht sagen kann.

»Ich habe es so gewollt, doch nun, wo alles entschieden ist, trauere ich um das, was mir entgangen ist.«

»Richtig. Auf daß du dich anschließend um so mehr über das freuen kannst, was du gewonnen hast.« Dabei warf er einen anzüglichen Blick auf Charlotte Chaumont und schnalzte mit der Zunge. »Nimm die Welt nicht dogmatisch, sondern pragmatisch und picke dir jeweils die Rosinen aus den Religionen und Kulturen: aus dem Jüdischen und dem Christlichen, dem Deutschen und dem Hugenottischen.«

Das Tuten des Dampfers unterbrach ihn. »Prinz Carl« war bereit, flußabwärts zu fahren.

MORITZ CHAUMONT war einer der wenigen, die offen zugaben, nicht an die Macht Gottes zu glauben, sondern nur an die des Geldes. Und was dessen Vermehrung auf seinen Konten betraf, ließ ihn vieles hoffen, was in Berlin geschah. Hermann Friedrich Waesemann saß an den Plänen für ein neues Berliner Rathaus, das an die Stelle des mittelalterlichen Baues treten sollte, und es war die Rede davon, die Fassade aus roten Ziegeln mauern zu lassen. Wenn es ihm, Chaumont, gelang, den Auftrag für deren Lieferung zu erhalten, konnte er sich den Beinamen Krösus zulegen. Auch mit dem Wohnungsbau konnte man gutes Geld verdienen, denn die Bevölkerung Berlins wuchs und wuchs, und man sprach davon, daß in spätestens zwanzig Jahren die erste Million erreicht sein würde. Viel Material wurde auch für die Fabrikneubauten gebraucht, die überall hochgezogen worden, vornehmlich außerhalb der Stadtmauern von 1738.

Aber dies alles war noch Zukunftsmusik, und im Augenblick schien einzig und allein die Neue Synagoge in der Oranienburger Straße ein lohnendes Objekt zu sein, obwohl alle meinten, daß mit dem Tod von Friedrich Silberstein für ihn alle Felle davongeschwommen seien. Sicherlich hätte er im Schlepp des Schwiegervaters seiner Tochter die besseren Karten gehabt, aber so schlecht war sein Verhältnis zu Friedrich August Stüler auch nicht, als daß er nicht immer wieder in dessen Bureau gestanden hätte, um ihm das eine oder andere anzudienen, vor allem Ziegelsteine.

»Wir werden nicht Unmengen davon brauchen«, erwiderte Stüler aber ein wenig abwehrend, »denn wir werden gußeiserne Stützen und eiserne Konstruktionen verwenden und ausgemagerte Gewölbe haben.«

»Aber die Fassade!« hielt Chaumont dagegen und wies auf

die Zeichnungen auf Stülers Tisch. »Die Fassade! Da werden Sie Ziegel von komplizierter Form brauchen, die hart gebrannt sind, hohlwandig und dünn – und die kann ich Ihnen zu Bedingungen liefern, wie sie in ganz Europa nicht besser sein könnten.«

Stüler bemühte sich, seinen Besucher ein wenig zu dämpfen. »Piano, Monsieur Chaumont, piano! Ich weiß die Qualität Ihrer Lieferungen durchaus zu schätzen.«

Doch Chaumont war nur schwer zu bremsen. »Und die Gesimse ... Wenn einer etwas von Sandstein versteht, dann bin ich es. Das darf ich in aller Bescheidenheit sagen. Und für die Hauptkuppel werden Sie viel Farbe benötigen. Auch da kann ich interessante Angebote unterbreiten.«

»Ich nehme an, wir werden Zink nehmen und warten, bis das mit seiner Patina seine ganz besondere Wirkung entfaltet.«

»Die Rippen aber müssen golden sein!« rief Chaumont. »Und für das Fugennetz werden Sie eine Unmenge an rot gefärbtem Mörtel brauchen. Auch da habe ich Vorschläge für Sie, die einfach superb sind. Ebenso wie für die Deckenbemalung. Und gänzlich unschlagbar ist das Haus Moritz Chaumont, wenn es um die gläsernen Oberlichter geht. Putz, Stuck, Holz, Sandstein, Zinkguß, Gußeisen, Glas – bei mir bekommen Sie alles aus einer Hand.«

»Sie sind so überzeugend, Monsieur, daß ich mir bei Ihnen sogar die Ehefrau besorgen würde, wenn ich nicht schon verheiratet wäre – und Ihre Tochter nicht den jungen Silberstein zum Manne nehmen würde.«

Chaumont wurde nun ein wenig kleinlauter, fast eine Spur unterwürfig. »Friedrich Silberstein war Ihr Konkurrent, ich weiß, aber ich bitte Sie, mir dies nicht anzulasten. Auch nicht die Verbindung meiner Tochter mit seinem Sohn.«

Stüler lächelte. »Ach, wissen Sie, mit Silberstein verbindet mich das schwere Schicksal, im Schatten anderer zu stehen – ich in Schinkels, er in meinem. Darum bin ich voller Mitleid mit ihm und hege keinerlei Groll gegen ihn und seinen Kreis. Also, Sie können hoffen, etwas vom großen Kuchen abzukriegen. Und grüßen Sie Ihr Fräulein Tochter schön von mir.«

Das tat Chaumont dann auch, als er Charlotte im Hof der

Friedrich-Wilhelms-Universität einen väterlichen Kuß auf die Wange hauchte. Sie wollte wieder mit dem Zeichnen und Malen von Tieren beginnen und hatte sich zu diesem Zwecke ein wenig im Zoologischen Museum umgesehen, das im linken Flügel des Universitätsgebäudes untergebracht war.

»Nun, hast du unter den Männchen eines entdeckt, das in seiner Gattung einem Aaron das Wasser reichen könnte?«

»Laß das bitte!«

»Du bist nicht gut auf ihn zu sprechen?« Chaumont sah seine Tochter prüfend an. »Seit Blumenows Hochzeit? Weil er so sichtlich darunter gelitten hat, daß seine Jugendfreundin nun die Frau eines anderen geworden ist?«

»Ja. Aber hör auf damit!«

»Wie du willst.« Chaumont wollte nicht das abbekommen, was für einen anderen gedacht war. »Wie wäre es, wenn ich dir, damit sich deine Stimmung wieder etwas hebt, im Gersonschen Bazar ein so schönes Kleid kaufe, daß *tout Berlin* in Entzücken ausbrechen wird, wenn es dich so sieht?«

»Verschaff mir lieber einen anderen Bräutigam!«

»Ist das dein Ernst?« Chaumont fragte es ebenso mit Hoffen wie mit Bangen. Ein Hauptmann von tadellosem Adel oder ein hoher Beamter in einem Ministerium, das lukrative Aufträge zu vergeben hatte, wäre ihm schon lieb gewesen, andererseits aber mochte er diesen Aaron Silberstein irgendwie, und außerdem war ein Advokat in der Familie immer von Nutzen.

»Katharina geht nach Amerika, ich besten- oder schlimmstenfalls nach Lichterfelde, wo sich Aaron irgendwann einmal ansiedeln will. Das einzige Abenteuer, das mir dann bleibt, ist der Übertritt zum Judentum.«

»Sag das der Jüdischen Gemeinde, dann kriege ich die Lieferungen für die Neue Synagoge.«

Charlotte verzog das Gesicht. »Denk doch nicht immer nur an das Geschäftliche.«

Chaumont lachte. »Soll ich lieber an das Geschlechtliche denken? Ja, eine Frau brauchte ich wirklich, etwas Festes, nicht immer nur … Aber lassen wir das.«

»Nimm doch Sarah Silberstein. Ich den Sohn, du die Mutter.«

»Keine schlechte Idee.«

Sie waren die Markgrafenstraße hinuntergegangen und bogen nun in die Jägerstraße ein. Chaumont entdeckte im Schaufenster eines der kleinen Geschäfte, die ihre etwas angestaubten Waren zu sehr zivilen Preisen anbieten mußten, um gegen das benachbarte »Monstermagazin« bestehen zu können, eine Reihe von Westen und daneben Schilder mit den Aufschriften »Gänzlicher Ausverkauf« und »Unter dem Kostenpreise«.

Chaumont las, daß jede der Westen für nur einen Thaler zu haben war, und zeigte sich begeistert. »Enorm preiswert. Die muß ich haben. Kommst du mit in den Laden?«

Charlotte nickte. »Sicher. Ohne mich drehen sie dir nur eine an, die nicht einmal ein Circusclown tragen würde.«

Sie traten also ein, und Chaumont sagte einem beflissen herbeieilenden Jüngling, daß er die billigste Weste gern käuflich erworben hätte. Sosehr er ein Genußmensch par excellence war, so legte er doch großen Wert darauf, als sparsamer Kaufmann zu gelten und keinen Groschen zuviel auszugeben. Kapital sammelte man nicht nur an, indem man andere für sich arbeiten ließ und Gewinne machte, sondern auch, indem man alles einsparte, was sich einsparen ließ – nicht für Essen, Trinken und Frauen, aber für Kleidungsstücke.

»Bitte sehr, mein Herr.« Der Commis legte ihm ein Dutzend Westen vor. Sie schillerten in allen Farben, aber nur eine silbergraue, die von schlichter Eleganz war, gefiel ihm wirklich.

»Was kostet diese?« fragte er.

»Drei und einen halben Thaler.«

»Und jene violette da?« wollte seine Tochter wissen.

»Vier Thaler, gnädiges Fräulein.«

Chaumont begann sich zu ärgern. »Und wo sind die wohlfeilen Westen, um die ich Sie eigentlich gebeten habe?«

»Bitte, der Herr, hier.« Und lächelnd hielt er Chaumont eine Weste hin, die wirklich so aussah, wie es Charlotte vor ein paar Minuten befürchtet hatte: ein Stück Lappen, mit der ein Clown im Circus schon von vornherein für Heiterkeit gesorgt hätte.

»Das ist ja schrecklich!« rief Chaumont.

»Tut mir leid, für einen Thaler können Sie nicht mehr verlangen …« Damit hielt er Chaumont die teure silbergraue Weste vor den Leib. »Aber diese hier ist doch ganz vorzüglich und schmeichelt Ihrer Figur.«

Chaumont wehrte ab. »Nein, ich habe meine Prinzipien.«

»Ich auch«, sagte seine Tochter. »Aber nur, um mir die Freude zu gönnen, gegen sie zu verstoßen. Und darum werde ich dir dieses Schmuckstück schenken. Auch wenn sie dir dein Schneider für drei Thaler anfertigen würde.«

Er nahm sie in den Arm und küßte sie abermals, diesmal auf die andere Wange. »Durchtriebenes Luder du – das machst du doch nur, damit ich für das Kleid, das ich dir gleich kaufen werde, mindestens dreimal mehr ausgebe als vorgesehen.«

Damit ließen sie sich die silbergraue Weste einpacken. Charlotte bezahlte sie und hatte plötzlich wieder wesentlich bessere Laune, konnte sie doch auf ein exquisites Kleidungsstück hoffen.

Gerson's Bazar am Werderschen Markt 5 war Berlins bestes »Manufactur-Waarengeschäft«. Geführt von sieben Brüdern, bot es auf zwei Etagen ein »glanzvolles Lager« von »Teppichen, Shawls, Damen-Garderobe, auch Herren-Garderobe-Artikeln«. Die Berlin-Führer lobten es unisono. »Jedem, er mag kaufen oder nicht, ist der Eintritt gestattet, der dem Ersteren nicht durch übermäßige Preise, Letzterem nicht durch das beliebte Angaffen und Umkreisen der Commis verleidet wird. Man durchwandert das geschmackvoll eingerichtete, weitläufige Gebäude und verläßt es (wenn man nicht gerade die Kaufmiene angenommen, die von dem erfahrenen Commis-Physiognomisten sofort verstanden wird) ungehindert, wie man eingetreten.« So Ludwig Löffler.

Charlotte Chaumont liebte Gerson's Bazar wie keine andere Stätte in Berlin. Gekleidet sein wie eine Prinzessin wollte sie schon, seit sie die ersten Worte sprechen konnte. Am liebsten auf einer großen Theaterbühne, ersatzweise aber auch in einem Schlößchen, das sie sich von ihrem Vater zur Hochzeit wünschte. Mit einem Mann an ihrer Seite, der es mindestens zum preußischen Minister gebracht hatte. Das aber ging bei Aaron Silberstein nicht, solange er nicht zum Christentum konvertiert war. Aber warum nicht träumen!

Sie bekam das schönste und teuerste Sommerkleid, das Gerson am Lager hatte, einen Traum in Lavendel, und fiel ihrem Vater um den Hals. »Wenn ich das trage, wird mir keiner widerstehen können.«

»Sei der Augenblick, an dem du es dann wieder ausziehst, der schönste deines Lebens.«

»Vater, du läßt mich erröten.«

Chaumont bezahlte das kostbare Stück und gab Ordre, es ihnen am nächsten Tag nach Hause zu schicken. Dann brachte er seine Tochter zu Schauß am Gendarmenmarkt, wo sie sich mit ihren beiden besten Freundinnen verabredet hatte. Auch in Berlin, das so gern Großstadt sein wollte, brachten es nur wenige Damen über sich, allein in eine größtenteils von Männern besuchte Conditorei zu gehen, obwohl sich die Herren selten die Mühe machten, sie zur Kenntnis zu nehmen oder gar zu belästigen. Schauß aber war eine Damenconditorei, und als sich Chaumont an der Seite seiner Tochter auch nur im Vorraum sehen ließ, empfing ihn boshaftes Gekicher. Schnell nahm er Abschied von Charlotte und schlüpfte durch die Tür ins Freie. Irgendwie hatte er jetzt Lust auf ein galantes Abenteuer, aber dafür war es noch zu früh. Am besten, er nahm sich eine Droschke, fuhr erst einmal nach Hause und sah dann weiter.

In der Cöpenicker Straße war er allein, das Personal hatte Ausgang heute. Auch gut. Er beschloß, sich erst einmal auf die Chaiselongue zu legen und sich ein wenig auszuruhen. Der Abend konnte wieder einmal lang werden.

Er mochte eine knappe Stunde geschlafen haben, da schepperte unten im Flur die kleine Glocke. Chaumont fuhr hoch, erschrak aber nicht, denn er war der festen Ansicht, daß seine Tochter vom Treffen mit ihren Freundinnen zurückgekommen sei. So drehte er den steckenden Schlüssel herum und zog die Tür nach innen auf, ohne vorher zu fragen, wer denn Einlaß begehrte. Doch draußen stand nicht Charlotte, sondern …

»Sie ...?!« stieß er hervor. »Meir Rosentreter. Sie sind am Leben?«

»Ja, als Toter wäre ich kaum hier. Ich darf doch wohl eintreten. Die Leute müssen ja nicht unbedingt die Schuldscheine sehen, die ich Ihnen gleich unter die Nase halten werden, Monsieur Chaumont. Und wenn Sie nicht zahlen, dann ...« Unter dem Mantel kam eine Pistole zum Vorschein.

»Wozu das alles?! Was wollen Sie mit meinem Geld?«

»Sehr viel, aber das geht Sie nichts an! Los!«

SARAH SILBERSTEIN war glücklich, wieder in Berlin zu sein und sich zunehmend so gesund zu fühlen wie vor Friedrichs Tod. Niemand konnte ihr vorwerfen, sein tragisches Ende gefühllos hingenommen zu haben, denn zu sichtbar war ihre seelische Erschütterung für alle gewesen, ihre vorübergehende Geisteskrankheit und der Aufenthalt im Sanatorium, und so brauchte sie keine üble Nachrede zu fürchten, als sie noch im Trauerjahr zum alten Leben zurückkehrte. »Die Ärmste hat ja wirklich genügend gelitten«, hieß es allenthalben. Wenn sie ganz ehrlich war gegenüber sich selbst, dann mußte sie sich eingestehen, daß Friedrich ihr nicht einmal sonderlich fehlte. Er hatte in seiner Welt gelebt, sie in der ihren. Sicher, die gemeinsamen jüdischen Wurzeln, der Bund der Ehe und die beiden Kinder hatten sie aneinandergekettet, doch von Seelenverwandtschaft hatte es keine Spur gegeben.

Die *Jahrzeit*, die Wiederkehr von Friedrichs Todestag, war vorüber, der Grabstein gesetzt, nun fühlte sie sich frei, bereit, zu neuen Ufern aufzubrechen. Die Tora wollte, daß der Mensch nicht lange allein blieb. Daß sich gleich drei Männer um sie bewarben, noch ehe das Trauerjahr vorüber war, amüsierte sie. Hannah, das neue Dienstmädchen, hatte rund um die Uhr zu tun, die Herren Menuchim Halbleib, Jason Silberstein und Dr. Leo Lilienblum zu melden. Als erster erschien heute der Bureaudiener und Anwaltsgehilfe ihres Sohnes.

»Meinem Sohn selber ist der Weg zu seiner Mutter wohl ein wenig zu beschwerlich ...« Sie hatte das Gefühl, daß Aaron ihr zur Zeit lieber aus dem Wege ging. Weil es ihm nach dem Tod seines Vaters und in ihrer Abwesenheit im großen Haus am Hakeschen Markt angeblich unheimlich geworden war, hatte er sich die Etage über seiner Kanzlei in der Brüderstraße als Wohnung angemietet. Wahrscheinlich ging es ihm aber nur darum, mit seiner Charlotte ungestört zu sein.

Halbleib zögerte mit einer Antwort, um sich nicht der Illoyalität verdächtig zu machen. »Ach, es ist nicht leicht für ihn …«

»Wieso denn? Die Sache ist doch nun entschieden: Katharina ist für ihn verloren. Soll er mit dieser Charlotte glücklich werden.« Das klang harsch, und während der langen Spaziergänge in den Wäldern um Thale war ihr auch klargeworden, warum sie diese Charlotte Chaumont recht eigentlich nicht mochte: weil sie ihr zu ähnlich war. Vom Aussehen, von der Mimik, von der Sprache, ja sogar vom Wunsch her, Schauspielerin zu werden, also den schönen Künsten zu dienen und zugleich im Mittelpunkt zu stehen.

»Soll er mit dieser Charlotte glücklich werden«, wiederholte Halbleib. »Wenn das mal so einfach wäre. Keiner von beiden will konvertieren.«

»Wo ist da das Problem? Es ist doch völlig egal, wer ein Bild gemalt, ein Stück geschrieben, eine Sinfonie komponiert hat: ein Jude, ein Christ, ein Moslem, ein Buddhist, ein Hindu, ein Atheist – Hauptsache, es ist ein Kunstwerk und entspricht ästhetischen Kriterien. Und wenn sie sich lieben: Die Anatomie einer Christin unterscheidet sich nicht von der einer Jüdin.«

Halbleib lief rot an, weil er fürchtete, daß sie nun auf die Vorhaut und ihre kulturspezifischen Unterschiede eingehen würde, und kam schnell auf ihre Vorbehalte gegenüber Charlotte Chaumont zu sprechen. »Aber Sie sind nicht eben glücklich, daß sich Aaron zu einer Christin hingezogen fühlt, nicht wahr?«

»Nein, das bin ich wirklich nicht.«

»Deswegen geht er Ihnen derzeit auch lieber aus dem Wege.«

Sarah Silberstein gab sich resolut. »Was soll's, er hat ja lange genug bei seinen Eltern gewohnt. Mal muß sich ein jeder abnabeln. Wenn Sie jetzt zurückgehen, dann grüßen Sie ihn aber sehr herzlich von mir.«

Damit war Menuchim Halbleib hinauskomplimentiert, und sie konnte sich wieder ungestört Eichendorff widmen. »Und *wie* er dehnt die Flügel aus, / Und *wie* er auch sich stellt, / Der Mensch kann nimmermehr hinaus / Aus dieser Narrenwelt.« Aus dieser Welt voller Narren wie Friedrich Silberstein und Karl-Hermann Rana, die sich niederschießen wollten, anstatt zu sagen: Komm, wir tun uns zusammen und bauen gemeinsam. »... Gedanken kreuzen wild, wie Möwen ...« Ja, das taten sie, und sie wollte sie auch nicht einfangen, diese Möwen, sondern sie in ihrem Flug verfolgen. »Köstlich' neue Abenteuer, / Zauberfräulein, tolle Freier – / Seh ich leise sich formieren / Aus den frischen Morgendüften.« Wer würde wohl als nächster Freier bei ihr auftauchen: Dr. Lilienblum oder ihr Schwager?

Es war Jason Silberstein. Als er ihr Eichendorff-Brevier aufgeschlagen sah, griff er sofort danach und hatte schnell einen Anknüpfungspunkt gefunden: »Die handeln und die dichten, / Das ist der Lebenslauf, / Der eine macht Geschichten, / Der andere schreibt sie auf. – Darum, liebe Schwägerin, bin ich heute auch gekommen. Um dich nämlich zu befragen, was dein Vater für eine Art Rabbi gewesen ist.«

»Kannst du es denn gar nicht lassen, die Chronik unserer Familie zu verfassen?« Sie mußte lachen, weil sie unwillkürlich, wenn auch etwas holprig, gereimt hatte.

»Nein, sie gibt eine Menge her, das kann ich mir nicht entgehen lassen. Wer eine Schwägerin wie dich hat, der ist zu allem fähig.«

»Ich kenne deine These, daß die meisten Menschen ohne eine gewisse Beimengung von Ironie kaum zu ertragen sind, aber ich selber schätze sie als verdeckte Form der Diminuierung nicht sonderlich.«

»Und das als Eichendorff-Verehrerin ...« Jason Silberstein hatte beim Blättern zufällig eine zu ihrem Dialog passende Sentenz gefunden. »... Ironisch – / Dieses Wort ist nicht teutonisch. – Was will uns der Dichter damit sagen? Daß Ironie nicht unbedingt eine hervorstechende Eigenschaft der Deutschen ist. Insofern gratuliere ich dir dazu, wie deutsch du denkst.«

»Was ist daran verwerflich?«

»Daß es eine Falle sein könnte. Aber lassen wir das.« Jason Silberstein griff in die Innentasche seines Rockes und zog einen Notizzettel hervor. »Ich möchte dir nämlich vorschlagen, daß wir, damit du auf andere Gedanken kommst, die von dir so geliebten Reisen zu den Dichtern im Berliner Umland wiederaufnehmen, und erlaube mir, dir gleich einen diesbezüglichen Vorschlag zu unterbreiten. Da es an lebenden Dichtern, die wir noch nicht aufgesucht haben, sichtlich mangelt, schlage ich vor, uns den toten Poeten zu widmen und uns die Stätten ihres Wirkens anzuschauen. Da wäre zuerst Schloß Kunersdorf südlich von Wriezen, wo Adalbert von Chamisso im Frühling 1813, von inneren Wirren zerrissen, seine Zelte aufgeschlagen hat. Hier ist der Peter Schlemihl geboren worden, der Mann, der seinen Schatten verkauft und hernach mächtig daran leidet. Wie der Dichter selber, der sich gegen die Gleichsetzung mit seinem Helden wehren muß: Ob wir einander denn so ähnlich?/Sie schrien mir nach: Schlemihl, wo ist dein Schatten. – *Er* habe seinen Schatten nie verloren.«

Sarah Silberstein war von der Idee eines Ausflugs an den Rand des Oderbruchs sehr angetan. »Endlich einmal wieder mit der Bahn fahren! Geh, lieber Jason, und fädele alles ein.«

Kaum war ihr Schwager gegangen, da ließ sich Dr. Lilienblum melden. Er kam mit dem Vorwand, ihren Gesundheitszustand kontrollieren zu müssen, doch sie wußte wohl, daß er der Minne wegen den Weg zum Hackeschen Markt genommen hatte. Auch er war nicht untätig gewesen und hatte sich etwas ausgedacht, ihr Ablenkung zu verschaffen.

»Liebste Sarah, ich denke, daß es aus medizinischer Sicht angeraten sein könnte, wieder einmal ein paar illustre Gäste einzuladen, um mit ihnen über das Neueste aus den schönen Künsten, den Naturwissenschaften und der vornehmen Welt zu plaudern.«

Sarah Silberstein nahm das dankbar auf, konnte sich aber nicht versagen, ihn ein wenig in seiner Selbstgewißheit zu erschüttern. »Mein Sohn wird die Einladungen aussprechen müssen, denn ich bin im Witwenstatus ... Möchten Sie denn auch eingeladen werden, Doktor?«

»Ich hatte durchaus die Hoffnung ...«

»Nun, so wie ich Aaron kenne, wird er seinem Teilhaber, der ja Menuchim Halbleib in Wahrheit ist, und vor allem seinem über alles verehrten Onkel Jason allemal den Vorzug geben ...« Wesbezüglich, ließ sie offen, aber es war unschwer zu erraten. Für wen sie sich wohl ausgesprochen hätte, wäre in diesem Moment über Friedrichs Nachfolger zu entscheiden gewesen? Sie schätzte Jason wegen seines überragenden Geistes, Dr. Lilienblum war sie für ihre Heilung unendlich dankbar, Halbleib war ein grundsolider und durch und durch ehrlicher Mensch, fast eine Kopie ihres verstorbenen Mannes. Mit ihm hätte sie ihr Leben so weiterführen können wie bisher.

Es wurde an der Haustür geschellt, und Dr. Lilienblum konnte sich die Bemerkung nicht verkneifen, daß dies wohl der vierte Bewerber sei, einer, von dem er noch gar nichts wußte.

»Moritz Chaumont?« Sarah Silberstein wäre ehrlich überrascht gewesen. »Ach, vielleicht ist es mein Sohn ...«

Nein, es war der Kommissarius Schlötel, den Hannah meldete. Er kam mit der überraschenden Nachricht, daß Meir Rosentreter leibhaftig bei Moritz Chaumont aufgetaucht sei, seine Schulden eingetrieben habe und unter kryptischen Andeutungen wieder verschwunden sei.

»Nun muß ich überall nachfragen, ob er auch anderswo in Erscheinung getreten ist, vornehmlich bei denen, die ihm Geld schuldeten.«

Sarah Silberstein wurde eisig. »Von den Geschäften und den möglichen Schulden meines Mannes habe ich nie Kenntnis gehabt.«

Schlötel ignorierte ihre Bemerkung. »Hier ist er also noch nicht vorstellig geworden?«

»Möchten Sie das Haus durchsuchen?«

»Nein, danke.«

Dr. Lilienblum blickte Schlötel an. »Jetzt, da Rosentreter wiederaufgetaucht ist und wir wissen, daß er wirklich noch am Leben ist – kommen Ihnen da keine Zweifel an Ranas Darstellung, daß Friedrich Silberstein im Verlaufe eines Duells gestorben ist?«

»Nein!« war Schlötels überaus dezidierte Antwort. »Ein Isaak Hirsch sagt die Wahrheit. Und die Aussagen von Rana, von Frühbeis und der Tänzerin Marie Ziegenbalg sind so deckungsgleich, daß nicht der geringste Zweifel angebracht ist.«

Schlötel zog wieder ab, und wenig später hielten ihr Sohn und ihr Schwager unten mit einer Droschke, um sie zur Reise nach Strausberg abzuholen. Die *Bat Mizwa*, die religiöse Mündigkeit, von Rebekka Seligsohn sollte gefeiert werden. Sarah Silberstein machte sich betrübt klar, daß ihre Enkeltochter nun auch schon das zwölfte Lebensjahr vollendet hatte.

DR. LEO LILIENBLUM litt wegen der vielen Nachtwachen im Krankenhaus ohnehin an chronischen Schlafstörungen, heute aber schlief er noch schlechter als sonst, denn es jährte sich zum dritten Mal der Tag, an dem er von Esther geschieden worden war. »Wenn jemand sich von seiner ersten Frau scheidet, vergießt sogar der Altar Tränen«, sagte man, und es war in der Tat eine traurige Sache. Aber sie hatten sich gründlich auseinandergelebt gehabt, und während er sich nachts um seine Kranken gekümmert hatte, war sie den Einflüsterungen eines anderen Mannes erlegen – das aber war kein anderer als Meir Rosentreter.

Lilienblum riß ein Zündholz an und schaute auf die Uhr. Nicht einmal zwei Uhr war es. Er stand auf, um ein wenig im Zimmer auf und ab zu gehen und einige gymnastische Übungen zu machen, in der Hoffnung, dadurch wieder müde zu werden. Das klappte aber nicht. Im Gegenteil, er wurde immer munterer und begann sogar, in einer seiner Schubladen nach dem *Pittur* zu suchen, der offiziellen Freilassung aus der Ehe, konnte den Brief aber nicht finden. Nun, ehe es soweit war, daß er Sarah Silberstein heiratete, würde ja noch einige Zeit vergehen. Beides, die Scheidung wie die Aussicht, Sarah eines Tages zu besitzen, regten ihn derart an und auf, daß an Schlaf nun überhaupt nicht mehr zu denken war. Also setzte er sich ans wie immer ein wenig geöffnete Fenster, zog den Vorhang zurück und wartete auf den Morgen. Er wohnte am Schiffbauerdamm, und wenn er den Kopf etwas wendete, konnte er im Osten über der Spree schon einen leichten rötlichen Schimmer entdecken.

Er mußte an Friedrich Silberstein denken, für den es keinen Morgen mehr gab, und immer wieder hatte er eine ganz bestimmte Szene vor Augen: wie er, Lilienblum, auf den Bauplatz der Neuen Synagoge kommt und Stüler neben Silberstein knien sieht. Dieser schrecklich zugerichtete Kopf – wie die Kugel in die linke Schläfe eingedrungen war und das Auge heraushing!

»Aber wie das?!« rief er plötzlich aus. Immer, wenn Lilienblum einer wichtigen Entdeckung auf der Spur war und niemanden hatte, mit dem er diskutieren konnte, sprach er seine Gedanken laut aus.

Mit einem Mal war er noch um einige Grade wacher. Warum war das vorher noch niemandem aufgefallen? Rana hätte Friedrich Silberstein frontal treffen müssen, an der Stirn, der Brust – aber auf keinen Fall an der linken Schläfe! Unsinn ... Er beruhigte sich wieder. Vermutlich war die Sache ganz einfach: Silberstein hatte nicht in den Lauf der Pistole starren wollen und deshalb den Kopf weit nach rechts gewendet. Dennoch ... Das Bild ließ ihn nicht mehr los. Die Kugel war ja ganz offenbar in die Schläfe gedrungen und dann auf Höhe des Auges wieder ausgetreten. Aber eigentlich hätte sie doch im Kopf steckenbleiben müssen. So wie Silberstein aussah, hätte er Rana den Rücken zugewendet haben müssen. »Sehr unwahrscheinlich!«

Irgend etwas stimmte da nicht. Wenn es doch nur möglich gewesen wäre, sich den Kopf des Opfers genau anzusehen und den Schußkanal völlig freizulegen, aber nach jüdischer Sitte war die Autopsie eines Verstorbenen streng untersagt, sie würde ihn entweihen.

Lilienblum sprang auf und lief sinnend im Zimmer auf und ab. Da wurde etwas vertuscht. Vielleicht hatte Friedrich Silberstein Selbstmord begangen, und sein Freund Isaak Hirsch setzte alles daran, dies zu verheimlichen, und hatte sich den Rana gekauft, um den Suizid als Tod im Duell erscheinen zu lassen.

»Ach, das ist doch ein abenteuerlicher Gedanke!«

Eine andere Möglichkeit war, daß Meir Rosentreter Silberstein im Auftrag von Isaak Hirsch ermordet hatte, weil er von dessen krummen Geschäften wußte.

»Das ist doch noch absurder!« Lilienblum fürchtete langsam um seinen Verstand.

Dennoch, es trieb ihn, als es Morgen wurde, der Sache nachzugehen. »Ich muß die Akte sehen!« Er hatte kein übermäßiges Bedürfnis danach, sich im Polizeipräsidium am Molkenmarkt von einem Zimmer ins andere schicken zu lassen, um dann doch unverrichteter Dinge wieder abziehen zu müssen, kannte aber den Gerichtsmediziner, der Friedrich Silberstein untersucht hatte, so gut, daß der ihm die Einsicht in sein Gutachten gestattete. Es gelang Lilienblum sogar, eine Bleistiftskizze der Kopfwunde anzufertigen. Mit der in seiner Brusttasche erschien er dann wenig später in der Kanzlei Silberstein.

Menuchim Halbleib war wenig erfreut, den Mitbewerber um Sarahs Gunst in der Brüderstraße zu sehen, fürchtete er doch, der Arzt würde mit Aaron Silberstein über das Ende der Witwenschaft seiner Mutter reden wollen. »Wir sind im Augenblick so mit Arbeit eingedeckt, daß ich Sie höflich bitten möchte, alles Private auf die späten Abendstunden zu verschieben.«

»Es geht nicht um Sarah, sondern um Friedrich Silberstein. Ich habe neue Erkenntnisse über seinen Tod, die ich gern mit seinem Sohn besprochen hätte.«

»Einen Augenblick, ich werde ihn holen.«

»Außerordentlich liebenswürdig von Ihnen.«

Lilienblum hatte das Gefühl, daß Aaron Silberstein ihn mit besonderer Herzlichkeit begrüßte, wahrscheinlich aus Dankbarkeit dafür, daß er die Genesung seiner Mutter so wirksam vorangetrieben hatte. Oder wollte er ihn ermutigen, im Wettstreit gegen Halbleib und Jason Silberstein nicht nachzulassen? In der Annahme, die Gedanken des anderen würden in diese Richtung gehen, betonte er, daß er nicht deswegen gekommen sei. »Es geht um Ihren Vater, und ich darf mir erlauben, Ihnen darzulegen, was mir in der letzten Nacht durch den Kopf gegangen ist.«

»Ja, kommen Sie, Herr Dr. Lilienblum.« Aaron Silberstein führte ihn in einen der hinteren Räume, wo sie ungestört miteinander reden konnten. Knapp fünf Minuten brauchte der Arzt für seine Ausführungen.

Aaron Silberstein hatte aufmerksam zugehört. Am Ende rief er aus: »Was für eine These, was für eine *Kasche*! Und Sie meinen wirklich, daß mein Vater mit dem Rücken zu Rana hätte stehen müssen, wenn dessen Kugel …« Er brach ab, weil ihm die grammatikalische Konstruktion des Satzes, hätte er ihn vollenden wollen, zu kompliziert erschien.

»Ja. Aber so hat er nicht dagelegen, als ich ihn gefunden habe. Man kann ja auch noch die Augenzeugen befragen: Frühbeis, Isaak Hirsch oder Rana selber.«

»Das sollten wir unbedingt tun.« Aaron Silberstein dachte nach. »Am besten, wir arrangieren einen Lokaltermin, zumindest mit den beiden Erstgenannten – denn Rana ist ja inhaftiert –, um uns ein besseres Bild davon zu machen, wie es auf dem Baugelände der Neuen Synagoge zugegangen sein könnte, bevor Stüler und Sie auf den Plan getreten sind. So schnell wie möglich …«

KAPITEL 14

WILHELM UND KATHARINA BLUMENOW sangen es ein ums andere Mal, das beliebte Auswandererlied: »Nun ist die Scheidestunde da, / wir reisen nach Amerika. / Die Wagen stehn schon vor der Tür, / mit Weib und Kind marschieren wir.« Sie hatten offiziell auf die preußischen Bürgerrechte verzichtet und ihren Auswanderungspaß in Empfang genommen. Er enthielt das übliche »Signalement« des Inhabers, also Angaben über Merkmale wie Form der Augenbrauen, Farbe der Wangen und Zustand der Zähne.

Sie zogen es vor, in Hamburg an Bord des Auswandererschiffes zu gehen und nicht in Le Havre, von wo aus der Seeweg um einiges kürzer war, auch nicht in Bremerhaven, das bei den Deutschen besonders beliebt war. Hamburg war seit der Eröffnung der Eisenbahn von Berlin aus am besten zu erreichen, während man bis zur französischen Küste eine Ewigkeit brauchte und Bremerhaven von Bremen aus nur auf der Weser zu erreichen war. Da Katharina den modernen Dampfschiffen gehörig mißtraute, schwankte man noch und liebäugelte mit dem Gedanken, an Bord einer Bark nach Amerika zu segeln. Genaueres würde sich am Hamburger Hafen ergeben.

Zum Glück konnten sie aufgrund der finanziellen Ressourcen, über die Katharina verfügte, die Überfahrt als Kajütpassagiere antreten und mußten nicht im Zwischendeck reisen, das die reinste Hölle sein sollte. Da lag man auf seinem Strohsack zu viert oder fünft in einer zweistöckigen Lagerstatt von kaum mehr als zwei Metern Breite.

Die Wochen vor der Abreise waren von einer melancholischen Grundstimmung erfüllt. So war Katharina auf den Friedhof in der Schönhauser Allee gegangen, wo ihre Mutter lag, und hatte ein Leinwandsäckchen mit Graberde gefüllt. »Für später, für mein eigenes Grab in Cincinnati.«

Gestern hatten sie in der Jägerstraße Abschied von allen Freunden und Verwandten gefeiert. Nun standen sie mit Sack und Pack auf dem Perron des Hamburger Bahnhofs, und nur wenige waren gekommen, sie zu verabschieden, darunter auch Aaron Silberstein, nicht aber Blumenows Eltern. Denen hatte man den härtesten Abschiedsschmerz ersparen wollen.

»Es ist ja davon auszugehen, daß wir uns nie mehr wiedersehen werden«, sagte Wilhelm Blumenow.

Aaron Silberstein lächelte. »Da haben es die Gläubigen besser, sie sehen sich im Jenseits wieder. Und wie würde mein geliebter Onkel Jason sagen? ›Wilhelm, ich hoffe, alle Juden Berlins hoffen, dich eines Tages als *Ba'al Tschuwa* wiederzusehen‹« – als Rückkehrer zum Glauben Israels. »Du weißt, was unsere Weisen sagen: Daß der Ba'al Tschuwa noch über den vollkommen Gerechten steht.«

»Wer weiß, vielleicht fällt alle Bitterkeit von mir ab, wenn ich in einem Land leben kann, in dem es keinen König und keine Fürsten gibt.«

Aaron Silberstein lachte. »Und dann kommst du mit der amerikanischen Armee nach Preußen, Bayern, Sachsen, um uns von unseren Tyrannen zu befreien. Doch wie lange werdet ihr eigentlich unterwegs sein mit dem Schiff?«

Wilhelm Blumenow stöhnte auf. »Auf einem Segelschiff soll es mindestens vierzig Tage dauern, auf einem Dampfschiff geht es natürlich wesentlich schneller – aber nur ohne Maschinenschaden.« Blumenow hatte viel von »Slomans Totenschiffen« gehört. Der Reeder Robert Smiles Sloman hatte in Hamburg mit der »Helene Sloman« schon 1850 das erste deutsche Dampfschiff im Atlantikverkehr in Dienst gestellt.

Katharina wühlte in ihrer Reisetasche und zog ein Bündel Papiere hervor, die sie Aaron Silberstein überreichte. »Die habe ich heute früh noch im Sekretär meines Vaters gefunden, in einer Art Geheimfach, das wir bisher übersehen hatten. Ich bin nicht mehr dazugekommen, alles durchzusehen – und will es auch nicht mehr. Ich möchte, daß endlich Schluß ist mit all den Fragen: Lebt er noch, lebt er nicht mehr? Warum sucht er mich nicht auf, wenn er noch lebt? Dein künftiger Schwiegervater erzählt in der ganzen Stadt herum, Meir Rosentreter sei bei ihm gewesen. Warum sollte er lügen? Aber warum ist Vater dann nicht auch zu mir gekommen? Ich kann das alles nicht verstehen. Es ist nicht mehr auszuhalten, es treibt mich in den Wahnsinn! Ein ganzer Ozean soll zwischen mir und allem liegen, was in Berlin gewesen ist. Auch zwischen uns beiden.«

»Ich verstehe«, murmelte Aaron Silberstein und wandte sich ab, denn Groll erfüllte ihn. Beide waren sie ja Fahnenflüchtige, Verräter, Katharina wie Wilhelm. Sie ließen ihre Heimat im Stich, Berlin, ihre Freunde und Verwandten. Der Freund hatte sich sogar von der angestammten Religion abgewandt. »Wenn das nun alle tun würden ...«

So leise es gesprochen war, Wilhelm Blumenow hatte es vernommen. »Es tun ja nicht alle. Und was wäre, wenn es keiner tun würde? Die Menschheit stürbe den Erstarrungstod.«

»Ach, bei den Spatzen, die da über uns schwirren, bleibt auch immer alles gleich – und es sind glückliche Tiere.«

»Mensch zu sein heißt aber das Neue wagen, weil wir ausersehen sind, Leben im Kosmos zu verbreiten, und eines Tages mit unseren Maschinen auch zu anderen Sternen fliegen werden.«

»Davon hat wohl nicht einmal Abraham zu träumen gewagt.«

Währenddessen nahm Sarah Silberstein, die auch gekommen war, die alte Selma in die Arme.

»Du kommst zu mir ins Haus, denn wenn Katharina meinen Sohn geheiratet hätte, wärst du auch in unsere Familie gekommen.«

So ging die Zeit bis zur Abfahrt des Zuges dahin, und alle sehnten sich den Augenblick, da der Zug nach Hamburg abgelassen wurde, ebenso herbei, wie sie Angst vor ihm hatten. Um halb acht war es dann soweit.

Aaron Silberstein hatte sich die ganze Zeit über beherrschen können, als nun aber die Lokomotive pfiff und der Bahnbeamte energisch zum Einsteigen aufforderte, überkam es ihn doch: Als Wilhelm Blumenow ihn umarmt und zwei Zeilen aus einem Auswandererlied geflüstert hatte – »Ihr Freunde weint nur nicht so sehr, / Wir sehn uns nun und nimmer mehr!« –, da schossen ihm die Tränen in die Augen, und er mußte sich erst abwenden und nach Fassung ringen, bevor er von Katharina Abschied nehmen konnte. Da ihm die eigenen Worte fehlten, flüchtete er sich in den 80. Psalm, Vers 8: »Gott der Heerscharen, führ uns zurück, und lasse dein Antlitz leuchten, daß uns geholfen werde.«

Wilhelm Blumenow lachte. »Sieh da: Führe uns zurück ... Bist du also doch kein Liberaler, sondern ein verkappter Orthodoxer – und jetzt, da du mich verlierst, gewinnt das Alte wieder Oberhand in dir.«

KARL-HERMANN RANA saß zusammengesunken auf der Anklagebank. In den Gazetten stand zu lesen, er sei ein gebrochener Mann und würde viel älter aussehen als 42. Vieles drückte ihn nieder: daß er einen Menschen getötet hatte, daß er Miezis Wärme nicht mehr spüren konnte, daß er seine kleine Tochter noch nicht zu Gesicht bekommen hatte. Während seiner Untersuchungshaft war Miezi niedergekommen. Auguste hieß die Kleine, Auguste Ziegenbalg – denn Miezi zu heiraten war ja auf absehbare Zeit nicht möglich.

Wie oft hatte er, als er noch ein freier Mann gewesen war, vor dem Kammergericht in der Lindenstraße gestanden und den Barockbau von Philipp Gerlach bewundert. Er liebte von allen Baustilen diesen an meisten. Wahrscheinlich wohl, weil er seinem Wesen am meisten entsprach, ihn aber auch so intensiv an seine Heimat erinnerte. Niemals hätte er sich ausgemalt, daß er eines Tages als Angeklagter hier sitzen würde ... Der Kriminalsenat des Kammergerichts hatte es in der Hand, ihn für lange Zeit wegzusperren, denn der § 689 des Allgemeinen Landrechts für Preußische Staaten von 1794 war eindeutig genug: »Wenn Personen, die weder zum Adel- noch Officierstande gehören, jemanden mit Seiten- oder Schießgewehr angreifen; oder ihren Gegner zum Zweykampfe fordern; oder Ausforderungen annehmen: so soll dergleichen Unternehmen als ein Versuch zum Morde angesehen und bestraft werden.« Und bei einem Mord galt § 826: »Derjenige, welcher mit vorher überlegtem Vorsatze zu tödten einen Todschlag wirklich verübt, soll als ein Mörder mit der Strafe des Rades von oben herab belegt werden.« Sein Anwalt meinte, daß sie gute Chancen hätten, das Gericht von seinem festen Willen zu überzeugen, daneben zu schießen. Aber der § 806, der dann zum Tragen käme, klang nicht weniger schrecklich: »Wer in der feindseligen Absicht, einen Andern zu beschädigen, solche Handlungen unternimmt, woraus, nach dem gewöhnlichen allgemeinen, oder ihm besonders bekannten Laufe der Dinge, der Tod desselben erfolgen mußte, und ihn dadurch wirklich tödtet, der hat als ein Todschläger die Strafe des Schwerdtes verwirkt.« Zu hoffen war nur, daß der Kriminalsenat dem sich wandelnden Zeitgeist Rechnung trug und Duelle nicht mehr als Staatsverbrechen ansah, sondern eher den Privatverbrechen zuordnete. Wo keine staatlichen Rechtsgüter, sondern Individualrechtsgüter gefährdet waren, brauchten die Sanktionen nicht so hart zu sein.

»Haben Sie nicht gewußt, daß Duelle in Preußen eine strafbare Handlung darstellen?« fragte ihn der Vorsitzende.

»Doch. Aber wir waren uns ja sicher, daß keiner außer uns davon erfahren würde. Ich wollte daneben schießen, und ich bin davon ausgegangen, daß auch mein Gegenüber mir nicht ans Leben wollte. Es war doch Sache unserer Sekundanten, das so auszuhandeln.«

Rana schien das alles sonnenklar, und er konnte nicht fassen, daß das Gericht ihm keinen Glauben schenken wollte.

Der Staatsanwalt beharrte darauf, daß er aus niederen Beweggründen gehandelt habe. »Friedrich Silberstein war doch unleugbar Ihr Konkurrent. Nur wenn Sie ihn eliminierten, war Ihnen der Auftrag zum Bau der Neuen Synagoge sicher. Und den brauchten Sie für Ihr aufwendiges Leben.«

»Ja, sicher …«

»Na also, da geben Sie es ja selber zu!«

Ranas Anwalt brachte die Manipulation zur Sprache, die Isaak Hirsch an den Waffen vorgenommen hatte. »Das ist doch das

Absurde, Hohes Gericht, daß mein Mandant wegen des verzogenes Laufes seiner Waffe den Silberstein gar nicht hätte treffen können, wenn es seine Absicht gewesen wäre, ihn zu töten. Da hätte er doch nur ein Loch in die Luft geschossen. Erst dadurch, daß er bewußt daneben gezielt hat, ist Friedrich Silberstein getroffen worden.«

Die Entgegnung des Staatsanwalts klang für Rana geradezu höhnisch. »Wenn Sie mir die beiden fraglichen Pistolen bitte zeigen würden, dann werde ich sie gern von geeigneter Seite untersuchen lassen.«

»Der Zeuge Hirsch hat doch glaubhaft versichert, daß er sie nach dem Tod seines besten Freundes in die Spree geworfen hat. Der Schock ...«

Der Vorsitzende gab dem bereitstehenden Justizbeamten einen Wink. »Führen Sie den Zeugen Benno Frühbeis herein!«

Nachdem man seine Identität überprüft hatte, wurde der Schauspieler aufgefordert, alles aus seiner Sicht zu schildern. Er tat es, ohne dabei der Versuchung zu erliegen, den Gerichtssaal als Bühne zu nutzen.

Der Staatsanwalt fixierte ihn. »Sie haben also gewußt, daß Herr Hirsch vorhatte, die Läufe beider Waffen zu verbiegen?«

»Ja.«

»Und das haben Sie dann sofort Ihrem Freund Karl-Hermann Rana erzählt?«

»Wie bitte?« Frühbeis zögerte, weil er in dieser Frage eine Falle witterte.

»Ob Sie ihm verraten haben, daß er gar nicht treffen konnte?«

»Nein. Das war ja mit Hirsch auch so ausgemacht. Beide – Herr Rana hier und Friedrich Silberstein – sollten ja glauben, daß es ein echtes Duell sein würde. Sonst hätte es ja für sie keinen Sinn ergeben.«

Der Staatsanwalt ließ durchblicken, daß er Frühbeis nicht glaubte. »Können Sie es auf Ihren Eid nehmen, Rana dieserhalb nicht unterrichtet zu haben?«

»Ja.«

Man ließ Frühbeis schwören, doch der Staatsanwalt wies darauf hin, daß Rana von der angeblichen Manipulation der Waffen auch auf andere Weise erfahren haben konnte – indem er beispielsweise die Unterredung zwischen Frühbeis und Hirsch verfolgte.

Ranas Anwalt rang die Hände. »Aber auch in diesem Falle hätte er doch unmöglich wissen können, in welche Richtung und in welchem Maße der Lauf seiner Waffe verformt worden war.«

»Da ist doch alles völlig irrelevant!« rief der Staatsanwalt, der Österreicher nicht mochte. »Unstreitig ist doch auf alle Fälle, daß am fraglichen Tage auf dem Baugrund der Neuen Synagoge ein Duell stattgefunden hat – und Duelle sind in Preußen nun einmal verboten. Das sollten Sie allerspätestens seit der Affäre Hinckeldey–Rochow wissen!«

»Das Duell bestreitet ja auch keiner, aber daß mein Mandant einen heimtückischen Mord begangen haben soll, das bestreiten wir!«

So ging es lange Zeit hin und her. Der Anwalt beantragte schließlich Freispruch, denn was den Verstoß gegen das Duellierungsverbot anginge, da sei sein Mandant durch den Tod seines Gegners, der ihn schwer belaste und beruflich ruiniert habe, schon schwer genug bestraft, und die Anklage wegen Mordes müsse fallengelassen werden. Der Staatsanwalt versuchte alles, einen Vorsatz nachzuweisen, und beantragte wegen Mordes die Todesstrafe.

Karl-Hermann Rana blieb, als sich das Gericht zur Beratung zurückzog, nichts als zu beten: »Herr, siehe mein Elend und errette mich.«

Als die zwei qualvollsten Stunden seines Lebens vorüber waren, wurde das Urteil verkündet: Er bekam fünf Jahre Festungshaft.

CHARLOTTE CHAUMONT war ein wenig neidisch auf Katharina Rosentreter. Nicht nur weil die geheiratet hatte, während bei ihr selber noch alles in der Schwebe war, sondern vor allem weil die andere zu neuen Ufern aufgebrochen war und ein gänzlich neues Leben beginnen konnte. Amerika – schon das Wort war Verheißung. Ein weites, ein grenzenloses Land – während es in Deutschland alle paar Meilen Schranken gab und sich ein anderer Kleinstaat wichtig machte. Als sie Aaron Silberstein darauf ansprach, lachte der nur.

»Du kannst quasi auswandern und Mitglied eines anderen Volkes werden, ohne Berlin verlassen zu haben: Werde Proselytin!«

»Was bitte?«

Aaron Silberstein erklärte es ihr. »Ein Proselyt ist ein zum Judentum übergetretener Heide.«

Sie wehrte ab. »Entschuldige bitte, aber ich bin keine Heidin, sondern eine protestantische Christin.«

»Um so besser, dann gehörst du also einer Tochterreligion von uns an.«

»Du redest schon wie dein Onkel Jason«, warf sie ihm vor.

Aaron Silberstein freute sich. »Danke, das war schon immer mein Bestreben. Aber im Ernst: Komm in unsere Welt! Du wirst eine Unmenge Neues erleben. Wie deine Vorfahren aus Frankreich aufgebrochen sind, um in Deutschland glücklich zu werden, brichst du jetzt auf, ein anderes Volk zu entdecken. Und wer weiß, vielleicht sind die Bedingungen irgendwann einmal so, daß alle Juden heimkehren können in ihr Land: Die Reise nach Jerusalem. Wärmer und farbiger als in Berlin ist es dort allemal.«

Charlotte Chaumont spürte durchaus die Versuchung, sich dadurch interessant zu machen, daß sie Jüdin wurde. Wer aus ihren Kreisen wagte schon solch einen Schritt? Für eine Künstlerin, und als die fühlte sie sich ja, war es schließlich angemessen, tüchtig auf- und aus dem Rahmen zu fallen. So fragte sie vorsichtig, was sie denn alles tun müsse, falls sie wirklich …

»Es gibt verbindliche Zeremonien des Übertritts. Du müßtest zum Beispiel in der *Mikwe* untertauchen und alles lernen, was wir an Ge- und Verboten haben, die *Mizwot*. Es sind nur 613. Aber immerhin brauchst du dich nicht beschneiden zu lassen. Wir werden zusammen zu einem Rabbiner gehen, und der wird dich erst einmal abweisen, vielleicht auch mehrmals, um dich zu prüfen. Eigentlich ist es nicht erlaubt überzutreten, um einen jüdischen Ehepartner zu heiraten. Aber der Rabbi wird Angst haben, daß ich mich, sagt er nein, vom Judentum abwende – wie schon mein Freund Wilhelm Blumenow – und unsere Kinder dann auch der Gemeinde verlorengehen. Ich werde auf alle Fälle so bald wie möglich mit Michael Sachs und Abraham Geiger reden. Wir werden sehen, was sich machen läßt. Am besten aber, du nimmst vorher sozusagen privaten Unterricht und lernst die Gebote kennen.«

»Bei deiner Mutter?« fragte Charlotte Chaumont.

»Nein, bloß nicht, der ist das alles im Innersten egal, eifert sie doch ihrem großen Vorbild nach, Henriette Herz – und die hat sich schließlich taufen lassen.« Aaron Silberstein überlegte einen Augenblick. »Nach Strausberg raus ist es zwar ein Stück, aber am besten, du ziehst ein paar Tage vor Rosch ha-Schana zu meiner Schwester Rahel, da nehmen sie das alles sehr genau, und bleibst bis Jom Kippur bei ihr, Tharah und den Kindern.«

Und so kam es dann auch. Charlotte Chaumont und Rahel verstanden sich gut, und Aarons Schwester gab sich alle Mühe, die mutmaßliche künftige Schwägerin mit dem jüdischen Leben vertraut zu machen.

»Rosch ha-Schana ist unser Neujahrsfest«, erklärte ihr Rahel Seligsohn. »Es ist der erste Tag im Monat Tischre, der Tag, an dem die Welt geschaffen wurde. Es ist der Tag, an dem wir Rechenschaft über unser Tun ablegen müssen. Die zehn Tage bis Jom Kippur, dem Versöhnungstag, sind erfüllt von Selbstbesinnung und Reue. Rosch ha-Schana wird zwei Tage gehalten. Um uns an unsere moralischen Pflichten zu erinnern, wird die Posaune geblasen, der *Schofar*. Dazu muß man in die Synagoge gehen. Also reisen wir nach Berlin und gehen in die Synagoge Heidereutergasse. Bis dahin kannst du mir in der Küche helfen und etwas über unsere Speisegesetze erfahren.«

Charlotte Chaumont lachte. »Ich weiß, da dreht sich alles um den Begriff koscher.«

»Sehr richtig – und was ist das Gegenteil von koscher?«

»Keine Ahnung. Unkoscher vielleicht?«

»Nein: Solch ein Lebensmittel ist eine *Trefa*.«

»Und wozu das Ganze?« fragte Charlotte Chaumont. »Aus hygienischen Gründen, weil Schweine unreine Tiere sind?«

Rahel Seligsohn mußte einen Augenblick nachdenken. »Das auch. Vor allem aber, weil meinem Volk von seinen Unterdrükkern oft aufgezwungen wurde, Schweinefleisch zu essen.«

»Ich glaube eher, ihr habt diese Gesetze nur, um euch von anderen abzugrenzen.«

Rahel Seligsohn fühlte sich in die Defensive gedrängt. »Das müssen wir doch auch. Denn wie soll man sonst ein Volk zusammenhalten, das kein eigenes Land mit festen Grenzen hat, sondern über alle Welt verstreut ist?«

»Das mag richtig sein. Na, für mich ginge die Welt jedenfalls nicht unter, wenn ich kein Schweinefleisch mehr essen könnte. Mein Vater ißt es gern roh, nur durch den Fleischwolf gedreht, doch ich habe immer Angst vor Trichinen. Also, was ist denn nun erlaubt bei euch?«

»Nur Tiere, die Klauen haben und Wiederkäuer sind. Und Fische, die Schuppen und Flossen aufweisen.«

»Keine Austern mehr?« Charlotte Chaumont stöhnte auf. »Das würde hart für mich sein!«

»Im Verzicht zeigt sich die Stärke des Glaubens. Zurück zum Fleisch. Es muß vom koscheren Schlächter kommen, das Tier muß rituell geschächtet sein. Hat man es gekauft, muß es zu Hause durch Einweichen und Salzen noch koscher gemacht werden.« Rahel Seligsohn holte ein Stück Hammelfleisch aus der Speisekammer und zeigte es Charlotte Chaumont. »Außerdem dürfen Milch- und Fleischprodukte nicht in ein und demselben Gefäß gekocht oder angerichtet werden, denn in der Tora steht: ›Koche nicht ein Zicklein in der Milch seiner Mutter.‹ Wir haben also eine Menge Töpfe und Geschirr …«

Am Nachmittag vor Rosch ha-Schana fuhren die Seligsohns und Charlotte Chaumont dann nach Berlin, um pünktlich zum Morgengottesdienst in der Synagoge Heidereutergasse zu sein.

Charlotte Chaumont war glücklich, Aaron Silberstein wiederzusehen, doch begann sie zu murren, als sie sich in der Synagoge trennen mußten: »Die Frauen bitte auf die Empore!«

»Das haben die Christen aber besser geregelt«, stellte sie fest.

Jason Silberstein lachte. »Wenn ihr beim Gottesdienst Händchen halten wollt, müßt ihr in den Tempel der Reformgemeinde gehen, da können Männer und Frauen nebeneinander sitzen.«

Tharah Seligsohn fand es empörend, daß es dort keine *Esrat Naschim* mehr gab, keine Frauenabteilung. »Im Tempel im Jerusalem war es so – und so soll es bleiben bis zum Ende aller Tage. Jedes unschickliche Verhalten zwischen den Geschlechtern muß unterbleiben.«

Jason Silberstein sah ihm tief in die Augen. »Wer bleibt mir denn da, wenn ich mich unschicklich verhalten will? Du?«

Dem Schwager verschlug es die Sprache, und Charlotte Chaumont begriff immer mehr, warum ihr Aaron seinen Onkel so sehr verehrte. Sie stieg mit Rahel Seligsohn und Sarah Silberstein hinauf zur Empore und verfolgte die Zeremonie mit einer gewissen Aufregung, die auch daher rührte, daß sie eine Fremde war und man sie quasi eingeschmuggelt hatte.

Ein Mann trat vor und blies auf dem Schofar. Rahel erklärte ihr, daß genau hundert Töne geblasen werden mußten. Segenssprüche unterbrachen das Schofarblasen.

»Gelobt seist du, Ewiger, unser Gott, König der Welt, der uns durch seine Gebote geheiligt und uns befohlen hat, den Ton des Schofar zu hören.«

»Amen!« antwortete die Gemeinde.

So gänzlich verschieden von einem christlichen Gottesdienst, insbesondere einem katholischen, war das Ganze nun auch wieder nicht, fand Charlotte Chaumont, und lernte auch noch, wie man sich nach dem Abendgottesdienst zu begrüßen hatte. Zu einem Mann war »*Le-Schana Towa Tikkatew we-techatem*« und zu einer Frau »*Le-Schana Towa Tikkatew we-techatemi*« zu sagen. Rahel übersetzte es ihr: »Mögest du zu einem guten Jahr eingeschrieben und besiegelt werden.«

Aaron Silberstein erklärte ihr nachher die rituellen Gegenstände, die jede Synagoge, wie groß oder klein sie auch war, besitzen mußte. »Das da ist die Heilige Lade, *Aron ha-Kodesch*, ein Schrank oder eine Nische in der Wand, wo die Torarollen, die

Sifre Tora, aufbewahrt werden. Die Lampe über ihm, das ist das Ewige Licht, der *Ner Tamid*. Die Plattform mit dem Tisch, auf der aus der Tora vorgelesen wird, heißt *Bima*, der siebenarmige Leuchter darauf *Menora*.«

Beim Festmahl dann durfte Charlotte Chaumont ein Stück Apfel in Honig tauchen und, bevor sie es aß, ausrufen: »Möge es Gottes Wille sein, uns ein gutes Jahr und ein süßes Jahr zu erneuern.« Aber ein bißchen komisch war es schon, daß ihr zu Herbstbeginn wie bei der Silvesterfeier zumute sein sollte.

Nach Rosch ha-Schana kamen zehn Tage der Buße, dann wurde Jom Kippur gefeiert, der Versöhnungstag.

»Wir wollen uns mit anderen versöhnen, Abbitte leisten und um Vergebung bitten. Es wird gefastet, und in der Synagoge wirft die Gemeinde sich mehrmals auf die Knie.«

Beides tat auch Charlotte Chaumont, ohne aber dabei anderes zu fühlen als kindlichen Spaß. Komisch, was Menschen alles normal erscheint, wenn die Tradition es will, war ihr Gedanke. Aber schon Shakespeare hatte ja festgestellt, daß die ganze Welt nur eine große Bühne und die Menschen nichts anderes als Schauspieler seien. Also spielte sie mit. Wie alle anderen hatte sie sich weiß gekleidet. Das sollte an die Toten erinnern, die in weiße Gewänder gekleidet waren, aber auch die Reinheit symbolisieren und daran erinnern, was der Prophet Jesaja versprochen hatte: »Sollten eure Sünden auch scharlachrot sein – sie werden so weiß wie Schnee werden.«

Das Ende von Jom Kippur wurde durch einen einzigen langgezogenen Schofarton verkündet. Im Anschluß an den Gottesdienst trat man dann zum Mondsegen ins Freie.

»Da steht ja Meir Rosentreter!« rief einer.

»In der Tat, er ist es«, fügten andere hinzu. Doch als sie auf ihn zueilen wollten, war er verschwunden wie ein nächtlicher Schatten.

AARON SILBERSTEIN kam sich vor wie ein Voyeur, dem jeden Augenblick die Festnahme drohte, als er in der Jägerstraße stand und durch eines der ebenerdigen Fenster in das Haus Meir

Rosentreters zu blicken versuchte. Inzwischen wußte alle Welt, daß sein Vater im Duell mit Karl-Hermann Rana gestorben war, aber lange hatte man ja Rosentreter für seinen Mörder gehalten. So schnell war das nicht aus dem Gedächtnis zu tilgen. Warum aber war Meir Rosentreter zwar wiederaufgetaucht, hatte sich aber nicht bei seiner Tochter gemeldet?

Drinnen regte sich etwas. Aaron Silberstein fuhr zurück und flüchtete sich auf die andere Straßenseite, wo er hinter einem Pferdefuhrwerk Deckung fand. Keinen Augenblick zu früh, denn gerade trat Meir Rosentreter aus der Tür – an seiner Seite Tharah Seligsohn. Beide taten sehr vertraut miteinander. Kein Wunder, waren sie doch alte Freunde. Aaron Silberstein war beruhigt. Wenn sein Schwager so friedlich mit Meir Rosentreter in Richtung Werderscher Markt die Straße entlangging, mußte mit dem alles in Ordnung sein. Trotzdem hätte ihm Aaron Silberstein gern von Angesicht zu Angesicht gegenübergesessen und hinter das Geheimnis seines Verschwindens zu kommen versucht. Schließlich hatte er Meir Rosentreter viele Jahre lang als seinen Schwiegervater angesehen. Nun gut, irgendwann würde sich schon die Gelegenheit zu einem Gespräch ergeben, so sehr eilte die Sache ja nicht.

Wieder in seiner Kanzlei, drehte sich auch das Gespräch mit seinem Anwaltsgehilfen um Meir Rosentreter.

»Ich habe gehört, daß er zeitweise geistig gestört war«, berichtete Menuchim Halbleib. »Es soll eine kabbalistische Weissagung geben, daß ihn einer der Männer, denen er viel Geld geliehen hat, eines Tages ermorden würde. Vermutlich hat er das geglaubt und sich deshalb gleichsam unsichtbar gemacht, indem er aus Berlin verschwand ...«

»Da hat sich meine Mutter also doch nicht geirrt, als sie ihn im Zug gesehen hat!« rief Aaron Silberstein.

»So wird es sein. Und als dann Gerüchte aufkamen, er hätte Ihren Vater erschossen, hat er sich nicht mehr getraut wiederaufzutauchen.«

Aaron Silberstein nickte. »Sicher, sonst hätte sich Schlötel sofort auf ihn gestürzt und ihn eingesperrt.«

»Aber nun, da feststeht, wer es gewesen ist, und Rana im Gefängnis sitzt, hat er ja nichts mehr zu befürchten«, fuhr Halbleib fort. »Daß seine Tochter fort ist, soll ihn furchtbar schmerzen. Es heißt, er habe gar nichts von ihrer Verbindung mit Wilhelm Blumenow gewußt, sondern immer noch gedacht, Sie und Katharina ... Aber er will ihr in die Staaten folgen, darum zieht er jetzt auch durch die Stadt und versucht alles Geld einzutreiben, das er verliehen hat. Manche zittern deshalb schon.«

»Ich nicht«, sagte Aaron Silberstein. »Und darum werde ich mit seinem Besuch auch kaum rechnen dürfen.«

Doch da irrte er. Als er am späten Nachmittag vom Hackeschen Markt, wo er bei seiner Mutter gespeist hatte, in seine Kanzlei zurückkam, saß Meir Rosentreter in seinem Bureau und wartete auf ihn. Hohlwangig und blaß war er, und er schien Aaron Silberstein um Jahre gealtert zu sein. Aber kein Wunder bei dem Leben, das er zuletzt gehabt hatte, und nun auch noch dem Verlust der Tochter.

Aaron Silberstein begrüßte ihn mit einer gewissen Zurückhaltung, die vor allem in seinem Schuldgefühl begründet lag. Er war es ja, der Katharina in Blumenows Arme und damit nach Amerika getrieben hatte. »Ich bedaure, daß Katharina ... Aber mein Freund Wilhelm Blumenow wird ihr ein guter Ehegatte sein.«

»Da lobsingt mein Mund mit Jubellippen«, erwiderte Rosentreter. »Der Herr hat es so gewollt, und ich werde Katharina in die Staaten folgen und mit ihr und ihren Kindern viele schöne Jahre erleben, denn ich ...«

Er wurde von Halbleib unterbrochen, der in der Tür stand, um Aaron Silberstein Bescheid zu sagen, daß er sich auf den Weg zum Landgericht machen müsse. Dort war ein Prozeß zu beobachten, in den sie indirekt involviert waren. »Möchten Sie mitkommen?«

»Nein, gehen Sie ruhig allein.« Aaron Silberstein wollte das Gespräch mit Meir Rosentreter nicht abbrechen.

Als Halbleib gegangen war, rückte Rosentreter näher an ihn heran. »Lieber Aaron, ich habe noch etwas sehr Wesentliches mit dir zu besprechen – mit dir als Anwalt, nicht als ehemaliger Schwiegersohn. Es geht um mein großes Geheimnis. Dir will ich es anvertrauen. Nicht einmal Katharina hat davon gewußt, so glaube ich jedenfalls. Es ist mein großes Glück gewesen – und zugleich ein Fluch, der auf mir lastet. Bevor ich nun in die Staaten gehe, will ich absolut reinen Tisch machen – und du sollst mir dabei helfen.«

Aaron Silberstein war von einer ungeheuren inneren Spannung erfüllt. »Was ist es denn? Du hast doch nicht etwa wirklich jemanden ...«

»... ermordet? Nein. Es geht um etwas ganz anderes. Komm mit in die Jägerstraße, es ist im Keller meines Hauses zu finden, gut verborgen.«

Aaron Silberstein gruselte es wie einem Kind, das durch einen dunklen Wald gehen mußte, in dem überall böse Geister lauerten. Archaische Ängste schossen in ihm hoch. Wurde er in das Haus einer Loge geführt, die mit Menschenopfern die Welt erretten wollte? War Meir Rosentreter ein Kannibale, der ihn gleich schlachten wollte? Nur mühsam konnte er sich beruhigen und über dies und jenes reden: über den Tod des großen Geographen Carl Ritter, über die eindrucksvolle Architektur des großen Palmenhauses im Botanischen Garten, über das bevorstehende Laubhüttenfest, über Charlotte Chaumont.

Da bogen sie auch schon in die Jägerstraße. Meir Rosentreter schloß die Haustür auf, nahm ihm den Mantel ab und kündigte an, daß er ihm nun gleich das zeigen wolle, was sein Leben in furchtbarer Weise bestimmte.

»Hier geht es in den Keller hinunter ... Soll ich vorausgehen?«

»Ja, bitte.« Aaron Silberstein war es sehr lieb so, denn so konnte er nicht hinterrücks erschlagen werden. Von Minute zu Minute wuchs seine Gewißheit, daß Meir Rosentreter viele Menschen umgebracht hatte und ihre Leichen hier im Keller aufbewahrte. Wie es hier schon roch! Alles erinnerte ihn an ein Mausoleum.

Sie kamen in einen kleinen Kellerraum, dessen gesamte hintere Wand von einem Kleiderschrank ausgefüllt wurde. »Die Spezialanfertigung eines Tischlermeisters, der aber schon lange auf dem Friedhof liegt.«

Aaron Silberstein erinnerte sich an die Erzählungen eines Freundes, der Historiker war: daß manche Herrscher die Männer, die ihnen das Grab gebaut und ausgeschmückt hatten, umbringen ließen. Kalter Schweiß lief ihm den Rücken hinunter.

»Der Schrank ist nur Tarnung.« Meir Rosentreter öffnete beide Türen, schob die aufgehängte Kleidung zur Seite und drückte auf einen versteckten Knopf. Daraufhin fuhren die beiden Hälften der Rückwand zur Seite und gaben den Blick auf eine Tür aus Eisen frei. Schon hatte Meir Rosentreter einen Schlüssel zur Hand.

Aaron Silberstein schloß die Augen, voller Angst vor dem grauenvollen Anblick, der ihn mit Sicherheit erwartete.

Doch seine Nasenschleimhäute vermeldeten nicht den Geruch von faulenden Leichen, sondern den von Firnis und Farben. Das war hier keine Grabstätte, sondern ein Maleratelier!

»Hier siehst du meine Leidenschaft und meinen Fluch«, sagte Meir Rosentreter.

»Aber es ist doch kein Verbrechen, Bilder zu malen ...«

»Doch. Du weißt, daß einem Juden die bildliche Darstellung Gottes verboten ist: ›Du sollst dir kein Bildnis machen ...‹ Aber mich hat es getrieben, den Ewigen darzustellen ...«

Aber das war allenfalls die halbe Wahrheit. Denn was Aaron Silberstein vor sich sah, waren Gemälde höchst frivolen Inhalts. Direkt vor ihm stand ein Bild, zu dem mußte Meir Rosentreter vom 19. Kapitel des 1. Buch Mose angeregt worden sein, in dem geschildert wurde, wie die beiden Töchter Lots schwanger wurden von ihrem Vater. Ein anderes war eine Illustration zum 16. Kapitel des 1. Buch Mose, 3. und 4. Vers: »Und es nahm Sarai, das Weib Abram's, Hagar ... ihre Magd ... und gab sie ihrem Manne Abram, ihm zum Weibe. Und er kam zu Hagar, und sie ward schwanger.« Diese Beiwohnung hatte Rosentreter so realistisch dargestellt, wie man es in keinem anatomischen Lehrbuch finden konnte. Besonders angetan hatte es dem Künstler aber offensichtlich das 22. Kapitel im 5. Buch Mose, wo es um die Sünden der Unkeuschheit ging. Ein Gemälde trug die Unterschrift: »Ich habe an deiner Tochter keine jungfräulichen Zeichen gefunden …« Ein ganzer Bilderzyklus war dem 25. Vers gewidmet: »Wenn aber auf dem Felde der Mann das verlobte Mädchen findet, und der Mann ergreift sie und liegt bei ihr, so soll der Mann, der bei ihr gelegen, allein sterben.«

KAPITEL 15

AARON SILBERSTEIN war in den letzten Wochen durch seine beruflichen Pflichten so sehr in Anspruch genommen worden, daß er keine Zeit gehabt hatte, sich an die Lösung der Rätsel zu machen, die mit dem Tod seines Vaters verbunden waren. Nun aber wollte er dies nachholen und schrieb Isaak Hirsch und Benno Frühbeis einen Brief, in dem er sie über Dr. Lilienblums Entdeckung informierte und anfragte, ob sie sich wohl freundlicherweise am nächsten Mittwoch um elf Uhr vormittags auf der Baustelle der Neuen Synagoge einfinden könnten, um das Duell möglichst detailgetreu nachzustellen. Auch Dr. Lilienblum lud er ein. Von Isaak Hirsch und dem Arzt kam auch postwendend eine Zusage, während der Schauspieler nichts von sich hören ließ.

Aaron Silberstein war als erster zur Stelle und sah den Bauarbeitern zu, wie sie emsig, schwarzen Ameisen gleich, Sand in kleine Feldbahnloren schippten und diese dann zur nahe gelegenen Spree rollten, wo Lastkähne warteten. Auf dem Rückweg brachten sie Baumaterial herbei, Kies, Zement und Steine. Unvorstellbar, daß sich hier einmal eine der größten Synagogen der Welt erheben sollte, daß Menschengeist aus bloßer Materie etwas so Großartiges erschaffen konnte!

Dr. Lilienblum war pünktlich zur Stelle und trug, als dann auch Isaak Hirsch gekommen war, in knappen Worten den letzten Erkenntnisstand vor. »Ein Rätsel – und was für ein Rätsel! Aber irgendwie muß es doch zu erklären sein, daß die tödliche Kugel Ihren Vater von der Seite getroffen hat, ja beinahe von hinten. Daß er sich umgedreht und Rana den Rücken zugewandt hat, ist doch kaum denkbar, oder?« Er sah den Sekundanten an.

Isaak Hirsch war sich in dieser Frage vollkommen sicher. »Als der Schuß fiel, hat mein Freund Friedrich seinem Widersacher mutig in die Augen gesehen.«

Dr. Lilienblum starrte in den staubigen märkischen Sand und malte mit der Schuhspitze eine Synagoge mit Kuppel. »Darf ich ganz offen sein, meine Herren?«

»Wir bitten darum.«

»Als ich nachts nicht schlafen konnte, ging mir so manches durch den Kopf – auch der Gedanke, daß vielleicht etwas vertuscht werden soll. Vielleicht hatte Friedrich Silberstein in Wahrheit Selbstmord begangen, und sein Freund Isaak Hirsch setzte nun alles daran, dies zu verheimlichen, und hat sich den Rana gekauft, um den Suizid als Tod im Duell erscheinen zu lassen.«

»Das ist doch absurd!« riefen Aaron Silberstein und Isaak Hirsch wie aus einem Munde.

»Entschuldigen Sie.« Dr. Lilienblum machte eine besänftigende Handbewegung. »Es ist ja nicht meine Meinung. Aber es ist eine theoretische Möglichkeit.«

»Keineswegs!« widersprach ihm Isaak Hirsch. »Denn Frühbeis, Rana und ich können beschwören, daß es ein wirkliches Duell gewesen ist.«

»Nein, das kann es nicht gewesen sein!« rief Aaron Silberstein. »Denn wenn es eines gewesen wäre, hätte die tödliche Kugel meinen Vater nicht von schräg hinten getroffen.«

»Und Sie, Herr Hirsch, haben uns ja mit Nachdruck versichert, daß Ihr Freund Friedrich dem anderen Stirn und Brust dargeboten hat«, fügte Dr. Lilienblum hinzu.

Da hatte Aaron Silberstein das, was er später seine Erleuchtung nennen sollte. »Nach allen Gesetzen der Logik bleibt da meines Erachtens nur noch eine Möglichkeit ...« Er zögerte.

Lilienblum lächelte. »Aber eine, die Sie selbst für absurd halten und gar nicht auszusprechen wagen ...«

»Ja, so ist es. Ich möchte sie die Heckenschützenthese nennen. Das heißt, jemand hat in einem Versteck schräg hinter meinem Vater gestanden und in derselben Sekunde wie Rana abgedrückt. Seine Kugel hat getroffen, Ranas ist weit daneben gegangen. Das würde alles erklären.«

»Genau!« Dr. Lilienblum war im ersten Augenblick hellauf begeistert von dieser Theorie, kam dann aber schnell mit einem Einwand. »Der einzige, der als Heckenschütze in Frage käme, wäre doch Rana – und der scheidet von vornherein aus.«

»Auch Stüler kommt in Frage«, sagte Aaron Silberstein.

»Nie und nimmer!« rief Dr. Lilienblum.

»Oder eben doch Meir Rosentreter«, sagte Aaron Silberstein. »Vielleicht hatte er Motive, die wir nicht kennen, noch nicht kennen. Aber daß ein Heckenschütze am Werk gewesen sein muß, darin geben Sie mir recht?«

»Hundertprozentig!« rief Dr. Lilienblum.

Isaak Hirsch pflichtete ihm bei. »Ja, nur so kann es gewesen sein. Deine Schlußfolgerung ist logisch, Aaron. Der tödliche Schuß muß zeitgleich mit dem von Rana abgegeben worden sein, wie du schon angemerkt hast, sonst hätten wir, die beiden Sekundanten, und Rana selbst etwas bemerkt.«

»Was nun?« fragte Aaron Silberstein. »Wie sollen wir weiter vorgehen?«

Isaak Hirsch machte einen Vorschlag, dem die anderen sogleich zustimmten. »Ich würde sagen, wir stellen das Duell einmal nach. Es hat sich ja hier auf der Baustelle schon einiges getan, aber wo die beiden aufeinander gefeuert haben, ist der Boden noch nicht ausgehoben. Aaron, du bist dein Vater, und Sie, Herr Doktor, spielen einmal den Rana. Ich markiere Ihnen die Positionen. So ... Hierher bitte. Der Abstand dürfte stimmen.«

Die beiden nahmen Aufstellung und streckten jeweils die rechte Hand nach vorn, als würden sie eine Pistole halten. Isaak Hirsch ging an Aaron Silberstein vorbei und fragte sich, wo der Schütze wohl gestanden haben mochte. »Hier gibt es doch nirgends genügend Deckung.« Dann aber fand er ein paar grün gestrichene Bretter und erinnerte sich, daß hier zur Zeit des Duells eine Art Baracke gestanden hatte, die Fenster schon ausgehakt. »Ein geeignetes Versteck!« Er rief den Polier herbei, und der konnte den Umriß des abgerissenen Häuschens in etwa mit dem Hacken seines Stiefels nachzeichnen. Isaak Hirsch bedankte sich und suchte sich einen Ast von Form und Dicke einer Pistole. Dr.

Lilienblum, der den Einschußwinkel am besten kannte, mußte ihn so lange dirigieren, bis er ausrufen konnte: »Hier muß der Mörder gestanden haben!«

»Wenn wir bloß einen Zeugen hätten, der mehr als zwei Schüsse gehört hat!« sagte Dr. Lilienblum. »Dann wäre die Heckenschützenthese verifiziert.«

»Dessen bedarf es doch gar nicht mehr.« Aaron Silberstein reagierte fast ein wenig unwirsch auf die Anmerkung des Arztes. »Soweit ich von Schlötel weiß, hat sich der Nachtwächter vom neuen Jüdischen Krankenhaus drüben nicht mehr daran erinnern können, wie viele Schüsse er gehört hat. Er war gerade eingeschlafen ... Da anzusetzen erscheint mir aussichtslos. Daß mein Vater von einem Dritten erschossen worden ist, von einem, der nicht am Duell beteiligt war, müssen wir als Tatsache nehmen, so sicher, wie zwei mal zwei gleich vier ist. Es gibt jetzt nur noch die eine und alles entscheidende Frage: Woher hat der Todesschütze gewußt, wann und wo das Duell stattfinden wird?«

Dr. Lilienblum nickte. »So ist es. Wo war die undichte Stelle, wer hat geplaudert, wer hat einen Dritten mithören lassen?« Er sah zu Isaak Hirsch hinüber. »Wer außer Ihnen hat denn gewußt, daß sich Friedrich Silberstein und Karl-Hermann Rana hier duellieren wollten?«

»Meine Frau ... Aber die hat niemandem davon erzählt. Eher vermute ich die undichte Stelle bei der gegnerischen Partei – bei Rana selber womöglich oder seinem Freund Frühbeis, der so gern plappert ...«

»Daß er heute nicht gekommen ist, könnte ein Indiz dafür sein«, sagte Aaron Silberstein.

»Er kennt doch Ihre Heckenschützenthese noch gar nicht«, wandte Dr. Lilienblum ein.

»Das stimmt.« Isaak Hirsch mußte dem beipflichten. »Aber weiter im Text: Wer hat noch was gewußt?« Er überlegte einen Augenblick und sah dann Aaron Silberstein an. »Deine Mutter.«

»Die hat ja nicht mal mir etwas davon erzählt«, wandte Aaron Silberstein ein. »Mein Vater übrigens auch nicht.«

Dr. Lilienblum stöhnte auf. »Ach, der könnte es ja auch ausgeplaudert haben – gegenüber Meir Rosentreter beispielsweise ...«

Aaron Silberstein hielt das nach dem, was er von Rosentreter wußte, für nicht wahrscheinlich. Oder doch? Hatte Rosentreter Angst gehabt, sein Vater würde ihn eines Tages verraten? Das setzte voraus, daß der von der verwerflichen Leidenschaft Rosentreters gewußt hatte. Aber dafür gab es keinerlei Anhaltspunkte. »Vielleicht begeben wir uns auf einen Irrweg, wenn wir nach einem Lauscher suchen, denn eigentlich sind ja zuerst die der Tat verdächtig, die nicht als Akteure und Sekundanten am Duell beteiligt waren, aber Zeit und Ort gekannt haben, also Miezi, deine Frau, lieber Onkel Isaak, und meine Mutter.«

»Drei Frauen«, sagte Dr. Lilienblum. »Frauen aber können wir a priori ausschließen.«

Aaron Silberstein stieß die Luft hörbar aus den Lungen. »Es soll auch schon mordende Frauen gegeben haben, würde mein Onkel Jason sagen.«

»Sarah doch nicht!« rief Dr. Lilienblum.

Aaron Silberstein lachte. »Vielleicht, um frei zu sein für Sie.«

»Nun ist es aber gut.« Dr. Lilienblum ließ durchblicken, daß sein Humor auch Grenzen habe. »Vielleicht verdächtigen Sie mich noch selber. Schließlich bin ich kurz nach den Schüssen am Tatort gesehen worden.«

»Bitte aufhören!« rief Isaak Hirsch, sichtlich enerviert von diesem Geplänkel. »Das hier ist keine Komödie. Eine Frau wird sich nur schwerlich eine Pistole verschaffen und so treffsicher mit ihr umgehen können. Allenfalls käme dafür diese Tänzerin in Betracht, mit ihrem lockeren Lebenswandel. Sie will ihren Geliebten retten und ...«

Nun war es Aaron Silberstein des Guten zuviel. »Bitte, Onkel Isaak, du hast dir ja selbst den nötigen Ernst bei dieser Sache ausgebeten, und das, verzeih mir, klingt nun doch zu sehr nach Kolportageroman. Doch wenn es dich beruhigt, werde ich gern mit dieser Miezi reden, aber auch mit Benno Frühbeis und Rana selber, irgendwie werde ich mir schon Zugang zu ihm verschaffen können. Anfangen werde ich aber mit deiner Frau und meiner Mutter – oder gleich mit dir. Also: Wer könnte dich belauscht haben, als du über das Duell gesprochen hast?«

Isaak Hirsch überlegte ein paar Sekunden. »Das ist nur bei mir in Moabit geschehen – mit Frühbeis. Doch da waren wir allein im Bureau.«

»Bist du dir da ganz sicher?«

»Ja – sofern man sicher sein kann, daß Wände keine Ohren haben.«

»Und mit Tante Klara?«

»Mit ihr habe ich nur bei uns im Wohnzimmer darüber gesprochen. Ob da einer der Dienstboten zugehört haben kann? Ich glaube nicht. Doch für die würde ich ohnehin meine Hand ins Feuer legen. Wie sollen die auf die Idee kommen, meinen Freund Friedrich zu erschießen? Völlig ausgeschlossen!«

»Gut.« Aaron Silberstein zog seine Uhr aus der Tasche. »Es ist ja auch Zeit. Dann danke ich für die Hilfe und werde mich so bald wie möglich mit den anderen unterhalten.«

AARON SILBERSTEIN nahm sich an der Petrikirche eine Droschke, um nach Moabit hinauszufahren. Er hoffte, die Frage »Wer war der Lauscher an der Wand?« in zwei Tagen beantwortet zu haben. So lange mußte Halbleib sehen, daß er mit der Arbeit in der Kanzlei allein zurande kam. Daß der Mörder seines Vaters nicht zufällig zur Stelle gewesen war, sondern vorher vom Duell gewußt haben mußte, schien absolut sicher zu sein. Offen war aber: Wer von den Wissenden hatte geplaudert? Vielleicht war das nicht mit Absicht geschehen, sondern sozusagen aus Versehen.

Klara Hirsch, die er als erste befragte, stritt das mit Nachdruck ab, als er ihr in der Moabiter Fabrikantenvilla gegenübersaß. »Ich habe mit niemandem außer mit meinem Mann über dieses unselige Duell geredet, und es ist völlig ausgeschlossen, daß uns hier im Hause jemand zugehört hat. Doch selbst wenn dies geschehen wäre: Von denen wäre doch niemand auf die Idee gekommen, Friedrich etwas anzutun.« Sie ging ihr Personal einzeln durch, und da war niemand mit einem schlechten Leumund darunter.

Aaron Silberstein nickte. »Aber wie auch immer – ein wildfremder Mensch wird es kaum gewesen sein, der aus seinem Versteck heraus auf Vater gefeuert hat. Es ist mit hoher Wahrscheinlichkeit jemand, der ihn persönlich gekannt hat und der ein ganz besonderes Motiv gehabt hat.«

Um diese These ging es auch, als er, wieder aus Moabit zurück, auf dem Gendarmenmarkt seinen Onkel traf.

Jason Silberstein nahm das Ganze mehr als Komödie. Doch unerwarteterweise erwies er sich in einem Punkte als überaus gläubig: Es sei nicht Aufgabe der Menschen, einen Mörder zu fangen und zu richten, sondern einzig und allein die Aufgabe Gottes. Also sei es völlig unnötig, daß sich sein Neffe jetzt derart echauffierte. Er wollte Aaron in seinem Eifer bremsen – und dafür erschien ihm eine Bemerkung wider den heiligen Ernst, den er da an den Tag legte, am vielversprechendsten. »Ich wage die Behauptung, daß das Motiv deine liebe Mutter ist. Es geht bei allem einzig und allein um Sarah.«

Aaron Silberstein mochte Scherze dieser Art nicht. »Unsinn! Eher war es ein Judenhasser.«

»Woher sollte der denn Kenntnis haben von Zeit und Ort des Duells? Der hätte doch jederzeit an jedem anderen Ort auf Friedrich schießen können.«

»Aber dann hätte man den Mörder schnell dingfest machen können. So aber konnte er davon ausgehen, daß alle Welt annahm, Vater sei von Ranas Kugel getötet worden. Es wäre der perfekte Mord gewesen, wenn Dr. Lilienblum nicht seine Erleuchtung gehabt hätte.«

»Dr. Lilienblum ...« Jason Silberstein hörte den Namen nicht gern. »So ein Zufall ...«

»Was meinst du?«

»Ach, nichts.«

Aaron Silberstein hatte schon lange geahnt, daß sein Onkel seine Mutter begehrte und sie dem Bruder heimlich geneidet hatte. Es hatte Blicke gegeben, kleine Gesten, Bemerkungen ...

»Eine Frage habe ich an dich. Du kannst sie mir übelnehmen, du kannst mich hier stehenlassen und nie wieder ein Wort mit mir reden. Aber sag mir bitte ...«

»Warum ich nie geheiratet habe, obwohl sich ja Gelegenheiten genug geboten haben?« Jason Silberstein seufzte theatralisch. »Weil ich mir gesagt habe: Entweder Sarah oder keine.«

»Nun ist sie frei ...«

Jason Silberstein zeigte wieder jenes schmerzliche Lächeln, das ihn so unwiderstehlich machte. »Da denkst du nun, daß es nicht der erste Brudermord in der Geschichte unseres Volkes wäre, und willst mich überführen?«

»Nein. Aber wenn du dem wackeren Dr. Lilienblum unterstellst, er hätte wegen Mutter ...«

»Das Motiv hieß Sarah Silberstein, dessen bin ich gewiß. Gehen wir einmal alle Männer durch, die regelmäßig das Vergnügen hatten, in ihren Salon eingeladen zu werden.« Er zählte sie an den Fingern auf. »Rabbiner Samuel Holdheim, Gerson Bleichröder, Leutnant Friedrich v. Treppeln, Isaak Hirsch, Julius Linde, Louis Lewandowski ... und der gute Moritz Chaumont, dein künftiger Schwiegervater. Der geht ja auch solo durchs Leben und ist ein Kenner und Genießer, was Frauen betrifft. Nicht zu vergessen ist mein Gehilfe Halbleib, der zunehmend die Paragraphen durcheinanderbringt, weil er nur noch an Sarah denkt.«

Jason Silberstein war seinem Neffen zu sehr Vorbild, als daß dieser jetzt nicht so überlegen und leicht süffisant gelächelt hätte, wie ansonsten der es immer tat. »Die Verve, mit der Sie sich verteidigen, Angeklagter, läßt darauf schließen, daß Sie in die Angelegenheit stärker involviert sind, als Sie bisher zuzugeben bereit waren.« Während er dies sagte, schoß ihm ein schrecklicher Gedanke durch den Kopf: Konnte es nicht sein, daß seine Mutter und sein Onkel gemeinsame Sache gemacht hatten, weil sie einander liebten und die einmalige Gelegenheit des Duells auf dem Synagogengelände nutzen wollten, um seinen Vater aus der Welt zu schaffen?

Jason Silberstein schien ihm von der Stirn ablesen zu können, was er da dachte, und rief pathetisch: »O ja, es sind menschliche

Abgründe, die sich da aufgetan haben! Aber wie dichtete doch Adalbert von Chamisso, unser Kustos des Botanischen Gartens?« Er zitierte: »Gevatterin, um Jesus Christ! / Laßt euch nicht merken, was Ihr nun wißt! / Nun bringt's die Sonne an den Tag. / Die Raben ziehen krächzend zumal / Nach dem Hochgericht, zu halten ihr Mahl. / Wen flechten sie aufs Rad zur Stund'? / Was hat er getan? Wie ward es kund? / Die Sonne bracht' es an den Tag.« Er machte eine Pause. »Die Sonne bringt also an den Tag, daß ich im Einvernehmen mit Sarah meinen Bruder ermordet habe, um sie ganz für mich zu haben. Und ihr Nervenzusammenbruch anschließend ist allemal Beweis genug für deine These. Ich gratuliere dir, mein lieber Neffe, lauf schnell zu Schlötel und sag ihm Bescheid.« Damit entfernte er sich schnellen Schrittes in Richtung Schloß.

Aaron Silberstein stand da wie gelähmt. War das eben ein Geständnis gewesen? Und ging sein Onkel jetzt nach Hause, um sich dort etwas anzutun? Unsinn! Doch ein leichter Schatten blieb ... Nichts war unmöglich. Raben kreisten über ihm, Chamissos Raben. Er beschloß, zu seiner Mutter zu eilen und mit ihr zu reden.

Er fand sie am Klavier, wo sie elegische Chopin-Stücke spielte. War auch dies wieder ein Indiz dafür, daß sie und ihr Schwager ...? Hatte sie die ganze Zeit über unter einem Mann gelitten, dem manche nachsagten, er sei mitunter hart wie der Stein, mit dem er baute? Der Schwager dagegen sprühte immer nur so vor Charme und Esprit. Hatten sie sich schon lange gefunden, ohne daß in ihrem Umfeld jemand etwas bemerkt hätte? Am liebsten wäre Aaron Silberstein nach Strausberg gefahren, um die Seligsohns zu fragen, ob auch ihnen etwas aufgefallen war.

Er schämte sich seiner Gedanken, als er neben seiner Mutter stand. 47 Jahre war sie jetzt und so schön und anziehend wie noch nie in ihrem Leben. Versetzte er sich in seinen Onkel Jason und in Dr. Lilienblum, so konnte er – in den Grenzen, die ihm als Sohn gesetzt waren – durchaus verstehen, daß sie nichts unversucht ließen, sie zu besitzen. Es bereitete ihm einige Mühe, sich auf den Zweck seines Besuches zu konzentrieren. Nach einigen Fragen zu ihrem Wohlbefinden kam er auf den Lauscher zu sprechen.

»Nur wer vom Duell gewußt hat, kann Vater aus dem Hinterhalt erschossen haben.«

»Ich habe ihn immer wieder händeringend gebeten, Rana nicht zum Duell zu fordern!« rief Sarah Silberstein.

»Hast du zu einem anderen davon gesprochen, Mutter?«

»Nein, zu niemandem.«

»Auch zu Onkel Jason nicht?«

»Nein.«

»Und Vater, hat der ihm vielleicht davon erzählt?«

Seine Mutter wich ihm aus. »Das weiß ich nicht, da mußt du deinen Onkel schon selber fragen.«

»Ja.« Aaron Silberstein fühlte sich kraftlos, und der Impuls, alles auf sich zu beruhen lassen, wurde immer mächtiger. Was hatte er davon, wenn der Täter gefaßt und hingerichtet würde? Sein Vater wurde davon nicht wieder lebendig. Und wenn es seine Mutter und sein Onkel wirklich gewesen sein sollten, verlor er noch zwei Menschen, die er liebte. Außerdem würde sich Charlotte ganz sicher hüten, in eine Familie einzuheiraten, in der gemordet wurde. Am besten, er ließ alles im Sande verlaufen und gab die Suche nach dem Lauscher auf. Schlötel war ja ohnehin noch ahnungslos.

Mit ein paar Floskeln verließ er seine Mutter wieder und ging ziellos durch die Stadt. Nur alles vergessen! Am besten war es, er nahm Charlotte und ging mit ihr ins Ausland. Vielleicht nach Süd- statt nach Nordamerika, aber nur fort aus Berlin, weg von einer Mutter und einem Onkel, die wahrscheinlich die Mörder seines Vaters waren. Ein Satz seines ehemaligen Talmud-Lehrers kam ihm in den Sinn: *Kajin w'Hewel – doss is kim'at di tamziss fun der ganzer Weltgeschichte*. Kain und Abel – das ist beinahe die Essenz der ganzen Weltgeschichte.

Nein, das durfte nicht sein! Er fing an zu beten: »Herr, mein Fels, meine Burg, mein Erretter, mein Gott, mein Hort, auf den ich traue, mein Schild und Horn meines Heils und mein Schutz! Herr, führe mich auf den rechten Weg.«

Kaum hatte er das ausgesprochen, merkte er, daß er vor Karl-Hermann Ranas Wohnung in der Behrenstraße angekommen war. In der ersten Etage stand ein Fenster offen. Kindergeschrei drang nach unten. Wahrscheinlich Ranas Kind. Also war anzunehmen, daß seine Geliebte, diese Miezi, hier Quartier genommen hatte, während er seine Haftstrafe absaß. Er griff zum Klingelzug.

Marie Ziegenbalg steckte den Kopf aus dem Fenster und erkannte ihn. Wahrscheinlich hatte sie ihn im Gerichtssaal gesehen. »Womit kann ich dienen?« fragte sie förmlich.

»Mit einer Auskunft. Darf ich einen Augenblick nach oben kommen?«

»Nein, das schickt sich nicht. Ich bin allein.«

»Von Ihrem Kind mal abgesehen. Aber gut.« Aaron Silberstein hatte Verständnis für ihre Haltung. »Wie heißt denn der Kleine?«

»Der Kleine ist ein Mädchen und heißt Auguste«, kam es von oben.

»Ich kann Ihnen die frohe Kunde überbringen, daß vieles dafür spricht, daß die Kleine ihren Vater viel eher wiedersehen wird, als bislang zu erwarten stand.«

»Warum das?«

»Ich will hier auf der Straße nicht so schreien«, rief Aaron Silberstein mit gemäßigter Lautstärke nach oben.

»Warten Sie, ich komme nach unten.« Kurz darauf stand sie mit der kleinen Tochter im Wickelkissen vor ihm.

»Gott, ist die süß! So etwas wünsche ich mir auch.« Aaron Silberstein dachte voller Sehnsucht an Charlotte.

»Sie wollten mir …«

»Ja, natürlich.« Und er erklärte ihr mit knappen Worten seine Heckenschützentheorie. »Es kommt jetzt alles darauf an«, schloß er, »daß wir herausbekommen, wer alles von dem Duell wußte. Versuchen Sie sich genau zu erinnern: Haben Sie zu einem Dritten darüber gesprochen, oder sind Sie vielleicht irgendwo belauscht worden?«

Miezi dachte nach, während sie das schlafende Kind in den

Armen wiegte. »Nein, es tut mir leid ... Aber vielleicht kann sich Karl an etwas erinnern, Herr Rana.«

Aaron Silberstein bedankte sich, wünschte ihr und Auguste alles Gute und begab sich ins preußische Justizministerium in der Wilhelmstraße, um eine Besuchserlaubnis für Karl-Hermann Rana zu erwirken. Aus seiner Studienzeit kannte er ein paar einflußreiche Beamte, die das arrangieren konnten. Zwei Stunden später hatte er die Erlaubnis.

Wieder ging es per Droschke hinaus nach Moabit, diesmal zum Gefängnis. Als er dem Architekten in seiner Zelle gegenübersaß, fiel ihm dessen fahle Gesichtsfarbe auf, fast ein wenig grünlich wirkte sein Teint. Und zusammen mit dem breiten Gesicht und den hervorstehenden Augen ergab das tatsächlich das Bild eines Frosches. Armer Kerl, dachte Aaron Silberstein. Seine vermeintliche Schuld am Tod eines Menschen hatte ihn sichtlich mitgenommen und seine körperlichen wie seelischen Kräfte weithin verbraucht. Auch Miezi und die kleine Tochter mochten ihm fehlen. Gebüßt hatte er genug. »Sie ahnen nicht, warum ich Sie aufgesucht habe?«

Rana senkte den Kopf. »Was sollen Sie mir schon zu sagen haben? Durch meine Hand ist Ihr Vater gestorben.«

»Nein. Es war ein anderer. Sie haben in der Tat daneben geschossen.«

Der Architekt starrte ihn an. »Wiederholen Sie das bitte.«

Als Aaron Silberstein Rana über alles aufgeklärt hatte, sprang der auf und umarmte ihn mit einer Inbrunst sondergleichen.

»Danke, danke, tausend Dank! Aller Segen dieser Welt für Sie! Hurra, ich habe keinen Menschen getötet! Ich war es nicht! Miezi, Auguste, bald bin ich wieder draußen.«

Rana hatte Tränen in den Augen, und auch Aaron Silberstein war gerührt, obwohl er gegen den Architekten noch immer Antipathien hegte, denn ohne dessen Spott hätte sein Vater sich nie dazu hinreißen lassen, ihn zum Duell zu fordern. Nachdem Rana sich wieder unter Kontrolle hatte, fügte Aaron Silberstein seinen Ausführungen über die Heckenschützentheorie noch hinzu, daß er den feigen Mörder noch nicht habe, aber keine

Zweifel daran hegte, seiner alsbald habhaft zu werden. Er schloß mit der Aufforderung, doch bitte intensiv über einen möglichen Lauscher nachzudenken und, schon im ureigensten Interesse, alle Menschen anzugeben, mit denen er über das Duell gesprochen habe.

»Nur mit Miezi und meinem Freund Benno«, beteuerte Rana.

»So setze ich meine ganze Hoffnung also auf Benno Frühbeis.«

Den traf er erst am nächsten Vormittag im Friedrich-Wilhelmstädtischen Theater in der Schumannstraße, als er im Zuschauerraum saß und seinen Kollegen zusah, die eine Szene probten, an der er nicht beteiligt war.

Aaron Silberstein setzte sich neben ihn, bestellte ihm schöne Grüße von seinem Freund Karl-Hermann Rana aus dem Moabiter Zellengefängnis und begann dann, das zu wiederholen, was er schon Dr. Lilienblum, Isaak und Klara Hirsch, seiner Mutter, Marie Ziegenbalg und Karl-Hermann Rana vorgetragen hatte. »Sie sind nun meine letzte Hoffnung, Herr Frühbeis.«

Der Schauspieler konnte aber nicht anders, als ihn zu enttäuschen. Er tat das mit zwei Zeilen aus Schillers Gedicht *Kassandra*: »Wer erfreute sich des Lebens, / Der in seine Tiefen blickt!« Dann fügte er noch, wie ihn zu trösten, zwei weitere hinzu: »Nur der Irrtum ist das Leben, / Und das Wissen ist der Tod.«

Aaron Silberstein mußte zugeben, daß sich ihm der Sinn dieser Verse auf Anhieb nicht erschloß.

Benno Frühbeis lächelte. »Vielleicht ist es besser für Sie, sie irren sich in der Person des Heckenschützen ... Und das ist dann gut für beide, für ihn und für Sie. Wissen Sie aber, wer es war, dann ist das Ihr Tod.«

Aaron Silberstein zuckte zusammen. »Soll das eine Drohung sein?«

»Nein, ich spiele nur Kassandra. Dunkle Vorahnungen ...«

»Das wäre doch aber mein Risiko«, wandte Aaron Silberstein ein.

»Ich mag Sie eben.«

»Oh.« Aaron Silberstein rückte unwillkürlich ein wenig zur Seite. »Also ... Sie haben mit niemandem über das Duell gesprochen, Sie haben auch nicht bemerkt, daß Sie belauscht worden sind?«

»Nein. Sie können mich prügeln, ich werde Ihnen nicht helfen können.«

Aaron Silberstein erhob sich. »Nichts für ungut ... Und danke – auch für die Warnung.«

»Bitte, gern geschehen.« Benno Frühbeis würdigte ihn keines Blickes mehr, sondern verfolgte hingegeben, wie seine Kolleginnen und Kollegen vorn auf der Bühne agierten.

Mit gesenktem Kopf suchte Aaron Silberstein im Halbdunkel den Ausgang. Er hatte verloren, der Mörder seines Vaters den Sieg davongetragen. Nun, vielleicht hatte Frühbeis recht: daß ihm das Wissen nur das Herz brechen, also den Tod bringen würde, wenn es denn sein Onkel Jason gewesen wäre, im Einvernehmen mit seiner Mutter.

Schon war er draußen im Foyer, da rief ihn der Schauspieler noch einmal zurück. »Warten Sie, Herr Silberstein ...«

Fast unwillig wandte er sich um. »Was ist denn?«

»Mir ist gerade eben noch was eingefallen.«

Als Aaron Silberstein wieder im Zuschauerraum stand, kam Benno Frühbeis auf ihn zu und zeigte zur Orchesterloge hinauf. »Als ich mit Rana hier gesessen habe, ist da oben etwas zu Boden gefallen, ein Brett vielleicht. Ich hab' nachgesehen, es schien niemand dazusein. Aber vielleicht könnte doch ...«

Aaron Silberstein bedankte sich und suchte, ohne sich große Hoffnungen zu machen, in den Räumen der Intendanz nach jemandem, den er befragen konnte. Schließlich fand er einen Bediensteten, der für die Instandhaltung des Baues verantwortlich war, und der zeigte sich, nachdem ihm Aaron Silberstein die Zusammenhänge erklärt und indirekt mit dem Erscheinen der Polizei gedroht hatte, auch bereit, in den Unterlagen nachzusehen, wer zur fraglichen Zeit in der Orchesterloge gearbeitet haben könnte.

»Ich erinnere mich, daß da die Wandbespannung defekt war...

Auch die Bohlen waren angefault …« Er suchte eifrig in seinen schlecht geordneten Akten. Endlich wurde er fündig. »Hier … Den Auftrag hat ausgeführt … die Firma Louis Krimnitz aus der Cöpenicker Straße.«

CHARLOTTE CHAUMONT saß in ihrer Kammer und war damit beschäftigt, die Schriften zu studieren, die ihr Tharah Seligsohn bei ihrem letzten Besuch in Strausberg mitgegeben hatte: die Einführung in die *Halacha*, das jüdische Rechtssystem, und alles, was über den *Chessed*, die Güte, geschrieben worden war. »Liebe deines Nächsten Wohl wie deines« – dies sei die Zusammenfassung der gesamten Tora. Nun, das hatte sie auch in der christlichen Schule gelernt: »Was du nicht willst, daß man dir tu, das füg auch keinem anderen zu.« Der Rabbi El'asar ben Aroch hatte gesagt, »ein gutes Herz« schließe alles ein. Das »gute Herz« war im Talmud die Grundlage für einen wirklich frommen und gesetzestreuen Juden. »So wie Er gnädig ist, sei auch du gnädig; so wie Er barmherzig ist, sei auch du barmherzig … So wie Er voll Güte und Wahrheit sei auch du …« Eine *Mizwa* war eine religiöse Pflicht, das wußte sie schon, und von diesen religiösen Pflichten gab es viele: Gastfreundschaft war zu gewähren, Kranke waren zu besuchen, Waisen und mittellosen Mädchen war die Heirat zu erlauben. Auf *Zedaka*, die Wohltätigkeit, wurde sehr viel Wert gelegt. Ein Zehntel seines Verdienstes sollte man den Armen als Almosen geben. »Zedaka soll freudig und mit Mitgefühl gegeben werden.« Auch war es eine Mizwa, den Bedürftigen Geld zu leihen.

Sehr vieles war verboten. Das Klatschen beispielsweise: »Gehe nicht als Herumträger in deinem Volke.« Eine große Sünde war die Böse Zunge, *Leschon ha-Ra*. Vier Menschentypen waren Gott zuwider: Müßiggänger, unehrliche Schmeichler, Lügner und solche, die mit böser Zunge sprachen. Ein Jude durfte sich nicht rächen, niemandem etwas nachtragen, keinen verfluchen, ihm mit Worten Unrecht tun, ihn mit einem herabwürdigenden Spitznamen rufen, ihn beschämen und seine Gedanken stehlen.

Das war in etwa das, was ihre verstorbene Mutter immer gefordert hatte: »Edel sei der Mensch, hilfreich und gut.« Sie seufzte. Die Tatsache, daß alle Religionen eine Unmenge von Ge- und Verboten aufstellten, zeigte doch nur, wie unvollkommen die Menschen waren. Aber man brauchte eben Richtlinien für das gute und das richtige Verhalten, etwas, woran man sich orientieren konnte. Das eine Volk machte es so, das andere so, doch im Grunde wollten sie alle dasselbe: wachsen, blühen und gedeihen. Bis in alle Ewigkeit. Amen.

Sie schreckte hoch. Ihr Vater war unten in die Diele getreten, der Hausdiener nahm ihm gerade den Mantel ab. Ihr Wortwechsel war bis nach oben zu hören.

»Was ist denn das Eingewickelte hier? Eine neue Tischplatte?«

»Nein, Jean-Paul, ein Gemälde, das ich gekauft und mir nach Hause habe schicken lassen.«

Charlotte Chaumont eilte nach unten, begrüßte ihren Vater mit einem Kuß auf die Wange und war im Nu dabei, das weiße Laken zu lösen, in dem das neue Bild eingeschlagen war.

»Für meine Bibliothek«, sagte Moritz Chaumont. »Eine Szene aus der Bibel.«

»O nein!« rief Charlotte Chaumont, als sie das Gemälde enthüllt hatte. Denn was sie sah, war für ein bürgerliches Heim reichlich frivol: Ein nackter Mann lag zwischen den Schenkeln einer ebenso nackten Frau, und man hatte den Eindruck, sein Gesäß, über das lediglich ein schmales und dazu noch durchsichtiges Tuch gebreitet war, würde sich auf und ab bewegen. »Wer hat denn das gemalt?«

»Ein noch unbekannter, aber sehr begabter Künstler namens Adolf Rotzis.«

»Und was soll es darstellen? Aus der Bibel etwas?«

»Ja.« Moritz Chaumont versuchte sich zu erinnern. »Hinten auf dem Rahmen muß es stehen.« Er drehte das Bild herum, fand auch schnell, was er suchte, und las es vor: »Also nahm Boas die Ruth, daß sie sein Weib ward. Und da er zu ihr einging, gab ihr der Herr, daß sie schwanger ward und gebar einen Sohn. – Das Buch Ruth, 4. Kap., Vers 13.« Man sah Chaumont an, daß er an diesem Bild große Freude hatte, und genüßlich wiederholte er: » ...da er zu ihr einging ...«

Charlotte Chaumont schüttelte immer wieder den Kopf. »Vater, das kannst du dir unmöglich in dein Zimmer hängen! Verkauf es wieder, oder wirf es auf den Abfallhaufen!«

»Nein, auf keinen Fall, ich liebe es. Es erinnert mich so an ...« Nun stockte er doch.

»Dann häng es in den Keller!«

In diesem Augenblick trat Aaron Silberstein bei den Chaumonts ein. Er hatte Louis Krimnitz aufsuchen wollen, doch da er diesen nicht angetroffen hatte, hatte er die Gelegenheit genutzt, seine Droschke ein paar Seitenstraßen weiter stadtauswärts fahren zu lassen, wo Chaumonts Villa stand. Vielleicht war Charlotte ja allein zu Hause ...

Statt dessen stand er nun vor deren Vater und dem anstößigen Gemälde. Er zuckte zusammen. Aber nicht, weil sein sittliches Gefühl verletzt worden wäre, sondern weil er auf den ersten Blick erkannt hatte, wer dieses Bild in Wahrheit gemalt hatte: Meir Rosentreter. Er fand die Szene wenig erotisch, sogar abstoßend und abartig, wenn er daran dachte, daß es Ruth zeigte – eine Frau, die ihm heilig war. Daß Rosentreter so etwas gemalt hatte, war schon schlimm genug und sicher auf eine schwere seelische Erkrankung zurückzuführen, aber noch schlimmer war, daß ein angesehener Mann wie Chaumont es gekauft hatte, um sich an der Nacktheit der beiden zu ergötzen. Gut, das war seine Sache, aber daß Charlotte das Ganze auch noch amüsant fand ... Wie konnte er mit einer Frau zusammenleben, die so wenig sittsam war? Die Tora verbot alles Unzüchtige als *Snut*.

Andererseits ... Der Ewige hatte die Menschen nackt geschaffen, und als Erwachsene mußten sie hin und wieder das tun, was Rosentreter so drastisch dargestellt hatte, sollte sein Volk erhalten bleiben. Ohne körperliche Lust würde die Menschheit sterben.

Charlotte Chaumont mußte seine Gedanken erraten haben, denn sie wiederholte, daß sie das Bild höchstens im Verborgenen dulden würde, »dort, wo ohnehin nur Papa und Jean-Paul Zutritt haben: im Weinkeller«.

Ihrem Vater blieb nichts, als zuzustimmen. Da er aber nicht so recht mit Hammer und Nagel umzugehen wußte, bat er Aaron Silberstein, das anstößige Gemälde in den Keller zu tragen und dort aufzuhängen. »Jean-Paul, einen Hammer und einen Nagel bitte!«

Der Diener, auch er handwerklich unbegabt, brachte beides, geleitete die Herrschaften mit einer Petroleumlampe in der Hand die Treppe hinunter und führte sie in den Weinkeller, wo hinter einem der Regale in der Tat eine weiß gekalkte Fläche zu erkennen war, auf der das vergleichsweise große Gemälde Platz haben mochte.

»Hierher«, sagte Chaumont. Gegenüber stand ein Stuhl, und auf dem konnte er dann sitzen und neben seinem Rotwein noch anderes genießen – gedanklich jedenfalls.

Aaron Silberstein schätzte Höhe und Breite des Bildes und fixierte den Punkt, wo er den Nagel einschlagen wollte, mit einem kleinen Kreuz, das er mit dem Daumennagel in die Tünche ritzte. »So müßte es in Augenhöhe hängen.« Dann setzte er den Nagel an und holte mit dem Hammer aus.

»Paß auf deinen Daumen auf!« warnte Charlotte Chaumont.

Das tat er, und dennoch konnte er einen leisen Fluch nicht unterdrücken, denn der Nagel stak nur lose in der Wand, und ein Stück Putz war von der Wand gefallen.

»Bravo!« rief Chaumont. »Nur weiter so, und das ganze Haus stürzt ein.«

»Was kann ich dafür?« Aaron Silberstein schlug mit der Faust gegen die Wand. »Hier muß ein Hohlraum sein.«

Charlotte Chaumont lachte. »Ah, jetzt haben wir's: Da hat Papa seinen Goldschatz versteckt.«

Aaron Silberstein zog die Luft durch die Nase ein. »Hier riecht es auch so komisch ...«

Er nahm den Hammer und klopfte gegen die Wand. Erst sachte, dann immer stärker. Nun kam der dünne Putz in ganzen Flatschen herunter, und dahinter zeigten sich Ziegelsteine, die nur schlecht verfugt waren. »Es ist tatsächlich ein Geheimversteck. Wer hat denn vorher hier gewohnt?«

»Niemand«, antwortete Chaumont. »Ich hab' das Haus doch selber bauen lassen.«

Aaron Silberstein geriet in immer stärkere Erregung. »Schnell, eine Brechstange oder dergleichen!« Als der Diener mit einer Schaufel aus dem Kohlenkeller kam, setzte er den Stiel als Hebel an, um die locker sitzenden Steine herauszubrechen. »O Gott, ein Stück Stoff ... Da ist jemand eingemauert worden!«

»Ach, Unsinn!« rief Moritz Chaumont.

Doch als sie das Mauerwerk in genügendem Maße entfernt hatten, mußte er zugeben, daß Aaron Silberstein recht hatte. »Ein Mann! Er ist mumifiziert, vom Kalk. Trocken genug ist es ja hier.«

»Mich trifft der Schlag!« schrie Aaron Silberstein. »Das ist ja Meir Rosentreter!«

»Unmöglich!« rief Charlotte Chaumont. »Den habe ich doch heute vormittag noch auf dem Pariser Platz gesehen.«

»Das hier ist er aber wirklich.« Moritz Chaumont hatte den Banquier und Geldwechsler gut genug gekannt.

»Dann hat er einen Doppelgänger.«

»Nein, der andere muß ein Hochstapler sein.«

Es ging jetzt wild durcheinander, und Aaron Silberstein hatte Mühe, einen klaren Gedanken zu fassen. Er sah Charlotte an. »Wer hat denn euer Haus hier gebaut?«

»Na, der Rana.«

Aaron Silberstein starrte sie an. Sollte doch alles ganz anders sein, als er sich das zusammengereimt hatte? Wenn Rana den Rosentreter ermordet und hier eingemauert hatte, dann war er womöglich doch der Mörder seines Vaters und hatte den beim Duell mit voller Absicht erschossen. Nein, da paßte nichts zusammen.

Chaumont hatte sich inzwischen so weit gefangen, daß er die Angabe seiner Tochter korrigieren konnte. »Der Rana hat nur die Entwürfe gezeichnet. Gebaut hat die Villa aber der Krimnitz.«

»Louis Krimnitz?!« Aaron Silberstein schlug sich mit der flachen Hand gegen die Stirn. »Das ist es: Jetzt wird ein Schuh draus.«

ERNST THEODOR SCHLÖTEL saß am Schreibtisch und schlief. Er hatte einen großen Stapel säuberlich geordneter Akten zu sich herangezogen, um den Kopf darauf zu betten. Die Tischplatte wäre zu hart gewesen, außerdem hätte er sich Leib und Magen zu sehr zusammengepreßt. Und stützte er den Kopf nur auf die Hände, bestand immer die Gefahr, plötzlich abzurutschen. Der Bureauschlaf war für ihn überlebensnotwendig, denn zu Hause war seine Nachtruhe ständig gestört. Entweder war eines seiner Kinder krank, oder seine Frau schrie auf, weil sie einen Alptraum hatte oder unter Wadenkrämpfen und Atemnot litt oder ihr das Abendmahl sauer aufstieß. Und blieben diese Störungen ausnahmsweise einmal aus, dann wachte er garantiert auf, weil seine Blase ihn zwang, zum Nachttopf zu greifen. Schlecht einschlafen konnte er ohnehin, zumal an Abenden, an denen sich wieder einmal sein Trieb geregt hatte.

Kublank hatte vollstes Verständnis für seinen Vorgesetzten und hütete gern dessen Bureauschlaf. Viel zu befürchten war ohnehin nicht, denn Gäste und rangniedere Kollegen klopften an, und hohe Tiere, die dies nicht nötig hatten, erkannte er schon an ihrem Schritt. Meistens schrieb er seine Protokolle, wenn Schlötel friedlich schnarchte. Einer mußte ja die Arbeit tun. Heute aber war er damit befaßt, seine Fingernägel zu reinigen, zu schneiden und so zu feilen, wie feine Herren sie trugen. Gerade war er am Mittelfinger der linken Hand angelangt, da klopfte es. Ehe er »Herein!« rief, schlug er mit einem stets bereitliegenden Lineal auf den Tisch. Das war das verabredete Zeichen, und sofort fuhr Schlötel auf. Blind die oberste Akte aufschlagend, gab er sich den Anschein des emsigen Beamten.

»Ah, Sie!« Daß er Aaron Silberstein erblicken mußte, fand Schlötel nicht eben erfreulich. Der sollte endlich Ruhe geben, Rana saß ja nun im Moabiter Zellengefängnis.

»Ich bitte einen Augenblick um Gehör«, begann Aaron Silberstein. »Ich habe interessante Neuigkeiten für Sie.«

»Nehmen Sie Platz.« Schlötel gab Kublank einen Wink, den Besucherstuhl für den Anwalt zurechtzurücken. »Dann schießen Sie mal los.«

Aaron Silberstein setzte sich und begann, der Polizei von dem Mitteilung zu machen, was er in den letzten Tagen und Wochen herausgebracht hatte. Nach einer halben Stunde war er am Ende. »Ich fasse noch einmal zusammen: Es spricht alles dafür, daß der Bauunternehmer Louis Krimnitz den Banquier und Geldwechsler Meir Rosentreter erschlagen hat, als der bei ihm in der Cöpenicker Straße erschienen ist, um das ausgeliehene Geld zurückzufordern. Die Leiche Rosentreters hat er dann zur nahe gelegenen Baustelle der Villa Chaumont geschafft und dort im Keller eingemauert. Beide Orte sind ja keine drei Minuten voneinander entfernt. Das erklärt auch, warum Rosentreter urplötzlich verschwunden war. Aber Meir Rosentreter hatte auch wirklich etwas zu verbergen gehabt: nämlich seine Neigung, unsittliche und gotteslästerliche Bilder zu malen. Ich habe mit seiner früheren Haushälterin gesprochen, der alten Selma, die jetzt bei meiner Mutter arbeitet, und deren Erinnerung zufolge muß es der Kunstmaler Adolf Rotzis gewesen sein, der davon gewußt und ihn unterstützt hat – vermutlich beim Kauf der Leinwand und der Farben sowie dem Verkauf der Bilder. Dieser Rotzis nun hat äußerlich so viel Ähnlichkeit mit Rosentreter, daß er in letzter Zeit als Meir Rosentreter auftreten konnte. Nachdem die Tochter, Katharina Rosentreter, Berlin für immer verlassen hatte, konnte er das wagen. Er ist ein begnadeter Hochstapler, ich selber bin ja auf ihn hereingefallen. Aber zurück zu Krimnitz ... Er hat nicht nur Rosentreter umgebracht, sondern auch meinen Vater: als Heckenschütze beim Duell auf dem Synagogengelände. Warum? Wahrscheinlich, weil er Geld brauchte und sich nennenswerte Einkünfte für den Fall versprach, daß sein Freund Karl-Hermann Rana den Auftrag zum Bau der Neuen Synagoge bekam und nicht mein Vater.«

»Dann hätten wir also zwei Männer festzunehmen.« Schlötel war über so viel Arbeit nicht gerade begeistert.

»Und den Leichnam von Meir Rosentreter abzuholen«, fügte Kublank hinzu. »Ach, man kann oft jar nich so dumm denken, wie't kommt.«

Als Aaron Silberstein gegangen war, machten sie sich sofort

auf den Weg zur Villa Chaumont. Wegen der Eilbedürftigkeit der Sache gönnten sie sich eine Droschke mit besonders schnellen Pferden. Der Herr Staatsanwalt und der Gerichtsmedicus wurden gleich mitgenommen, ferner die alte Selma, die es dann auch schaffte, Meir Rosentreter zu identifizieren, ehe sie zusammenbrach.

»Hat er in diesem Punkte recht, könnte er auch in allen anderen recht haben«, sagte Kublank, auf Aaron Silberstein bezogen. »Wen nehmen wir uns denn zuerst vor: Krimnitz oder Rotzis?«

»Dumme Frage: Krimnitz natürlich, der wohnt doch gleich hier gegenüber. Sie haben wieder mal nicht aufgepaßt, Kublank.«

Doch als sie auf Krimnitz' Grundstück nach ihm fragten, bekamen sie vom Platzwächter die Antwort, daß der nicht da sei. »Der is uff die Baustelle da in'er Oranienburger, bei die Judenkirche.« Die Haushälterin, die ihren Kopf aus dem Küchenfenster steckte, konnte dies bestätigen.

»Also erst zu diesem Rosentreter-Imitat«, sagte Schlötel, »ab zur Jägerstraße.«

Adolf Rotzis war gerade damit beschäftigt, das Rosentretersche Haus nach seinen Plänen umzubauen. Das Dachgeschoß sollte ein großes Atelier werden. Er selber war ja ausgebildeter Kunstmaler und wollte jetzt endlich zeigen, was er selber konnte. Über lange Jahre hinweg hatte er ja nur Rosentreters Bilder verkaufen dürfen, zumeist an ältere Herren mit einem ganz speziellen Geschmack. Es war schon eigenartig gewesen, Rosentreter hatte die Sache nur dann richtig genießen können, wenn seine Bilder auch gekauft wurden und in gutbürgerlichen Häusern hingen.

Als er Schlötel und Kublank vor der Tür stehen sah, ahnte er, daß er sein Spiel verloren hatte. Wahrscheinlich hatte die Polizei Meir Rosentreters Mörder gefaßt, denn es konnte ja nicht anders sein, als daß der ermordet worden war. Es sei denn, er hatte sich in die Vereinigten Staaten abgesetzt – aus Angst, wegen seiner anstößigen Bilder in Preußen Ärger zu bekommen, am Ende vielleicht gar ins Gefängnis zu wandern. Aber hatte er wirklich schon alles verloren? Nein! Er nahm sich vor zu kämpfen.

»Sie sind der Meir Rosentreter?« fragte Kublank.

»Ja. «

»Sind Sie sich da ganz sicher?« hakte Schlötel nach.

»Warum sollte ich das nicht sein?«

»Weil Meir Rosentreter schon vor dreieinhalb Jahren ermordet worden ist.« Kublank lachte. »Und wer schon so lange tot ist, sieht weniger blühend aus als Sie.«

»Fragen Sie den Aaron Silberstein, fragen Sie die Sarah Silberstein – alle werden Ihnen bestätigen, daß ich Meir Rosentreter bin.«

»Nicht mehr, seit die beiden dessen Leiche gesehen haben«, sagte Schlötel.

Adolf Rotzis wich einen Schritt zurück. Das Entsetzen war ihm deutlich anzumerken. »Nun halten Sie mich für seinen Mörder?«

Kublank lachte. »Danke für das Geständnis.«

»Was soll ich gestanden haben?«

»Daß Sie ihn ermordet haben, um mit seiner Identität zu leben.«

»Ich habe ihn nicht ermordet!« schrie Adolf Rotzis. »Ich habe nur ...«

»Das reicht. Kommen Sie.«

Am Molkenmarkt hatten Schlötel und Kublank dann keine Mühe mehr, Adolf Rotzis dazu zu bringen, ein umfassendes Geständnis abzulegen. »Ja, ich habe mich für Rosentreter ausgegeben. Meine äußerliche Ähnlichkeit mit ihm ist mir dabei zupaß gekommen. Da ich jahrelang mit ihm zu tun hatte und seine Bilder verkauft habe, kannte ich seine Gewohnheiten ganz genau und konnte ihn nachahmen, ohne bei jemandem Verdacht zu erregen. Ermordet habe ich ihn aber nicht. Denn wer ist so dumm und schlachtet das Huhn, das ihm die Eier legt? Als Täter kommt für mich in erster Linie jemand in Frage, dem er viel Geld geliehen hat und der nicht mehr in der Lage war, dieses zurückzuzahlen.«

Und da sich unter Meir Rosentreters ungeordneten Papieren, die seine Tochter bei ihrer Abreise Aaron Silberstein übergeben hatte, eine Liste seiner Schuldner gefunden hatte, auf der Louis

Krimnitz mit an vorderster Stelle stand, zweifelten Schlötel und Kublank nicht mehr im geringsten daran, daß er den Banquier umgebracht und in der Chaumontschen Villa eingemauert hatte. Nun galt es nur noch, seiner habhaft zu werden. Sie machten sich auf den Weg zur Oranienburger Straße.

»Da können wir uns ja wirklich einen schönen Sieg an die Fahne heften«, sagte Schlötel. »Einen Doppelmörder gefaßt. Der Herr Polizeipräsident persönlich wird uns danken – und hoffentlich auch befördern.«

Kublank konnte sich ein Lächeln nicht verkneifen. »Wobei ja der eigentliche Ruhm dem Silberstein gebührt. Aus Dank sollten sie ihn ins Ministerium holen, tüchtig wie er ist. Aber bis sie Juden zu höheren Beamten machen, wird wohl noch einige Zeit vergehen.«

Damit waren sie in der Oranienburger Straße angekommen. Sie bezahlten dem Kutscher die Fahrt, sprangen aufs Pflaster hinab und begaben sich auf die Baustelle. Einer der Arbeiter zeigte ihnen, wer Louis Krimnitz war. »Der da mit dem Steen inne Hand an'e Baugrube.« Offenbar war der Bauunternehmer gerade dabei, die Qualität der von ihm gelieferten Ware persönlich zu überprüfen.

»Sind Sie der Louis Krimnitz?« fragte Kublank.

»Ja, wieso?«

»Wir kommen von der Feuersozietät«, sagte Schlötel, stolz auf seine kleine List. »In der Chaumontschen Villa in der Cöpenicker Straße hat es einen Schaden gegeben – und Sie sollen das gebaut haben ...«

»Was für einen Schaden?« fragte Krimnitz.

»Im Keller ist eine Wand in sich zusammengebrochen.«

»Unmöglich!« rief Krimnitz.

»Doch. Kommen Sie, wir fahren einmal gemeinsam hin. Oder wollen Sie zuerst ins Leichenschauhaus, sich den mumifizierten Meir Rosentreter ansehen?«

Da handelte Louis Krimnitz blitzschnell. Den Ziegelstein, den er in der rechten Hand gehalten hatte, schlug er Schlötel an den Kopf, daß der lautlos zusammenbrach. Als sich Kublank auf ihn stürzen wollte, machte er eine geschickte Ausweichbewegung, so daß der Polizist das Gleichgewicht verlor, und stieß ihn in die Baugrube hinab. Dann lief er, ohne daß die Umstehenden begriffen hätten, was geschehen war, auf die Oranienburger Straße und entfernte sich mit schnellen Schritten in Richtung Hackescher Markt, wo er im Strom der Passanten untertauchte.

KAPITEL 16

OKTOBER war es geworden, Oktober 1860, und auf dem Frankfurter Bahnhof nördlich der Spree standen sechs Menschen plaudernd beieinander und warteten auf die Einfahrt des Zuges. Es waren Aaron Silberstein, seine Mutter, sein Onkel Jason, seine Braut Charlotte Chaumont und die beiden Moabiter, Isaak und Klara Hirsch, die sich ihnen gern angeschlossen hatten, um bei den Seligsohns in Strausberg das diesjährige Laubhüttenfest zu feiern. Ihre Freunde aus dem liberalen Judentum staunten, daß sie von den alten Bräuchen nicht recht lassen konnten, galt es doch allenthalben als chic, sich durch und durch weltlich zu geben. Aber Aaron hatte schon recht, wenn er sagte, sie könnten doch jetzt, da sich Charlotte entschlossen hatte, Jüdin zu werden, nicht lauthals bekunden, selber mit dem Judentum nicht mehr viel am Hute zu haben. Bis jetzt hatte es vielleicht gestimmt, was Jason immer behauptete: »Dein Judentum bleicht langsam aus« – doch Charlotte zwang ihn geradezu, Farbe zu bekennen. Außerdem merkte er immer mehr, daß er nicht loslassen konnte. Es war die Angst, sich im Unendlichen zu verlieren. Nicht immer wohnte das Glück am anderen Ufer. Er blieb lieber auf der vertrauten Seite des Flusses. Das war Stärke und Schwäche zugleich, er wußte es.

»Sukkot war ursprünglich ein Erntedankfest. Später pilgerte das Volk an diesen Tagen nach Jerusalem«, erklärte Aaron Silberstein seiner Braut. »Heute stehen die Laubhütten im Mittelpunkt. Sukkot ist der Plural von *Sukka*, das ist eine Hütte, eine zeitweilige Wohnung. Der Name des Festes bezieht sich auf die provisorischen Wohngelegenheiten der Kinder Israels, als sie nach ihrem Auszug aus Ägypten vierzig Jahre lang durchs Land zogen.«

Jason Silberstein spottete schon wieder. »Dort hat es allerdings nie geregnet, ganz anders als in Strausberg. Und ein Dach, das mit Zweigen bedeckt ist und den Blick auf Himmel und Sterne gestatten soll, ist bei märkischem Dauerregen allenfalls so dicht wie ein Sieb.«

»Das Leben ist eben wie die Sukka«, sagte Aaron Silberstein. »Der Schutz, den die Hütte bietet, ist nicht vollkommen. Verlassen kann man sich nur auf Gott.«

»Du redest wie dein Schwager. Oder parodierst du ihn?« stichelte der Onkel.

»Jason, bitte!« mahnte Sarah Silberstein.

»Ach, der Tharah ...« Jason Silberstein seufzte. »Er ist der Frömmste, den wir in der Familie haben – und nennt seinen Sohn Haran.«

»Was ist denn daran zu beanstanden?« fragte Isaak Hirsch.

»Wie wir im Kapitel 11, Vers 28 des 1. Buch Mose erfahren, starb Haran vor seinem Vater Tharah ... Schlimm! Aber noch schlimmer wäre es gewesen, wenn er seine Tochter Rehuma genannt hätte. Aber von dieser Idee konnte ich ihn gerade noch abbringen.«

Charlotte Chaumont sah ihn hilflos an. »Warum denn das?«

»Rehuma war das Kebsweib von Nahor, Abrahams Bruder. Und das ist ja nun wirklich kein gutes Omen.« Jason Silberstein lachte. »Ja ja, wir Juden ... Stellen Sie sich nur einmal vor, die Germanen wären von Gott auserwählt und über den ganzen Erdball verstreut worden – und feiern nun in Jerusalem ihre Überfahrt von Gotland an die deutsche Ostseeküste. Sie sitzen acht Tage in ihren Booten, laufen dann in Fellen auf den Tempelberg hinauf und schwingen alle zu Ehren Thors ihren Hammer.«

Klara Hirsch schüttelte mißbilligend den Kopf. »Jason, wie soll das nur einmal enden mit dir?«

»Darauf bin ich selber mal gespannt. *Di t'schuwe is zubesstn iberzulosn ojf der zajt fun unser lebe in ojlem-habo. In ojlem-hase is si wejnik nuzlech.*« Mit Blick auf Charlotte Chaumont übersetzte er: »Die Reue spart man sich am besten für das Jenseits. Im Diesseits nützt sie wenig. – Und wie Arthur Schopenhauer sagt:

Man kann auch unser Leben auffassen als eine unnützerweise störende Episode in der säligen Ruhe des Nichts.« Schopenhauer las er in letzter Zeit mit einer gewissen Vorliebe, und dachte er daran, daß sowohl sein Bruder als auch Meir Rosentreter von ruchloser Mörderhand gestorben waren, dann mochte er dem großen Philosophen aus Danzig manchmal schon recht geben: »Die Wahrheit … war, daß diese Welt kein Werk eines allgütigen Wesens seyn könnte, wohl aber des eines Teufels, der Geschöpfe ins Daseyn gerufen, um am Anblick ihrer Qual sich zu weiden: darauf deuten die Data, und der Glaube, daß es so sey, gewann die Oberhand.« Ob dieser Glaube bei ihm, Jason, eines Tages auch obsiegen würde?

Rings um ihn herum entstand Unruhe, denn soeben war der Zug aus der Gegenrichtung eingetroffen, und die Aussteigenden prallten auf dem nicht eben breiten Perron gegen die Wartenden. Als Aaron Silberstein zurücktreten wollte, stieß er mit Karl-Hermann Rana zusammen.

»Wo kommen Sie denn her? Sind Sie aus dem Gefängnis ausgebrochen?!«

»Nein, ich wurde entlassen. Ich komme gerade aus Müllrose, wo wir Miezis Sohn abgeholt haben.« Er drehte sich um, um seiner Familie aus dem Zug zu helfen. Zuerst reichte ihm Miezi das gemeinsame Töchterchen nach unten. Der kleine Georg sprang vom Trittbrett und gesellte sich dazu. Es war ein rührendes Bild.

Marie Ziegenbalg erkannte Aaron Silberstein und kam heran, ein paar Worte mit ihm zu wechseln. »Wir gehen alle vier nach Salzburg. Karl-Hermann baut da für den Erzbischof, und ich werde später zum Ballett gehen. Für die Kleinen nehmen wir dann eine Kinderfrau.«

Aaron Silberstein gönnte ihnen ihr Glück. Aber wieviel Unglück hätte auf beiden Seiten vermieden werden können, wenn sich Rana und sein Vater an einen Tisch gesetzt und gemeinsam Pläne für die Neue Synagoge entworfen hätten, anstatt sich zu duellieren!

Der Zug nach Frankfurt an der Oder stand nun endlich bereit, und sie mußten sich sputen, ein freies Abteil zu erobern. Also war von Rana, Marie Ziegenbalg und ihren Kindern Abschied zu nehmen. Man wünschte sich gegenseitig alles Gute und viel Glück auf dem weiteren Lebensweg. »Und vielleicht sehen wir uns wieder, wenn es zum großen Prozeß gegen Krimnitz kommt.«

Der Mann, den man allen Indizien zufolge als Doppelmörder ansehen mußte, war immer noch flüchtig. In ganz Deutschland, aber auch in Frankreich, England, Polen, Rußland, Italien, Spanien, den skandinavischen Ländern und den Niederlanden wurde nach ihm gefahndet. In den Vereinigten Staaten von Amerika hatte es sich Wilhelm Blumenow zur Aufgabe gemacht, ihn zu suchen.

In Strausberg wurden sie von den Seligsohns schon sehnsüchtig erwartet, denn insbesondere Rebekka und Haran drängelten, daß doch endlich mit dem Bau der Sukka begonnen werde. Man machte sich auch sofort ans Werk und trug alles zusammen, was sich in Haus und Garten an Ästen, Blättern, Stengeln, Stöcken, Brettern und Holzlatten finden ließ.

»Aufs Dach kommt nur, was aus *S'chach* ist«, wurde Charlotte Chaumont von Tharah Seligsohn belehrt, »alles, was aus der Erde wächst und abgeschnitten wurde, wie beispielsweise meine geflochtenen Strohmatten hier. Die Wände können auch aus anderem Material sein: Metall, Holz, Stein. Und wie Aaron dir schon erklärt hat: Das Dach darf nicht zu dicht sein, man muß nachts die Sterne sehen können. Eine Sukka darf auch nicht unter einem Baum oder einem Vordach stehen, sonst ist sie nicht koscher.«

»Und wenn es nun regnet und bitterkalt ist?« fragte Charlotte Chaumont.

»Man soll trotzdem möglichst lange in der Sukka sitzen und möglichst viele Mahlzeiten dort einnehmen. Der erste Abend ist absolute Pflicht.«

»Hm ...«

»Nur wer sehr krank ist, ist davon ausgenommen.«

Charlotte Chaumont sah zum Himmel hinauf. Alles war grau in grau, und leichter Nieselregen setzte ein. Die Temperatur betrug höchstens zwölf Grad. Die Männer schwitzten dennoch, denn eine Hütte für zehn Personen zu errichten war gar nicht so einfach. Beim ersten Versuch stürzte auch alles wieder in sich zusammen.

»Ja, wenn Friedrich noch lebte«, sagte Jason Silberstein. »Ohne ihren Architekten ist die Familie halt hilflos.«

Von Aaron Silberstein kam der Vorschlag, doch das Haus zu nutzen, denn es war durchaus erlaubt, dessen Wände in die Sukka einzubeziehen. Nach einigem Zögern stimmte Tharah Seligsohn auch zu. Beim zweiten Versuch klappte es dann, obwohl Isaak Hirsch von einer herabfallenden Latte getroffen wurde und mit einer blutenden Wunde an der Augenbraue von Rahel Seligsohn verarztet werden mußte. Jason Silberstein hatte Mühe, sich bissiger Kommentare zu enthalten, und beließ es bei einem Schopenhauer-Zitat: nämlich »daß das menschliche Daseyn eine Art Verirrung seyn« müsse.

Rebekka und Haran wurden immer ausgelassener. Nachdem die Männer die Hütte errichtet hatten, konnten sie beide endlich beginnen, sie auszuschmücken. Sie hängten Früchte ans Dach und kleine Teppiche und selbstgemalte Bilder an die Wände.

Dann aß man zum ersten Mal in der Sukka, und Tharah Seligsohn sprach den Segen: »Gelobt seist Du, Ewiger, unser Gott, König der Welt, der uns durch Seine Gebote geheiligt und uns befohlen hat, in der Laubhütte zu wohnen.«

Aaron Silberstein hatte seiner Charlotte noch vieles zu erklären. »Weißt du, was ein *Lulaw* ist?«

»Ich würde auf einen slawischen Vornamen tippen ...«

»Nein, ein Lulaw ist ein Feststrauß, bestehend aus den ›vier Arten‹: aus *Etrog*, einer Zitrusfrucht, einem Palmzweig, dem Lulaw, drei Myrtenzweigen, den *Hadassim*, und zwei Bachweidenzweigen, den *Arawot*.«

Beim Morgengebet sagte Tharah Seligsohn dann folgenden Segensspruch: »Gelobt seist Du, Ewiger, unser Gott, König der Welt, der uns durch Seine Gebote geheiligt und uns befohlen hat, den Lulaw zu nehmen.« Jeder ergriff nun seinen Lulaw und schüttelte ihn in der festgelegten Art und Weise in die vier Himmelsrichtungen und nach oben und unten, während Isaak Hirsch den *Hallel* rezitierte: »Ich hasse die Flattergeister und liebe dein Gesetz. – Du bist mein Schirm und Schild; ich hoffe auf dein Wort. – Weichet von mir, ihr Boshaften! Ich will halten die Gebote meines Gottes! – Erhalte mich durch dein Wort, daß ich lebe; und laß mich nicht zu Schanden werden über meiner Hoffnung. – Stärke mich, daß ich genese, so will ich stets meine Lust haben an deinen Rechten. – Du zertrittst alle, die von deinen Rechten abirren; denn ihre Trügerei ist eitel Lüge.«

Aaron Silberstein mußte an Meir Rosentreter denken, der so stark abgeirrt und dann zertreten worden war. Nicht entgangen war ihm auch, wie mahnend Tharah Seligsohn zu Jason Silberstein hinübergesehen hatte, als das Wort »Flattergeister« fiel.

Am ersten Tag des Schlußfestes Schmini Azeret verließ man dann die Laubhütte und kehrte ins Haus zurück, und am zweiten Tag, dem Tag der Torafreude, fuhr man gemeinsam nach Berlin, weil Tharah Seligsohn der Ansicht war, Simchat Tora ließe sich recht eigentlich nur in einer Synagoge feiern.

In der Heidereutergasse zog man siebenmal mit den Torarollen im Arm in der Synagoge herum. Dabei wurden gesungen und getanzt.

Nun hatte sich auch Dr. Lilienblum zur Familie gesellt, und Aaron Silberstein nahm schmunzelnd wahr, wie er und Jason seine Mutter in die Mitte genommen hatten.

»Wer wird der Sieger sein?« fragte Charlotte Chaumont ihn.

»Keine Ahnung.« Aaron Silberstein tappte da wirklich völlig im dunkeln. »Wenn es nicht so pietätlos wäre, würde ich sagen: Bald ist der Punkt erreicht, da die beiden sich ihretwegen duellieren werden.«

»Hör auf!« Charlotte Chaumont hielt ihm den Mund zu. »Denk daran, daß Krimnitz noch lebt!«

CHARLOTTE CHAUMONT merkte schnell, daß sie in Zukunft ein sehr kompliziertes Leben haben würde. Natürlich sagte sie sich von ihrem Vater, ihrer Familie und ihren Freundinnen nicht los, und sie wollte neben den vielen jüdischen Festen weiterhin auch Ostern, Christi Himmelfahrt, Pfingsten, den Reformationstag, den Buß- und Bettag und Weihnachten feiern. Das kostete einerseits viel Kraft, brachte aber andererseits auch immer wieder köstliche Aufregung und beispiellose Freude. Zuerst war sie sich in der Synagoge wie eine Verräterin vorgekommen – später dann stellte sich genau dieses Gefühl ein, wenn sie eine christliche Kirche besuchte. Bald aber hatte sie für sich eine Formel gefunden, mit der sie alt werden zu können hoffte: Wenn die Schöpfung einen Sinn hatte und eine höhere Macht, Gott genannt, wirklich Interesse an jedem einzelnen Menschen haben sollte, dann war es egal, in welchem Rahmen und mit welcher Religion man an diese Gottheit glaubte. Jason Silberstein hatte einmal gespottet: »Wer sichergehen will, sollte alles gleichzeitig sein: Jude, Christ, Moslem, Hindu und Atheist.« Sie schaffte es jedenfalls ohne große Mühe, kurz hintereinander Weihnachten und Chanukka, das achttägige Tempelweihefest, zu feiern oder mit ebensolcher Inbrunst die Kerzen unter der Weihnachtspyramide wie auf dem Chanukka-Leuchter, der *Menora*, anzuzünden.

Ihr Rabbiner und Aaron Silberstein waren mit ihren Fortschritten überaus zufrieden, und jeder oberflächliche Beobachter hielt sie schon jetzt, zumal sie schmal und schwarzhaarig war, für eine geborene Jüdin. Nur Tharah Seligsohn hatte immer wieder etwas an ihr auszusetzen und konnte sich nur schwer damit abfinden, daß sein Schwager unbedingt eine »umgedrehte Christin« zur Frau nehmen wollte. Und hin und wieder machte Charlotte Chaumont auch wirklich noch Fehler, so beim Anzünden der Chanukka-Kerzen mit dem *Schamasch*, einem besonderen Licht.

»Das neu hinzukommende Licht wird als erstes angezündet. Immer von links nach rechts. Machen Sie sich klar«, fügte Tharah Seligsohn hinzu, »daß diese Kerzen nicht zur Beleuchtung des Raumes bestimmt sind. Und noch etwas: Solange die Kerzen brennen, ist Ihnen jede Hausarbeit untersagt.« Dann sprach er den Segen. »Gelobt seist Du, Ewiger, unser Gott, König der

Welt, der unseren Vätern Wunder getan in jenen Tagen, zu dieser Zeit.« Gemeint war damit der Sieg der Makkabäer über die syrisch-griechische Besatzung im Jahre 165 vor Beginn der christlichen Zeitrechnung und die Wiedereinnahme des Tempels in Jerusalem.

»Nun fehlen dir nur noch Purim und Schawuot in deiner Sammlung jüdischer Feiertage«, sagte Jason Silberstein. »Dann bist du die perfekte Jüdin. Paß aber bitte auf, daß sie dir, wenn du deinen jüdischen Namen bekommst, nicht den Namen Hagar andrehen.«

»Wer war denn das?«

»O Gott, Prüfung nicht bestanden! Das mußt du unbedingt noch lernen: Hagar war die Magd von Sarai, Abrams Weib. Sarai hat sie ihrem Gatten zugeführt, um endlich ein Kind im Hause zu haben, den Ismael.«

»Delila wäre mir als jüdischer Name am liebsten«, sagte Charlotte Chaumont.

»Gut, gut, mein Neffe Aaron ist ja auch ein richtiger Simson. Jeden Zwirnsfaden zerreißt er dir ohne Mühe.«

Im März 1861 – am 14. Adar nach dem jüdischen Kalender – wurde am Hackeschen Markt Purim gefeiert, das fröhliche Fest zum Gedenken daran, wie die Königin Esther, Gemahlin des persischen Königs, mit ihrem Onkel Mordechai über den bösen Wesir Haman gesiegt hatte. Dessen Ziel war es um 450 v. Chr. gewesen, alle Juden auszurotten.

»Purim kommt von *Pur,* das Los«, erklärte ihr Aaron Silberstein. »Denn durch das Los bestimmte Haman das Datum, an dem er seine Horden gegen die Juden loslassen wollte.«

Charlotte Chaumont war erstaunt, wie locker und ausgelassen sie alle waren. Jeder schenkte jedem etwas zu essen und zu trinken, und das Festmahl war mehr als opulent. Besonders gut schmeckten ihr die Hamantaschen, ein dreieckiges Gebäck aus Kuchenteig, das mit Mohn, Früchten, Rosinen, Mandeln, süßem Quark und anderem gefüllt war.

Tharah Seligsohn goß sich einen Becher Wein nach dem anderen ein und sagte: »An Purim soll man so lange trinken, bis man den Unterschied zwischen ›Verflucht sei Haman‹ und ›Gesegnet sei Mordechai‹ nicht mehr weiß.« Alle verkleideten sich, und es ging im Salon der Sarah Silberstein zu wie beim venezianischen Karneval.

Am wenigsten Mühe, alles zu begreifen und richtig zu machen, bereitete Charlotte Chaumont Schawuot, das in erster Linie für die Verkündung der Zehn Gebote am Berge Sinai und die Bestätigung des Bundes mit Gott stand. Ihr Rabbiner wies sie auch auf eine Passage in der Tora hin, die für sie, die zum Judentum übertreten wollte, besonders wichtig war: »Und nicht mit euch allein stelle ich diesen Bund fest und diesen Eid, sondern mit dem, der hier mit uns heute steht vor dem Ewigen, unserem Gotte, und mit dem, der nicht hier mit uns heute ist.« Mit dem zweiten Teil dieses Verses seien auch alle zukünftigen Proselyten gemeint.

Rituale gab es zu Schawuot nur wenig. Zu beachten war nur die Sitte, milchig zu essen. Tharah Seligsohn sah das als Symbol für das Land, »das von Milch und Honig fließt«. Im Morgengebet wurde nach dem Achtzehnbittengebet der Hallel gesagt und am zweiten Festtag noch das Buch Ruth gelesen.

Was Charlotte Chaumont über Familie und Ehe wissen mußte, bekam sie von Rahel Seligsohn und ihrer zukünftigen Schwiegermutter vermittelt. Das meiste unterschied sich kaum von dem, was eine tugendhafte Christin der besseren Stände zu beachten hatte. Neu war ihr nur, was sich mit *Nidda* und *Mikwe* verband.

»Vom Beginn deiner Menstruation bis zum Ende der sieben ›reinen‹ Tagen bist du deinem Mann verboten«, erklärte ihr die zukünftige Schwägerin. »Diesen Zustand der Trennung meinen wir mit Nidda.«

»Nidda – wie: nichts da.« Charlotte Chaumont war stets bemüht, Eselsbrücken zu finden.

»Genau. Und du darfst dich erst wieder mit Aaron vereinen, wenn du in der Mikwe untergetaucht bist, also ein rituelles Bad genommen hast.«

Dreh- und Angelpunkt des Ehe- und Familienlebens war das friedliche Heim, der *Schlom Bajit*. Da mußte Charlotte Chaumont ein wenig schlucken, denn das klang nach Biedermeier, und in dieser Epoche hätte sie wirklich nicht gern gelebt – *Femme fatale*, als die sie sich fühlte. Auf den Reiz, zumindest mit dem Feuer zu spielen, wollte sie ungern verzichten, solange sie noch jung genug war. Irgendwie sollte das Leben phasenweise schon so sein wie in *Orpheus in der Unterwelt,* der komischen Oper von Jacques Offenbach. Sie war im Friedrich-Wilhelmstädtischen Theater mehr als hundert Mal aufgeführt worden, und sie hatte sieben Vorstellungen genossen. Nun, man würde sehen …

Ihr Rabbiner jedenfalls war mit ihr zufrieden und bestätigte ihr und Aaron Silberstein, daß sie das Studium des Judentums erfolgreich betrieben habe, die grundlegenden Glaubensprinzipien bejahte und mit Herz und Verstand dazu stand, im täglichen Leben alle Gebote und Vorschriften zu beachten.

»Bist du bereit, das Joch des Königtums Gottes und das Joch der Gebote auf dich zu nehmen?« fragte der Rabbiner.

»Ja, ich bin.«

Ihr Übertritt zum Judentum war aber erst mit dem Untertauchen in einer koscheren Mikwe besiegelt. Dazu begab sie sich in einen Nebenraum der Synagoge in der Heidereutergasse. Überwacht von einer Wärterin, hatte sie sich in einem warmen Bad vorher gründlich zu waschen und sich die Finger- und Fußnägel kurz zu schneiden. Dann stieg sie in die Mikwe, tauchte stehend völlig unter und sprach dann den Segensspruch: »Gelobt seist Du Ewiger, unser Gott, König der Welt, der uns durch Seine Gebote geheiligt und uns bezüglich des Untertauchens anbefohlen hast.« Danach tauchte sie noch einmal völlig unter.

»Nun bin ich also Jüdin«, sprach sie vor sich hin, als sie wieder auf der Straße stand.

AARON SILBERSTEIN war im Sommer 1861 – den Monaten Siwan, Tammus und Aw im jüdischen Kalender – so beschäftigt wie nie zuvor in seinem Leben, denn es hatte sich die Gelegenheit ergeben, in der Brüderstraße, wo er schon seit Jahren seine Anwaltskanzlei betrieb, das ganze Haus zu mieten, mit einem Vorkaufsrecht für den Fall, daß der Eigentümer es einmal veräußern wollte. Hier nun sollte das Nest seiner eigenen Familie entstehen, denn die Hochzeit mit Charlotte war auf Mitte August angesetzt worden, auf die Zeit nach dem Fasttag am 9. Aw. Bis dahin waren Umbau- und Renovierungsarbeiten in Auftrag zu geben und zu überwachen, wobei ihn Charlottes Vater nach Kräften unterstützte.

Nicht übermäßig begeistert war er über die viele Zeit, die ihm durch den *Bar Mizwa* seines Neffen Haran verlorenging. Die Seligsohns waren nach Berlin gekommen, um sie in der Synagoge Heidereutergasse zu feiern.

Lange schwankte Aaron Silberstein, ob er dem Richtfest der Neuen Synagoge, das auf den 17. Juli 1861 terminiert worden war, beiwohnen sollte. Einerseits wollte er nicht, daß alles wieder aufgerührt wurde, was mit dem Tod seines Vaters zusammenhing, andererseits aber war dieser Bau Symbol für die Kraft und Lebendigkeit der Jüdischen Gemeinde zu Berlin, ja seines Volkes. Also entschied er sich hinzugehen, zumal herrliches Wetter war.

Auf dem freien Areal, das von der Synagoge, dem Jüdischen und dem St.-Hedwigs-Krankenhaus und einigen Häusern der Straße gebildet wurde, die im Oktober den Namen Krausnickstraße erhalten sollte, hatten sich die Mitglieder des Vorstandes und die Repräsentanten der Gemeinde fast vollzählig versammelt. Doch nicht zu denen zog es Aaron Silberstein, sondern zu Isaak Hirsch und seinem Onkel Jason, die genau an jener Stelle standen, an der sich Louis Krimnitz versteckt haben mußte, als er auf seinen Vater schoß.

»Ihr hier?« Er war ein wenig erstaunt.

»Nun«, sagte Isaak Hirsch, »schließlich müssen wir sehen, was sie mit unserem Geld gemacht haben.« Die Gemeinde hatte, um den Bau finanzieren zu können, eine mit fünf Prozent verzinsliche Anleihe in Höhe von 300 000 Thalern ausgeschrieben, die auch er gezeichnet hatte.

»Ich bin gespannt, wer der erste Rabbi hier werden wird. Wißt ihr schon was?« Aaron Silberstein sah die beiden fragend an.

»Im Gespräch ist Dr. Joseph Aub aus Mainz.«

»Den Namen habe ich nie gehört«, sagte Jason Silberstein.

»Aber in Berlin wird er seinen Weg schon machen. Denken wir uns mal ins Jahr 1875. Kann man sich die Größe unseres Rabbi – leben soll er! – ausmalen? Als er in Rom ist, besucht er dort den Papst. Der begleitet ihn, wie das bei großen Herrschaften üblich ist, aus dem Vatikan heraus und bringt ihn in einer offenen Kutsche bis zum Hotel. Die Menschen auf den Straßen bleiben stehen, und einer fragt: ›Wer ist denn der Pfarrer, der neben dem Berliner Rabbi sitzt?‹«

Die Feierlichkeiten begannen. Baurat Eduard Knoblauch hatte wegen seiner angegriffenen Gesundheit nicht erscheinen können, und auch Friedrich August Stüler war unabkömmlich, so daß Baumeister Hähnel über den Fortschritt und das Gelingen der Bauarbeiten berichten mußte. Nach ihm betrat Commerzienrath Carl Heymann, der Vorsitzende des Vorstandes, das Gerüst und hielt eine Rede, in der er den Wunsch äußerte, das »Haus zum Ruhme Gottes und zur Zierde der Stadt« möge bald vollendet werden und »noch nach Jahrhunderten Zeugnis davon geben, daß der Sinn für Gottes Verehrung und Andacht in Israel nicht erstirbt ...« Es möge »ein Tempel« sein, »geweiht und geheiligt dem Herrn der Welt und des Lebens, würdig dessen, dem er geweiht; mögen die Gebete, welche darin zum Lenker aller Dinge emporsteigen, inbrünstig und aufrichtig sein und Erhörung finden, wenn diese zum Wohl der Betenden, mögen sie aber auch zeitgemäß sein in Form und Inhalt«.

»Wenn er da nur keinen Ärger mit den Orthodoxen bekommt«, befürchtete Jason Silberstein. »Schon der Umstand, daß er seine Rede auf deutsch hält und nicht auf hebräisch ... Ach ja, unser Volk ... Sagt der Rabbiner: ›Herr der Welt! Es ist ja wirklich großartig, Dein auserwähltes Volk zu sein. Aber könntest Du bitte nicht mal zur Abwechslung ein anderes Volk auswählen, damit wir uns ein wenig erholen können.‹«

Nun ließ Carl Heymann mit patriotischen Worten Wilhelm I. und »das ganze deutsche Vaterland« hochleben, und der Trompeter eröffnete das eigentliche Richtfest. Die bekränzte Krone wurde hochgezogen, und die Techniker und Arbeiter wurden an die reichgedeckten Tische gebeten.

Als Aaron Silberstein in seine Kanzlei zurückkehrte, erwartete ihn Menuchim Halbleib in heller Aufregung.

»Es ist ein anonymer Brief eingegangen! Aufgegeben in New York. Von Louis Krimnitz.«

»Dann kann er ja so anonym nicht sein.« Aaron Silberstein suchte die Contenance zu wahren. »Was schreibt er denn? Daß er am Leben ist und mir nach dem meinigen trachtet?«

»Genau. Woher wissen Sie denn das?«

»Was soll er anderes schreiben? Er weiß, daß ich ihn jagen werde bis ans Ende meiner Tage. Also muß er mich aus der Welt schaffen. Wir müssen mithin aufpassen, Menuchim – vor allem, daß er bei der Hochzeit nicht in Aktion tritt. Also sagen Sie bitte Schlötel Bescheid, und dann müssen wir sehen, daß wir zwei, drei Menschen finden, die sich als Leibgarde eignen, was immer das kostet. Sie sollen immer in meiner und Charlottes Nähe sein und ein Auge auf alle und alles haben. Das soll durchaus auffällig geschehen, um Krimnitz von vornherein abzuschrecken.«

»Ja, das erledige ich schon.«

Aaron Silberstein vergaß in den nächsten Tagen die eigene Warnung und konzentrierte sich voll und ganz auf das, was erledigt werden mußte. Der Heiratskontrakt, die *Ketubba*, in der er sich verpflichtete, für den Unterhalt seiner Frau zu sorgen, mußte aufgesetzt werden, und der Ring war zu kaufen. Moritz Chaumont hätte am Finger seiner Tochter gern einen mit Steinen besetzten Ring gesehen, doch das war nicht erlaubt.

Mit einigem Schrecken registrierte Aaron Silberstein, daß er zu sehr nüchterner Preuße war, ein typischer Jurist zudem, um der Hochzeit mit großen emotionalen Aufwallungen entgegenzusehen. Vielleicht kannte er Charlotte schon zu lange – jedenfalls war er nicht mehr in der Lage, ihr romantische Briefe zu schreiben. Durch ihren Übertritt zum Judentum hatten sie viel Zeit verloren. Beide waren sie keine Menschen, die geduldig warten konnten, und hatten nach der Devise »Nutze das Feuer, solange es lodert« gehandelt – mit aller nötigen Diskretion, versteht sich. So gab es am anderen nicht mehr viel zu entdekken. Daß sie fortan unter einem Dach leben sollten, irritierte ihn eher, als daß es ihn entzückte, denn Charlotte war doch für einen eher häuslichen Menschen wie ihn recht kapriziös und umtriebig. Dennoch zweifelte er keinen Augenblick daran, daß sie die einzig mögliche Frau für ihn war und daß er sie so liebte, wie sie war. Er fühlte sich ihr regelrecht verfallen. Und sie war ihm offenbar auch verfallen, sonst wäre sie nicht ihm zuliebe zum Judentum übergetreten. Sie war es auch, die ihn davor bewahrt hatte, ein Hagestolz wie sein Onkel Jason zu werden. Sosehr er ihn ansonsten auch bewunderte – daß er es nicht zu Weib und Kind gebracht hatte, sah er als Mangel an. Er selbst wollte Kinder, viele Kinder!

Ehe er sich's versehen hatte, begann die Heiratszeremonie. Er glaubte zu träumen, als er mit Charlotte im Trauraum der Synagoge Heidereutergasse stand. Sie als Braut, *Kalla*, er als Bräutigam, *Chatan*. Er hatte sie zuvor nicht gesehen, denn Charlotte war in einem besonderen Raum mit einem Schleier verhüllt worden. Das sollte an die Stammutter Rebekka erinnern, die sich beim Anblick ihres Bräutigams Isaak auf diese Weise seinen Blikken entzogen hatte. So stand es im 1. Buch Mose, 24. Kapitel, Vers 65: »Da nahm sie den Schleier und verhüllte sich.«

Aaron Silberstein und Charlotte Chaumont traten nun unter die *Chuppa*, eine Art Baldachin, der von unverheirateten Männern an vier Stangen gehalten wurde. Sein Magen knurrte gewaltig, denn am Hochzeitstag mußte bis zum Mittag gefastet werden. Sieben Mal wurde seine Braut um ihn herumgeführt, bis sie sich an seine Seite stellte. Brauch war es, daß die Braut von ihrem Vater und der Bräutigam von seiner Mutter geführt wurde. So stand Sarah Silberstein an der Seite ihres Sohnes, während Moritz Chaumont von Isaak Hirsch vertreten wurde. Ob Charlottes Vater diese Aufgabe nicht wahrnehmen wollte oder durfte, wußte niemand so genau.

Der erste Teil der Zeremonie, die Verlobung oder Anheiligung, *Kidduschin*, begann. Nach dem Weinsegen und einem Segensspruch über die Institution der Eheschließung steckte Aaron Charlotte den Ring an den Zeigefinger ihrer rechten Hand und sagte auf hebräisch: »Mit diesem Ring seiest du mir angeheiligt nach dem Gesetz von Moses und Israel.« Um Fehler zu vermeiden, wurde ihm der Satz vom Rabbi Wort für Wort vorgesprochen – nur das Wort »mir«, hebräisch *li*, entfiel. Er kannte seine Stimme nicht wieder, so dünn und tonlos war sie. War er es wirklich, der da sprach? Er konnte es nicht fassen: Charlotte war nun seine Frau, er ihr Ehemann! Wie um diese Tatsache fest in ihm zu verankern, wurde nun der Heiratskontrakt verlesen, der in aramäischer Sprache verfaßt war: »Ich will für dich arbeiten, dich ehren und erhalten.« Erst unterschrieben ihn die beiden Zeugen, dann er selber.

Nun begann der zweite Teil der Zeremonie, die eigentliche Heirat, *Nissu'in*. Der Rabbiner rezitierte die sieben Segenssprüche, die *Schewa Brachot*, über einem Becher Wein. Von dem trank Aaron Silberstein dann gemeinsam mit seiner Frau. Es war der »Becher des Segens«.

Zum Schluß zertrat er ein Glas, um an die Zerstörung des Tempels in Jerusalem zu erinnern. Alle riefen nun »Masel Tow!«, »Viel Glück!«, »Alles Gute!«.

Endlich konnten sich Aaron und Charlotte in einen separaten Raum zurückziehen, um mit sich allein zu sein und etwas zu essen nach der Zeit des Fastens. Dann folgte eine *Se'udat Mizwa*, ein religiöses Festmahl. Es galt als eine große Mizwa, »Braut und Bräutigam« zu erfreuen, und so wurde im Haus in der Brüderstraße bis zum frühen Morgen bei Musik und Tanz ausgiebig gefeiert.

»Bis du glücklich?« fragte er Charlotte.

»Das werde ich erst in fünfzig Jahren wissen«, war ihre Antwort.

JASON SILBERSTEIN war der geborene Flaneur, und ganz besonders liebte er Spaziergänge durch die winterliche Stadt. Das christliche Berlin freute sich auf Weihnachten 1862. Er hatte sich Anfang des Jahres eine geräumige Wohnung in der Spandauer Straße genommen, um immer in der Nähe seiner Schwägerin zu sein – wie Dr. Lilienblum, den er noch immer auszustechen hoffte. Sarah hatte sich bis jetzt nicht entscheiden können, schwankte, machte mal dem einen Hoffnung, mal dem anderen, genoß diesen Zustand aber auch, gab er doch ihrem Salon die rechte Würze und machte sie zum Mittelpunkt.

Jason Silberstein kam aus Moabit, wo er mit Isaak Hirsch geredet hatte. Um seinen Tagen wenigstens nach außen einen Sinn zu geben, recherchierte er weiterhin für seinen ersten Roman und hatte mit dem Fabrikanten über seinen Vater und seine Großeltern geredet. »Friedrich wußte noch einiges über sie – aber wie den befragen?«

Besonders intensiv mußte er dann an seinen Bruder denken, als er an der Baustelle der Neuen Synagoge vorüberkam. Der Rohbau war fast beendet, aber es hieß, daß der Innenausbau noch einige Zeit in Anspruch nehmen würde, da sich die Lieferung bestimmter Materialien verzögere.

»Nun, mein Lieber, im stillen Gedenken an Friedrich?«

Der ihn da angesprochen hatte, war kein Geringerer als Dr. Leopold Zunz. Fast erschrak Jason, hatte er doch Zunz schon zum Protagonisten seines Romans machen wollen. Die Daten des Gelehrten hatte er fast alle noch im Kopf: Geboren 1794 als Jom Tow Lipmann im westfälischen Detmold, Studium an der Berliner Universität, 1819 Mitbegründer des »Vereins für Cultur und Wissenschaft der Juden«, 1821 Doktor der Philosophie in Halle, ab 1822 Herausgeber der *Zeitschrift für die Wissenschaft des Judentums*; später Leiter der Jüdischen Gemeindeschule und des Jüdischen Lehrerseminars in Berlin; zahlreiche wissenschaftliche Veröffentlichungen zum synagogalen Gottesdienst; seit 1850 bekam er von der Jüdischen Gemeinde Berlins eine Rente.

Jason Silberstein begrüßte Dr. Zunz überaus herzlich. Oft und lange hatten sie über die Reform des Judentums diskutiert. »Ob ich an meinen Bruder gedacht habe? Ja, natürlich. Ich sinnierte darüber, daß nun die Neue Synagoge die Stelle überdeckt, an der er gestorben ist. Und immer wieder frage ich mich, wie das Gebäude heute aussehen würde, hätte er es bauen dürfen. Wirklich wie ein Bahnhof, wie ich immer gespottet habe? Nun werden wir also unser Maurenschlößchen haben ... Und wann bekommen Sie endlich Unter den Linden Ihren Lehrstuhl für die Geschichte des Judentums?« Er wußte, das war das große Lebensziel des Gelehrten.

Zunz antworte ihm mit zwei Versen aus dem 17. Psalm: »Höre, Ewiger, die Gerechtigkeit, horch auf meinen Ruf, vernimm mein Gebet ... Von dir geht aus mein Urteil, deine Augen schauen gerade ...«

Jason Silberstein wollte durchaus nicht mit seiner Bildung prunken, es reizte ihn aber, darauf hinzuweisen, daß er meine, in dieser letzten Passage scheine ihm die Übersetzung Luthers packender zu sein: »Herr, erhöre die Gerechtigkeit ... Sprich du in meiner Sache ...«

Damit verabschiedeten sie sich, und Jason Silberstein machte sich auf zum Hackeschen Markt, um seine allwöchentliche Visite bei seiner Schwägerin zu machen. Doch sie war nicht zu Hause, und die alte Selma sagte, sie wisse nicht mehr so genau, wo sie hingegangen sei. »Wahrscheinlich ist sie etwas einkaufen. Ach, wissen Sie, mein Gedächtnis ...« Jason Silberstein nickte traurig. Immer wenn sie sich nicht erinnern konnte, hieß das, daß sich Sarah wieder einmal mit Dr. Lilienblum traf. Er verfluchte seine Eifersucht und ging weiter. Ziellos lief er durch die Straßen. Was sollte er zu Hause? Lesen, schreiben, denken? Ach, nur über das Leben zu reflektieren war nicht wirklich leben! Es wurde immer später, die Dämmerung brach schneller herein, als er es erwartet hätte. Das mochte daran liegen, daß Wolken aufgezogen waren. Bald würde es schneien.

Plötzlich fand er sich auf dem Weihnachtsmarkt in der Breite Straße wieder. Er hätte ihn lieber meiden sollen! So viele fröhliche und aufgedrehte Menschen auf einem Haufen waren heute zuviel für ihn. Die Kinder jubelten, sahen sie doch all die Herrlichkeiten, die hier ausgebreitet waren: Zucker- und Marzipangebäck, tropische Früchte in reizender Nachahmung, aus weichem Holz geschnitzte Figuren aller Art, Tiere und Menschen, Priester, Könige, Bettler, Jäger mit Hirschen und Hunden, viel hölzernes Spielzeug, aber auch richtige Schlitten. Dazu die Zinnsoldaten. Wie sie leuchteten in Rot und Grün und Gold und Blau! Eine Marktfrau schrie ihm ins Ohr: »Na immer ran, Meister! Schöne

Rostocker, Borschdorfer, Walnüsse, Haselnüsse!« Die Verkäufer von Waldteufeln und Pyramiden standen ihr an Lautstärke kaum nach. Die Waldteufel brummten und sausten, und der Lärm der Knarren, Trompeten und Pfeifen vereinigte sich mit ihnen zu einem höllischen Getöse. Von »Stille Nacht, heilige Nacht« konnte wirklich keine Rede sein. In einer Ecke kauerten arme Kinder, froren fürchterlich in ihrer spärlichen Kleidung, hielten kleine Körbchen in der Hand und ließen fortwährend klagende Rufe ertönen: »Einen Dreier das Schäfchen! Nur einen Dreier!« Er kaufte zehn der anrührend einfach geschnitzten Tierchen und machte sich auf den Weg in seine gut geheizte und vergleichsweise feudal eingerichtete Wohnung. Er wußte, daß ihn die Einsamkeit heute ganz besonders quälen würde. Aber noch war ja Hoffnung auf Sarah – die Hoffnung, jemanden zu haben, den man in den Arm nehmen, mit dem man endlos reden konnte.

Als er eingetreten war und den dicken Mantel abgelegt hatte, entdeckte er auf dem kleinen Tischchen neben der Flurgarderobe, auf dem die Schale stand, in die bei großen Gesellschaften seine Gäste ihre Visitenkarte hineinlegten, einen Brief. Seine Haushälterin mußte ihn dem Postboten abgenommen und dort deponiert haben. An der schwungvollen, ja etwas hochmütigen Handschrift erkannte er sofort, daß er von Sarah war. Wenn sie ihm schrieb, dann konnte das nur bedeuten, daß sie sich nicht für ihn, sondern für Dr. Lilienblum entschieden hatte. Er brauchte den Brief gar nicht erst zu lesen. Wie versteinert stand er da. Sein Herz krampfte sich zusammen, und für einen Augenblick meinte er, mit dem nächsten Atemzug sterben zu müssen. Es wäre die beste Lösung gewesen. »O mein Gott!« rief er und vollendete den Satz mit einem halben Vers aus dem Buch Job: »Denn er verwundet ... Er schlägt.« Zugleich aber dachte er mit Job: »Viel weniger fürwahr wird Gott ungerecht verdammen ...« Also mußte er in seinem Leben etwas falsch gemacht haben ... Was war es nur? Sicher, daß er nur für sich gelebt hatte, im Glauben, Glück sei dadurch zu erlangen, daß er über allen und allem schwebte. Er hatte geglaubt, nur die Schwachen brauchten ihren Gott, ihre Gemeinde, ihr Weib – er aber habe das nicht nötig.

»Ich brauche das alles auch nicht!« Die Wut darüber, daß die Welt nicht so war, wie er es wollte, ließ neue Kraft in ihm aufschießen. Er ballte die Fäuste. »Nein, mich sieht keiner winseln!« Damit öffnete er den Brief, überflog ihn – und zerriß ihn sofort. Denn natürlich hatte er recht gehabt: Seine Schwägerin erklärte ihm mit gewundenen Worten, warum sie sich die notwendige intime Nähe zu ihm nicht vorstellen könne: »Wir kennen uns zu lange, und es ist mit mir nicht anders als mit Aaron, der sich auch nicht entschließen konnte, Katharina Rosentreter zur Frau zu nehmen.«

Bei allem Zorn und aller Verzweiflung mußte er ihr recht geben. Es war allemal besser, keine Frau zu haben, als eine schlechte.

Nach ungefähr einer Stunde hatte er sich wieder etwas gefangen, aber er brauchte jetzt jemanden, mit dem er über alles sprechen konnte. Doch mit wem? Sein Bruder war tot, und einen echten Freund besaß er leider Gottes nicht. So blieb eigentlich nur sein Neffe Aaron. Der war zwar gehörig jünger als er, aber ein verständiger Mensch – und außerdem Sarahs Sohn.

Er fand ihn in seiner Kanzlei beim Aktenstudium und platzte sofort mit dem heraus, was ihn so sehr bewegte. »Es wird nichts damit, daß du mein Ziehsohn wirst, deine Mutter will mich nicht. Eben hat sie mir einen Brief geschrieben.«

Aaron Silberstein stand auf und umarmte den Onkel. »Schade ... Aber du bleibst für mich dennoch der, den ich vielleicht mehr geliebt und dem ich mehr zu verdanken habe als ... Ach, das wäre Vater gegenüber ungerecht, aber ... Komm, und tröste dich damit, daß ein Arzt in der Familie auch ein Segen ist.«

»Vor allem wenn er die Gabe hat, Gemütskranke zu heilen. Vielleicht schafft er es auch bei mir.« Jason Silberstein setzte sich. »Ich hatte mir mein weiteres Leben so vorgestellt, daß ich mit Sarah ... Ach, lassen wir's! Jason, was nun? Paß auf, ich sage dir jetzt, was mir an Möglichkeiten so durch den Kopf geht, und du spielst den Advocatus diaboli. Also: Ich folge Wilhelm Blumenow nach Amerika.«

Aaron Silberstein überlegte einen Augenblick. »Wenn du die schöngeistige Welt so liebst, wirst du unter den kulturellen Barbaren in der Neuen Welt ziemlich leiden.«

»Dann gehe ich nach Palästina und sehe zu, daß unser Volk dort wieder einen eigenen Staat errichten kann.«

»Dazu ist es erstens noch zu früh, und zweitens muß der Kampf dafür in Europa anfangen«, hielt Aaron Silberstein dagegen.

»Schade, daß ich kein Katholik bin«, begann Jason Silberstein mit der Darlegung seiner nächsten Idee. »Sonst könnte ich in ein Kloster gehen. So aber bleibt mir nur, mich in ein kleines Nest in Brandenburg oder Preußen zurückzuziehen.«

Aaron Silberstein lachte. »Dort wird man dich als Juden bestimmt in höchstem Maße verehren.«

»Dann lege ich mir eine tödliche Krankheit zu oder hänge mich auf.«

»Tu das bitte nicht, wir brauchen dich dringend. Wer anders als du kann denn unseren Kindern Vorbild sein und ihnen den Großvater ersetzen?«

»Danke. Dann kann ich ja auch gleich die alte Selma heiraten.«

»Nein, die Großmutter haben wir schon: Oma Sarah.« Erschrocken brach er ab. »Entschuldige ...«

Jason Silberstein seufzte. »Es wird sich ja nicht vermeiden lassen, zu Sarahs Hochzeit zu kommen und ihr alles Glück dieser Welt zu wünschen.« Damit flüchtete er sich wieder zu Schopenhauer: »Wenn ein Gott diese Welt gemacht hat, so möchte ich nicht der Gott seyn: ihr Jammer würde mir das Herz zerreißen.« Ja, so sei es wirklich.

»Wie würde mein Schwager Tharah sagen?« Aaron Silberstein brauchte einen Augenblick, um einen Satz aus der Tora zu finden, der zu dem paßte, was er ausdrücken wollte. »Tharah würde sagen: Und der Herr segnete hernach Job mehr denn zuvor ... Vielleicht schreibst du ein Theaterstück, das es mit Ibsens *Fest auf Solhaug* aufnehmen kann, oder einen Roman wie *Die Chronik der Sperlingsgasse*. Die Chronik der Familie Silberstein.

Oder du trittst endlich in die Deutsche Fortschrittspartei ein und machst in der Politik Furore. Wer weiß, was Gott mit dir noch vorhat.«

»Da bin ich selber mal gespannt. Und vielleicht nehme ich mir statt eines Weibes einen Pudel. Denn wie sagte doch Schopenhauer, den die Frauen auch nur enttäuscht haben: ›Der Anblick jedes Thiers erfreut mich unmittelbar, und mir geht dabei das Herz auf.‹ Und wenn ich ein wenig gemein bin, was man mir in diesem Fall bitte gestatten möge, nenne ich das Tier dann Sarah. ›Sarah, komm zu Herrchen auf den Schoß!‹ Auch ein Trost.«

DER BAU der Neuen Synagoge kam auch im Jahre 1863 nur schleppend voran, weil durch die Kriegsvorbereitungen in Preußen bestimmte Materialien, insbesondere Eisen, knapp geworden waren. Lieferungen verzögerten sich, und beim Innenausbau konnten manche Handwerker die vertraglichen Leistungen nicht erbringen. Der Architekt Friedrich August Stüler, der Bauleiter Hermann Hähnel und August Nohl, der für die Dach- und Deckenkonstruktion verantwortlich war, wurden immer nervöser und entschlossen sich, einen Anwalt zu nehmen und mit seiner Hilfe auf Lieferanten und Handwerker Druck auszuüben, indem sie mit Schadenersatzprozessen drohten. Ihre Wahl war aus vielerlei Gründen auf Aaron Silberstein gefallen, und der saß nun tagelang über den Akten, um sich tiefer in die Materie einzuarbeiten, die ihm in groben Zügen ja noch aus den vielen Gesprächen mit seinem Vater bekannt war.

Er war so in seine Arbeit vertieft, daß er heftig zusammenfuhr, als Menuchim Halbleib in der Tür erschien. »Ein Brief ...«

»Ein Brief ist ja nun wirklich nicht so selten wie ein Komet am Himmel, und darum würde ich Sie bitten, mich nicht ...«

»Er ist aber von Wilhelm Blumenow«, rechtfertigte sich der Gehilfe.

Aaron Silberstein sprang auf. »Das ist natürlich ganz etwas anderes. Entschuldigen Sie.« Er riß Halbleib das Couvert aus der Hand und konnte den Brieföffner gar nicht schnell genug finden. »Aus Cincinnati vom Ufer des Ohio ... Was er wohl schreibt ...«

»Darf ich's hören?«

»Ja ja ...« Schon die altvertraute Handschrift zu sehen trieb ihm die Tränen in die Augen. Er überflog die Zeilen, manches für Halbleib zusammenfassend: »O Freund! Ich bin ja so unsagbar glücklich, daß Ihr nun zusammengefunden habt, Deine Charlotte und Du. Welcher Gott auch immer, Deiner oder meiner, wenn es nicht gar derselbe ist, hat alles wunderbar gefügt. Katharina ist gesegneten Leibes, und dasselbe von Euch zu hören, erhoffe ich mir in Bälde. Gleich, ob es ein Junge oder Mädchen bei uns wird, wir werden das Kind so erziehen, daß es nur einen Wunsch hat: Euer Gegenstück einmal zu ehelichen. Stell Dir nur vor, wie wir beiden Väter dann in der Kirche, der Synagoge oder wo auch immer sitzen und zuschauen ...« Die Rührung übermannte Aaron, und er mußte einen Augenblick innehalten, bevor er weiterlas. »Nun zu etwas Betrüblichen. Obwohl ich alle Hebel in Bewegung gesetzt habe und alle deutschsprachigen Zeitungen hier in den Staaten große Fotos und Fahndungsmeldungen veröffentlicht haben – *Wanted!* –, ist noch kein ernst zu nehmender Hinweis auf Louis Krimnitz bei mir eingegangen. Dabei hat mir die hiesige Polizei versichert, daß der Drohbrief, der Dich in Berlin erreicht hat, wirklich in New York aufgegeben worden ist. Was schließen wir daraus? Daß der Doppelmörder wahrscheinlich in den unzivilisierten Weiten zwischen dem Mississippi und den Rocky Mountains untergetaucht ist und als Tramp oder Westmann lebt. Hoffe also, daß uns der Pfeil eines Indianers von diesem Scheusal erlöst ... Antworte mir doch so schnell wie möglich, besser noch, treibe Deinen Onkel Jason an, daß er die Chronik Deiner Familie zu Papier bringt, damit wir dann hier überm Großen Teich alles nachlesen können. Wie hat es denn Dein lieber Menuchim – und Jason selber – so verkraftet, daß ihnen Deine kapriziöse Mutter einen Korb gegeben hat?« Aaron blickte verstohlen zu seinem Gehilfen. »Na, und so weiter ...«

»Ach ja ...« sagte Halbleib nur und zog sich mit einem alles sagenden Seufzer wieder zurück.

Aaron Silberstein war zu aufgewühlt, um sich wieder an den Schreibtisch zu setzen, und beschloß, hinüber zur Oranienburger Straße zu gehen und zu sehen, ob Hähnel oder Nohl auf der Baustelle anzutreffen waren. Es war einiges im Hinblick auf die zu erhebenden Klagen zu besprechen. Ersatzweise konnte er bei seiner Mutter vorbeischauen.

»Gehen Sie lieber nicht!« warnte ihn aber Halbleib. »Draußen zieht ein mächtiges Gewitter auf, ein Unwetter ohnegleichen.«

»Machen Sie sich keine Sorgen, ich bin ja nicht aus Zucker.«

Als er die Oranienburger Straße erreicht hatte, sah er über Moabit eine gewaltige schwarzgraue Wolkenbank, vor der schon Blitze zuckten. Die Donner rollten so, daß er dachte, viel anders könne es bei der Apokalypse auch nicht sein. In der Luft knisterte es, und es roch nach Schwefel. Der Sturm, der nun losbrach, war so gewaltig, daß er sich an einem Laternenpfahl festhalten mußte, um nicht umgeworfen zu werden. Drüben im Monbijoupark wurden die ersten Bäume entwurzelt und stürzten krachend auf die Straße. Die Leute flüchteten in panischer Angst. Er auch. Wenn er noch dem Schlimmsten entgehen wollte, dann mußte er zum Eingang der Neuen Synagoge mit seinen drei hohen Bögen. Die Türen mochten abgeschlossen sein, doch sie waren so weit zurückgesetzt, daß man ausreichenden Schutz finden konnte. Er hetzte die Straße entlang. Zum Glück waren die Bäume auf seiner Straßenseite gerade erst frisch gepflanzt worden, so daß er von ihnen nicht erschlagen werden konnte. Aber die Dachziegel kamen in solchen Mengen herab, daß er an einen Geschoßhagel erinnert wurde. Dicht neben ihm schlugen sie aufs Pflaster und zerschellten mit Getöse. Splitter trafen ihn. Für einen Augenblick dachte er: Ich sterbe da, wo auch mein Vater gestorben ist! Dann betete er instinktiv: »Siehe mein Elend und errette mich!«

Endlich hatte er die Synagoge erreicht. Keinen Augenblick zu spät. »Herr, ich danke dir!« Schon brach über ihm das Inferno los. Ein Blitz schlug in die linke der kleinen Kuppeln, die zur Straße hin gebaut waren, und zerfetzte die Zinkbleche zwischen den Rippenelementen. Sie regneten auf die Straße. In derselben Sekunde traf eine Bö einen Teil des Stahlgerippes, das für die

Hauptkuppel bestimmt war und, mit dicken Seilen befestigt, an hölzernen Gestellen hing. Die Balken zersplitterten, und die Eisenträger fuhren mit ungeheuer Gewalt in die Tiefe, wo sie das Dach des angrenzenden, wesentlich niedrigeren Wohnhauses durchschlugen und den ganzen Bau fast zum Einsturz brachten. Trotz des Wolkenbruchs brannte es bald lichterloh, denn wegen der Finsternis hatten die Leute im Haus Kerzen und Lampen angezündet.

Man schrie erbärmlich um Hilfe, und Aaron Silberstein konnte nicht anders, als sein sicheres Versteck zu verlassen und zu sehen, ob sich Menschenleben retten ließen. Völlig aufgelöst kamen ihm Mieter entgegen.

Aaron Silberstein schrie auf. »Mein Gott, das ist ja Krimnitz!« Er stürzte vorwärts, den Mörder zu fassen. Oder war es ein Irrtum? Nein, es war Krimnitz, sonst würde der Mann nicht vor ihm fliehen. Zur Artilleriestraße hin versperrten ihm die Trümmer des Hauses den Weg, also mußte er die andere Richtung einschlagen, dicht an Aaron Silberstein vorbei. Dessen rechte Hand schnellte vor, doch er bekam nur den Schoß des Rockes zu fassen, und der riß sofort. Krimnitz schlüpfte in die Synagoge hinein, wohl hoffend, in deren Labyrinth am ehesten zu entkommen. Aaron Silberstein war ihm dicht auf den Fersen, schrie aber vergeblich, man möge ihm doch helfen. Zu groß war das Getöse ringsum, zu sehr waren die Menschen mit sich selber beschäftigt.

Louis Krimnitz hatte sich, als er damals vor Schlötel geflohen war, instinktiv dort einen Unterschlupf gesucht, wo man ihn am wenigsten suchen würde: in unmittelbarer Nähe der Neuen Synagoge. Im links angrenzenden zweistöckigen Haus bewohnte seine alte Freundin und Geliebte Marie Therese aus Zeitz eine ganze Etage, und sie war, als er keuchend um Einlaß und Unterschlupf gebeten hatte, nur einen winzigen Augenblick unschlüssig gewesen, ihm zu helfen. Ein wenig liebte sie ihn. Vor allem aber wußte sie, daß sie ihn nun ein Leben lang in der Hand haben würde. Dies aber hatte sie sich schon seit langem gewünscht: sich an einem Mann für all das rächen zu können, was Männer ihr angetan hatten. Allerdings hatte sie zu diesem Zeitpunkt noch nicht gewußt, daß er ein zweifacher Mörder war. Als sie es erfuhr, gab es kein Zurück mehr. Sollte die Polizei ihn wirklich einmal fassen, würde sie mit Nachdruck abstreiten, es gewußt zu haben, und niemand würde ihr das Gegenteil beweisen können. Daß die Justiz die Sache nicht mehr mit allzuviel Nachdruck betrieb, dafür würde sie schon sorgen. Viele höhere Beamte hatten ihre Gunst genossen. Mit ihren guten Beziehungen war es ihr auch gelungen, den Brief von Krimnitz an Aaron Silberstein in New York aufgeben zu lassen. Und ihrer beider Rechnung war ja auch wunderbar aufgegangen: Überall wurde nach Krimnitz gesucht, nur nicht in unmittelbarer Nähe der Neuen Synagoge. Bis der Blitz in die kleine Kuppel der Synagoge eingeschlagen war ...

Aaron Silberstein jagte Krimnitz durch das Treppenhaus nach oben zur Frauenempore. Als der Mörder dort nicht weiterkam, begann er auf ein hölzernes Gerüst zu klettern, das zur Vollendung der Dach- und Deckenkonstruktion errichtet worden war. Aaron Silberstein glaubte zu wissen, warum Krimnitz das tat: Er wollte, wenn er einige Fuß über ihm war, mit irgendeinem Gegenstand nach ihm werfen, damit er das Gleichgewicht verlor und abstürzte. Also war Aaron auf der Hut. Sein Plan war es, Krimnitz so weit nach oben zu jagen, bis es nicht mehr weiterging, und dann, wenn er in der Falle saß, um Hilfe zu rufen. War das Unwetter vorbei, würden die Bauarbeiter ja bald wieder anrücken, auch Nohl und Stüler, und die Polizei konnte den Rest besorgen.

Endlich hatte er Krimnitz so weit in die Enge getrieben, daß der weder nach oben noch nach links oder rechts entweichen konnte. Er stand auf einem vielleicht drei Fuß breiten Brett, das auf zwei Bohlen auflag. Sie befanden sich genau über dem Hauptraum der Synagoge. Tief unter ihnen standen Leitern und Farbeimer.

»Es ist aus mit Ihnen!« rief Aaron Silberstein. »Geben Sie zu, daß Sie erst Meir Rosentreter und dann meinen Vater ermordet haben!«

»Es ging nicht anders ... Ich wollte nichts als überleben.« Krimnitz setzte an, seine Taten zu begründen, so als hoffte er, Verständnis zu finden, dann aber wurde er zynisch, und es brach aus ihm heraus: »Außerdem war es mir ein Vergnügen, euch jüdische Brut ... Und du wirst der Dritte sein!« Damit riß er die Pistole hervor, die er unter einem weiten Umhang verborgen hatte.

Aaron Silberstein starrte auf die Waffe, mit der sein Vater getötet worden war. Sein Leben lief in Sekundenbruchteilen an ihm vorüber, Bilder über Bilder. Das letzte: Charlotte, wie sie als Braut neben ihm stand. Eine unendliche Trauer erfüllte ihn, die Trauer um all das, was er nun nicht mehr würde erleben können. Gleich würde ihn die Tiefe verschlingen. Und er betete den 69. Psalm, Vers 15: »Reiß mich aus dem Schlamme, daß ich nicht versinke; daß ich gerettet werde vor meinen Hassern ...«

Krimnitz zielte auf seine Stirn. Langsam, Schritt für Schritt ging Aaron Silberstein auf ihn zu und sah ihn fest an, um ihn damit zu verwirren. Es war seine einzige Chance. Der Mann war ein Feigling, der nur aus dem Hinterhalt heraus morden konnte, und es war zu hoffen, daß er versagen würde, trat man ihm Auge in Auge gegenüber.

Doch Krimnitz behielt die Nerven und drückte ab.

Die Kugel ging haarscharf an Aaron Silberstein vorbei. Genau im richtigen Augenblick hatte er sich zu Boden geworfen. Nun bekam er die Füße des anderen zu fassen und riß daran. Krimnitz verlor das Gleichgewicht und stürzte in die Tiefe. Am Fuße des Toraschreins schlug er auf. Er verstarb wenig später.

Als Tharah Seligsohn von allem erfuhr, zitierte er den 5. und 6. Vers des 11. Psalms: »Der Ewige prüft den Gerechten und den Frevler, und den, der Gewalttat liebt, haßt seine Seele. Er regnet auf die Frevler Schlingen, Feuer und Schwefel, und Glutwind ist ihres Bechers Teil.«

Jason Silberstein merkte an, daß die Luther-Bibel es anders ausdrückte: »Er wird regnen lassen über die Gottlosen Blitze, Feuer und Schwefel und wird ihnen ein Wetter zum Lohn geben.« Ihr Lohn aber sei ein Unwetter gewesen, denn ohne dieses wäre es ihnen wahrscheinlich nie gelungen, des Doppelmörders habhaft zu werden.

Tharah Seligsohn nickte und antwortete mit den Worten: »Denn der Ewige dein Gott ist ein verzehrendes Feuer, ein eifervoller Gott.«

JASON SILBERSTEIN freute sich, als er in der ersten Märzwoche des Jahres 1865 Theodor Fontane im Foyer des Friedrich-Wilhelmstädtischen Theaters begegnete. Die beiden kannten sich aus einigen literarischen Zirkeln, insbesondere dem »Tunnel über der Spree«, und Jason hatte mit Freude verfolgt, wie der bis dahin kaum wahrgenommene Neuruppiner mit dem zwei Jahre zuvor erschienenen ersten Band seiner *Wanderungen durch die Mark Brandenburg* Aufsehen erlangt hatte. Sie plauderten über dies und jenes, zum Beispiel darüber, wie Otto von Bismarck, Ende 1862 zum preußischen Ministerpräsidenten und Außenminister berufen, immer mehr zur zentralen politischen Figur in Deutschland wurde.

»Wo die Kraft ist, da entsteht von selbst ein Mittelpunkt«, sagte Fontane.

Jason Silberstein konnte auch heute vom Spott nicht lassen. »Dann wird ja Berlin bald der Mittelpunkt Deutschlands sein – angesichts der militärischen Kraft Preußens.« Im Jahr zuvor hatten die Preußen und Österreicher einen überwältigenden Sieg über die Dänen errungen. »Und Sie, lieber Fontane, haben ja tüchtig über die Heldentaten unserer Preußen berichtet … Mit Genuß habe ich etwa Ihre Schilderung gelesen, wie sich der Pionier Klinke, als es vor Düppel nicht recht vorangehen wollte, den Pulversack auf den Rücken schnallte und sich mit ihm am Fuße der Schanze in die Luft sprengte, um seinen Kameraden die Erstürmung zu ermöglichen …«

Theodor Fontane nickte. »So ist es. Ein Tod kann unsterblicher sein als ein ganzes Leben. Jedes Schulkind weiß heute, wer Klinke ist. Nebenbei: Mein Buch über den Deutsch-Dänischen Krieg wird im nächsten Jahr im Verlag der Königlichen Geheimen Ober-Hofdruckerei erscheinen.«

»Wollen Sie sich denn nicht einmal an einen Roman heranwagen?«

»Ich schreibe doch schon einen: *Vor dem Sturm.* Dort werden Sie lesen können, wie man sich in Hohen-Vietz an der Oder gegen Napoleon erhebt.«

Jason Silberstein konnte sich mit seiner Kritik an Fontanes Schaffen nicht ganz zurückhalten. »Ja, Patriotisches scheint sich gut zu verkaufen ...«

Fontane ließ sich nicht beirren. »So ist es. Alle Dinge haben ihr Gesetz. Wer zu einer Parforcejagd geladen ist, muß in einem roten Frack kommen oder wegbleiben. Aber jetzt haben wir genug von mir gesprochen. Wie geht es denn Ihnen und der gesamten jüdischen Gemeinde?«

»Mir selbst geht es nicht gerade blendend, aber die Gemeinde wächst, blüht und gedeiht und sieht der Vollendung ihrer neuen großen Synagoge mit Freude entgegen.« Er blickte Fontane an. Ihm war da eine Idee gekommen. »Möchten Sie nicht einmal etwas darüber schreiben?«

»Warum denn nicht?«

So war dann am 14. März 1865 in der *Neuen Preußischen (Kreuz-) Zeitung* das Folgende zu lesen: »Bekanntlich bauen die Berliner Juden seit einigen Jahren an einer neuen Synagoge, die in der Oranienburger Straße ihren Platz hat. Ueber diesen Bau geht uns von einem Kunstsachverständigen der folgende Artikel zu: Wer sich für architektonische Dinge interessiert, für die Lösung neuer, schwieriger Aufgaben innerhalb der Baukunst, dem empfehlen wir einen Besuch dieses reichen jüdischen Gotteshauses, das an Pracht und Großartigkeit der Verhältnisse alles weit in den Schatten stellt, was die christlichen Kirchen unserer Hauptstadt aufzuweisen haben ... Bei der Ausführung sind die besonderen technischen Mittel, die unsere Zeit der Erfindungen in so reichem Maße geboten hat, in zum Teil überraschender Weise benutzt worden; dabei ohne alle Ostentation. Die Benutzung des Eisens als des charakteristischen Baumaterials unserer Epoche hat zu höchst originellen Decken-Construktionen geführt, die vor der Einführung des Eisens in die Baukunst unmöglich gewesen wären.«

Diese und ähnliche Berichte bewogen dann auch König Wilhelm I., der Synagoge am 28. Dezember 1865 zusammen mit seiner Frau Augusta einen Besuch abzustatten. Noch war der Innenausbau nicht vollendet, aber Seine Majestät war dennoch von allem sehr angetan. Allein diese Maße! Der Gemeindevorsteher trug sie ihm vor: »Die Front an der Oranienburger Straße mißt 92 Fuß, dies bei einer Tiefe von 308 Fuß. Der eigentliche Synagogenraum hat eine Länge von 143 und eine Breite von 126 Fuß, die Hauptkuppel erreicht eine Höhe von 160 Fuß.« Ein Fuß, das waren 31,4 Zentimeter.

»Das ist ja kolossal!« rief der König.

»Die Baukosten waren ursprünglich mit 125 000 Thalern veranschlagt, es werden aber am Ende etwa 750 000 Thaler sein.«

»Solche Verteuerungen kenne ich vom Bauen in Berlin nur allzugut«, sagte der König. »Und ich fürchte, daß sich das auch bis ins übernächste Jahrhundert nicht ändern wird.«

Anfang März 1866 fand eine umfassende Probe in den fast fertigen Räumen statt. Wie klang es, wenn gesungen, wenn Reden gehalten wurden? Vor allem aber war zu prüfen, ob das neue Beleuchtungssystem auch wirklich funktionierte. Dies war die eigentliche Sensation. Man setzte ganz auf Leuchtgas. Der besondere Clou war der große Reflektor über dem Mittelschiff, der das Licht der unter ihm lodernden Gasflammen über alle fünf Oberlichte verteilte. Der ganze Apparat ruhte auf Rädern, die auf Schienen geführt wurden. Bei Tage wurde er auf die Seite gerückt, so daß das Tageslicht frei einfallen konnte, am Abend aber, wenn die Lampen angezündet worden waren, wurde der ganze Beleuchtungsapparat über das Oberlicht geschoben. Der dadurch entstehende Lichteffekt überwältigte alle, die zur Probe gekommen waren. Innen wurde die Synagoge durch Gasflammen, die hinter matt geschliffenen Gläsern züngelten, nur schwach erleuchtet, weit wichtiger waren die Flammen, die ihr Licht von der Seite durch die bunt bemalten Fenster und eben von oben durch die verglasten Öffnungen in der Decke fallen ließen. Ein mildes, wohltuendes Licht durchflutete den weiten Raum. Ein fein ausgetüfteltes System sorgte dafür, daß stets frische Luft zu- und verbrauchte abgeführt wurde.

Über dem Hauptportal war eine Inschrift aus dem Buch des

Propheten Jesaja (26, 2) angebracht: *Pitchu Sche'arim we-jawo Goi Zaddik Schomer Emunim* – Öffnet die Pforten, daß eintrete das gerechte Volk, das bewahrt die Treue.

Darüber konnte Jason Silberstein nur den Kopf schütteln. Denn man konnte – wie sein Schwager Tharah – den hebräischen Text auch ganz anders übersetzen: »Öffnet die Pforten, daß eintrete der Nichtjude. Der Fromme dagegen bewahrt seine Treue.« Das hieße für Jason Silberstein, daß er auf keinen Fall in die Neue Synagoge käme.

Noch vor ihrer Einweihung stritt man sich also in der Familie Silberstein heftig über den neuen *Bet Knesset*.

»Ich finde es schön, daß wir in der modernen, prosaischen Welt Preußens ein Wunder des Orients vor Augen haben«, sagte Sarah Lilienblum, »einen Tempel in edelstem maurisch-byzantinischem Stil.«

»Wenn ich das schon höre!« rief Tharah Seligsohn. »Keinem konservativen Juden wird es möglich sein, sich dort auch nur einen Augenblick der Andacht hinzugeben. Das Ganze ist ein schönes Theater, aber keine Synagoge!«

So wollten die Seligsohns, die sich als die Gerechten unter den Juden empfanden, dieses liberale Gotteshaus auch nie betreten und demnächst mit Gleichgesinnten die »Gesetzestreue jüdische Religionsgesellschaft Adass-Jisroel« gründen und in der Gipsstraße ein eigenes Gemeindezentrum errichten.

Die Einweihung der Neuen Synagoge verzögerte sich nicht nur wegen interner Probleme, sondern auch wegen der politischen Ereignisse, die Preußen im Frühjahr und Sommer 1966 in Atem hielten. Am 7. Mai wurde Unter den Linden ein Revolverattentat auf Bismarck verübt. Am 14. Juni begann der »Deutsche Krieg« zwischen Preußen und Österreich, und nach dem Sieg in der Schlacht bei Königgrätz am 3. Juli annektierte Preußen nicht nur das bis dahin österreichische Schleswig-Holstein, sondern war nun auch die führende Macht in Europa. Bismarck konnte über den am 18. August gegründeten Norddeutschen Bund die Einigung Deutschlands unter Preußens Regie kräftig vorantreiben.

Am Mittwoch, den 5. September 1866 sollte die Neue Synagoge dann endlich eingeweiht werden. Pünktlich um halb elf am Vormittag saßen Aaron und Jason Silberstein, Isaak Hirsch, Dr. Leo Lilienblum und Menuchim Halbleib auf den Plätzen, die sie sich gekauft hatten, während Sarah Lilienblum und Charlotte Silberstein, die hochschwanger war, auf der Frauenempore Platz genommen hatten. Ihre Blicke galten zunächst den illustren Gästen, als da waren Ministerpräsident Otto v. Bismarck, Finanzminister August v. d. Heydt, Graf Wrangel, Polizeipräsident v. Bernuth, der Geheime Rath Lüdemann und viele Mitglieder des Magistrats und der Stadtverordnetenversammlung.

Wer fehlte, war der Mann, ohne dessen architektonische Inspiration dies alles nicht entstanden wäre: Eduard Knoblauch. Er war am 29. Mai 1865 verstorben. Aber auch Friedrich August Stüler, ohne den die Neue Synagoge längst nicht so prächtig ausgefallen wäre, war nicht anwesend. Er war schon am 18. März 1865 heimgeholt worden in die Ewigkeit.

Die Jüdische Gemeinde bedauerte dies natürlich, war aber hocherfreut über die Resonanz, die ihr Bauwerk in der Öffentlichkeit fand.

»Siehst du«, sagte Jason Silberstein, »nun sind wir endlich wer.«

Aaron Silberstein, gefesselt vom Blick auf den Toraschrein mit Kanzel und *Bima*, nickte nur.

Dr. Joseph Aub, der neue Rabbiner, hielt die Einweihungspredigt. Der Chor unter der Leitung von Louis Lewandowski stimmte, begleitet von der Orgel und von Blechbläsern, das *Baruch ha-Ba* und das *Ma tauwu* an. Der Organist Hugo Schwantzer hatte eigens für die Feier ein Orgelpräludium komponiert, kam aber über die ersten Takte nicht hinaus, da die Träger der Torarollen unerwartet schnell eintraten.

Keine Panne hingegen gab es vier Wochen später, als der kleine Friedrich Silberstein in der Neuen Synagoge beschnitten wurde. Alle waren dafür gewesen, ihm den Vornamen seines Großvater väterlicherseits zu geben.

Die bei der *Brit* anwesenden Gäste begrüßten den Sohn von

Charlotte und Aaron Silberstein mit den Worten: »Gesegnet sei der, der da kommt!« *Baruch ha-Ba.*

Aaron Silberstein sagte den zweiten Segensspruch: »Gelobt seist Du, Ewiger, unser Gott, König der Welt, der uns durch Seine Gebote geheiligt und uns befohlen, das Kind in den Bund Abrahams aufzunehmen.«

So schloß sich denn der Kreis.

Danksagung

Dr. Hermann Simon, dem Direktor der Stiftung Neue Synagoge Berlin / Centrum Judaicum, und Dr. Bill Rebiger vom Institut für Judaistik der Freien Universität Berlin habe ich für ihre wertvollen Informationen, vor allem aber ihre kritische Durchsicht des Manuskriptes sehr herzlich zu danken. Alle Fehler und literarischen Mängel dieses Romans bitte ich jedoch nur mir anzulasten.

Widmen möchte ich dieses Buch dem überaus geschätzten Wilmersdorfer Schriftstellerkollegen Georg Hermann (geboren 1871, ermordet 1943 in Auschwitz), dessen Romane *Jettchen Gebert* und *Henriette Jacoby* ich immer wieder mit Vergnügen lese, sowie meiner Urgroßmutter Albertine Wolfsohn (1864–1929).

Anmerkung zu den hebräischen Begriffen

Es wurde durchweg die moderne hebräische Aussprache verwendet, die zwar von der im 19. Jahrhundert gebräuchlichen Aussprache abweicht, aber dem heutigen Leser eher die Verifizierung im Hebräisch-Wörterbuch erlaubt. Die Transliteration ist stark vereinfacht und orientiert sich an der möglichst korrekten Aussprache durch einen deutschsprachigen Leser.

Im Hebräischen gibt es keinen sächlichen Genus. Doch werden einige hebräische Substantive mit sächlichem Artikel verwendet, da unser Sprachgefühl dies nahelegt.

LITERATUR

Die nachfolgende Literaturliste zeigt, wie sehr ich versucht habe, mich an die Fakten zu halten und wissenschaftlich zu arbeiten. Gleichzeitig aber ist zu betonen, daß viel Fiktion und Phantasie im Spiel und meine Protagonisten allesamt frei erfunden sind. Auch historische Persönlichkeiten wie etwa die Architekten Knoblauch und Stüler habe ich Dinge sagen und tun lassen, von denen ich nicht weiß, ob sie wirklich so waren.

Allgemeines Landrecht für Preußische Staaten von 1794

Benjamin, Walter: Beroliniana, hrsg. und mit einer Nachbemerkung von Sebastian Kleinschmidt, Berlin 1987

Berger, Joachim: Berlin freiheitlich & rebellisch, Berlin o. J.

Binger, Lothar, und Hellemann, Susanne: Küchengeister, Streifzüge durch Berliner Küchen, Berlin 1996

Böhl, Erich: Alt-Berliner Ansichten, Berlin MCMLXIV

Bosetzky, Horst, und Eik, Jan: Das Berlin-Lexikon, 2., aktualisierte Auflage, München 2002

Busi, Giulio: Früher Aufbruch in die Moderne. Vor 800 Jahren starb der jüdische Philosoph Moses Maimonides: der große Denker des Zweifels war ein Vorbote der Aufklärung, Der Tagesspiegel, 12. Dezember 2004

BZ (Hrsg.): Kinder, wie die Zeit vergeht (Autor: Frank Lynder), Berlin 1977

Chronik Verlag (Hrsg. Bodo Harenberg): Die Chronik Berlins, Dortmund 1986

Chronik Verlag: Chronik der Metropolen: Berlin, Gütersloh/München 2003

Dieners, Peter: Das Duell und die Sonderrolle des Militärs. Zur preußischen Entwicklung von Militär- und Zivilgewalt im 19. Jahrhundert, Berlin 1997

Eik, Jan: Schaurige Geschichten aus Berlin, Berlin 2003

Fischer, Ulrich, und Halter, Hans: Hundert Jahre Revolutionäres Berlin. Ein Stadtplan, Berlin 1978

Glaßbrenner, Adolf: Wie war Berlin vergnügt, Berlin 1960

Glaßbrenner, Adolf: Altes gemütliches Berlin, Berlin 1977

Harenberg: Chronik der Deutschen, Dortmund 1983

Hermann, Georg: Jettchen Gebert, Frankfurt am Main 1977

Hermann, Georg: Henriette Jacoby, Frankfurt am Main 1978

Herzfeld, Erika: Juden in Brandenburg-Preußen, Teetz 2001

Historische Kommission zu Berlin: Kreuzberg, Berlin 1994 (Geschichtslandschaft Berlin, Orte und Ereignisse, Band 5, hrsg. von Helmut Engel u. a.)

Holmsten, Georg: Die Berlin-Chronik, Berlin 1984

Ingwersen, Erhard: Imma uff Draht. Köpfe und Käuze an der Spree, Berlin 1977

Kaplan, Marion (Hrsg.): Geschichte des jüdischen Alltags in Deutschland. Vom 17. Jahrhundert bis 1945, München 2003

Knobloch, Heinz: Der beherzte Reviervorsteher, Berlin 2003

Krohn, Heinrich: Und warum habt ihr denn Deutschland verlassen? 300 Jahre Auswanderung nach Amerika, Bergisch Gladbach 1992

Landmann, Salcia: Jüdische Witze, München 1963

Landmann, Salcia: Jüdische Anekdoten und Sprichwörter, München 1965

Lemke, Luise: Lieber 'n biken mehr, aber dafür wat Jutet. Berliner Sprüche, Berlin 1981

Lemmer, Konrad: Und det jloobste? Berliner Humor seit 150 Jahren, Berlin 1968

Löffler, Ludwig: Berlin und die Berliner, Leipzig 1856 (Faksimile-Ausgabe Berlin 1978)

Materna, Ingo, und Ribbe, Wolfgang (Hrsg.): Brandenburgische Geschichte, Berlin 1995

Materna, Ingo, und Ribbe, Wolfgang: Berlin – Geschichte in Daten, Berlin 1997

Minkels, M. Dorothea: 1848 ein Barrikadenheld. Aus dem Leben des Tierarztes Friedrich Ludwig Urban (1806–1879), Manuskript/Selbstverlag, Berlin 1998

Morin, Friedrich: Berlin und Potsdam im Jahre 1860, Berlin 1860

Nachama, Andreas, Schoeps, Julius H., und Simon, Hermann (Hrsg.): Juden in Berlin, Berlin 2001

Neumann, Hans-Joachim: Friedrich Wilhelm II. Preußen unter den Rosenkreuzern, Berlin 1997

Pomplun, Kurt: Kutte kennt sich aus, Berlin 1970

Pomplun, Kurt: Berliner Allerlei, Berlin 1975

Pomplun, Kurt: Berlinisch' Kraut und märkische Rüben, Berlin 1976

Pomplun, Kurt: Berlin – und kein Ende, Berlin 1977

Raabe, Wilhelm: Die Chronik der Sperlingsgasse, Stuttgart 1997

Rabbiner Chajim Halevy Donin: Jüdisches Leben, Jerusalem und Zürich 1987

Rebiger, Bill: Das jüdische Berlin, Berlin 2000

Ribbe, Wolfgang, und Schmädeke, Jürgen: Kleine Berlin-Geschichte, 3. erweiterte und aktualisierte Auflage, Berlin 1994

Röhrmann, Carl: Der sittliche Zustand von Berlin nach Aufhebung der geduldeten Prostitution des weiblichen Geschlechts, Leipzig 1846

Sichelschmidt, Gustav (Hrsg.): Weihnachten im alten Berlin, Berlin 1978

Simon, Heinrich: Jüdische Feiertage, Teetz 2003

Simon, Heinrich: Leben im Judentum, Teetz 2004

Simon, Hermann: Die Synagoge in der Rykestraße, Teetz 2004

Simon, Herrmann, und Boberg, Jochen (Hrsg.): »Tuet auf die Pforten«, Die Neue Synagoge 1866–1995, Berlin 1995

Spiegel, Paul: Was ist koscher? Jüdischer Glaube – jüdisches Leben, Berlin 2005

Stein, Werner: Kulturfahrplan, Berlin 1964

Trost, Heinz: Zwischen Havel, Spree und Dahme. Aus der Geschichte der Berliner Fahrgastschiffahrt, Wesselburen und Hamburg 1979

Universal Geschichte der Juden (hrsg. v. Eli Barnavi), München 2004

Verlag Bernd Ehrig: Dunnemals im alten Berlin, Berlin 1978

Wutke, Günther: Anno Tobak an der Spree, Berlin 1958

»Zunz-Bibel«. Die vierundzwanzig Bücher der Heiligen Schrift übersetzt von Leopold Zunz, Basel 1995